SCIENCE FICTION

Herausgegeben
von Wolfgang Jeschke

Von **SHADOWRUN**™ erschienen in der Reihe
HEYNE SCIENCE FICTION & FANTASY:

HANS JOACHIM ALPERS

DAS ZERRISSENE LAND

Erster Roman der Trilogie
**DEUTSCHLAND
IN DEN SCHATTEN**

Zehnter Band
des
SHADOWRUN™-ZYKLUS

Originalausgabe

WILHELM HEYNE VERLAG
MÜNCHEN

HEYNE SCIENCE FICTION & FANTASY
Band 06/5104

4. Auflage

Redaktion: Rainer-Michael Rahn
Copyright © 1994 by Hans Joachim Alpers
Die Kapitelüberschriften sind Songtitel von Bob Dylan.
Die Kapiteleinleitungen sind Zitate aus:
Michael Immig & Thomas Römer (Hrsg.), *Deutschland in den Schatten*
(Copyright © 1992 by Fantasy Productions, Erkrath)
Umschlagbild: Jim Nelson
Die Karten auf Seite 6 und 7 zeichnete Dietrich Limper
Printed in Germany 1996
Umschlaggestaltung: Atelier Ingrid Schütz, München
Technische Betreuung: Manfred Spinola
Satz: Schaber Satz- und Datentechnik, Wels
Druck und Bindung: Elsnerdruck, Berlin

ISBN 3-453-07756-3

INHALT

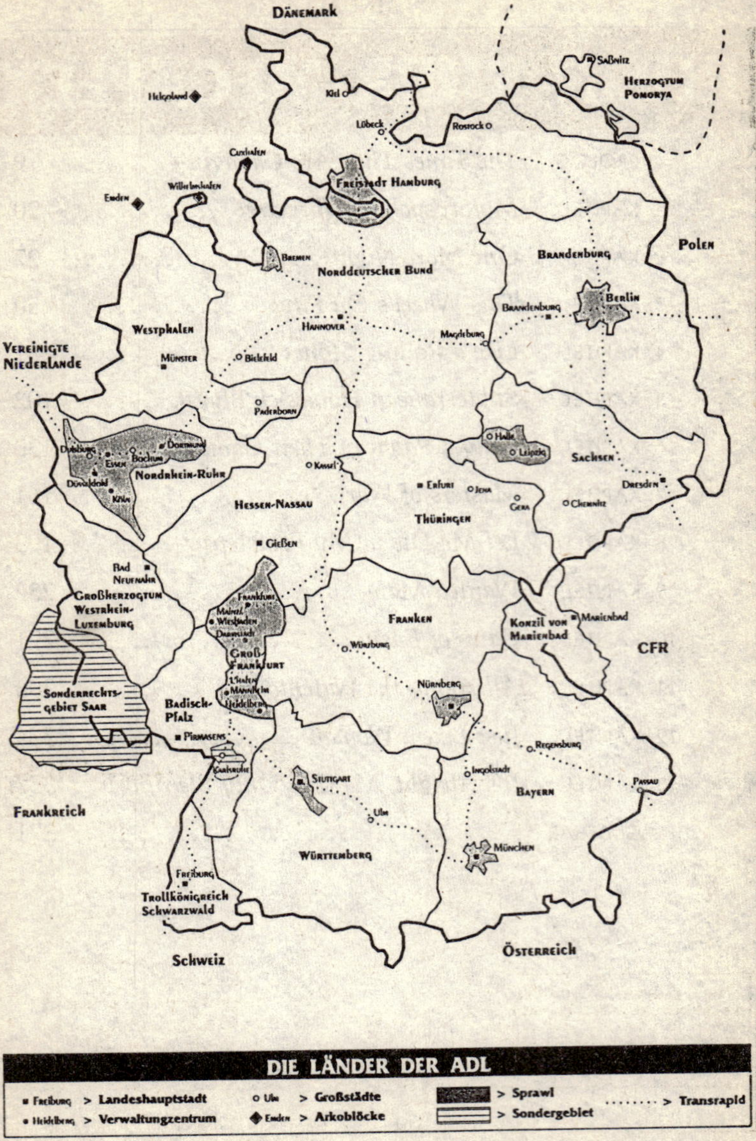

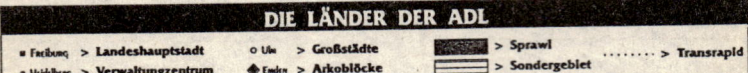

Dänemark
Helgoland
Kiel
Lübeck
Rostock
Saßnitz
Herzogtum Pomorya
Cuxhafen
Wilhelmshafen
Emden
Freistadt Hamburg
Bremen
Norddeutscher Bund
Brandenburg
Polen
Berlin
Brandenburg
Hannover
Magdeburg
Westphalen
Münster
Bielefeld
Vereinigte Niederlande
Paderborn
Duisburg
Essen
Bochum
Dortmund
Düsseldorf
Köln
Nordrhein-Ruhr
Halle
Leipzig
Sachsen
Kassel
Erfurt
Jena
Gera
Chemnitz
Dresden
Hessen-Nassau
Thüringen
Gießen
Bad Neuenahr
Großherzogtum Westrhein-Luxemburg
Frankfurt
Mainz
Wiesbaden
Darmstadt
Groß-Frankfurt
Franken
Konzil von Marienbad
Marienbad
CFR
Würzburg
Ludwigshafen
Mannheim
Heidelberg
Sonderrechtsgebiet Saar
Badisch-Pfalz
Nürnberg
Pirmasens
Karlsruhe
Regensburg
Stuttgart
Ingolstadt
Passau
Bayern
Frankreich
Ulm
München
Württemberg
Freiburg
Trollkönigreich Schwarzwald
Schweiz
Österreich
DIE LÄNDER DER ADL
Freiburg > Landeshauptstadt
Heidelberg > Verwaltungzentrum
Ulm > Großstädte
Emden > Arkoblöcke
> Sprawl
> Sondergebiet
> Transrapid

RHEIN-RUHR-MEGAPLEX

Westphalen

Landesgrenze

Lippe

Wesel

Rhein

Moers

Marl

Recklinghausen

Glaborki

Gelsenkirchen

Castrop-Rauxel

Herne

Emscher

Oberhausen

Bochum

Dortmund

Lünen

Lippe

Krefeld

Duisburg

Mülheim a. d. Ruhr

Essen

Witten

Ruhr

Emscher

Hagen

Iserlohn

Mönchengladbach

Neuss

Düsseldorf

Wuppertal

Rhein

Solingen

Remscheid

Leverkusen

N

Köln

Bonn

Rhein

LEGENDE

⚓ Binnenhafen
✈ Verkehrsflughafen
✳ Fusionsreaktoren
⛏ Krupp Sondergeräte
⚒ Saeder-Krupp
⚕ Knight Errant Security
☢ Ruhrnuklear
🏛 Renraku Deutschland
⚖ Ruhrmetall
✉ Deutsche Treuhandanstalt
💻 Fuchi Industrieelektronik
✂ MCT Deutschland
· · · Transrapidstrecke

Es ist zu beachten, daß auf der Karte
nur die Industriestandorte eingezeichnet
sind, die im Kapitel "Wirtschaft" namentlich erwähnt werden. Natürlich gibt es im
Rhein-Ruhr-Megaplex eine Unzahl weiterer
Fabriken, Banken, MegaKons, etc.

›*The Times They Are A-Changin'*‹

Michail Waleczky wird am 13. April 1996 in einem Container in Buchholz in der Nordheide geboren. Der Container ist die neue Wohnung der Waleczkys und bildet zusammen mit einundreißig anderen eine kleine Siedlung nahe der Bahnstrecke. Dieses Dorf ist das Geschenk des deutschen Bundeskanzlers an die Fremden. Das zumindest glauben Igor und Irena Waleczky, Michails Eltern, als sie aus einer Kolchose in der Nähe von Nowosibirsk nach Deutschland kommen. Sie sind dankbar dafür. In Rußland gab es mehr Platz, aber sonst von allem weniger. Beide haben vorwiegend deutsche, aber auch einige polnische, russische und jüdische Vorfahren. Ihre neuen Nachbarn sind Flüchtlinge aus Bosnien sowie Asylanten aus Rumänien, hauptsächlich Sinti und Roma, und es gibt täglich Streit um irgend etwas.

Die Waleczkys sprechen und verstehen nur wenig Deutsch und wissen noch weniger über ihre neue Heimat. Aus Angst, abgewiesen zu werden, weil sie kein Geld hat, ist Irena weder zu Schwangerschaftsuntersuchungen noch ins Krankenhaus gegangen, als die Wehen einsetzen. Igor schneidet die Nabelschnur durch, und erst als Irenas Nachblutungen nicht aufhören wollen, rennt er zur nächsten Telefonzelle und ruft in seiner Verzweiflung die Polizei an. So gelangen Irena und ihr zwei Stunden alter Sohn schließlich doch noch in das Kreiskrankenhaus.

Zwei Monate später wird die Familie Waleczky, zu der noch drei weitere Kinder gehören, in ein Containerdorf im Hamburger Stadtteil Nienstedten umquartiert. Ergebnis des Austauschs eines Kontingents von Asylsuchenden und Aussiedlern zwischen den Bundesländern Hamburg und Niedersachsen. Das neue Dorf ist ausschließlich deutschstämmigen Umsiedlern vorbehalten. Das macht es für die Bewohner etwas einfacher. Igor hat Schlosser gelernt und auf der Kolchose die Traktoren gewartet. In Hamburg ist er lange arbeitslos, arbeitet dann als Handlanger auf dem Bau und findet schließlich eine Anstellung als Blechschlosser in einem Betrieb, der Wohncontainer für Aussiedler und Asylanten herstellt. Womit sich der Kreis in gewisser Weise schließt.

Michail wächst zunächst im Containerdorf auf, aber als er eingeschult wird, hat die Familie eine schäbige Altbauwohnung im Hamburger Stadtteil Ottensen gefunden. Sie heißen jetzt Walez, ein nicht sehr tauglicher Versuch seines Vaters, durch eine Namensänderung den Kindern die gröbsten Anfeindungen und abfälligsten Bemerkungen einiger Mitbürger zu ersparen. Immerhin hört sich Walez irgendwie spanisch oder portugiesisch an, was in einigen deutschen Ohren immer noch minderwertig, aber nicht mehr untermenschenhaft klingt. Als allerdings während der ›Goblinisierung‹ die ersten Krauses, Hubers und Meiers zu Orks, Trollen, Elfen und Zwergen werden, ist das Thema weitgehend vom Tisch. Nur eingeschworenen Neonazis gilt deutsches Orkblut immer noch hochwertiger als slawisches Normblut. Bei Orks gleich welcher Herkunft stoßen sie mit ihren Thesen allerdings auf wenig Verständnis und holen sich bei ihren Missionierungsversuchen meistens blutige Nasen.

Ungefähr zu der Zeit, als Michail Walez eingeschult wird, kommt in einer Blankeneser Privatklinik Carolina Maria Catharina Barenkamp zur Welt. Genaues Geburtsdatum ist der 17. Februar 2002. Carolina ist die einzige Tochter eines erfolgreichen Holzkaufmanns und einer Professorin für Kunstgeschichte, die zwar nicht an der vornehmen Elbchaussee wohnen, aber eine alte Jugendstilvilla ein paar Straßen weiter in Othmarschen ihr eigen nennen.

Carolina wird in ein unruhiges Jahr hineingeboren, das Hamburg in besonderem Maße in Mitleidenschaft zieht. Im Jahre 2002 kommt es in Deutschland zu dramatischen Umweltkatastrophen. Aus den Mülldeponien der früheren DDR sickern Gifte aller Art ins Grundwasser. Riesige Gebiete in Mecklenburg-Vorpommern, Sachsen und Thüringen müssen gesperrt und für unbewohnbar erklärt werden, die Ostsee kollabiert und wird ein totes Giftmeer. Wenig später wiederholt sich der Vorgang in den küstennahen Regionen der Nordsee. Die vorgezogenen Bundestagswahlen bringen einer Koalition von SPD und Bündnis 2000 die Mehrheit. Globaler Temperaturanstieg hat zu leicht gestiegenen Pegelständen der Nordsee geführt, und am 19. November 2002 kommt es bei einer Sturmflut zu den verheerendsten Überschwemmungen seit Menschengedenken. Weite Teile von Hamburg und Westfriesland werden von einer öligen Jauche überschwemmt. 30 000 Menschen kommen durch die Flut oder infolge von Vergiftungen um. Wäre nicht in letzter Minute die Notabschaltung der KKWs an der Unterelbe erfolgt, hätte die Katastrophe noch ganz andere Dimensionen angenommen. Und doch ist diese Flut nur ein bescheidenes Vorspiel für das, was neun Jahre in der Zukunft liegt.

Sowohl Othmarschen als auch Ottensen entgehen dieser ersten Flut, während die Hamburger Innenstadt schwer in Mitleidenschaft gezogen wird. Othmarschen bleibt auch eine Weile verschont von den bewaffneten Straßenkämpfen zwischen den Ordnungskräften und den Milizen der neuen anarchistischen Bewegungen, Ottensen nicht. Die Bürger beider Stadtteile leiden unter der schweren Wirtschaftskrise, die einen mehr, die anderen weniger. Igor Walez wird arbeitslos, und die Familie lebt von Sozialhilfe; Carolinas Familie verliert die Hälfte ihres Vermögens. Aber diese Hälfte ist immer noch weit mehr, als Igor Walez in seinem ganzen Leben je verdienen wird. Und die Jugendstilvilla bleibt den Bahrenkamps auch erhalten.

Trotz aller Nackenschläge ist die Familie Walez froh, in Deutschland zu sein, als Rußland im Mai 2005 Grenzkriege mit den baltischen Staaten, Polen und der Ukraine anzettelt und wider Erwarten eine schwere Niederlage einstecken muß. Und in Norddeutschland zu leben statt in Schwaben, wo ihre Vorfahren zu Hause waren, erscheint ihnen als besonderes Glück, als es 2008 im KKW Cattenom zu einem Super-GAU kommt, bei dem über 30 000 Menschen sterben, 100 000 verstrahlt werden und Flüchtlinge aus den Katastrophengebiet in solchen Massen die süddeutschen Bundesländer heimsuchen, daß dort der Notstand ausgerufen wird. Doch auch Norddeutschland entgeht nicht den politischen Folgen: Als Antwort auf den Versuch von Bayern und Baden-Württemberg, sich vom Bund und seiner Flüchtlingspolitik zu lösen, putscht das Militär und setzt einen Militärrat unter General Stöckter als Regierung ein. Dies ist das Ende der Bundesrepublik Deutschland in der bisherigen Form.

Carolina ist sechs Jahre alt, als dies passiert, und wird gerade eingeschult. Sie interessiert sich mehr für Kuscheltiere als für das Militär.

Michail ist vierzehn und besucht die Mittelschule, als am 9. Februar 2011 Orkanböen der Stärke 13 das Wasser der Nordsee gegen die deutschen und niederländischen Deiche peitschen. Die Deiche brechen in Holland und Ostfriesland, ganze Landstriche verschwinden in den Fluten, die Küstenlinien bleiben dauerhaft verändert. Küstenstädte wie Bremerhaven, Cuxhaven, Wilhelmshaven und Emden versinken in den Fluten. Hunderttausende sterben oder verlieren ihre gesamte Habe. Die Elbe drückt weit hinein nach

Hamburg, und die auf Dauer erhöhten Pegelstände machen Hamburg zu einem schmutzigen Venedig des Nordens. Weite Teile bleiben überspült, die Straßenzüge der Innenstadt sind zu stinkenden Fleeten geworden.

Auch die westlichen Stadtteile werden durch die Flut geschädigt, aber die meisten Häuser liegen hoch genug, um den Wassermassen zu entgehen. Das gilt für die Wohnung der Familie Walez ebenso wie für die Villa der Familie Barenkamp.

Dann geschehen ungeheuerliche Dinge, die weltweit die Menschen in Atem halten. Im Dezember 2011 beginnt das neue magische Zeitalter. Die von den Mayas prophezeite Sechste Welt entsteht, deren Geburtshelfer die von den Menschen verursachten Katastrophen werden. Die Geburtswehen bringen unsagbares Leid über die Menschheit: Das Virusinduzierte Toxische Allergie-Syndrom (VITAS) beginnt seinen tödlichen Siegeszug rund um den Erdball. Ein Viertel aller Menschen sterben, darunter viereinhalb Millionen Deutsche. Zu den Toten gehören auch ein Bruder und eine Schwester von Michail Walez. Carolina Barenkamp erkrankt, kann aber von den Ärzten des Israelitischen Krankenhauses gerettet werden.

Die Magie erwacht aus dem Dornröschenschlaf, und ein neuer Zyklus der Menschheit wird eingeläutet. Drachen und andere mythische Wesen brechen aus ihren Verstecken in der Erde und erweisen sich als intelligente, mächtige Wesen. Überall auf der Welt besinnen sich Menschen auf die Kräfte der beseelten Natur und entdecken den Astralraum. Auch Deutschland wird von dieser Welle erfaßt, als erstmals 2014 magiebegabte Menschen in Erscheinung treten. Zunächst sind es vor allem Sinti und Roma, deren Verhältnis zur Magie nie ganz verschüttet war, bald brechen die Phänomene aber auch in anderen Schichten auf, etwa bei Neofeministinnen, die sich bewußt mit Hexerei befassen. Verschiedene Schulen der Magie entwickeln sich, die magischen Kräfte von Schamanen und Magiern etablieren sich zu Machtfaktoren in der erwachten Welt, die Präsenz von Elementar- und Tiergeistern ist unübersehbar. Aber der eigentliche Durchbruch der magischen Realität steht noch bevor.

Im Jahre 2021 ist Michail fünfundzwanzig Jahre alt. Er hat eine kaufmännische Lehre absolviert, in der Abendschule sein Abitur nachgeholt, ein aus eigener Kraft finanziertes Universitätsstudium abgeschlossen und beginnt ein Referendariat als Gymnasiallehrer.

Othmarschen und Ottensen sind Stadtteile, die aneinandergrenzen und zugleich durch Welten voneinander getrennt sind. Aber in einem Studienseminar verschwimmen die Grenzen zwischen den Welten. Michail Walez lernt dort ein Mädchen kennen. Wie der Leser vielleicht schon ahnt, handelt es sich dabei um Carolina Maria Catherina Barenkamp. Die beiden verlieben sich ineinander.

Eine der Seminarleiterinnen heißt Regina von Rhoden und ist eine vierzigjährige, etwas distanziert wirkende, gepflegte, schöne Frau. Plötzlich verändert sie sich auf gräßliche Art. Sie beginnt rapide zu wachsen, bis sie zwei Meter siebzig groß ist. Überall an ihrem Körper sprießen die Haare, die Nase verbreitert sich, die Eckzähne werden immer größer und ragen schließlich wie mächtige Hauer aus dem Mund. Regina von Rhoden ist zu einem Troll geworden, wird vom Unterricht suspendiert und erst drei Jahre später nach einem in der Revision gewonnenen Prozeß vor dem Oberlandesgericht wieder eingestellt.

Die zweite VITAS-Epidemie hat Deutschland erreicht. Diesmal sterben nur wenige, aber zwischen zehn und fünfzehn Prozent aller Menschen verwandeln sich in mythische Wesen wie Trolle, Orks, Elfen und Zwerge, Untergruppen einer neuen Metamenschheit. Es sind zu viele, und ihre Talente sind zu ausgeprägt, als daß Versuche, sie zu verfolgen und zu internieren, auf Dauer Erfolg haben können. Sie wachsen allmählich als vertraute Bestandteile in die menschliche Gesellschaft hinein und sind in ihren Gattungen so willig und fähig zur Fortpflanzung wie die sogenannten Norms.

Irena Walez wird zu einem Ork und erhängt sich auf dem Dachboden der Ottenser Mietskaserne, als sie und ihre Familie mit der Umwandlung nicht zurechtkommen.

Dreißig der zweihundertvierzig Kommilitonen von Michail werden zu Zwergen, Elfen, Orks und Trollen. Michail verwandelt sich nicht, ebensowenig Carolina, was beide mit großer Erleichterung erfüllt. Gegen den allerheftigsten Widerstand von Carolinas Familie werden die beiden schließlich ein Paar. Jugendstilvilla ade.

Das Jahr 2022 findet die beiden Junglehrer fertig ausgebildet, aber ohne Stellung in einer Welt des Zusammenbruchs, der Neuorientierung und des Neuaufbaus. Carolina, die aus einer Laune heraus Türkisch studiert hat, findet schließlich eine Anstellung als Lehrerin im Türkisch-Deutschen Hilfswerk und zieht mit ihrem Mann nach Berlin.

Sie kommen in eine von Unruhen und Aufständen aller Art erschütterte Stadt. Die aus inzwischen durchgeführten freien Wahlen hervorgegangene deutsche Regierung und das Parlament ziehen in einer Nacht-und-Nebel-Aktion nach Hannover um.

Am 7. Juli 2023 kommt das einzige Kind von Michail und Carolina zur Welt, ein Junge, der in einer Zeremonie der russisch-orthodoxen Kirche auf den Namen Thorbjörn Alexander Iwan getauft wird. In die russisch-orthodoxe Kirche ist Michail eingetreten, als sein Vater Igor aus der evangelischen Kirche austrat. Eigentlich wollte er damit nur seinen Vater ärgern, aber später wird sie für ihn ein Stück Identifikation mit jenem russischen Erbe, von dem seine Eltern nichts mehr wissen wollen. Der Dreifachvorname ist Carolinas Beitrag zum Taufakt.

Thor besucht zusammen mit türkischen Norms und deutschen Orks, iranischen Elfen, polnischen Trollen und afrikanischen Zwergen einen Kindergarten im Berliner Stadtteil Kreuzberg, wo seine Eltern eine Wohnung gefunden haben. Thors Vater Michail ist inzwischen als Aushilfslehrer an einer privaten Wirtschaftsschule untergekommen. Auf den Straßen kommt es derweil zu blutigen Straßenkämpfen zwischen der Polizei und anarchosyndikalistischen und neoanarchistischen Gruppen, deren Organisationen immer größeren Zulauf finden. Bilder gehen um die Welt, in denen kampfeslustige Orks und Trolle auf das Brandenburger Tor klettern und mit dem anarchistischen Symbol bemalte Deutschlandfahnen schwenken.

Als Thor 2029 eingeschult wird, existieren zunächst keine biographischen Daten über ihn. VIRUS hat zugeschlagen und sämtliche staatlichen und die meisten konzerneigenen Datensysteme vernichtet. Die Folge ist ein Chaos auf allen Ebenen, das vor allem die Wirtschaft erschüttert und kleine Betriebe reihenweise über die Klinge springen läßt.

Als Achtjähriger steht Thor an der Straße und sieht zu, wie Panzer Richtung Osten rollen, um die russischen Angriffe gegen das Baltikum und Polen zu stoppen. Am Ende dieses ersten Kapitels der Eurokriege sind 250 000 Tote zu beklagen.

Thor ist zehn Jahre alt, als die islamischen Fundamentalisten zum Großen Jihad, der Befreiung aller Muslime in nichtislamischen Staaten, aufrufen. Überall in Europa kommt es zu Aufständen und Kriegen, als deren Folge eine Fülle von islamischen Enklaven und Kleinstaaten entsteht. Dieses Mal ist die Familie Walez jun. unmittelbar betroffen. Kreuzberg wird zum Zentrum des Berliner Aufstands und hermetisch von der übrigen Stadt abgeriegelt. Es kommt zu Übergriffen gegen nichtislamische Bewohner, bei denen Michail schwer verletzt wird. Seine Stellung hat er längst verloren, weil man ihn nicht zur Arbeit in Schöneberg gehen läßt. Das Emirat Kreuzberg wird ausgerufen. Carolinas gute Kontakte zum Türkisch-Deutschen Hilfswerk bewirken am Ende, daß sie, ihr Mann und Thor das Emirat verlassen dürfen. Ohne Wohnung und Arbeit findet die Familie schließlich Unterschlupf bei Michails einzigem überlebenden Bruder Arkadij, der es in Schneverdingen, einer kleinen Stadt in der Lüneburger Heide, zu einer bescheidenen Existenz als selbständiger Handwerker gebracht hat. Carolinas verzweifelte Bitte an ihre Eltern, ihnen zu helfen, bleibt unbeantwortet. Michails Vater Igor, der zu trinken begonnen hatte, lebt nicht mehr. Er wurde von deutschen Neostalinisten erschlagen, als er sich in einer Kneipe lobend über Gorbatschow äußerte.

Die Walez' sind jetzt Bürger des Norddeutschen Bundes, zu dem sich die Reste der früheren Bundesländer Niedersachsen, Schleswig-Holstein, Bremen und Mecklenburg zusammengeschlossen haben. Dieser neue Bund kann nicht darüber hinwegtäuschen, daß Deutschland immer mehr auseinanderbricht, ein zerrissenes Land wird. Pogrome gegen Trolle, Orks, Elfen und Zwerge verschärfen die Lage, und die Angegriffenen wehren sich, fordern eigene Enklaven und setzen sie durch.

Thor Walez kehrt als Achtzehnjähriger nach Berlin zurück und studiert an der Technischen Hochschule Informatik. Thor ist neunzehn und weit vom Schuß, als Vulkanausbrüche in der Eifel das Land verwüsten. Lavaströme ergießen sich in den Rhein, führen zur dauerhaften Überschwemmung des Neuwieder Beckens und zur Aufgabe von Koblenz. Doch für Thor steht eine private Katastrophe im Vordergrund. Ihn erreicht die Nachricht vom Tod seiner Eltern und der Familie des Onkels Arkadij. Eine Bande marodierender

Orks – frühere Söldner in den verschiedenen Grenz-kriegen auf dem Balkan – ist über Schneverdingen her-gefallen und hat Hunderte von Menschen geschändet, getötet und den halben Ort angezündet, bevor der Bundesgrenzschutz eingreifen und die Marodeure nie-dermachen kann.

Thor ist jetzt auf sich allein gestellt. Seine Großeltern leben noch immer in ihrer Jugendstilvilla im Hambur-ger Othmarschen, aber Thor hat sie nie kennengelernt. Sie haben die Einladung zur Taufe abgelehnt und wol-len ihren Enkel auch später nicht kennenlernen. Thor bricht sein Studium ab, nimmt einen gutbezahlten Job bei dem auf Computersicherheitssysteme spezialisier-ten Megakonzern Renraku an und macht eine Blitzkar-riere.

High-Tech und Magie, Megakons und organisiertes Verbrechen sind die bestimmenden Kräfte in Deutsch-land wie überall auf der Welt. Und irgendwo dazwi-schen, in den Grauzonen, in den Schatten, bewegen sich die Schattenläufer. Für anonyme Auftraggeber, die ›Schmidts‹, oder auf eigene Rechnung beschaffen sie jene Daten, nach denen die Mächtigen gieren. Sie sind Straßenkämpfer und Überlebensspezialisten, und einige haben sich darauf spezialisiert, in den Cyber-space – das Netz, die weltumspannende Matrix, die die Computersysteme miteinander verbindet – einzu-tauchen, andere sind zur Symbiose mit Maschinen fähig.

Als 2045 die alte Bundesrepublik Deutschland be-erdigt und durch die Allianz Deutscher Länder ersetzt wird, gehören ihr außer dem Norddeutschen Bund die Länder Bayern, Franken, Württemberg, Trollkönig-reich Schwarzwald, Groß-Frankfurt, Badisch-Pfalz, Hessen-Nassau, Großherzogtum Westrhein-Luxem-burg, Thüringen, Herzogtum Sachsen, Nordrhein-Ruhr, Westphalen, Brandenburg und die Freistadt Hamburg an. Hinzu kommen die assozierten Mitglieder Sonderrechtsgebiet Saar, Herzogtum Pomorya (eine Elfen-Enklave), Konzil von Marienbad (eine Gruppe von Kleinkönigreichen zwischen Böhmerwald und Erzgebirge) und die Freistadt Berlin. Das lose Staatengebilde ADL übt nur noch wenige Hoheitsrechte zentral aus, aber staatliche Macht jeder Art befindet sich ohnehin auf dem Rückzug. Die eigentlich Mächtigen sind die Megakons mit ihren eigenen Gesetzen und ihren Schutztruppen. Sie dominieren die Metroplexe und Sprawls wie Rhein-Ruhr, Groß-Frankfurt, Nürnberg-Fürth-Erlangen, Hamburg und Berlin. Aber die Megakons sind keine homogene Gruppe. Jeder verfolgt seine eigenen Interessen. Informationen sind zur heißesten Ware im Konkurrenzkampf geworden.

Im Jahre 2053 hat sich auch Thors Leben gründlich verändert. Er arbeitet nicht mehr für Renraku, und er lebt nicht mehr in Berlin. Er ist Schattenläufer geworden. Seit acht Jahren lebt er schon in den Schatten...

1. KAPITEL

›Motorpsycho Nightmare‹

Den Beginn der Sechsten Welt hätte man aufgrund der eigenen Probleme in Deutschland fast verschlafen, wäre da nicht das Auftauchen der Großen Drachen gewesen: Die Meldungen über die Sichtung von Drachen in der Eifel, im Harz, im Böhmerwald, im Riesengebirge und im Allgäu werden zunächst als Spinnerei einzelner, schließlich als Massenhysterie abgetan, und erst ihre Wiederkehr im Frühjahr 2012 macht den Spekulationen ein Ende: Lofwyr, Nebelherr, Kaltenstein, Schwartzkopf, Feuerschwinge und Nachtmeister siedeln sich in ihren Erscheinungsgebieten an und lassen sich auch durch den Einsatz militärischer Macht nicht mehr vertreiben.

Während des gesamten Jahres 2012 füllen Berichte über magische Phänomene, vor allem über Drachen, Natur- und Elementargeister, die Schlagzeilen der Zeitungen. Neue Tierarten, vor allem Barghests und Riesenratten, die sich bald zu einer regelrechten Plage entwickeln, und auch die von der UGE betroffenen Kinder (die in erster Linie unter Zwergenwuchs leiden) werden zunächst jedoch nicht als Zeichen einer Neuen Welt, sondern als Opfer und Auswirkungen des Cattenom-GAUs angesehen. Die Ökumenische Besinnungsbewegung und der katholische Fundamentalismus verzeichnen großen Zulauf, während viele andere Menschen recht früh die paranormalen Erscheinungen naturwissenschaftlich deuten und von der Religion abrücken. Zu Beginn des Jahres 2014 können die großen Kirchen nur noch etwa 45 % aller Bundesbürger zu ihren Anhängern zählen.

Dr. Natalie Alexandrescu:
Die Geburt der Sechsten Welt,
Deutsche Geschichte auf VidChips,
VC 15, Erkrath 2051

Das ist meine Rache, und du wirst dabei zusehen, Walez!«

Thor hatte keine Ahnung, was Roberti meinte. Er sah den Mann an, der neben ihm auf dem Fahrersitz saß, aber dieser beachtete ihn nicht weiter.

Roberti nahm eine Zigarette aus der zerknautschten Packung, schob sie sich in den Mund, steckte die Packung in die Seitentasche des dunkelblauen Maßanzugs, drückte den Zigarettenanzünder in Zündposition, wartete, bis er zurücksprang, führte das glühende Ende an die Zigarette, nahm einen tiefen Zug und stöpselte den Anzünder wieder ins Armaturenbrett.

Sehr altmodisch und bizarr, dachte Thor. *Aber irgendwie faszinierend.*

Jede dieser kleinen Bewegungen nahm Thor bewußt wahr, als sei er selbst Roberti. Oh ja, Roberti genoß diese Prozedur. Dabei ließ er das mit der Linken umklammerte Lenkrad nicht einen Moment lang los und behielt den Eingang des Restaurants im Auge. Spielerisch trat er das Gaspedal ein bißchen tiefer, als solle ihn das Geräusch der höheren Drehzahl des Motors daran erinnern, daß der Jaguar tatendurstig war.

Was für eine uralte Kiste, wunderte sich Thor. *Vermutlich noch aus dem vorigen Jahrhundert. Nicht einmal Overhead-Kontrollen, keine Riggerbuchse, nichts...*

Ein Mann mit grauem Haar, einem gepflegten Oberlippenbart und kleinen, unsteten Augen hinter einer Nickelbrille näherte sich auf dem Bürgersteig. Roberti sah ihn im Rückspiegel und verzog abfällig die Lippen angesichts des schlechtsitzenden, zu weiten grauen Anzugs mit Pfeffer-und-Salz-Muster, den der Mann spazierenführte.

»Keinen Mucks, Walez!« zischte Roberti.

»Drekhead!« wollte Thor sagen, aber er stellte fest, daß er keinen Mund hatte. Er wollte sich bewegen, den Grauhaarigen auf sich aufmerksam machen. Da bemerkte er, daß er auch keinen Körper hatte. Er fand das merkwürdig, aber er dachte nicht darüber nach.

Als der Mann den Wagen rechts passierte, lugte er in das Innere. Roberti wandte sich leicht zur anderen Seite und zog den Hut etwas tiefer ins Gesicht.

Der Mann schlenderte weiter. Nichts deutete darauf hin, daß ihm etwas Ungewöhnliches aufgefallen war. Roberti schnippte die Asche seiner Zigarette auf den Boden. Seine Aufmerksamkeit war nur minimal abgelenkt worden und galt jetzt wieder voll und ganz dem Restaurant.

Er hielt die Zigarette im Mundwinkel und tastete mit der Rechten nach dem Einschaltknopf des Radios. Auf halbem Wege hielt Roberti inne. Nicht jetzt, schien er zu denken. Keine Ablenkung.

Die Tür des Restaurants öffnete sich, und ein fülliger Mann in einem kamelbraunen Wollmantel trat auf die Straße. Im Eingang verharrend, knöpfte er sich den Mantel zu und schlug den Kragen hoch. Dann ging er die Straße hinauf, entfernte sich von Roberti und Thor in dem Wagen. Roberti lächelte.

Auf der Gegenseite der Fahrbahn kam ein Polizeiwagen in langsamer Fahrt heran. Die beiden Beamten trugen Lederjacken. Müßig hielten sie Ausschau nach Ungewöhnlichem, und der Blick des Fahrers streifte auch Robertis Jaguar. Ein parkender Jaguar. Nichts weiter. Gelangweilt wanderte der Blick des Polizisten weiter.

Dann war der Polizeiwagen an der nächsten Kreuzung rechts eingebogen. Roberti entspannte sich. Eine Minute nach der anderen verging. Dann öffnete sich erneut die Tür des Restaurants. Robertis Augen verengten sich. Es war soweit.

Roberti legte den ersten Gang ein, ließ die Kupplung kommen und fuhr aus der Parklücke.

Nervig und umständlich, dachte Thor. *Ein merkwürdiges Auto.*

22

Eine junge Frau in Jeans und einem T-Shirt trat auf den Bürgersteig. Die Frau wirkte sehr schlank, beinahe mager. Auffällig waren ihre großen, dunklen Augen, in denen sich Wärme und Sensibilität spiegelten.

Roberti schaltete in den zweiten Gang und beschleunigte. Die Frau hatte die Mitte des Bürgersteigs erreicht.

Jetzt hatte Thor erkannt, was Roberti plante.

Nein! schrie er. Aber er hatte keinen Mund, und niemand hörte ihn.

Roberti schaltete in den dritten Gang. Die Frau hatte den Rand der Fahrbahn erreicht.

Roberti trat das Gaspedal durch, und der Motor drehte kraftvoll durch.

Die Frau sah auf. Sie wirkte erstaunt, begriff nicht, was vor sich ging. Wie versteinert starrte sie das Auto mit weit aufgerissenen Augen an.

Verzweifelt versuchte Thor, Roberti in das Lenkrad zu greifen und es herumzureißen, aber er hatte keinen Körper.

Roberti lenkte den Wagen wie beiläufig nach rechts. Es gab einen heftigen Ruck, als der rechte Reifen gegen den Bordstein prallte. Die Züge der jungen Frau verzerrten sich voller Angst. Sie hatte verstanden. Dann gab es noch einen Ruck, ungleich heftiger, begleitet von einem schrecklichen Geräusch, als würde ein Sack mit rohen Eiern gegen eine Wand geschleudert.

Aber der Körper der Frau war nicht Widerstand genug gewesen für die kinetische Energie des Jaguar. Der Wagen schoß weiter und kam ins Schlingern. Verzweifelt versuchte Roberti gegenzulenken, aber es gelang ihm nicht, die Kontrolle über den Wagen zurückzubekommen. Das Heck brach aus und knallte gegen die Hauswand. Glas klirrte, Metall schepperte.

Robertis Körper schoß zur Seite, aber der Gurt bewahrte ihn vor einer Kollision mit der Scheibe der Fahrertür. Thor besaß keinen Körper. Ihm hatte das Ganze nichts ausgemacht. Der Motor lief noch. Roberti legte hastig den ersten Gang ein. Der Wagen setzte sich zögernd in Bewegung.

Er zog stark nach rechts. Ein Reifen war geplatzt. Außerdem schepperte und rumpelte die Hinterachse. Damit kam er nicht mehr weit.

Roberti bremste und befreite sich hastig von dem Gurt, öffnete die Fahrertür, sprang hinaus und sah sich gehetzt um. Thor stellte fest, daß er neben Roberti stand.

Noch hatten sich keine Zuschauer am Unfallort eingefunden. Doch keine zehn Meter weiter starrte eine junge Frau herüber, die gerade die Tür ihres parkenden Wagens geöffnet hatte, um einzusteigen. In der linken Hand trug sie die prall gefüllte Plastiktüte mit ihrem Einkauf aus dem Supermarkt.

Thor glaubte seinen Augen nicht zu trauen. Es war die gleiche Frau, die Roberti gerade überfahren hatte! Oder ihre Zwillingsschwester.

Was geht hier vor? dachte Thor.

Roberti sah ihn an. »Du kommst mit!« befahl er.

In Sekundenschnelle war Roberti zu der Frau gesprintet und hielt ihr seine Luger unter die Nase. Thor war neben ihm und wußte nicht, wie und warum.

»Einsteigen!« herrschte Roberti die Frau an. »Na los, mach schon, wenn dir dein Leben lieb ist.«

Wortlos gehorchte sie. Roberti gab ihr einen Schubs, und der Inhalt der Plastiktüte verteilte sich im Wageninneren. »Rüberrutschen!« herrschte er sie an. Sie gehorchte, hatte aber Mühe, sich an dem Schalthebel vorbeizuschlängeln.

Roberti, dem das alles nicht schnell genug ging, gab ihr einen derben Schubs und zwängte sich dann selbst auf den Fahrersitz. Klaglos zog sie die Beine nach, und sie protestierte auch nicht, als ihr Roberti den Zündschlüssel aus der Hand nahm. Bei allem wirkte sie dennoch nicht so, als stünde sie unter einem Schock.

Sie schien lediglich verwundert zu sein. Thor saß hinter ihr auf dem Rücksitz.

Roberti startete den Motor, sah kurz in den Rückspiegel und gab Gas. Mit quietschenden Reifen schoß der Wagen davon. Noch immer kein Menschenauflauf. Mit einem letzten Blick in den Rückspiegel vergewisserte sich Roberti, daß alles wirklich passiert war und dort der tote Körper einer Frau lag. Er lächelte. Was er sah, schien ihm Vergnügen zu bereiten.

»Wie hat euch meine Rache gefallen?« fragte er Thor und die junge Frau. »Aber das war natürlich nicht alles. Jetzt folgt der zweite Teil. Langsamer, mit mehr Genuß. Aus nächster Nähe.«

Thor nahm jede Einzelheit in sich auf.

Roberti. Ein lächelndes Gesicht mit harten Augen und makellosen weißen Zähnen, die Stirn von der Krempe eines Schlapphuts beschattet. Ein maskuliner Mann mit ebenmäßigen Gesichtszügen. Harte Linien um den Mundwinkel herum. Machtlinien, sadistische Linien. Dieser Mann wollte herrschen und töteten. Schlank und breitschultrig. Gekleidet in einen dunkelblauen Doppelreiher mit Nadelstreifen. Maßarbeit, der Stoff vom Feinsten.

Die junge Frau. Eine hohe Stirn, sehr kurze schwarze Haare. Die Nase nicht ganz ebenmäßig, schmales Gesicht, der Mund eine Idee zu klein. Eine interessante Frau, Schönheit mit kleinen Makeln, eine winzige Spur Herbheit, wie bittere Schokolade. In ihren großen, dunklen Augen spiegelten sich Intelligenz und eine versteckte Verletzbarkeit, aber auch Selbstbewußtsein und Mut. Mittelgroß, zierlich, schmale Hüften. Unter dem T-Shirt zeichneten sich kleine Brüste ab.

Roberti nahm die Luger und richtete sie auf die Frau.

Die Augen der Frau weiteten sich. In ihnen stand nackte Angst. Robertis Finger krümmte sich um den Abzug.

Der Körper der Frau verkrampfte sich.

»Nein!« schrie Thor, und plötzlich hatte er eine Stimme.

Er hatte einen Körper.

Er hatte eine Waffe in der Hand.

Er schoß.

Plötzlich löste sich alles auf. Mit einem Mal wußte Thor Walez, daß es diesen Roberti gar nicht gab, daß alles nur der virtuellen Realität eines SimSinn-Chips entsprungen war. Irgendeine altmodische Gangsterwelt, der Schwarzen Serie nachempfunden, noch nicht einmal stilgerecht in den vierziger Jahren des vorigen Jahrhunderts angesiedelt, sondern in die achtziger Jahre verlagert. Billigware, Drek. Obwohl streckenweise erstaunlich intensiv. Erschreckend intensiv.

Es gibt diesen Roberti nicht, aber ich hasse ihn. Ich würde ihn jederzeit umbringen.

Dann begriff er, daß er sich keinen SimSinn-Chip reingezogen, sondern den ganzen Quatsch geträumt hatte. Nicht genug damit, daß er Realität träumte. Jetzt träumte er sogar schon virtuelle Realität!

Thor Walez wachte auf. Er war am ganzen Körper schweißnaß. Benommen taumelte er zum Waschbecken, streifte das T-Shirt ab, lenkte einen Schwall kalten Wassers gegen Gesicht und Oberkörper, achtete nicht auf die Pfütze, die er dabei machte, trocknete sich am ganzen Körper ab, ging zum Bett und legte sich wieder schlafen. Dieses Mal träumte er nicht. Zumindest konnte er sich später an nichts mehr erinnern.

2. KAPITEL

›*One More Night*‹

1998 bricht die Montanindustrie des Ruhrgebietes zusammen. Obwohl die Bundesregierung Milliarden in die Region pumpt und sich auch bald neue Investoren und innovative Betriebe in der Region zwischen Rhein und Ruhr ansiedeln, setzt eine Stadtflucht ein, wie sie in der deutschen Geschichte einmalig bleiben sollte: Millionen Menschen wandern nach Süddeutschland und in die ostdeutschen Bundesländer aus. Das Ruhrgebiet wird als separater Regierungsbezirk etabliert; kurzfristig muß sogar der Ausnahmezustand ausgerufen werden.

Die hohe Arbeitslosigkeit und kurzfristig auftretende Versorgungsengpässe führen in Dortmund, Herne und Essen zu blutigen Unruhen, bei denen mehrere Hundert Menschen ums Leben kommen. Bei den vorgezogenen Kommunalwahlen im neuen Regierungsbezirk können die Kandidatinnen und Kandidaten der PDS (in ihrem letzten Auftreten als eigenständige Partei) erhebliche Erfolge für sich verbuchen. Schon kurz nach der Jahrtausendwende beginnt sich die Lage zu normalisieren, und neue Anwohner strömen in das Vakuum.

Dr. Natalie Alexandrescu:
Vom Revier zum Sprawl. Der Rhein-Ruhr-Megaplex,
Deutsche Geschichte auf VidChips,
VC 3, Erkrath 2051

Draußen, hinter den eingeschlagenen Fensterscheiben, spiegelte sich fahlgelbes Mondlicht in öligen Pfützen. Es war eine feuchte, neblige Novembernacht, die sich stickig und stinkend wie ein nasser, alter Filzhut über den Rhein-Ruhr-Sprawl gestülpt hatte. Krankenwetter, sagten die Leute dazu, und die Nacht hatte in der Tat etwas Krankes. Die Giftdämpfe aus der nahen Emscher mischten sich mit Kloakengerüchen zu einem morbiden Cocktail. In einer Beziehung war diese Nacht jedoch eine Nacht wie alle anderen in diesem Deutschland des Jahres 2053. In den Schatten würde man wieder kämpfen und den Kredstab auffüllen. Und sterben. Gevatter Tod hatte die Karten schon gemischt. Jetzt wurden sie ausgelegt.

Der Ort war ein baufälliger Holzschuppen, der sich wie ein waidwundes Tier an eine brüchige Steinmauer kauerte, die das Werksgelände einer schon vor Jahrzehnten stillgelegten Fabrik gegen das benachbarte Ödland abschirmte. Im Schuppen war es zugig und kalt, aber die Gegend paßte zu denen, die sich hier versammelt hatten. Niemandsland, Rattenland zwischen den Slums von Karnap im Norden von Essen und der gleißenden, makellosen HighTech-Welt, der Arcologie von Saeder-Krupp in Bredeney. Moderdeutschland in der Kloake von Glitzerdeutschland.

Das Quartett hatte sich in eine Nische zwischen einem verrosteten Container und einem Berg aus abgefahreren Autoreifen gezwängt. Hier zog es nicht allzusehr, es war trocken, und man hatte die beiden Haupteingänge des Schuppens im Blickfeld. Ein oben abgeschirmter und auf kleinste Leistung heruntergedrehter Niedrigfrequenzscheinwerfer, gespeist aus dem Powerpack eines der Männer, rammte sein kaltes, erbarmungsloses Licht in die auf obszöne Art nackt wirkenden, surrealistisch verschatteten Gesichter.

Ich kann mir die Leute nicht aussuchen! hämmerte sich Thor ein, als er sein Team grimmig musterte. Er hatte gelernt, die wahren Gesichter hinter den surrealistischen Masken solcher Nächte zu erkennen. Aber diese Gesichter gefielen ihm fast noch weniger als die kantigen Profile, die der Niederfrequenzer zeichnete. Nein, weiß Gott, er konnte sich die Leute nicht aussuchen. Nicht mehr. Es hatte Zeiten gegeben, in denen das anders gewesen war. Aber jetzt mußte er nehmen, was sich anbot. Und schließlich waren sie Runner wie er, Chummer, Kameraden. Und das allein zählte.

Der Dicke mit den öligen, straff nach hinten gekämmten blonden Haaren und dem penetranten Schweißgeruch wurde Cracker genannt, und er schien nichts gegen seinen Spitznamen zu haben. Er hatte übertrieben stark ausgelegte Kunstmuskeln in den Armen, die natürlich unbedeckt waren. Vermutlich Second Hand, von irgendeinem Leichenfledderer gekauft, der Chummer einsammelte, die in das goldene Cyberreich hinübergedriftet waren. Das Silikon wies erste Risse auf. Irgendwann würden die Muskeln wie überdehnte Stahltrossen reißen und Matsch aus seinen Armen machen. Aber das schien Cracker wenig zu bekümmern. Er grinste breit und ließ spielerisch seine Urban Combat hochschnellen. Die Reflexbooster funktionierten einwandfrei, und die MP wirkte gepflegter als alles, was sie bewegte. Vermutlich war sie Cracker auch wichtiger als alles andere. Und das war gut für ihre Mission. Der Laserstrahl des Zielsuchers tanzte auf der Schuppenwand.

»Mein treuer Geeker«, meinte Cracker und streichelte die Waffe.

»Genug«, sagte Thor und ließ sich seine Nervosität nicht anmerken. Er mochte solche Spielereien nicht. »Schießübungen kannst du dir schenken. Ich gehe mal davon aus, daß du genügend Muni für die Spritze hast.«

Cracker nickte und zeigte auf die angeklippten Gurte. Er grinste noch immer, noch breiter. So breit, daß seine Ohren von den Mundwinkeln fast Besuch bekamen.

Er hängte sich die MP wieder um die Schulter, glättete die zerrissene dunkelrote Leinenweste, die er auf nackter Haut trug, und wischte sich die feuchten Finger an seiner Jeans ab. Er hatte das Grinsen abgestellt und sah Thor in die Augen. »Glaubst du an Gott?« fragte er völlig unmotiviert.

Einen Moment lang war Thor verblüfft. Einen derart verwegenen Gedanken hatte er bei der derben Messerklaue nicht vermutet.

»Was soll das?« fragte er ungehalten.

»Hat deine Mami dir nicht beigebracht, daß es unhöflich ist, eine Frage mit einer Gegenfrage zu beantworten, Schätzchen?« mischte sich die grünhaarige Spiderqueen ein. Ihre Stimme klang so kühl und ironisch, wie ihr Gesicht aussah. Sie hätte hübsch sein können, wenn sich nicht eine tiefrote Narbe von der Stirn über die rechte Wange bis zum Hals gezogen hätte. Wie ihr Name und die schwarze Lederkleidung war das wohl ein Andenken aus ihrer Straßengang-Vergangenheit, vielleicht das Erkennungsmerkmal der Gang, vielleicht Ergebnis eines Initiationsrituals. Oder irgendein Früchtchen aus einer verfeindeten Gang hatte ihr seine Stahlklaue durch das Gesicht gezogen. Von plastischer Gesichtschirurgie hielt sie offenbar nichts. Die Narbe schien ihr wichtig zu sein. So wichtig wie dem Dicken die Combat Urban. War die kühle Spötterin etwa im tiefsten Winkel ihrer verdrehten Persönlichkeit sentimental?

Thor beachtete den Einwand nicht. Er schwieg.

»Cracker gehört zur Kirche der letzten Heiligen, Chummer«, versuchte Wenzel, der Kleinste im Team, sich wichtig zu machen. Er war der einzige der vier, der keine Stirnbuchse besaß. Entweder hielt er nichts von SimSinn, oder er zog sich die Trips in die virtuelle Realität mit einem Netzhelm rein. Wenzel hatte unstete Augen, ein fliehendes Kinn, struppige schwarze Haare, trug eine Art Tarnanzug und wirkte nervöser als die anderen. Thor sah, wie sich die Zehen in seinen dünnen Cowboystiefeln, die nicht recht zu dem Söldnerdreß passen wollten, auf und ab bewegten. Von diesem Typus hatte Thor schon unzählige auf den

Straßen erlebt. Im Dreck groß geworden, amoralisch, gierig, schnell mit dem Messer bei der Hand. Sie kamen und gingen. Und sie gingen schnell, weil es immer jemanden gab, der besser war.

»Kirche der letzten Heiden, Drekhead«, stieß Cracker ärgerlich hervor. »Der Heiden, die an Gott glauben.«

Wenzel zuckte gleichmütig die Schultern. Er steckte die Beleidigung erstaunlich leicht weg. Wahrscheinlich hatte er schon ganz andere Sachen zu hören bekommen. Und irgendwie schien er den Straßensamurai nicht besonders ernst zu nehmen.

Doch nicht so schnell mit dem Messer dabei, korrigierte sich Thor. *Disziplinierter, als ich dachte. Gut so.* Laut sagte er und wandte sich dabei wieder an Cracker: »Ich glaube an Drachen. Beantwortet das deine Frage?«

Wenzel und die Spiderqueen lachten. Viel zu laut. Man merkte, daß sie sich ihre unterschwellige Nervosität ablachten. Cracker zuckte mit den Achseln. Damit war das Thema erledigt.

»Hat jemand Fragen zu dem Run?« fragte Thor.

Cracker und Wenzel schwiegen.

»Wird eben ein Run wie jeder andere«, antwortete die Spiderqueen und gab sich gelangweilt. »Schmidt will, daß wir dich zum Einstöpseln begleiten und deinen Arsch retten, falls es brenzlig wird. Alles andere weißt du, sagt Schmidt. Irgendwie scheinst du hier der Boß zu sein, Schätzchen.«

»Ich will eure Waffen sehen«, forderte Thor, als die beiden in die Deckung zurückgekehrt waren. »Crackers Spritze kenne ich, aber was habt ihr zu bieten?« Er sah die Spiderqueen und Wenzel an.

Die Spiderqueen ließ ihre Unterarm-Schnappklingen herausfahren und hielt sie Thorn unter die Nase. »Hier, Schätzchen.«

»Verdrahtet?«

»What else hasse shiddy expect, Chumber? So ka?«

Thor hatte ein kurzes Blackout und nahm den Satz zunächst nur phonetisch auf, bevor er ihn für sich übersetzte. Natürlich unterhielten sie sich schon die ganze Zeit über in Ruhrdeutsch, einem wilden Gemisch aus traditionellem Ruhrpottslang, Englisch, Japanisch, Arabisch, Türkisch und der Citysprache der Megaplexe. Thor hatte diese Sprache erst lernen müssen, als er in den Rhein-Ruhr-Sprawl kam.

»Okay. Ist das alles?«

Die Spiderqueen zog die Cybersporne wieder ein und präsentierte eine Mauser Ladyline, die blitzartig aus einer Brustinnentasche der Lederjacke in ihre linke Hand gewandert war. »Damit treffe ich jedes Scheunentor aus zwei Metern Entfernung.«

Sie grinste, was ihre Narbe besonders scheußlich zur Geltung brachte. Thor mußte zugeben, daß die Frau über einen gewissen Humor verfügte. Er zweifelte nicht daran, daß sie im Scheunentor das Schlüsselloch treffen würde, und das aus zehn Metern Entfernung.

»Außerdem zwei Blendgranaten«, ergänzte die Spiderqueen.

»Blendend.« Thor nickte. »Und du, Chummer?« fragte er Wenzel.

Achselzuckend zog der Kleine eine Predator II. Das war weitaus mehr, als Thor bei ihm erwartet hätte. »Paar Messer hab ich auch noch dabei. Für den Fall, daß Blutwurst ansteht. Ich bin auch ein verdammt guter Messerwerfer, Chummer. Kannste mir glauben.«

Aus einer Ecke des Schuppens kam ein schepperndes Geräusch. Die Shadowrunner erstarrten. Flinke Hände fuhren zu den Waffen. Cracker mit seinen Reflexboostern hatte seine Urban Combat als erster im Anschlag und sprang aus der Deckung. Er ließ den Ziellaser über die Rückwand des Schuppens tanzen. Aber da war nichts.

Wieder ein Scheppern, diesmal leiser, aus der gleichen Ecke. Die Spiderqueen griff nach dem Such-scheinwerfer, riß ihn nach oben, klappte den Schirm herunter und jagte den Lichtkegel in die dunkle Ecke, fixierte einen Abfallhaufen. Etwas Kleines huschte in Panik davon. Einige leere Getränkedosen kamen in Bewegung und klirrten. Die Spiderqueen entspannte sich und kicherte leise.

Cracker ließ die MP sinken. »Ach Shit«, fluchte er. »Nur eine Ratte.«

Die beiden kehrten hinter die Deckung zurück und setzten sich wieder. Eine Weile sprach niemand.

Offenbar war das Team, das Schmidt für ihn ausgesucht hatte, doch kampfstärker und versierter, als man es erwarten konnte, dachte Thor. Zusammen mit Crackers Mußspritze und seiner eigenen Walther Secura hatten sie mehr als ausreichend Feuerkraft und waren auch gut für den Nahkampf gerüstet. Gleichzeitig machte sich Thor Sorgen. Der Run sollte eigentlich nur Routine sein: Ein Decker staubt ein paar Daten ab, und seine Kumpel spielen ein bißchen Wachposten. Keine echte Gefahr. Hatte ihr Herr Schmidt ein bißchen untertrieben?

»Zurück zum Thema«, sagte er. »Wie steht es mit Magie?« Das war reine Routine, denn die Antwort lag wohl auf der Hand. Seine Chummer waren ganz offensichtlich auf Stahl, Schwarzpulver und Elektronik eingeschworen.

»Nope, Sir«, gab die Spiderqueen die Antwort für alle.

Schade. Thor wußte die Dienste eines guten Magiers zu schätzen. Mehr als einmal hatte er einen Run nur deshalb überlebt, weil ein Magier im Team im entscheidenden Moment noch eine kleine Überraschung für den Gegner im Gepäck hatte.

»Wer ist der Öffner?« Das war die letzte Frage in seinem Katalog. Er hatte schon erlebt, daß sie am Einsatzort eintrafen und niemand auch nur einen simplen

Dietrich dabei hatte, weil sich jeder auf den anderen verließ.

»Das bin ich, Schätzchen«, meldete sich die Spiderqueen. »Hab 'nen Laserschneider und meinen Spezialkoffer dabei. Liegt alles im Auto.«

»Gut.« Ihr ›Schätzchen‹ begann ihm auf die Nerven zu gehen.

»Worauf du einen lassen kannst. Ich *bin* gut. Zehn Jahre Straßenpraxis, weißt du? Und ich hatte einen Bruder, der darin absoluter Profi war.«

Thor schenkte sich die Frage, was mit dem Bruder passiert war. Sicherlich das übliche.

Nach Schutzkleidung erkundigte er sich nicht. Die zählte beinahe zum Intimbereich der Schattenläufer. Jeder entschied selbst, welche Körperteile ihm kostbar genug waren, um eine Panzerung zu rechtfertigen. Viele investierten lieber in teure Waffen. Und es gab auch eine Menge Dummköpfe, die es für eine besondere Art von Mut hielten, dem Gegner Fleisch zu zeigen. Thor selbst dachte da anders. Er trug unter seiner blauen Synthojacke eine schußsichere Weste und zog manchmal auch einen Duster über.

Noch einmal musterte Thor die Gesichter seiner drei Gefährten, als wollte er sie sich einprägen. Sie kamen ihm jetzt menschlicher und vertrauter vor als noch vor einer halben Stunde. Er begann die drei als seine Gefährten zu akzeptieren. Zum erstenmal nahm er bewußt war, wie jung sie noch waren. Wenzel und die Spiderqueen waren allenfalls zwanzig, während Cracker vielleicht fünfundzwanzig Jahre alt sein mochte. Mit seinen dreißig Jahren kam sich Thor steinalt vor. Der Stoppelbart und die zu einem kleinen Zopf zusammengefaßten schulterlangen Haare, die Schatten unter den Augen, die scharf geschnittenen Gesichtszüge mit der leicht gekrümmten, kräftigen Nase und den hohen, stark ausgeprägten Wangenknochen, die ihn ein bißchen wie einen weißen Indianer aussehen ließen – dies alles ließ ihn noch strenger und älter aussehen, als er in Wahrheit war. Dies und sein eher dem Lebensgefühl der vierziger Jahre verhaftetes Fühlen und Denken schufen eine Distanz, die er manchmal brauchte und genoß, manchmal aber auch als emotionalen Verlust empfand.

Ich bin schon viel zu lange in diesem Geschäft, ging es ihm durch den Kopf. Das dachte er in letzter Zeit immer wieder, vor jedem Schattenlauf. Und oft auch danach, wenn etwas schiefgegangen war. In letzter Zeit ging häufig etwas schief. Einfach nur Pech, oder ließen seine Reflexe nach? Wurde er zu langsam für diesen Job?

Egal, der Pegelstand seines Kredstabs trieb ihn immer wieder hinein in die Schatten. Bis sie ihn eines Tages, früher oder später, schlucken würden. Wahrscheinlich früher. Vielleicht schon heute nacht.

Thor erhob sich, straffte sich, gurtete sein Cyberdeck und strich die Jacke glatt. Die anderen waren ebenfalls aufgestanden. Wenzel nahm den Scheinwerfer an sich.

»Wir fahren nach Düsseldorf«, sagte Thor mit geschäftsmäßiger, emotionsloser Stimme. »Unser Ziel ist ein Lederlager in der Kirchfeldstraße. Wir kommen über einen Hinterhof. Seid unbesorgt, es ist dort dunkel und ruhig. Minimale Sicherungen, keine elektronische Überwachung. Es dürfte ein Kinderspiel werden.«

Wer's glaubt, wird selig.

»Leder?« fragte Wenzel ungläubig. »Bist du sicher, Chummer, daß du dir die richtige Adresse gemerkt hast?«

Das war frech und möglicherweise eine Anspielung auf sein Alter, aber Thor entschied sich, den Hieb zu ignorieren. Er überlegte, ob er mehr verraten sollte. Na gut, sie waren seine Chummer und riskierten genau wie er, bei diesem Run in das Reich der ewigen Schatten einzugehen.

»Dort steht der einzige Computer eines Modedesigners, an den man relativ gefahrlos herankommen kann«, erläuterte er knapp. »So ka?«

»Komplizierte Methode, die Bestellung für 'nen Maßanzug aufzugeben«, kommentierte Cracker.

Thor sah ihn scharf an. Er war sich nicht ganz sicher, ob der Dicke einen Witz gemacht oder die Sache wirklich nicht geschnallt hatte. Aber dann sah er Cracker grinsen.

Der Designer hieß Jacobi und war Chef einer Firma, die teuersten Zwirn verscherbelte. Thors Auftraggeber, der allseits bekannte und wegen seiner beglaubigten Kredstäbe hochgeschätzte anonyme Herr Schmidt, interessierte sich allerdings weniger für die modischen Trends der nächsten Saison, sondern für Jacobis Beteiligungen an anderen Firmen und gewisse finanzielle Transaktionen.

Als Thor den Auftrag erhielt, war ihm schon klar gewesen, daß der Run nur über einen Einbruch ablaufen konnte. Aber er hatte sich Klarheit verschafft und war zu Hause über sein Vidphon in die Matrix gestiegen. Jacobis Computer – die privaten in seiner Villa und die geschäftlichen in der Designerfirma, seinen verschiedenen Firmen oder in dem bewußten Lederlager – waren durch eine Privatleitung miteinander vernetzt und hingen natürlich auch an der Matrix. Aber in jedem SAN hinter Jacobis Icon schwirrte brandneues Ice herum, und immer war tödliches Schwarzes Ice dabei.

Thor wußte, daß er ein erstklassiger Decker war. Seine Maskenutilities waren allererste Sahne, und er verstand sich auch gegen Schwarzes Ice zu wehren, falls es ihn aufspüren sollte. Aber niemand konnte verhindern, daß Jacobi der Einstieg hinterher gemeldet wurde. Zu viele Smart-Frames, die als Merker fungierten und ein Spalier für jeden Einwanderer bildeten. Sie griffen nicht ein, würden aber später auf Abfrage den

Zugriff melden. Und Aufsehen wollte ihr Schmidt nach Möglichkeit vermeiden.

Es blieb also nur die Möglichkeit, das schwächste Glied der Kette zu knacken. Das Ice saß in den SAN, den Zugängen zur Matrix. Internes Ice war unwahrscheinlich, weil es die Arbeit mit den Computern zu sehr behinderte. Der Einstieg in den Computer des Lederlagers bot sich somit als folgerichtige Konsequenz an. Diese Außenstelle war als Risikofaktor offensichtlich nicht erkannt worden. Jacobis Firmen und seine Villa hatten dagegen erstklassige Einbruchsicherungen.

»Also los!« Ohne Hast, aber zielstrebig bewegte sich Thor dem Ausgang des Schuppens entgegen. Er mußte sich nicht umdrehen, um zu wissen, daß die anderen ihm folgten. Leichtfüßig und fast geräuschlos, wie Raubkatzen im Dschungel. Sie *waren* Raubkatzen im Dschungel. Und zugleich Beutetiere für effizientere Räuber. Thors Nackenhaare spürten die Chummer. Oh ja, sie waren bei ihm.

Ein Stück vom Schuppen entfernt, weit genug, um nicht ihre Anwesenheit zu verraten, parkte ein dunkelroter VW Integra. Gebrauchte Kiste mit einigen Jahren auf dem Buckel und einer stattlichen Anzahl von Beulen. Ein ganz normales Sprawlauto. Natürlich geleast von irgendeinem Lakaien aus Schmidts Umfeld. Daß ein unverdächtiger Wagen gestellt wurde, der Routinekontrollen standhielt, gehörte zu den Geschäftsvereinbarungen mit Schmidt.

Thor wartete, als er das Fahrzeug erreicht hatte. Den Wagen zu fahren, war Wenzels Aufgabe. Er war damit gekommen und hatte den Codegeber.

Wenzel ging zur Fahrerseite und drückte den Chip in die Schloßmulde. Die Elektronik entriegelte die Türen. Die Chummer stiegen ein.

»Kirchfeldstraße in Düsseldorf, wie?« vergewisserte sich Wenzel. Er hatte gut aufgepaßt.

»Du gibst Graf-Adolf-Straße ein«, ordnete Thor an. »Sicherheitshalber, falls später der Speicher gecheckt wird. Rest per Handsteuerung. Und du parkst in der Hüttenstraße. Ich zeige dir, wo. Die Kirchfeldstraße liegt in der Fußgängerzone. Wenn wir dort reinfahren, haben uns die Bullen sofort am Arsch.«

Wiesel nickte, aktivierte mit dem Chip den Autopiloten, fragte die Koordinaten ab und berührte den Startsensor. Damit waren sie an das Verkehrsleitsystem ALI angeschlossen. Dann startete er den Elektromotor, steuerte die ersten fünfzig Meter manuell und überließ dann dem Autopiloten die Arbeit. Das Lenkrad drehte sich, wie von Geisterhand bewegt, während Wenzel nicht so recht wußte, wo er seine Hände lassen sollte. Erst verschränkte er sie vor der Brust, entschied sich dann aber doch, sie leicht auf dem Lenkrad ruhen zu lassen. Abwechselnd starrte er durch die Frontscheibe auf die Straße oder schaute auf den Monitor am Armaturenbrett, der die Stadtkarte abbildete, auf der sie sich als Leuchtpunkt bewegten.

Wenig Verkehr, hier draußen in Karnap. Darüber konnte man in mehr als einer Hinsicht dankbar sein. Thor hatte wenig Lust, sich Duelle mit schießwütigen Motorradgangs zu liefern.

Anfangs gab es draußen nur skelettierte Reste von ehemaligen Fabriken, brüchige Zäune und Mauern sowie einige Wohnhausruinen zu sehen. Daß diese Ruinen nicht immer so leblos waren, wie sie aussahen, wußte Thor aus eigener Erfahrung. Er hatte selbst schon in solchen Plexhöhlen Unterschlupf gefunden und oft um einen der besseren Plätze gegen Mitbewerber kämpfen müssen. Dann wechselten sich triste, verkommene Fronten von Produkten des sozialen Wohnungsbaus aus dem vorigen Jahrhundert mit den Billigpomp-Fassaden von Spielhallen und Musikschuppen ab.

»Kennste den Psychedelic Dungeon, Chummer?«

brach Wenzel das Schweigen und wandte sich Thor zu.

»Nein. Ist er das?« Thor war nicht sonderlich interessiert, zeigte aber auf eine der Lichtfassaden.

»Quark, der liegt in der Stahlstraße. Fiel mir nur gerade ein. Echt cool, Chummer. Fullsurround mit historischen Sets der besten Bands aus den letzten hundert Jahren. Wennste auf so was stehst. Ist natürlich kein Billigladen. Lohnt sich aber.«

»Hmm«, machte Thor. Natürlich hatte Thor schon vom Dungeon gehört. Jeder, der auf Rockmusik stand, kannte diesen Namen. Vor zwei oder drei Jahren noch hätte er unter Garantie seine allererste Nacht im Rhein-Ruhr-Plex in diesem Tempel der Rockmusik verbracht. Aber diese Zeiten waren vorbei. Er wußte selbst nicht, was mit ihm los war. Viele Sachen, für die er sich früher begeistert hatte, interessierten ihn heute nicht mehr die Bohne. Im Grunde interessierte ihn gar nichts mehr. So gut wie gar nichts.

Cracker und die Spiderqueen unterhielten sich angeregt über die letzten Trid-Gladiatorenshows des Piratensatelliten Korona III. Thor hörte weg. Dieser Mist ödete ihn an. Korona III brachte neben Gladiatorenshows auch Todesrennen, Hardcore-Pornos, Live-Selbstmorde und sonstigen Müll, der in den regulären Programmen verboten war. In der Allianz Deutscher Länder gab es 19 SimSinn-Sender, 47 TridSender und 21 private 2DTV, aber das schien vielen noch nicht zu genügen. Neue Sensationen, wie sie Korona III bot, kamen da offenbar gerade recht. Nichts für Thor Walez. Ihm genügte das, was er mit Hauteinsatz selbst erlebte. Er staunte, daß es Schattenläufer gab, die das anders sahen.

Wenzel blieb ebenfalls stumm. Entweder stand er auf andere Programme, oder es ging ihm sonst etwas im Kopf herum. Sich über die Tatsache Gedanken zu machen, daß sie sich mitten in einem Schattenlauf befanden, wäre wohl auch nicht das verkehrteste, dachte Thor.

ALI dirigierte sie aus irgendwelchen Gründen zunächst auf eine südliche Umgehungsstraße, aber dann erreichten sie ohne Zwischenfälle die Auffahrt zum Ruhrschnellweg nach Duisburg, der zehnspurig ausgebaut war, passierten die gleißenden Lichtfelder des Flughafens. Ein Luftschiff landete gerade mit leisem Fauchen. Der Größe nach war es ein Airbus AL800. Der Integra beschleunigte fast auf seine Höchstgeschwindigkeit, die allerdings nur bei 120 km/h lag. Jetzt blitzten links und rechts von Scheinwerfern angestrahlte Hochhausfassaden aus Aluminium, Glas und Edelstahl. Saeder-Krupp-Trabanten. Die Fortsetzung der Arcologie mit traditionellen Mitteln. Fassade an Fassade. Verwaltung, Produktion und wieder Verwaltung. In der Ferne das Areal des Tiergartens, von Saeder-Krupp aufwendig revitalisiert. Am Rande und dahinter die Wohnburgen der Sararimänner. Noch weiter weg die festungsähnlichen Villen, in denen die Execs des Megakons mit ihren Familien lebten. Und über allem wie ein glänzender Moloch das Kernstück des Unternehmens, der gewaltige, sich hoch in den Himmel reckende runde Turmbau, die Saeder-Krupp-Arcologie, eine Stadt für sich.

Thor schaltete das Bordvidkom ein und gab einen Code ein. Der Vidscreen blieb dunkel, aber er hörte die Stimme von Schmidt.

»Ja?«

Zwei Sekunden lang ließ Thor ihm Zeit, sein Gesicht einzuordnen. Dann sagte er knapp: »Termin wird vereinbarungsgemäß wahrgenommen. Wir sind unterwegs.«

Ohne auf eine Antwort zu warten, schaltete er auf 2DTV um. Er ließ den Selector wandern, bis er den Nachrichtensender RUNA erwischt hatte. Eine Weile sah und hörte er zu.

»... Beschädigungen an der Arcologie Cuxhaven halten sich in Grenzen. Bei dem Piratenüberfall wurden 27 Personen getötet. Der Bundesgrenzschutz kontrolliert alle Wasserfahrzeuge auf der Elbe, der Weser und in der Deutschen Bucht. Sicherheitskräfte der Proteus kämmen die küstennahen Regionen durch. Bisher konnten die Verantwortlichen noch nicht dingfest gemacht werden.«

Werbung für Zeiss Cyberaugen: »Zeiss is good for your eyes.«

»Dortmund: Blutiger Terror von Neonazis. Bei einem Überfall von Terroristen der Nationalen Aktion auf Landsleute türkischer Herkunft wurden 5 Menschen getötet, darunter ein Terrorist. Die Überfallenen hatten sich versammelt, um den 20. Jahrestag des Großen Jihad zu feiern.«

Werbung für die Walpurgis-Zeremonie: »Tempel der Mondin '94. Europas größtes Hexentreffen. Festplatz am Brocken. 30. 4. 54 – ab 16 Uhr.«

»Solingen: Troll erschlug Angreifer. In einer Solinger Gaststätte kam es zu einer Auseinandersetzung zwischen angetrunkenen Norms und einem Troll. Als die Norms mit Fäusten, Stuhlbeinen, Messern und Äxten auf den Troll eindrangen, erschlug er zwei seiner Peiniger mit bloßen Händen. Der Rest flüchtete.«

Werbung für Psi Aid: »Mit Giftgeistern ist nicht zu spaßen. Rufen Sie uns an, wenn Sie damit Probleme haben. Wir haben Mittel und Wege.«

»Düsseldorf: Von Bergershausen will härter durchgreifen. Die Regierungspräsidentin des Kommunalverbandes Ruhr, Erika von Bergershausen, kündigte auf einer Pressekonferenz neue Maßnahmen zur besseren Bekämpfung des organisierten Verbrechens sowie der Bandenkriminalität an. Sie wies in diesem Zusammenhang ...«

Der Screen wurde dunkel, die Stimme der Nachrichtenredakteurin riß ab. Thor hatte das Vidkom ausgeschaltet.

»Alles nur Geschwätz«, murmelte er. »Augenwischerei. Was soll das? Die Mafia arbeitet doch bestens mit der Regierung zusammen.«

»Die Straßengangs sind nur die Antwort auf die Kriminalität von oben«, warf die Spiderqueen ein, die sich wohl angesprochen fühlte. »Was willste denn allein auf den Straßen machen? Da mußt du deine Kumpel haben, sonst gehst du ein wie eine Primel.«

Und die Straßengangs machen dann den letzten Rest von Solidarität in den Armenghettos platt, dachte Thor, äußerte sich aber nicht dazu. Außerdem konnte er die Spiderqueen gut verstehen. Von unten sah manches anders aus als von oben.

»Wehret euch!« stieß Cracker mit heiserer Stimme hervor und hustete erst einmal ab. »Das ist die Botschaft der Kirche der letzten Heiden. Ihr solltet mal ...«

»Hör auf zu predigen, Cracker!« Wenzel bürstete den Straßensamurai unwirsch ab.

Cracker blieb ruhig.

Erstaunlich, wie der Junge die Messerklaue im Griff hat, dachte Thorn. Die beiden schienen sich schon länger zu kennen. Vielleicht ist Cracker dem Jungen einen Gefallen schuldig. Oder es gibt sonst ein dunkles Geheimnis zwischen den beiden.

Sie erreichten die Abzweigung nach Duisburg und wurden in den Verkehr der Nord-Süd-Autobahn eingefädelt. ALI schickte sie auf die mittlere Spur, und der Autopilot ließ sie eine Reihe von schweren Trucks überholen. Auf den beiden linken Spuren rauschten die schnelleren Wagen vorbei: Mercedes ER350er und L800er, aber auch Motorräder wie die R60 Euro von BMW und eine Messerschmitt A200, die mit ihrer superleisen Antriebsturbine beinahe lautlos vorbeihuschte.

Mit ALIs zuverlässiger Hilfe erreichten sie Düsseldorf und fuhren bis Unterbilk, wo die Autobahn in der City endete. Das Leitsystem lenkte sie durch die Elisabethstraße zur Graf-Adolf-Straße und kündigte dann durch einen Signalton die Auskoppelung an. Wenzel bestätigte die Übernahme durch Sensorkontakt. Andernfalls wäre der Wagen automatisch am Straßenrand geparkt worden.

»Die Straße hinab und die übernächste Kreuzung links ab«, wies Thor den Kleinen an. Er selbst war gestern nur kurz in dieser Gegend gewesen, hatte sich aber vor dem Run den Stadtplan auf dem Screen seines Vidkoms genau angesehen und eingeprägt.

Sein Blick fiel auf die Statusanzeigen des Armaturenbretts. Dienstag 22. 11. 2053 – 00:23. Ein gutes Datum und eine gute Zeit für einen kleinen, unangemeldeten Besuch in einem verwaisten Lederlager.

Er schaute nach draußen. Wenn man die protzigen Laserlightfassaden einiger Kneipen und Konsumtempel ignorierte, wirkte die Straße mit ihrer Bausubstanz, die zum Teil 150 Jahre auf dem Buckel hatte, richtig altmodisch und gemütlich. Die meisten Häuser waren gepflegt, obwohl einige gähnend leere Fensterhöhlen mit eingeschlagenen Scheiben und Abfälle auf den Bürgersteigen auf eine allmählich einsetzende Verslummung hindeuteten. Etwa die Hälfte der Geschäfte waren rund um die Uhr geöffnet. Einige Kunden oder Kneipenbesucher bewegten sich durch die Nacht, ohne es besonders eilig zu haben.

Die Düsseldorfer Innenstadt galt als verhältnismäßig sicher. Ein EMC Serena mit dem Signum des lokalen Sicherheitsdienstes Garant kam ihnen in langsamem Tempo auf der Straße entgegen. Ein in weinrotes Syntholeder gekleideter Ork mit einem rustikalen Stahlhelm steuerte. Neben ihm saß ein weiterer Ork in der gleichen Montur. Die mächtigen Eckzähne der beiden ließen sie grimmiger aussehen, als sie vielleicht in Wirklichkeit waren. Thor hatte Mühe, seine spontane Abneigung gegen Orks unter Kontrolle zu halten. Er war mit Orks befreundet, mit Pjatras zum Beispiel, und er wußte, daß sie seinen Haß wie seine Sympathien nicht mehr verdienten als andere Menschen. Aber es waren Orks gewesen, die seine Eltern umgebracht hatten ...

Offenbar hatten die Geschäftsleute des Viertels Garant mit zusätzlichem Objekt- und Kundenschutz beauftragt, weil sie mit den Polizeipatrouillen allein nicht zufrieden waren. Vielleicht hatten sich in letzter Zeit doch Übergriffe und Randale gehäuft.

»Neu für dich, Chummer?« fragte Wenzel.

»Schon möglich«, gab Thor zu.

»Es war nicht die Rede davon, daß wir Hauer geeken müssen, um den Run durchzustehen«, beschwerte sich Cracker. Dabei hatte er bisher den Eindruck gemacht, jederzeit jeden gern und mit Wonne zu geeken, der es nicht anders verdiente. Das war wohl doch nicht so. Oder er respektierte die Orks als ernst zu nehmende Gegner, die selbst Geekerqualitäten hatten.

»Sie werden die Hauptstraßen abfahren und die Kirchfeldstraße ignorieren. Sie kommen uns nicht in die Quere.« Thor versuchte überzeugend zu klingen, und wahrscheinlich hatte er mit seiner Vermutung auch recht. »Und wenn schon. Wir brauchen keine zwei Minuten, dann sind wir im Hinterhof und völlig ungestört.«

Außer dem Serena und ihrem Integra waren nur wenige Fahrzeuge unterwegs, aber es gab viele parkende Autos. Musikfetzen schwirrten heran, als sich eine Kneipentür öffnete und ein Pulk von fünf, sechs Zwergen herausdrängte.

In der Hüttenstraße war es dunkler und ruhiger, obwohl auch hier noch vereinzelt Geschäfte geöffnet hatten. Thor ließ Wenzel die Straße bis fast zum Ende entlangfahren und ihn dann nach einer Parklücke Ausschau halten. Keine Schwierigkeit. Die meisten Anwohner parkten aus Sicherheitsgründen in bewachten Parkhäusern.

Als Wenzel den Integra eingeparkt und den Motor abgestellt hatte, gab Thor ein paar kurze Anweisungen.

»Cracker, du steckst deinen Püster unter die Jacke, so gut es geht, klar? Wenzel, du hilfst der Spiderqueen beim Tragen der Ausrüstung. Die Kirchfeldstraße beginnt da vorn an der nächsten Ecke. Es sind keine zwanzig Meter bis zum Gitter vor der Hofeinfahrt. Wenzel und die Queen knacken uns ein. Cracker bleibt an der Ecke und steht Schmiere. Ich selbst sichere auf der anderen Seite. So ka?«

»Okay, okay, General Schätzchen.« Die Spiderqueen konnte es nicht lassen.

Dann lief alles mit der Präzision ab, zu der Profis in der Lage waren. Die Schattenläufer vergewisserten sich, daß niemand in der Nähe war, und stiegen aus, als Thor »Los!« sagte. Die Spiderqueen flitzte zum Kofferraum, den Wenzel schon von innen entriegelt hatte, schnappte sich ihren Wunderkoffer und drückte ihn dem heraneilenden Wenzel in die Hand. Sie nahm den Schneidlaser, schlug den Kofferraumdeckel zu und marschierte los. Wenzel folgte ihr mit dem Koffer.

Cracker und Thor drückten sich an den Hauswänden entlang und tauchten schon in die Schatten der Kirchfeldstraße ein. Dort blieben die beiden regungslos stehen. Thor spähte die Straße hinauf. Alles ruhig, bis auf eine ferne, defekt flackernde Neonlampe alles dunkel, keine Passanten, nichts. Er rannte los. Hinter ihm klackten Wenzels Cowboystiefel. Von den Turnschuhen der Queen war nichts zu hören, wohl aber das leise Knirschen ihrer Ledermontur.

Sie liefen auf der linken Straßenseite. Düstere, aber nicht verkommen wirkende Wohn- und Geschäftshäuser. Alte Bauten, wie überall in der Gegend. Gegenüber im zweiten Stock waren zwei Fenster erleuchtet, der Rest lag im Dunkeln. Thor passierte die Gittertür, die geknackt werden mußte, zischte einen knappen Hinweis nach hinten zu seinen Chummern, lief leichtfüßig ein Stück weiter, blieb dann stehen und spähte nach vorn.

Weiterhin alles ruhig.

Aus den Augenwinkeln sah er Wenzels Scheinwerfer kurz aufflammen, dessen Lichtkegel aber sofort zu einem daumengroßen Leuchtpunkt fokussiert wurde. Ein zweiter Leuchtpunkt gesellte sich hinzu, kleiner, heller. Der Laser.

Es dauerte keine zwanzig Sekunden, dann klirrte Metall auf Metall. Ein leiser Pfiff. Die Spiderqueen schaltete den Laser aus und winkte. Thor und Cracker kamen herbeigerannt.

Die Queen hatte das mechanische Schloß der Gittertür kurzerhand mit dem Laser herausgeschnitten und auf einen ihrer Cybersporne gespießt. Kein Runterfallen des Schlosses, kein Scheppern auf dem Pflaster, keine Störung der Nachtruhe und damit hoffentlich auch keine ungebetenen Zuschauer hinter den Fenstern des gegenüberliegenden Wohnhauses.

»Saubere Arbeit«, lobte Thor.

Die Spiderqueen winkte lässig ab, öffnete ihren Koffer, ließ das Türschloß hineinfallen, nahm ein Schild heraus und pappte es auf die Stelle, wo sich das Schloß befunden hatte. Es haftete magnetisch an den Gitterstäben.

PARKEN VERBOTEN!

Die Spiderqueen hatte *wirklich* zehn Jahre Straßenerfahrung. *Und* ganz offensichtlich einen Bruder gehabt, der Profi gewesen war.

Die Schattenläufer zogen das Tor auf, schlüpften mitsamt ihrer Ausrüstung hinein und schlossen es wieder. Das Magnetschild verdeckte das fehlende

Schloß und verhinderte obendrein, daß die Tür von allein aufschwang.

Rasch, aber ohne übertriebene Hast, schlichen die Runner durch die Toreinfahrt. Vor ihnen lag ein Hinterhof, der rundum von Schuppen und Gewerbebetrieben gesäumt wurde. Bis hierhin war Thor bei seinem gestrigen Ausflug nicht vorgedrungen. Aber man hatte ihm die Lokalitäten hinreichend gut beschrieben. Das Lederlager befand sich in der Ecke rechts von der Toreinfahrt. Er zeigte es den anderen. Ein zweistöckiges Gebäude. Drei Fenster mit Stahlrolläden und eine Stahltür unten, zwei Fenster, wieder mit Stahlrolläden oben, dazu oben eine weitere Doppeltür aus Stahl. Offenbar zur direkten Beschickung des oberen Stockwerks von außen.

Eine unangenehme Überraschung. Die Sicherheitslage war Thor anders geschildert worden. Keine Rede von Rolläden und Stahltüren. Aber das sollte eigentlich kein Hindernis sein. Oder?

Die Spiderqueen untersuchte bereits die unteren Rolläden und die Tür.

»Kinderspiel, wie?« höhnte sie. »Von wegen, Schätzchen. Elektronische Codeschlösser und spitzenmäßige Alarmsensoren. Trickschaltungen. Kaum zu überlisten. Das wird ein feines Tänzchen, bevor wir drinnen sind. Falls wir überhaupt reinkommen, ohne den Alarm auszulösen.«

Nicht eine Sekunde lang zweifelte Thor den Sachverstand der Spiderqueen an. Drek! Hoffentlich war ihre Ausrüstung so perfekt, wie es den Anschein hatte.

»Vergiß den Mist hier unten. Wie sieht's mit oben aus?«

Die Spiderqueen nickte, öffnete ihren Koffer und entnahm ihm eine Enterpistole. Eine Conner. Die beste auf dem Markt. Mit einem hohlen Plopp schoß die Spiderqueen den patentierten Wagnerhaken gegen den Mauervorsprung vor der oberen Doppeltür.

Der erste Schuß saß. Der Haken krallte sich im Putz fest.

Die Queen zog das Seil straff und kletterte katzengewandt nach oben. Sie hockte sich auf den Sims und untersuchte die Tür. Dann reckte sie den Daumen nach oben und ließ sich von Wenzel den Laser hinaufreichen.

»Einfältige Drekheads«, flüsterte sie. »Unten kippen sie kübelweise Ecus für Sicherheit aus, hier oben gibt's nur einen Derbkontakter.«

Was immer sie darunter verstehen mochte: Sie erledigte den Alarmmelder mit einer gezielten Laserpunktierung und machte sich dann daran, nach der bewährten Methode das Schloß der Doppeltür mit dem Laser herauszutrennen. Wenig später rutschte es nach innen, und die Spiderqueen sperrte die linke der Doppeltüren weit auf. Sie winkte den anderen, ihr zu folgen, und verschwand im Inneren des Gebäudes.

Wenzel hangelte sich geschickt und fast so flink wie die Spiderqueen nach oben. Thor folgte etwas langsamer. Er achtete sorgsam darauf, daß sein Cyberdeck nicht gegen die Hauswand prallte. Es steckte zwar in einem Behälter, aber Thor wollte nichts riskieren.

Cracker blieb im Hof. Für ihn war die Kletterei nichts. Und sie brauchten jemanden, der den Rückweg sicherte und notfalls Feuerschutz gab.

Wenzel und die Queen packten zu und zogen Thor durch die Türöffnung. Es roch intensiv nach gegerbtem Leder. Wenzels Scheinwerferkegel wanderten von Lederstapel zu Lederstapel. Teilweise bis an die Decke türmten sich die noch nicht zugeschnittenen Tierhäute. In der Mitte des Raumes führte eine Wendeltreppe aus Metall nach unten.

Die Queen ging in die Hocke und suchte nach Alarmsensoren. Dann gab sie grünes Licht. Vorsichtig stieg sie als erste hinab, gefolgt von Thor. Wenzel leuchtete die Treppe aus und schloß sich an, als die anderen das Erdgeschoß erreicht hatten.

Unten das gleiche Bild wie oben. Gestapelte Tierhäute. Reihe um Reihe. Beißender Geruch. Mit einem Unterschied. Die hintere Ecke des Raumes diente dem Lagerverwalter als Büro. Ein paar Regale mit Aktenordnern, zwei Schränke, ein Schreibtisch, ein Vidscreen, ein Drucker, ein Plotter, ein Datenleser für optische Chips – und ein Computer. Älteres Modell, aber leistungsstark. Vernetzt. Diesmal stimmten Schmidts Angaben. Aufatmen bei Thor. Und neue Anspannung. Jetzt schlug seine Stunde.

Es gab keinen Grund, sich länger als nötig aufzuhalten.

»Licht.«

Wenzel schirmte den Scheinwerfer ab und stellte ihn auf den Schreibtisch.

»Ihr durchwühlt die Schränke und den Schreibtisch«, sagte Thor, während er sein Cyberdeck auspackte. »Es muß wie ein normaler Einbruch aussehen.«

Er verband das Deck mit dem I/O-Port, der dem Lagercomputer vorgeschaltet war und die Peripheriegeräte bediente. Die Chummer begannen damit, die Schränke zu knacken und Büromaterial im Raum zu verteilen.

Thor schaltete das Deck ein. Dann nahm er den Stecker des Glasfaser-Verbindungskabels in die Linke, überzeugte sich, daß das Cyberdeck griffbereit lag, führte den Stecker zu seiner Stirnbuchse und stöpselte sich ein.

3. KAPITEL

›This Wheel's On Fire‹

Mitte der neunziger Jahre war im Ruhrgebiet der lange und schmerzhafte ›Strukturwandel‹ nahezu abgeschlossen. Zwar wurde weiterhin ein beträchtlicher Teil der Wirtschaft von der im Ruhrgebiet klassischen Montanindustrie gestellt, doch namentlich im Süden der Region hatten sich etliche neue Industriezweige angesiedelt. Diese zumeist mittelständischen Unternehmen deckten alle Bereiche ab, die zu diesem Zeitpunkt als zukunftsträchtige Industrie galten: Mikroelektronik und Gentechnologie waren ebenso vertreten wie Umwelttechnologie und Maschinenbau. Die Universitäten der Region, besonders deren ingenieurwissenschaftlichen Fakultäten, zählten zu den innovativsten der Republik, und sogar das Freizeitangebot hielt jedem nationalen Vergleich stand. Doch gerade als man sich sicher und der Rezession entkommen wähnte, läuteten zwei harmlos klingende Pressemeldungen den Untergang der Wirtschaft ein.

Am 14. September 1998 meldete das bis dahin nahezu unbekannte private ›Institut zur Erforschung regenerativer Energien‹ in Hamburg in einer beiläufigen Verlautbarung, es sei ihm gelungen, C-60-Fullerene (sogenannte ›Fußballmoleküle‹) zu photovoltaischem Verhalten bei einem Wirkungsgrad von nahezu 21 % zu bringen. Diese Nachricht, die außerhalb der Fachwelt kaum jemand zur Kenntnis nahm, bedeutete nichts anderes als den Durchbruch in der Solarenergieforschung.

Am 15. September endete eine seit zehn Jahren geltende Veröffentlichungssperre am ›Institut für Schwerionenforschung‹ der Universität Karlsruhe. Hauptforschungsgebiet dieses Institutes war in Zusammenarbeit mit dem US-amerikanischen Verteidigungsministerium die Erforschung der sogenannten ›Trägheitsfusion‹. Eigentlich als Ersatz für Atomexplosionen beim Zünden einer Wasserstoffbombe gedacht, ermöglichte diese Technik zumindest in der Theorie die Konstruktion von Fusionsreaktoren ohne den Einsatz der bis dato nötigen riesigen Elektromagneten. Am Morgen dieses Tages stellte der Institutsleiter Prof. Dr. Czerny der staunenden Fachpresse einen kaum hausgroßen Reaktor dieses Typs vor und präsentierte auch gleich einen Versuchsdurchgang mit fünfundzwanzig Sekunden Brenndauer.

Am 16. September befand sich ein Aufsichtsratsmitglied der Deutschen Bank abends zum Essen bei einem befreundeten Ehepaar und lauschte interessiert den Ausführungen der Dame des Hauses, einer Physikerin von internationalem Ruf, über die Bedeutung dieser beiden Entdeckungen für die künftige Energieversorgung der Welt.

Am 17. September wurden um 11.30 Uhr die Aktien der Ruhrkohle-AG aus dem Handel genommen. Um 14.45 Uhr tagte im Essener Rathaus eine Versammlung von Vertretern der Landesregierung, der Gewerkschaften, der RAG und des Hoesch-Thyssen-Krupp-Konzerns. Ziel dieser Versammlung war es, der Öffentlichkeit, die bisher weitgehend ahnungslos war, einen Plan zur Rettung der RAG präsentieren zu können. Der in die Ecke gedrängten Landesregierung blieb dabei nichts anderes übrig, als dem Abbau von 25 500 Arbeitsplätzen nach der Übernahme der RAG durch das Stahlkonsortium zuzustimmen. Die erbosten Gewerkschaften, deren Ruf nach einem Sozialplan ungehört verhallte, gingen daraufhin noch vor der Unterzeichnung des Vertrages an die Öffentlichkeit. Das Echo war überwältigend: In einer beispiellosen Solidaritätsaktion für den Bergbau – heimliche Liebe und Herz des Ruhrgebietes – riefen die Gewerkschaften für Bergbau, Metall, öffentliche Dienste und Medien zum Generalstreik auf. Und was niemand für möglich gehalten hatte, geschah.

Dr. Natalie Alexandrescu:
Vom Revier zum Sprawl. Der Rhein-Ruhr-Megaplex,
Deutsche Geschichte auf VidChips,
VC 3, Erkrath 2051

Es war, als würde er wie ein Geschoß durch einen gleißenden Lichttunnel jagen. Der Tunnel spuckte ihn aus, und die rasende Fahrt verlangsamte sich, bis Thor regungslos inmitten eines Universums aus farbigen Sternen, Lichtblitzen und regenbogenfarbenen, pulsierenden dicken Energieadern schwebte.

Die BTL-Chips des Cyberdecks zauberten diese virtuelle Realität in sein Bewußtsein.

Sein anderes Dasein in der dinglichen Welt hatte an Bedeutung verloren. Nur ganz am Rande, wie mit einem getrübten dritten Auge, nahm er wahr, daß er in dieser anderen Welt an einem Schreibtisch saß und die Finger über die Tasten seines Cyberdecks huschen ließ. Sein Bewußtsein war durchaus nicht gespalten, aber die Wahrnehmungen im Cyberspace erzeugten zerebrale Reflexe, die vom Unterbewußtsein exekutiert wurden. Wenn sich Thor durch die Matrix bewegte, wurde die Bewegung – wie jedes andere Handlungselement – durch die Bedienung des Cyberdecks erzeugt. Aber dies geschah so wenig bewußt, wie das Zusammenziehen und Entspannen von Muskeln in der materiellen Welt die Bewußtseinsebene des Gehirns erreichen.

Was er sah, war immer wieder atemberaubend, obwohl der Minikosmos, in dem er sich befand, nur einen bescheidenen Abglanz des Megakosmos hinter dem Knoten bot, der dieses Westentaschenuniversum abschirmte. Er war in Jacobis System, hinter seinem System Access Node, der das Tor zur Telekom-Matrix bildete. Es fehlte die bizarre Dichte von Icons anderer SANs, und die Datenströme bewegten sich in einem überschaubaren Netz, den Adern eines Pflanzenblattes vergleichbar, sich verästelnd und bündelnd, aber mit viel Raum dazwischen. Im Telekomnetz hingegen gab es kaum Platz, der nicht von Lichtkanälen eingenommen wurde, in denen der Netzpassagier badete, von denen er umwabert wurde, die er farblich sortieren und durch Lichtballungen hindurch verfolgen mußte.

Jacobis Universum mit seinen verschiedenen SPUs, Slave Nodes und der CPU war eher wie eine Kleinstadt bei Nacht, die Telekom-Matrix dagegen wie das gedrängte Beieinander der Leuchtreklamen und illuminierten Hochhaustürme einer Großstadt, der Arcologien der Megakons.

Thor war vor der SPU des Computers im Lederlager in das Gitter herausgetreten, durch den Einstiegstunnel des I/O-Ports katapultiert worden. Der I/O-Port stellte sich als weiße Pyramide dar. SPUs waren normalerweise als wabenförmige geometrische Konstrukte ausgewiesen. Aber die SPU des Lagercomputers besaß vor der durchschimmernden Wabenstruktur ein originelles Icon. Es bestand aus dem Holo eines langen braunen Ledermantels, den eine unsichtbare Gestalt trug. Der Ledermantel ohne Inhalt bewegte sich kraftvoll-dynamisch im Takt einer aggressiv hämmernden Musik, als wollte ein männliches Geistermodel mit machomäßigem Gehabe den Besuchern einer Modenschau dieses Kleidungsstück andienen.

Direkt neben Thor befand sich sein eigenes Symbol. Für den Moment hatte er die gleiche, kleine weiße Pyramide gewählt, die den I/O-Port anzeigte, unscheinbar und unverdächtig. Sein eigentliches Logo, mit dem er in der Matrix reiste und sich anderen Deckern zu erkennen gab, war hingegen ein Icon, das einen alten Indianer mit langem grauen Haar zeigte, mit einer einsamen Feder darin, der sich in einen Umhang aus grober Wolle hüllte. In den Umhang war als Kontrast mit gleißenden, flammenden Lichtfäden die liegende Acht als Symbol der Unendlichkeit – für Thor war es die Endlichkeit aller Dinge – gewebt. Wenn man dem Indianer ins Gesicht schaute, entdeckte man, daß die Haut durchscheinend war und sich dahinter der blau glänzende Kopf eines Roboters verbarg. Obwohl sich eine gewisse Ähnlichkeit nicht leugnen ließ, trug der alte Indianer natürlich nicht Thors Gesichtszüge, da

Decker selten so leichtsinnig waren, auf diese Art ihre Identität zu verraten. Aber irgendwie drückte er das aus, was Thor in seiner eigenen Seele zu erkennen glaubte. Aber den Eisenmann, an dem alles abprallte, wollte er auch in seiner Seele sehen. Wenn er sich in einem Knoten bewegte, zog er es allerdings vor, sich mit einem anderen Maskenutility zu umhüllen. Kam es zum Kampf, zeigte er sich manchmal auch als Karikatur einer Abenteurergestalt, etwa als Ritter in verrosteter Rüstung oder als frech grinsender Pirat mit nacktem Hintern und einem Messer zwischen den Zähnen.

Er liebte diese Spielereien und opferte ihnen gern Speicherkapazität. Die blinkenden Sterne vor und hinter, über und unter ihm waren die anderen Knoten in Jacobis System. Wie es aussah, war das Jacobi-Universum mit Hardware gut bestückt. Daß Jacobi für seine räumlich getrennten SPUs ein privates Netz besaß, war ungewöhnlich. Die Telekom bot für die ganze Stadt nur vierzig abgeschirmte Leitungen an, die über ein Glasfaserkabel liefen, das nicht mit dem Hauptnetz verbunden war und permanent auf illegale Anzapfung überprüft wurde. Diese Exklusivität und diesen Service ließ sie sich teuer bezahlen.

Schmidt hatte ihm zwar als mutmaßlichen Fundort für die Daten Jacobis Villencomputer genannt, aber nicht ausgeschlossen, daß Jacobi brisante Dateien gerade im unwichtigsten Computer gespeichert hatte. Also setzte sich Thor in Bewegung und prüfte zunächst die Speicher des Lagercomputers. Zu diesem Zweck bewegte er sich durch den Geist im Ledermantel, der bei Annäherung zehnmal so groß wie Thors Icon wurde und aus der Nähe in den Konturen ein wenig verschwamm. Thor schlüpfte durch eine der Taschen in den Computer, hinein in die Wabe. Vor ihm tauchte ein Würfel auf, der Datenspeicher dieser SPU. Er sprang mitten hinein in den Würfel. Sofort befand er sich in einer Halle, der tatsächlichen Lederhalle nicht unähnlich, aber unverkennbar ein Lichtkonstrukt. Wie im realen Lager befanden sich dort Hunderte von Lederhäuten, die allerdings nicht gestapelt waren, sondern durch Lichtfäden gehalten wurden wie die Beute in einem Spinnennetz. Manche Häute ballten sich zu Klumpen, und jede der Häute war mit archaischen Schriftzeichen bedeckt. Ein hübsche Idee des Programmierers, passend zu dem Einfall mit dem Ledermantel. Wenn man näher kam, verflüchtigte sich der erste SimSinn-Eindruck, und die Häute wurden zu lesbaren Datenmengen oder ganzen Dateien. Mit einem seiner superschnellen Dienstleistungsprogramme checkte Thor in Sekundenschnelle den gesamten Datenbestand auf irreguläre Dateien ab, fand aber nichts. Es hatte sich ja auch nur um eine vage Möglichkeit gehandelt, durch die der Run abgekürzt worden wäre.

Er tauchte in den durchsichtigen Röhrentunnel, der unter ihm quer durch den Raum verlief, ließ sich durch den DS-Knoten hinaustreiben und passierte dann wieder den Wabenknoten der SPU. Von innen war er nur ein nüchternes geometrisches Konstrukt. Als Thor sich wieder im System befand, präsentierte der Knoten sich erneut als tanzender Geist im Ledermantel. Thor wurde jetzt aber deutlicher bewußt, daß dieser Pausenclown dem eigentlichen Knoten nur vorgelagert war.

In Thor schrillte plötzlich eine Alarmsirene. Wer machte sich die Mühe, SimSinns für Ledermantelgeister und sogar Lederhäute in Datenspeichern einzuladen, die nur ein Decker sehen konnte? Entweder war Jacobis Chefprogrammierer ein Spieler und Tüftler, oder der Chef selbst liebte Ausflüge in die Matrix. So oder so konnte das unangenehme Überraschungen bedeuten. Wer sich SimSinn-Spielzeuge zum Vergnügen ausdenkt oder dafür bezahlt, war zweifellos auch in der Lage, sich mit ähnlichen, aber tödlichen Schein-realitäten unwillkommene Besucher vom Hals zu halten. Da blieb nur zu hoffen, daß Jacobi nicht das Gefühl hatte, etwas verbergen zu müssen oder Daten zu besitzen, die für andere begehrlich waren. Auch dieser Punkt, wie schon die Sicherheitslage des Lagers, war ihm von Schmidt anders dargestellt worden. Aus Unkenntnis oder wider besseren Wissens?

Zu lange schon war Thor im Geschäft, um in Panik zu geraten. Er kannte seine Qualitäten als Decker, aber er wußte auch, daß er sich mit jedem illegalen Eindringen in die Matrix erneut in Gefahr begab. Was auch immer ihm dort widerfuhr, hatte er selbst herausgefordert. Und zwar mit einem gewissen Vergnügen. Für einen Decker, der mit Leib und Seele dabei war, bot die Matrix nicht nur erregende SimSinn-Realität in bizarrer Vielfalt, ein zweites Leben in einem gänzlich anderen, artifiziellen Universum mit eigenen Gesetzen, sondern auch den Reiz einer intellektuellen und sinnlichen Herausforderung. Und den prickelnden Reiz der Gefahr. Diejenigen, denen der Besuch der Schattenläufer galt, wußten sich zu wehren. Sie bestückten ihre SANs, ihre CPUs, ihre SPUs, ihre Datenschatzkammern mit Intrusion Countermeasures, ICs, im Jargon der Decker Ice genannt.

Bei Ice handelte es sich um Softwareprogramme, die in drei Stufen unterteilt waren: Weißes Ice versuchte das eingedrungene Personaprogramm zu identifizieren und gab gegebenfalls Alarm. Konnte die Persona es davon überzeugen, daß sie ein systemimmanentes Signal war, gab das Ice sich zufrieden und ließ sie passieren. Gelang das nicht, aktivierte der Alarm Graues oder Schwarzes Ice, das sich mit dem Eindringling auseinandersetzte.

Graues Ice war wesentlich gefährlicher für den Decker, da es sein Cyberdeck und auch den User selbst zu schädigen vermochte. Einmal alarmiert, prüfte es die Persona, sobald sie versuchte, den Knoten zu passieren, in dem es installiert war. Je nach den eingesetzten Versionen konnte es den User aus dem System werfen, ihm im Matrixkampf Schaden zufügen oder ihm Fallen stellen, die einen allgemeinen Alarm auslösten.

Schwarzes Ice war die härteste Abwehrform. Es griff nicht das Deck des Eindringlings, sondern ihn selbst an. Manchmal versuchte es nur, ihn zu betäuben, aber meistens war es mordlustig. Im Fall einer Niederlage bewahrte nur blitzschnelles Ausstöpseln den Decker vor körperlichem Schaden. Ihn selbst wohlgemerkt, denn der Schaden, den sein Personaprogramm erlitt, griff auf seine materielle Existenz über. Körperlicher Schmerz oder Auswurfschock war dabei noch die harmloseste Konsequenz. Körperverletzungen und Hirnschäden waren die nächste Ebene. Und oft stand am Ende eines Kampfs in der Matrix der Tod des Deckers.

Thor hatte sich schon unzählige Male mit Ice in allen Variation herumschlagen müssen. Er war nicht immer als Sieger aus dem Kampf hervorgegangen, aber bisher hatte ihn rechtzeitiges Ausstöpseln – durch ihn selbst oder durch andere vor dem Schlimmsten bewahrt. Er wußte, daß eines Tages irgendwo in der Matrix Schwarzes Ice auf ihn lauern würde, dem seine Reflexe nicht oder nicht mehr gewachsen waren. Wenn er sich nicht beizeiten aus der Matrix verabschiedete, würde sie ihn verschlucken. Aber war das wirklich ein Problem? Die materielle Welt würde ihn ohnehin eines Tages verschlucken, mit oder ohne Matrixkampf. Leben und Tod waren zwei Seiten einer Medaille. Das eine war nicht zu haben ohne das andere. Es hatte wenig Sinn, sich das Leben zu vergiften, indem man gebannt dem Sensenmann entgegenstarrte. Kommen würde er ja doch, früher oder später. Und ein langes Leben war nicht unbedingt auch ein reicheres Leben.

Dies alles änderte nichts daran, daß Thor sich ärgerte, wenn man ihm Risiken verschwieg.

Na gut, er war jetzt gewarnt. Er zeigte sich selbstbewußt in seinem Indianerlogo und ließ sich in den nächsten Röhrentunnel hinabfallen. Er badete in Licht. Flirrende Farben wie von einer psychedelischen Lichtorgel. Mit wehendem Umhang schoß er die Röhre hinauf zum nächsten Wabenknoten. Hier tanzte ein Geist in einem langen lila Abendkleid und gleichfarbenen ellenbogenlangen Handschuhen. Eine weitere SPU, vermutlich eines der Modehäuser. Kein Ice zu entdecken. Er verzichtete darauf, in den Knoten einzutauchen, sondern raste zur nächsten Sonne im Jacobi-Universum. Wieder eine Sub-Processing Unit. Ein Geist in bayrischer Tracht: Lederhosen, derbe Schuhe und Kniestrümpfe, ein Hut mit Gamsbart. Der Geist zelebrierte einen Schuhplattler. Eine Nummer zum Ablachen. Thor grinste und sah fasziniert zu. Dann widmete er sich wieder den praktischen Dingen. Kein Ice. Die SPU war vermutlich ein Computer in einem weiteren Modehaus, diesmal die Trachtenabteilung des Unternehmens.

Wieder das Bad in den Farben und Lichtfluten. Ein Knoten. Eine auf und zu schnappende Schere. Vermutlich eine Fertigungsstätte.

Weiter.

Eine große rote Sonne, die sich bei Annäherung als ein dreidimensionales Wappen mit einem verschlungenen J erwies, Jacobis Firmenlogo. Thor trat aus dem Lichttunnel heraus und sah sich das Konstrukt genauer an. Das war der SAN, der Zugang zum Telekom-Gitter. Gespickt mit Weißem, Grauen und Schwarzem Ice, wie Thor wußte. Das Graue und Schwarze Ice lag in dunkler Geborgenheit auf der Lauer, aber das Weiße Ice war unverkennbar. Zugangs-Ice bildete ein Lichttor mit einem Teppich aus alphanumerischen Zeichen, die wie durcheinander wuselnde Kaulquappen aussahen. Kleine Lichtblitze am Rand wiesen auf nichtaktiviertes Barrieren-Ice ein. Aber das Ice interessierte sich nicht für ihn oder andere Objekte, die sich innerhalb des Systems befanden. Nur wer den Knoten passieren wollte, mußte sich damit auseinandersetzen. Thor wollte gerade wieder in den Lichttunnel eintauchen, als er eine Bewegung im Knoten wahrnahm.

Für einen herzschlaglähmenden Moment glaubte er, dies sei die Überraschung, die Jacobis Programmierer für interne Besucher bereithielt: die Fähigkeit, aus einem SAN nach innen zu schauen und auch dort als Polizei zu fungieren. Sein Verstand sagte ihm, daß dies Unsinn war. Jacobi würde damit sein eigenes System lähmen. Aber sein Herz wollte nicht auf den Verstand hören.

Plötzlich begriff Thor, daß die Bewegung nicht ihm galt. Ein fremder Decker passierte den SAN! Es mußte ein besonders furchtloser und zudem ein ungeheuer selbstbewußter Chummer sein, der geradezu selbstmörderisch zu Werke ging. Er machte nicht den geringsten Versuch, sich mit Maskenutilities zu tarnen. Schon sein Icon war eine dreiste Herausforderung. Er präsentierte sich als kampflustiger Critter, als Wendigo mit glühenden Augen, bleckenden Zähnen und bedrohlich über den Kopf erhobenen Armen. Bei Wendigos handelte es sich um Erwachte Wesen, die nicht zu den Besuchern der Matrix zählten. Aber natürlich war dies nur ein Symbol wie das von Thor benutzte Indianer-Icon.

Wie gebannt starrte Thor in den Knoten. Er wollte sich abwenden, denn es war immer wieder scheußlich, einen Chummer sterben zu sehen – und dazu würde es bei einem derart frechen Aufzug kommen. Aber er konnte sich nicht von der Stelle bewegen, sich nicht einmal abwenden. Oh ja, er hatte von solchen glorreichen Selbstmorden gehört. Einige Decker wählten dramatische Abgänge dieser Art, wenn sie in der materiellen Welt nicht mehr klarkamen. Oder den Anforderungen der Matrix nicht mehr gerecht wurden. Allem überdrüssig wurden. Oder einen Hirnschaden erlitten hatten.

Dann wurde ihm bewußt, daß von dem Icon des Wendigo eine Aura der Mächtigkeit ausging, wie sie Thor noch nie zuvor an einem anderen Decker bemerkt hatte. Dieser Decker war unglaublich stark und souverän. Thor konnte nicht sagen, was ihm diesen Eindruck vermittelte. Vermutlich registrierte sein Cyberdeck etwas Ungewohntes, das die BTL-Chips nicht adäquat umsetzen konnten, oder es handelte sich einfach um Thors eigene Intuition, die auch im Cyberspace nicht versagte.

Die Kaulquappen stürzten sich wie ein wild gewordener Schwarm auf den Pelz des Wendigos und bissen sich darin fest. Der Wendigo verschwand in einem Kaulquappenkokon, der gleichzeitig von den Blitzen des Barriere-Ice durchbohrt und festgenagelt wurde. Im nächsten Moment löste sich aus den Nischen des Knoten Graues und Schwarzes Eis: feuerspeiende, gefiederte Schlangen, blasterbewehrte Kampfroboter, stählerne Adler mit Laserschwertklauen, ein Alligator mit einem Rachen, der aus zwei Kettensägen bestand. Der Wendigo würde einen überaus effektvollen Tod erleiden. Das Ice würde ihn in kleinste Fitzelchen zerreißen. Immerhin würde es schnell gehen.

Und dann geschah das Unglaubliche. Der Wendigo brüllte wie ein Saurier, bäumte sich auf, sprengte den Kaulquappenkokon, schüttelte sich kurz, ließ das Weiße Ice in alle Ecken des Knotens spritzen. Er fuchtelte mit den mächtigen Armen herum und brach die Lichtlanzen des Barriere-Ice, als handle es sich um die Streben eines albernen Papierschirmes. Dann jagten aus einem Dutzend kleiner Öffnungen in der Brust und dem Rücken des Critters zehn Zentimeter dicke, hellblaue, surrende Energielanzen. Fast gleichzeitig erreichten sie das Graue und Schwarze Ice, das von allen Seiten auf den Wendigo eingedrungen war. Die gefiederte Schlangen verkohlten, die Kampfroboter barsten und spritzen als dampfender Schrott davon, die Adler wurden zu Bratgockeln entfedert und dann zu dunklen Knochenresten verbrannt, die Kettensägengebisse der Alligatoren rollten sich auf wie Hobelspäne, bevor sie mit den Gebißträgern zu häßlichen braunen Bällen zusammenschnurrten und verglühten.

Alle Konstrukte des Ice waren ausgelöscht, als hätte es sie nie gegeben. Der SAN lag steril und sauber da wie sonnengebleichtes Gebein in der Wüste. All seiner Waffen beraubt, war Jacobis Sheriff nicht länger ein furchterregender Gunman, sondern nur noch eine alberne Blechmarke.

Als sei nichts passiert, ließ sich der Wendigo durch den SAN treiben. Er schenkte Thor nicht die geringste Beachtung, obwohl er ihn im Abstand von höchstens zwanzig Metern passierte. Dann sackte er hinab in einen der Lichttunnel und war in Sekundenschnelle verschwunden.

Der Bann löste sich. Thor atmete tief durch. Zu mehr war er im Moment nicht in der Lage. Was er miterlebt hatte, war einfach zu phantastisch gewesen. Er kannte keinen Decker, der in der Lage war, so mühelos Weißes Ice abzuschütteln – abzuschütteln und zu vernichten, nicht etwa nur zu täuschen. Und noch viel weniger hatte er je erlebt, daß ein Decker im Simultankampf Graues und Schwarzes Ice erledigt hatte. Obendrein scheinbar mühelos und unglaublich lässig. Besonders die Zerstörung des Barrieren-IC war schier unglaublich. Wenn die Barriere in Funktion trat, bedeutete dies Alarm und Zugangssperre. Aber der fremde Decker hatte das Ice einfach hinweggefegt. Thor war überzeugt davon, daß es keinen Alarm gegeben hatte. Andernfalls hätte man das System nach Versagen des Barriere-IC vom Netz genommen, und der SAN wäre erloschen. Und in der realen Welt draußen, im Lederlager, würden die Alarmsirenen heulen. Aber dort blieb alles ruhig.

Wer, zum Teufel, ist dieser omnipotente fremde Decker? Und was will er in Jacobis Cyberspace?

Er begann sich zu fragen, ob sein Cyberdeck noch in Ordnung war. Vielleicht war ein BTL-Chip überlastet worden und hatte ihm eine Halluzination ohne konkreten Hintergrund zugespielt. Aber kein außer Kontrolle geratener Chip war zu derart phantastischen SimSinn-Sequenzen in der Lage. Um sich Gewißheit zu verschaffen, ließ er das Cyberdeck einen Diagnosecheck durchführen. Keine Ausfälle, keine Beschädigungen, keine Instabilität. Daran konnte es nicht gelegen haben. Entweder war der fremde Decker Realität, oder Jacobis tanzende Geister hatten ihm eine Posse vorgeführt. Aber letzteres schien wenig glaubhaft. Es ergab keinen Sinn, nicht einmal einen SimSinn.

Verdammt noch mal, du bist mitten in einem Run! Zum Grübeln blieb später Zeit.

Mit eiserner Selbstdisziplin verdrängte er, was er gesehen hatte, und konzentrierte sich auf seine Aufgabe. Nicht daß er wirklich in Zeitnot war. Aber er wollte es hinter sich bringen.

Wieder ließ er sich in einen Lichttunnel fallen und schoß auf eine der Sonnen zu. Ein Geist im Frack, der ein Kellnertablett trug. Die Kantine? Weiter.

Die nächste SPU war vielversprechend. Ein festlich geschmücktes Schloß. My Home Is My Castle? Keine Bewegung. Kein tanzender Geist. Er untersuchte den Knoten genauer. Faustdicke Glasperlen hingen in Trauben mitten im Raum, bildeten eine Art Sperrgitter. Weißes Ice. Also doch. Jacobi schützte seinen Privatcomputer vor Spionen im eigenen Firmenimperium. Begnügte er sich mit Zugangs- und Barriere-Ice, oder hatte er noch mehr in petto? Zu sehen war nichts.

Vor dem Schreibtisch im Lederlager zuckten Thors Finger über die Tastatur des Cyberdecks. Er lud eines seiner Maskenutilities ein. Der grauhaarige Indianer wurde von dichtem Nebel eingehüllt. Der Nebel erstarrte zu einem wabernden Ball. Die Außenhaut des Balls schien zu gefrieren. Millionen von winzigen Kristallen hatten sich gebildet, eine irritierende Mischung aus schwarzen Kristallen, die Licht absorbierten, und farblosen Kristallen, die das Licht reflektierten und brachen. Für einen unbefangenen Beobachter sah er jetzt aus wie eine spannungsarme Energieemission, die sich aus einem unbedeutenden Leck gelöst hatte und für das System unschädlich war, weil sie sich bald selbst entladen würde. Dies war ein maßgeschneidertes Utility aus der Bastelküche eines Freundes, über das außer Thor kein anderer Decker verfügte. Es hatte ihm schon hervorragende Dienste geleistet. Weißes Ice, das zum erstenmal damit konfrontiert wurde, ließ sich für gewöhnlich täuschen. Die automatische Systemanalyse konnte den Trick später durchschauen, aber dann war es zu spät. Es war allerdings ratsam, diese Maske nicht zweimal im gleichen System zu verwenden.

Mit mäßiger Geschwindigkeit trudelte er in den Knoten, driftete dahin wie ein Wattebausch, der mal diesem, mal jenem Luftzug gehorcht, und blieb den Glaskugeltrauben möglichst weit fern. Für den Moment lief alles nach Wunsch. In den Glaskugeln pulsierte Licht in allen Regenbogenfarben, aber sie schienen sich nicht für den seltsamen Ball in ihrer Mitte zu interessieren. Einmal lösten sich ein paar Perlen aus einer Traube und trieben neugierig heran. Sie schienen das Spiel ihres eigenen Lichts auf den Fasetten des kristallinen Balles zu betrachten, wurden der Sache aber bald müde und kehrten zu ihrer Traube zurück.

Aus dem Ball heraus registrierte Thor Graues Ice, das wie eine Kette von dicken Würsten träge über ihm hing.

Da die Glasperlen keinen Alarm gaben, blieb es inaktiv.

Dann hatte er den Wabenknoten passiert. Er brauchte die volle Leistungsfähigkeit seines Cyberdecks und warf das Maskenutility heraus. Es hatte seinen Zweck erfüllt. Falls die Dateien noch separat gesichert waren, würde er sich etwas anderes einfallen lassen.

Er jagte durch den Lichttunnel dahin, ignorierte verschiedene Slave Nodes, an denen Hausgeräte der Villa angeschlossen waren, und huschte in den Würfel des Datenspeichers. Er war am Ziel.

Kein Ice. Und kein Mätzchen diesmal. Weder dahintreibende Lederhäute noch sonstige Späßchen. Ganz normale rechteckige Energieblöcke mit herumwirbelnden Zahlen und Buchstaben.

In Windeseile überprüfte Thor die eingelagerten Dateien. Steuererklärungen. Personalbögen. Spiele... Alles uninteressant. Moment, jetzt kam er zu brisanteren Dingen. Vermögenswerte. Beteiligungen...

Genau in dem Moment, als er die erste Datei kopieren wollte, blitzte etwas im DS-Knoten auf. Er fuhr herum. Das helle Objekt hatte ihn schon erreicht und verharrte vor ihm. Einen Moment lang glaubte er, es sei das Wendigo-Holo des fremden Deckers. Dann sah er, daß es sich um ein anderes Icon handelte. Oder war es gar kein Icon, sondern real?

Ein Mann in Nadelstreifenanzug und Schlapphut, weißes Zahnpastalächeln, harte Linien, böse Augen.

Es war Roberti! Der sadistische Mörder aus seinem Traum. Roberti grinste ihn frech an, hob die Luger.

Und dann rastete Thor aus. Er konnte nichts dagegen tun. Ein unbekannter Regisseur schien ein paar seiner Hirnsynapsen zu betätigen, als seien es die Dip-Schalter einer Hardwarekonfiguration. Er war wieder in seinem Traum. Roberti der Mörder, der die Frau tötete. Einmal und dann noch einmal. Thor mußte ihn hindern. Wenn es jemanden auf dieser Erde gab, der den Tod verdient hatte, dann Roberti. Mit einem Schrei warf sich Thor auf den Mann mit der Luger. Als er ihn erreichte, platzte Roberti auseinander.

Das nächste, was er registrierte, war das Jaulen einer Alarmsirene im Lederlager. Gleichzeitig sah er dort, wo sich eben noch Robertis Körper befunden hatte, Weißes Ice. Es bestand aus mehreren durchsichtigen Membranen, in denen düsterrotes Licht gloste. Sie blähten sich im Rhythmus der Alarmsirene auf und fielen wieder zusammen. Aufblähen, Zusammenfallen, Aufblähen, Zusammenfallen...

Alarm in Jacobis System und im Lager!

Thor riß sich das Kabel aus der Stirnbuchse.

Benommen kam er zu sich, schaltete mit roboterhaften Bewegungen das Cyberdeck aus und riß den Stecker aus dem I/O-Port. Er sah auf. Vor ihm stand Wenzel. Selbst im abgeblendeten Licht des Scheinwerfers sah man, daß sein Gesicht hektisch gerötet war. Seine Augen waren geweitet und funkelten. Er hatte seine Predator II gezogen und fuchtelte damit in der Luft herum.

»Wir müssen hier weg!« schrie er.

»Was ist schiefgegangen, Chummer?« kam die Stimme der Spiderqueen aus dem Hintergrund. Sie klang angespannt, aber beherrscht.

»Ich... ich weiß es nicht genau«, stammelte er, packte das Cyberdeck ein und stand auf. Er stand immer noch unter dem Eindruck des allzu hastigen Ausstiegs. Und ihm wollte das Geschehen in der Matrix nicht aus dem Kopf. Was, zum Teufel, hatte dieser verdammte Roberti dort verloren? »Irgendeine Halluzination... Ich glaube, ich habe Scheiße gebaut und mich reinlegen lassen...«

»Drek!« fluchte Wenzel. »Hast du wenigstens die Daten?«

»Nein.«

»Halluzinationen, daß ich nicht lache!« schrie ihn Wenzel an. »Du bist eine Lusche, Chummer!« Das Wort Chummer klang schneidend wie ein Hieb mit einem Rasiermesser. »Nix drauf, was? Kommst nicht an Weißem Ice vorbei, wie? Du gehörst ins Altersheim.«

»Wir sind vor dir gewarnt worden«, hieb die Queen in die gleiche Kerbe. »Uns wurde gesagt, daß du die meisten deiner letzten Runs geschmissen hast. Und jetzt hast du es wieder vermasselt. Wenn wir hier lebendig rauskommen, Schätzchen, sorge ich dafür, daß du im Sprawl erledigt bist. Schätze, dies war dein letzter Run – so oder so.«

Vom Hof kam die Stimme von Cracker. »Wo bleibt ihr? In wenigen Minuten wimmelt es hier nur so von Drekheads.«

Die Spiderqueen hatte eine der Alarmsirenen in einer Ecke des Raumes nahe der Decke ausgemacht und erledigte sie mit zwei gezielten Schüssen ihrer Mauser Ladyline. Aber das würde nicht viel helfen. Im oberen Stockwerk jaulte eine weitere Sirene und irgendwo draußen eine dritte. Und selbst wenn sie auch diese beiden zum Schweigen brachte, wußten jetzt schon genügend viele Leute, daß Einbrecher im Lager waren. Dabei war der akustische Alarm noch das geringste Problem. Das System hatte den Alarm ausgelöst. Jacobi und seine Leute wußten Bescheid. Wer immer bei Jacobi für die Sicherheit verantwortlich war, eigene Leute oder ein kommerzieller Sicherheitsdienst, würde unterwegs sein. Und die Polizei würde auch kommen.

Thor war noch immer viel zu benommen, um sich gegen die Vorwürfe der Chummer zu verteidigen. Und Drek, die Queen hatte ja recht. Das Pech klebte ihm in letzter Zeit an den Fersen. Aber verdammt, er war noch immer ein erstklassiger Decker! Daran lag es nicht. War es möglich, daß ihm ein magischer Fluch anhaftete? Andererseits wußte Thor nur zu gut, daß Magie in der Matrix nicht funktionierte.

Er drängte alle bohrenden Gedanken beiseite und zog seine Walther Secura. »Wir gehen hier unten raus«, sagte er. Ohne zu zögern, rannte er zum vorher gemiedenen Haupteingang.

Die Queen und Wenzel, die ihn eben noch wutschnaubend angegiftet hatten, kamen ebenfalls zur Besinnung. Sie akzeptierten ihn wieder als Chummer und respektierten ihn als Boß. Sie folgten ihm zur Tür. Jetzt kam es darauf an, die eigene Haut zu retten. Und das konnte nur gelingen, wenn man sich aufeinander verlassen konnte und füreinander einstand. Jede Munispritze, jede Gehirnzelle, jede schnelle Muskelreaktion und jedes Quentchen an Erfahrung wurden gebraucht.

Wenzel hatte sich den Scheinwerfer geschnappt und leuchtete. Die Queen aktivierte den Schneidlaser, schnitt mit wenigen raschen Bewegungen das Türschloß heraus und verpaßte der Doppeltür einen derben Tritt. Klackend sprang sie auf und knallte gegen die Hauswand.

Draußen stand Cracker, die Urban Combat im Anschlag. Er sah aus wie ein in Panik geratener Stier und schwitzte wie ein Gaul nach einem Galopprennen. »Wird auch Zeit«, schimpfte er.

»Setz deine Treter in Bewegung«, fuhr ihn die Queen an. »Warum bist du nicht schon längst an der Toreinfahrt und ballerst uns eine Gasse frei?«

Cracker ließ sich das nicht zweimal sagen und trabte los. Thor, Wenzel und die Queen rannten hinterher, nachdem sie kurz den Hof überprüft hatten. Hier war noch alles ruhig. Auf der Straße konnte dies allerdings schon ganz anders aussehen.

Als die vier Schattenläufer in die Toreinfahrt einbogen, hörten sie in der Ferne eine Polizeisirene. Sie hatten keinen Zweifel daran, daß dieses Geräusch ihnen galt. Und es näherte sich. Es kam aus dem Süden. Wenn der Polizeiwagen über die Hüttenstraße heran-rauschte, würden sie nicht mehr Zeit genug haben, ihren Integra zu erreichen und loszufahren. Aber die Polizei würde vermutlich noch das geringste ihrer Probleme sein. Die Fahrt mit dem Wagen würden sie wohl so oder so vergessen können.

»Wenn die Karre wenigstens vor der Einfahrt parken würde!« fluchte Wenzel. Es hörte sich an, als wollte er Thor dafür verantwortlich machen, daß der Wagen in der Hüttenstraße stand. Aber das war wohl mehr hilflose Wut als ein ernsthafter Vorwurf. Wenn sie den Integra in der Fußgängerzone abgestellt hätten, wäre das Risiko, vorzeitig entdeckt zu werden, noch größer gewesen.

Mit seiner Maschinenpistole und den Reflexboostern hatte Cracker die besten Chancen, Gegner umzu-pusten, bevor er selbst umgepustet wurde. Die Frage, wer als erster die Nase aus der Toreinfahrt steckte, stellte sich damit überhaupt nicht. Als echter Straßen-samurai mit Sinn für Berufsehre hätte Cracker sowieso nichts anderes zugelassen. Und alles, was recht war, er verstand etwas von seinem Job.

Fast beiläufig stieß er das Eisengitter beiseite. Mit dem Charme und der Brachialgewalt einer Dampf-walze rammte er seinen massiven Körper und seine Urban Combat durch den sich öffnenden Spalt. Er tat einen mächtigen Satz und stand dann breitbeinig auf dem Bürgersteig, quer zur Toreinfahrt, das zu allem entschlossene, verzerrte Gesicht, die breite Brust und die Mündung der Combat zur Hüttenstraße ausgerich-tet. Von dort war am ehesten Feuerzauber zu erwarten.

Aber da war niemand. Mit einer Gewandtheit, die Thor ihm nicht zugetraut hätte, sprang Cracker um hundertachtzig Grad in die Gegenrichtung, die Com-bat nach wie vor im Anschlag, den Finger am Abzug, den Ziellaser als Lichtfinger durch die Nacht jagend.

Nichts. Die Straße hinauf, die Straße hinab kein Gegner zu sehen. Nur die Polizeisirene klang bedrohlich nahe. Aber das Geräusch näherte sich aus einer der Querstraßen. Noch schien der Fluchtwagen in der Hüttenstraße erreichbar.

Hinter Cracker sprangen Thor, Wenzel und die Spiderqueen aus der Toreinfahrt. Auch sie waren kampfbereit, hielten ihre Waffen im Anschlag und waren bereit, bei der kleinsten Bewegung zu schießen.

Obwohl der auf und ab schwellende Alarm aus dem Lederlager wohl jeden der Anwohner aus dem Bett geholt hatte, ließ sich niemand an den Fenstern sehen. Und wenn es Passanten auf der Straße gegeben hatte, dann waren diese inzwischen verschwunden. Kein Wunder. Jeder im Sprawl wußte, wie sich Szenarien dieser Art für gewöhnlich entwickelten. Da war es ratsam, die Nasen und alles andere aus der Kampfzone herauszuhalten.

Und doch ließ ein unbestimmtes, nicht zu definierendes Gefühl Thors Nackenhaare beben. Das war nicht die Anspannung und nicht das Wissen um die Brenzligkeit der Situation. Da was etwas anderes, aber er konnte nicht sagen, was es war.

»Zum Wagen!« krächzte Cracker und stürmte in Richtung Hüttenstraße.

»Nein!« stieß Thor alarmiert hervor. Urplötzlich war ihm bewußt geworden, daß die Ursache für seine sich sträubenden Nackenhaare dort verborgen lag, wo Cracker sein Heil suchte.

Aber die Warnung kam zu spät.

In dem Hauseingang, den Cracker gerade passieren wollte, flammte ein Scheinwerfer auf. Cracker wirbelte herum, und er war bewunderungswürdig schnell. Aber die anderen waren schneller. Zwei Schnellfeuerwaffen ratterten los, bevor Cracker seine Drehung auch nur halb beendet hatte. Die Geschoßsalven erwischten ihn aus nächster Nähe mit soviel Wucht, daß sein massiver Körper angehoben und auf die andere Straßenseite geschleudert wurde. Während sein Körper sich noch in der Luft befand, begann rote Flüssigkeit aus Cracker zu spritzen, als hätte jemand ein Faß mit Rotwein durchsiebt. Flechettemuni. Die rasiermesserscharfen Fragmente der Geschosse zerfetzen die Haut und raspeln die Einschußkanäle zu einem Flußdelta auf. Zwei Treffer gingen in Crackers Kopf. Genauer gesagt, die Geschosse drangen an der einen Seite in den Kopf ein und traten an der anderen Seite wieder aus.

Sie zogen ein weißes Band aus Gehirnmasse hinter sich her.

Der letzte Blick, der aus Crackers Augen kam, drückte ein ungläubiges, beinahe kindliches Staunen aus.

Crackers verbliebene Körpermasse klatschte wie ein blutgetränkter Lumpensack auf das Straßenpflaster. Aber die Hände hielten immer noch die Urban Combat, seinen geliebten ›Geeker‹, umklammert. Und die Hände waren immer noch mit den reflexgeboosterten Kunstmuskeln verbunden. Second Hand und rissig, aber sonst ohne Tadel und funktionstüchtig. Der Straßensamurai war tot, aber seine Urban Combat hatte offenbar noch eine Testamentsklausel zu erfüllen. Sie ratterte los.

Ob nun Zufall oder unglaubliche Willenskraft: Der zerfetzte Körper lag so, daß die Mündung der Combat in den Hauseingang zeigte, aus der sich der Geschoßhagel ergossen hatte. Der Tote jagte das ganze Magazin in das Versteck der Angreifer, und der Rückstoß der Waffe bewirkte, daß der Lauf eine kreisende Bewegung vollführte. Mit etwas Phantasie ergab das Ganze ein leicht schiefes C für Cracker. Und in dem C starben zwei Orks, denen auch ihre weinroten Ledermonturen und die Stahlhelme nicht hatten helfen können. Ihre leblosen Körper kippten nach vorn auf den

Bürgersteig, ihre Uzzi III schepperten über die Gehwegplatten, der Scheinwerfer trudelte wie ein rotierendes Raubtierauge hinterher. Der letzte Schuß aus Crackers Urban Combat, der nach einem letzten Aufbäumen des Körpers und einer kleinen Drehung eine Art Punkt nach dem C markierte, erwischte noch den bis zum Straßenpflaster gerollten Scheinwerfer. Glas zerbarst, das Licht erlosch.

Blut aus drei Quellen sickerte in breiten Rinnsalen in den Gully. Gullys und Rinnsteine in den deutschen Sprawls des Jahres 2053 waren blutgierig, und sie bekamen reichlich.

Crackers Urban Combat hatte normale Munition verschossen, und die Wunden der Orks waren nicht so scheußlich ausgefranst und nicht so zahlreich wie die des Chummers. Aber die Orks waren genauso tot wie Cracker. Daran bestand kein Zweifel. Cracker hatte sie mit sich genommen. Wahrscheinlich wäre es ihm ohne sie im Jenseits zu langweilig geworden. Wenn die Hirten seiner Kirche der letzten Heiden ihren Schäfchen überhaupt so etwas wie ein Jenseits versprachen. Thor ging der aberwitzige Gedanke durch den Kopf, daß sich diese dubiose Glaubensgemeinschaft nach Crackers unfreiwilligem Kirchenaustritt vielleicht in Kirche der allerletzten Heiden umbenennen mußte.

Der Teufel mochte wissen, wie die beiden Orks es so schnell geschafft hatten, an Ort und Stelle zu sein. Die einzige plausible Erklärung bestand darin, daß die Toten in dem Fahrzeug gesessen hatten, dem die Schattenläufer vorhin auf der Graf-Adolf-Straße begegnet waren. Sie trugen die Montur des Sicherheitsdienstes Garant. Entweder gehörte der Objektschutz des Lederlagers zu ihrem Aufgabenbereich in Düsseldorf, oder Jacobi arbeitete generell mit Garant zusammen. Daß Jacobi kein eigenes Sicherheitspersonal hatte, war unwahrscheinlich, aber vielleicht gab es mit Garant Zusatzvereinbarungen oder einen Kooperationsvertrag. Vergessen konnte man die Variante, daß die Garant-Söldner einfach nur der Polizei helfen wollten. Sie taten nur das, wofür sie bezahlt wurden. Jetzt entdeckte Thor auch den Garant-Wagen. Er parkte ein paar Häuser weiter hinter einem Mauervorsprung. Deshalb war er weder ihm noch einem seiner Chummer aufgefallen.

Für Betroffenheit blieb keine Zeit. Thor, die Queen und Wenzel sprangen über die Toten hinweg und rannten zur Einmündung der Hüttenstraße. Wenzel bückte sich kurz und nahm Crackers Urban Combat an sich. Die Waffe war zu kostbar, um in irgendeinen Polizeispind zu wandern. Die Muni aus Crackers traurigen Überresten zu bergen, hatte er jedoch weder die Zeit noch den Nerv.

Mit quietschenden Reifen bog der Polizeiwagen ein Stück weiter oben in die Kirchfeldstraße ein.

»Das wird eng für uns!« keuchte die Spiderqueen, nachdem sie einen Blick über die Schultern geworfen hatte. »Verdammt eng!«

»Lieber eng, als sich einen wichsen.« Entweder war Wenzel in Windeseile über Crackers Tod hinweggekommen, oder seine Bemerkung war ein aus der Gossensprache geborener Reflex.

»Halt's Maul!« Die Spiderqueen schien nicht zu Späßen aufgelegt zu sein.

Die drei passierten den Wagen mit dem Garant-Emblem. Die Spiderqueen wurde langsamer, schien unschlüssig zu sein. Thor erriet, was hinter dem Narbengesicht in ihrem Kopf vorging.

»Vergiß es! Das schaffen wir nicht in der kurzen Zeit.«

Die Queen nickte und erhöhte wieder das Tempo. Es wäre der helle Wahnsinn gewesen, den Wagen knacken zu wollen. Auch für die Queen mit zehn Jahren Straßenerfahrung und einem gewesenen Profi-Bruder. Selbst wenn die Orks das Fahrzeug nicht verrie-

72

gelt hatten, war an die Zündung kaum heranzukommen. Keine lösbare Aufgabe, Chummer, wenn im gleichen Moment die Bullen mit ihrer Leuchtreklame auf dich zufahren.

Sie hatten die Hüttenstraße jetzt fast erreicht. Nur noch zwei Häuser. Der Polizeiwagen war noch etwa fünfzig Meter weit entfernt. Konnten sie es schaffen? Bis zur Ecke vielleicht. Aber was dann?

»Drekheads!« Die Spiderqueen nestelte an ihrer Lederjacke herum und blieb dann abrupt stehen. Sie hielt eine Blendgranate in der Faust, holte weit aus und warf sie in hohem Bogen dem Polizeifahrzeug entgegen. »Augen schützen!« schrie sie im gleichen Moment.

Der Wurf war perfekt getimt. Die Granate explodierte genau vor der Windschutzscheibe des Polizeifahrzeugs. Das gleißende Licht bohrte sich trotz geschlossener Augen und schützend erhobenem Ellbogen in die Augenhöhlen der Schattenläufer und brannte auf der Netzhaut. Aber den Fahrer des Polizeiwagens hatte das Licht voll erwischt. In einer Schockreaktion riß er das Lenkrad herum und setzte den Wagen krachend gegen eine der Hauswände.

»Yak-yak-yak«, jubelte Wenzel infantil.

»Glück gehabt«, kommentierte die Queen. »Im nächsten Lehrgang wird man den Jungs beibringen müssen, wie man eine Schutzbrille aufsetzt.«

Thor sagte nichts. Er registrierte nur nüchtern, daß sich ihre Chancen erhöht hatten. Mehr wollte er sich selbst nicht zugestehen. Sie waren noch mittendrin im Schlamassel.

Wie recht er mit dieser Einstellung hatte, erwies sich wenige Sekunden später. Lautes Motorengeräusch auf der Hüttenstraße. Direkt vor ihnen.

Ein Kleinbus mit dem Garant-Enblem bremste und stellte sich quer vor die Kirchfeldstraße. Auf beiden Seiten öffneten sich die Schiebetüren. Mehrere Männer und Frauen in roten Ledermonturen und Stahlhelmen sprangen heraus. Drei Orks, drei Norms und ein Troll. Schrotflinten und Maschinengewehre wurden in Anschlag gebracht.

Drek, Drek, Drek!

Die Schattenläufer hatten abrupt haltgemacht, als der Kleinbus in Sicht kam. Keine Chance, daran vorbeizukommen. Als die Garant-Leute in Stellung gingen, flüchteten die Chummer bereits wieder die Kirchfeldstraße hinauf. Wenzel schleuderte als Abschiedsgruß eines seiner Wurfmesser in die Gruppe. Er schien auch getroffen zu haben, denn einer der Söldner sackte zu Boden.

Die Spiderqueen hatte ihre letzte Blendgranate aus dem Gürtel ausgeklinkt und warf sie im Laufen über die Schulter nach hinten. Erneut machte ein greller Blitz die Nacht zum Tage.

Thor, Wenzel und die Queen hielten sich nicht damit auf, die Wirkung der Granate zu überprüfen, sondern konzentrierten sich einzig und allein darauf, so viele Meter wie möglich zwischen sich und den neuen Gegner zu bringen.

Sie passierten die drei Leichen, und um ein Haar wäre die Spiderqueen in einer Blutlache zu Boden gegangen. Thor, der hinter ihr lief, konnte sie gerade noch auffangen, als sie ins Rutschen kam.

»Danke, Chummer«, keuchte die Queen.

Jeden Moment rechnete Thor damit, Schüsse zu hören oder den Aufprall eines Geschosses auf seinem Körper zu spüren. Oder gar nichts mehr zu spüren, weil alles vorbei war. Aber die Wirkung des Blitzes hielt offenbar noch an. Die Garant-Leute schienen vom plötzlichen Auftauchen der Schattenläufer genauso überrascht gewesen zu sein, wie das umgekehrt der Fall gewesen war. Sie hatten so wenig Zeit gehabt, sich vor der Blendgranate zu schützen, wie vorhin die Polizisten. Entsprechend groß schien die Verwirrung zu sein. Wer geblendet wird, braucht einige Zeit, um mit dem weißen Strahl eines Ziellasers wieder etwas anfangen zu können.

Das galt auch für die Polizisten. Als die Shadowrunner an dem Wagen vorbeirannten, der demoliert an der Hauswand klebte, hingen die beiden Insassen noch in ihren Gurten. Sie waren durch die Schritte aufmerksam geworden und reckten die Hälse. Unverkennbar waren sie jedoch noch reichlich benommen und konnten nichts sehen. Das hektische Herumfummeln an den Waffen war mehr eine hilflose Geste als wirkliche Bereitschaft und Fähigkeit zum Kampf.

Als Thor den Polizeiwagen mit der schußsicheren Spezialverglasung und den Panzerblenden vor den Radkästen passierte und im Vorbeilaufen im Auge behielt, fing er aus den Augenwinkeln auch eine Bewegung ein, die von den Garant-Söldnern ausging. Er drehte den Hals noch weiter nach hinten und sah, daß sich der Troll als erster erholt hatte. Mit seinen gut zwei Meter achtzig seine Kameraden weit überragend, stand er in der Mitte des Pulks. Er wirkte ganz ruhig und sehr überlegt. Thor sah, daß er eine Smartbrille trug. Der Troll hob ein Scharfschützengewehr bis in Taillenhöhe, wahrscheinlich eine Waffe mit Smartgunverbindung.

»Aufpassen!« rief Thor den vor ihm laufenden Chummern zu, während er sich selbst zur Seite warf.

Die Queen duckte sich, während sich Wenzel halb umdrehte. Das wurde ihm zum Verhängnis. Er geriet damit genau in die Schußlinie, aus der sich Thor gerade herauskatapultiert hatte.

Ein einzelner Schuß löste sich aus der Waffe des Trolls.

Wenzel stieß eine Art Krächzen aus, griff sich an den Hals und brach zusammen.

Fast wäre Thor über ihn gestolpert. Er bückte sich, um dem Chummer auf die Beine zu helfen. Aber Wenzel hatte bereits das Bewußtsein verloren. Aus einer riesigen Halswunde sprudelte das Blut. Wie es aussah, kam hier jede Hilfe zu spät.

Fluchend rappelte sich Thor wieder auf, als er sah, daß der Troll sein Gewehr erneut in Schußposition brachte. Mit seinen mächtigen, muskelbestückten Armen machte es ihm offenbar Spaß, aus der Hüfte zu schießen.

Erneut warf sich Thor zur Seite. Das Geschoß streifte ihn an der Schulter, verursachte aber nur eine Fleischwunde. Thor rollte sich ab, kam etwas mühsam wieder auf die Beine und stürmte weiter. Er hatte Wenzel nicht besonders gemocht, aber es war immer traurig, einen Chummer zu verlieren. Gevatter Tod hatte erneut zugeschlagen. Hinter ein weiteres Straßenschicksal war ein Schlußpunkt gesetzt worden.

Thor hob seine Secura und gab mehrere Schüsse auf den Troll ab. Die Queen hatte ein paar Meter weiter angehalten und Wenzels Fall miterlebt. Sie unterstützte Thor mit ihrer Mauser Ladyline. Gemeinsam zwangen sie den Troll in Deckung.

Die anderen Garant-Söldner schienen sich allmählich zu erholen. Eine MP ratterte, eine Schrotflinte gesellte sich dazu. Die Söldner lösten sich aus der Deckung und stürmten voran.

Thor und die Spiderqueen drückten sich hinter einen Mauervorsprung, änderten den Modus ihrer Waffen auf Automatik und spuckten den Garant-Söldnern ihre Muni entgegen.

Das Sperrfeuer zeigte Wirkung. Einer der Norms ging getroffen zu Boden, die anderen Söldner zogen sich hinter die Deckung des Kleinbusses zurück, schossen jetzt aber ihrerseits Sperrfeuer.

Dann tauchten seitlich drei Typen mit großen, schweren Schutzschilden auf. Sie bildeten einen Block, hinter dem sich drei weitere Söldner sammelten. Gemeinsam rückten sie vor. Nur der Troll blieb in der Deckung des Kleinbusses zurück.

Die Schilde hatten für Thor und die Queen einen Vorteil: Sie hinderten die Garant-Söldner daran, weiterhin Sperrfeuer zu schießen. Nur Einzelschüsse wurden aus der sicheren Deckung abgegeben.

Für Thor und die Spiderqueen war dies das Signal, die Flucht fortzusetzen. Sie rannten im Zickzackkurs die Straße hinauf und versuchten Mauervorsprünge und Hauseingänge so gut wie möglich als Deckung auszunutzen.

Plötzlich trat direkt vor ihnen eine Gestalt auf die Straße. Sie schien buchstäblich aus dem Nichts aufgetaucht zu sein. Es war ein Mann in einem blauen Doppelreiher. Nadelstreifen. Dazu ein Schlapphut. Gebleckte Zähne. Strahlend weiß. Vorgerecktes Kinn mit harten Linien. Er grinste.

Thor wollten schier die Augen aus den Höhlen quellen. Er kannte diese Aufmachung und dieses Gesicht.

Es war Roberti!

Mit einem Aufschrei wollte er sich auf den Mann stürzen. Aber die Queen war schneller. Sie hatte im Laufen einen neuen Munistreifen in ihre Ladyline geladen und pumpte die Kugeln in die Gestalt im Doppelreiher.

»Roberti, du verdammter Drekhead!« schrie sie dabei wie von Sinnen. »Ich mach dich alle, du Scheißkerl!«

Die Kugeln durchsiebten nichts als die Luft und prallten von der nächsten Hauswand ab. Einer der Querschläger erwischte die Queen am rechten Oberschenkel. Sie schien es kaum zu bemerken. Roberti war nichts geschehen. Er grinste noch immer und zog seine Luger.

Die Queen fuhr ihre Cybersporne aus und stürzte sich, die Hände wie Tigerpranken erhoben, auf den Mann.

Hätte dort wirklich ein Mann gestanden, so wäre er ohne Frage bei diesem ekstatischen Angriff in Fetzen gerissen worden. Aber die Schnappklingen sausten ohne Widerstand durch die Luft. Die Queen tauchte in das ein, was Roberti zu sein schien, wurde durch die Wucht ihrer Bewegungen nach vorn gerissen und ging zu Boden.

Genau in diesem Moment fegte eine etwa fußballgroße, gelbrote Feuerkugel die Straße herauf. Sie schien sich unmittelbar vor den Schilden der Garant-Söldner gebildet zu haben. Ihr folgte eine zweite Kugel, die halb so groß war. Und eine dritte, nicht größer als ein Tennisball, nur noch dunkelrot leuchtend.

Thor warf sich mit einem verzweifelten Satz aus dem Weg und prallte mit der Schulter gegen einen Fahrradständer.

Der erste Ball traf die Queen mitten im Gesicht. Sie gurgelte entsetzt, bevor alles verschmorte, was ein Gurgeln erzeugen konnte. Der zweite Ball traf sie im Bauch und fraß sich durch ihren Körper. Der dritte fand keinen Widerstand mehr und trudelte die Straße hinauf.

Magie! Garant hatte offensichtlich einen überaus fähigen Magier unter Sold, der Feuerbälle schleudern konnte und wahrscheinlich auch für die Roberti-Chimäre verantwortlich war. Illusionszauber. Roberti war in dem Moment spurlos verschwunden, als die Feuerbälle kamen. Der Magier benötigte sein Kräfte für den stärkeren Kampfzauber.

Es war nicht nötig, die verschmorten Überreste der Spiderqueen zu untersuchen. Die Queen war so tot, wie nur irgend etwas tot sein konnte. Tot wie die anderen Chummer. Tot wie Cracker. Tot wie Wenzel. Nur Thor war noch am Leben. Aber wie lange noch?

Wut und Trauer überlagerten jedes klare Denken. Er scherte sich nicht die Bohne um Deckung und sprang mitten auf die Straße, die Walther Secura wie einen strafenden Zeigefinger bewegend.

Ich hätte mir eine der beiden Uzzi III greifen sollen! Aber er war ein Decker und kein Straßenkämpfer. Er hatte nicht damit gerechnet, daß es zu einer Schlacht kommen würde, hatte gehofft, sie sei zu vermeiden. Jetzt war es zu spät.

Er jagte die gesamte Muni, die ihm noch zur Verfügung stand, in den Pulk der Verfolger. Er konnte nichts ausrichten, denn die Kugeln prallten von den Schilden ab, und der Magier ließ sich nicht blicken. Aber er verschaffte sich mit dieser selbstmörderischen Geste Respekt. Er verblüffte die Söldner und zwang sie, sich hinter der Deckung zu verkriechen. Nicht ein einziger Schuß löste sich aus ihrer Mitte. Dabei wäre der ungeschützt mitten auf der Straße stehende Decker ein leichtes Ziel gewesen.

Es kam auch kein weiterer Feuerball. Der Magier schien erschöpft zu sein. Darauf hatten schon die geringe Größe und Energie der letzten Feuerkugel hingedeutet.

Als die Secura ohne Muni nur noch metallisch klickte, kam Thor zur Besinnung. Ihm wurde bewußt, daß er immer noch lebte. In einer eher mechanischen Reaktion wandte er sich um und flüchtete. Hinter ihm bellte eine Waffe. Zwei Geschosse trafen ihn im Rükken, aber die Schutzweste machte sie unschädlich. Mehr als häßliche blaue Flecke würden nicht zurückbleiben. Einer der Söldner feuerte eine Sturmschrotflinte ab. Eine gute Idee, aber sie kam etwas spät.

Thor hatte die nächste Querstraße erreicht und war um die Ecke verschwunden, bevor die in breitem Streuwinkel anrauschende Splittermuni gegen die Hauswand klatschte und den Putz herunterholte.

Ohne zu wissen, wo er diese letzten Reserven noch hernahm, rannte er die Straße hinauf, bog in die nächste Seitenstraße ein, rannte und rannte, in wieder eine andere Straße, durch einen Torweg in eine enge Gasse, wieder hinaus auf eine breitere Straße, bis er nicht mehr konnte. Erschöpft blieb er stehen. Das Herz raste, die Lungen schienen zu brennen, der Brustkorb tat ihm weh, er hatte Seitenstechen, und die Füße waren schwer wie Blei.

Und irgendwann, als er sich ein bißchen erholt hatte und sich wie ein bezechter Passant taumelnd weiterbewegte, wurde ihm klar, daß er die Verfolger abgeschüttelt hatte.

4. KAPITEL

›Like a Rolling Stone‹

Am Morgen des 18. September gab es keinen Betrieb mit mehr als zwanzig Mitarbeitern im Revier, in dem gearbeitet wurde. Die Menschen spürten, daß sie den entscheidenden Kampf mit den Konzernen ausfochten, dessen Ausgang das Verhältnis zwischen Arbeit und Besitz für lange Zeit festschreiben würde.

Am 19. September wurde nach einer ergebnislosen Nacht der Verhandlungen der Streik auf die Müllabfuhr und den öffentlichen Nahverkehr ausgedehnt, im Verlaufe des Tages auch auf die Gesundheits- und Notdienste. Die Landesregierung trat daraufhin zurück – ohne damit etwas ändern zu können.

Am 20. September schließlich blieb der kommissarischen Landesregierung keine Wahl mehr. Von den Konzernen stetig auf die günstigeren Steuern in anderen Bundesländern hingewiesen oder, wo das nicht half, an ›alte Verpflichtungen und Verbindungen‹ erinnert, rief sie am Mittag den Notstand aus. Die deutsche Öffentlichkeit war geschockt, aber niemand mischte sich ein. Auch für den Rest der Republik wurde in diesen Tagen der Status der Konzerne festgeschrieben, und niemand wagte zu intervenieren, bis nicht der Sieger dieses Kräftemessens feststand. Die Streiks und Demonstrationen gingen jedoch mit unverminderter Heftigkeit weiter. Keiner mochte ernsthaft daran glauben, daß der Ministerpräsident das Militär rufen würde. Genau das geschah jedoch, und am 21. September stand das Ruhrgebiet in Flammen.

Dr. Natalie Alexandrescu:
Vom Revier zum Sprawl. Der Rhein-Ruhr-Megaplex,
Deutsche Geschichte auf VidChips,
VC 3, Erkrath 2051

Es waren so viele merkwürdige Existenzen in diesen Tagen und Nächten unterwegs, daß Thor nicht sonderlich auffiel. Selbst die blutverschmierte Armwunde interessierte kaum jemanden. Die meisten Menschen im Rhein-Ruhr-Megaplex gingen davon aus, daß jeder für sich selbst sorgen konnte. Wer blutete, tat etwas dagegen. Oder auch nicht. Jedenfalls war das seine eigene Sache. Interessant für eine gewisse Kategorie von Nachtschwärmern wurde man erst, wenn man sichtlich geschwächt und damit ein vermeintlich leichtes Opfer war.

Die Waffe in seiner Synthojacke versteckt, den Koffer mit dem Cyberdeck umgehängt, spazierte Thor über die Oberbilker Allee und fuhr vom Bahnhof Bilk mit der S-Bahn zum Hauptbahnhof. Er besaß für solche Zwecke einen Kredstab mit der Sozialversicherungs-Identifikationsnummer seiner früheren Geliebten, denn er selbst besaß natürlich keine SIN. Die Frau war ihm eine Menge schuldig, und das wußte sie auch. Der Kredstab war eine Art unfreiwilliges Abschiedsgeschenk gewesen, und er ging sorgsam damit um. Über drei Ecken und unter Mitwirkung einer größeren EC-Summe war es dazu gekommen, daß bei diesem speziellen Kredstab Thors Daumenabdruck als identisch mit dem gespeicherten Daumenabdruck der eigentlichen SIN-Inhaberin ausgewiesen wurde. Da es beim Belasten des Kontos keine Probleme gab, hatte dies bisher immer geklappt. Für eine Identitätskontrolle durch die Polizei oder bei Grenzübertritten reichte das natürlich nicht aus, aber dazu ließ er es gar nicht erst kommen.

Am Hauptbahnhof stieg er um in die S37 nach Wuppertal, wo er seit einiger Zeit eine Bleibe hatte. Es waren einige Nachtschwärmer unterwegs, die sich in der Düsseldorfer Altstadt vergnügt hatten. Ein paar vierzehn oder fünfzehn Jahre alte Randalekids, die ihre Messer offen trugen, waren angetrunken und alberten herum. Eine glatzköpfige Frau mittleren Alters mit einem peinlich akkurat auf die braune Jacke gestickten Hakenkreuz glotzte weggetreten durch die Gegend. Sie war offensichtlich ein Jackhead und stand noch unter SimSinn-Einfluß. Wahrscheinlich hatte sie sich in irgendeiner Kaschemme illegale BTL-Chips reingezogen.

Thor bemerkte ein junges Pärchen, beides Elfen und verchipt. Die Frau trug wie Thor einen flachen Behälter, der eigentlich nur ein Cyberdeck enthalten konnte. Er hatte die beiden schon einmal flüchtig in Pjatras Kneipe gesehen und nickte ihnen zu. Die beiden, dem Augenschein nach Schattenläufer wie er, erwiderten den Gruß.

Aufmerksam behielt er die anderen Fahrgäste im Auge. Das war Schattenläuferart. Wer seine Sinne aus der Umwelt ausklinkte, wurde von anderen schnell aus der Realität ausgeklinkt. Er hatte es jedoch gelernt, auch bei erhöhter Wachsamkeit zu denken. Und er dachte über das nach, was ihm ohnehin nicht aus dem Kopf wollte. Die Ereignisse in der Kirchfeldstraße waren verdammt hart gewesen, und es hatte drei tote Chummer gegeben. Aber bei allem Bedauern fand in seinem Kopf keine Totenmesse statt. Was ihn beschäftigte, war Roberti. Wie, zum Teufel, kam Roberti in die Matrix? Eine Illusion, die der unbekannte Decker erzeugt hatte? Unbekanntes Ice? Und wieso benutzte ein Garant-Magier Thors Traumgestalt für einen Illusionszauber? Der Magier konnte unmöglich mit dem unbekannten Decker in der Matrix identisch sein. Was ging hier vor?

Die einfachste Lösung wäre gewesen, an seinem eigenen Verstand zu zweifeln. Aber er war nicht der einzige, der Roberti gesehen hatte. Die Queen hatte seinen Namen genannt und war genauso ausgeflippt wie Thor in der Matrix. Hatte sie den gleichen Traum gehabt, oder woher kannte sie dieses Gespenst Roberti?

An die Möglichkeit, daß er sich nicht in der Wirklichkeit, sondern in einer virtuellen Realität befand, wagte Thor kaum zu denken. Das war unmöglich, es sei denn, sein ganzes Leben und all seine Erinnerungen wären computergeneriert. Er konnte aber nicht verhindern, daß ihm dieser Gedanke flüchtig durch den Kopf schoß. Nicht minder phantastisch und kaum vorstellbar war die Vorstellung, daß der Magier nicht Roberti für ihn und die Queen hatte erscheinen lassen, sondern allein ihm eine Szene vorgegaukelt hatte, in der Roberti *und* die Queen auftauchten. Vor allem erklärte dies nicht, was in der Matrix passiert war. Die Matrix war ein Kosmos aus elektronischen Signalen ohne Gefühlsinhalte. Ein Magier konnte diese Signale nicht manipulieren. Auf keinen Fall.

Eine Verschwörung, an der mehrere beteiligt waren? Aber warum? *Warum?* Niemand machte sich im Jahre 2053 soviel Mühe, um einen unbedeutenden Schattenläufer zu verwirren.

Die Kids pöbelten einen alten Zwerg in einem langen, dunklen, zerschlissenen Mantel an, der bis dahin geschlafen hatte, und machten sich über Metamenschen lustig, bis es der Elfin reichte. Sie schnappte sich einen der Burschen und gab ihm einen Tritt in den Hintern, der ihn quer durch den Wagen beförderte. Als er Thor passierte, stellte ihm dieser ein Bein, half ihm wieder auf die Füße und gab ihm seinerseits einen saftigen Tritt, der ihn noch einmal die Sause machen ließ. Die anderen Randalekids zogen ihre Messer, aber alle drei Shadowrunner hatten plötzlich ihre Pistolen in der Hand. Die Kids verdrückten sich in einen anderen Wagen.

Der alte Zwerg murmelte ein Wort des Dankes und schloß wieder die Augen. Die Frau mit dem Hakenkreuz hatte von der ganzen Sache keine Notiz genommen. Ihr Blick war weiter nach innen gerichtet.

An der Station Barmen verließ Thor den Zug. Die

beiden Elfen fuhren noch weiter, obwohl sie wahrscheinlich ebenfalls in Wuppertal zu Hause waren. Die Stadt war wegen ihrer subterranen Bauweise und des sich daraus ergebenden hohen Anteils an Kunstlicht bei Metamenschen sehr beliebt. Es hieß, daß mehr als die Hälfte der Einwohner Metamenschen waren, aber das hielt Thor für übertrieben.

Er fuhr vom Bahnsteigzugang in der zweiten Ebene mit der Rolltreppe zur dritten Ebene hinauf. Unteres Wohnniveau, aber noch nicht verslumt. Hier kam ein Schattenläufer am besten voran. Weniger Bullen und weniger Sicherheitskräfte als weiter oben, aber noch nicht so viele Belästigungen durch Straßengangs wie in der ersten Ebene. Nichts war – neben der Schwebebahn – für ›Zombietown‹, wie die Stadt im Sprawl oft genannt wurde, so typisch wie das Labyrinth von Rolltreppen, das die insgesamt vier Ebenen der Stadt an unzähligen Knotenpunkten miteinander verband. Jede dritte Rolltreppe war allerdings defekt, woran auch der pausenlose Einsatz eines fünfzigköpfigen Reparaturteams nichts ändern konnte. Das galt vor allem für die Slums der untersten Ebene, wo die Rolltreppen zu Mülltransportbändern umfunktioniert wurden oder von aggressiven Randalekids aufgehebelt wurden. Die Hälfte der Rolltreppen zwischen der ersten und zweiten Ebene galt als nicht mehr reparaturfähig, und der Ersatz durch neue wurde als sinnlos angesehen.

Die Ebenen waren allmählich übereinandergewachsen und entsprechend chaotisch in ihrer Betonstruktur miteinander verschachtelt. Decken- und Bodenniveau wechselten ständig, und ein System von zum Teil nachträglich durch die Ebenen gesprengten Licht- und Belüftungsschächten zog sich kreuz und quer durch die Stadt. Hinzu kamen die Tunnel der Rohrbahn und die Schnellstraßen. In manchen Gassen mußten nicht nur Trolle die Köpfe einziehen, während im Bereich der Schnellstraßen und der Wupper lichte Höhen von über zwanzig Metern die Norm waren.

Thor bewegte sich in Richtung Wupper, wo sich seine Unterkunft befand, und stieg erst in die unterste Ebene hinab, als er nur noch knapp dreihundert Meter von zu Hause entfernt war. Schon der Gestank ließ keinen Zweifel daran, daß die Wupper nicht mehr weit war. Aus der Luft war der Fluß zwischen Elberfeld und Schwelm nicht mehr wahrzunehmen, weil er von den vier Ebenen der Stadt komplett überwuchert wurde. Hier unten am Flußufer hatten sich jedoch noch Reste der alten Bebauung erhalten, und wie ein Relikt aus grauen Vorzeiten ragten die Pfeiler der Schwebebahn empor. Die Bahn folgte dem Flußlauf quer durch die Stadt und war trotz der vielen Alternativen in Zombietown noch immer ein zuverlässiges und beliebtes Verkehrsmittel. Und da sich die überwachten Zugänge in der zweiten Ebene befanden, waren die Fahrgäste auch vergleichsweise sicher vor den Übergriffen der verschiedenen Straßengangs.

Direkt am Flußufer lagen Pjatras' Kneipe und sein Waffengeschäft, und in einem Keller unter der Kneipe wohnte Thor. Pjatras Granauskas stammte aus dem Baltikum, lebte aber schon seit mindestens zwanzig Jahren in Zombietown.

Thors Kellerapartment hatte nur an der Flußseite des Hauses einen mit einer rostigen, aber massiven Stahltür gesicherten Zugang. Die frühere Verbindung zum restlichen Keller war schon vom Vorbesitzer des Hauses vermauert worden. Außer Pjatras und ihm kannte kaum jemandem die Existenz des zweiten Kellers.

Der Schattenläufer drückte sich an dem Stützpfeiler der Schwebebahn vorbei in den schmalen Durchlaß, der zwischen einem Schuppen und einem bunten Sortiment an Sperrmüll zur Kellertür führte. Kurze visuelle Prüfung im trüben Licht einer Neonlampe, die hoch über ihm in der Pfeilerkonstruktion baumelte. Offenbar hatte niemand versucht die Tür zu öffnen. Thor führte seinen Codechip in das Schloß, sperrte auf und schlüpfte ins Innere. Dies geschah schnell und fast geräuschlos. Genauso schnell schloß er die Tür und machte erst dann Licht. Wer hier unten lebte, wußte, daß es ungesund sein konnte, sich allzu intensiv für die Lebensgewohnheiten von anderen zu interessieren. Und der Eingang war selbst vom anderen Flußufer mit seinen leblos daliegenden Fabrikmauern kaum einsehbar. Aber Risikominimierung gehörte zu den Prinzipien, die Thor acht Schattenjahre hatten überleben lassen.

Er passierte einen Gang, in dem sich verpackte Waren stapelten. Er hatte nie versucht, in Erfahrung zu bringen, was Pjatras hier lagerte. Enttäusche nicht das Vertrauen, das dir Freunde entgegenbringen, war ein weiteres seiner Prinzipien. Vielleicht lagerten hier Waffen, die Pjatras oben nicht unterbringen konnte. Wahrscheinlicher war, daß dies Konterbande von Hovercraftpiraten war, deren Besitz auch einen Mann mit so guten Beziehungen wie Pjatras in arge Schwierigkeiten gebracht hätte. Pjatras hatte seine Finger in vielen Töpfen. Und Thor war sich trotz aller Freundschaft darüber im klaren, daß Pjatras bei einer Razzia den Besitz der Ware ihm in die Schuhe schieben würde. Er konnte es dem alten Hauer nicht einmal übelnehmen. Er wußte sich tief in seiner Schuld.

Sein Apartment, fensterlos, aber mit einer Klimaanlage versehen, befand sich am Ende des Ganges. Er nahm das Cyberdeck aus dem Behälter und benutzte es als Signalgeber für seinen komplizierten Ultraschall-Geheimcode. Eine Sonderfunktion. Die meisten Decker hatten ihr Deck in der einen oder anderen Weise aufgerüstet.

Das Türschloß begann zu summen, die Tür sprang auf.

Er trat ein, machte Licht, schloß die Tür und zog sich aus. Er säuberte die Wunde und verband sie. Dann ließ er sich ins Bett fallen und war Minuten später eingeschlafen.

Nach zehn Stunden Schlaf fühlte sich Thor den Herausforderungen des Alltags wieder einigermaßen gewachsen. Die Muskeln hatten die Anstrengungen der letzten Nacht noch nicht vergessen, waren aber wieder belastbar. Mehr zu schaffen machte ihm eine mentale Müdigkeit, aber deren mehr oder minder starke Schübe waren ihm schon seit einigen Jahren vertraut. Ihm fehlte der Schwung der Jugend, die klaren Ziele waren abhanden gekommen, die Tage, Wochen und Monate verschmolzen zu einer Abfolge von Ereignissen, die insgesamt keinen besonderen Sinn ergeben wollten. In Momenten wie diesem, kurz nach dem Erwachen, verkatert vom Schattenstreß, prüfte Thor mitunter seinen Status als Individuum im Universum. Das Ergebnis war selten zufriedenstellend.

Er sah sich in seinem Quartier um. Cyberware, Waffen, Munition, ein paar Gegenstände des persönlichen Bedarfs, eine karge, auf das Leben in den Schatten ausgerichtete Garderobe. Im Kühlschrank Junkfood für drei Tage, neben dem Bett Sprudel und etwas Schokolade. Das war schon alles. Nichts Persönliches. Keine Fotos, keine Poster, keine Holos, nicht einmal altmodische Liebesbriefe. Er hatte sich ganz bewußt reduziert auf das, was in seinem Kopf war. Thor Walez bestand aus zweiundachtzig Kilogramm Wetware, die auf 185 Zentimeter Größe verteilt waren, ein paar Fähigkeiten und einem Bündel von Erinnerungen. Mehr hatten andere auch nicht zu bieten, zumindest nicht im Auge der Unendlichkeit. Aber die meisten anderen strebten danach, ihr Selbst und ihre Erfahrungen materiell zu manifestieren. Er hatte das früher auch getan, gestattete es sich inzwischen aber nicht mehr. Es gab Feinden Schlüssel in die Hand. Und es war bitter, Dinge zu verlieren, an denen man hing. Zugleich wußte er, daß er sein Selbst durch diesen Verzicht minimalisierte. Aber das war sein persönlicher Tribut an das Leben in den Schatten.

Pjatras' Kneipe war rund um die Uhr geöffnet. Als Thor das Lokal betrat, sah er sich kurz um. Im vorderen Raum war nur ein Tisch besetzt. Lil, eine fette, schlampige Nutte, die ihre besten Jahre schon einige Zeit hinter sich hatte, wegen ihrer mütterlichen Art aber immer noch den einen oder anderen Freier fand, saß dort mit einem kleinen, älteren, fast glatzköpfigen Mann. Sie nickte Thor kurz zu.

Hinter der Theke stand der dicke Alf und polierte ein Glas. Der Troll grunzte einen unverständlichen Gruß, als er ihn sah. Thor hatte nicht damit gerechnet, Pjatras am frühen Nachmittag im Lokal anzutreffen, aber dieser lugte durch den Türspalt zu seinem Privatzimmer hinter der Theke, winkte und kam dann heraus. Es sah fast so aus, als hätte er auf ihn gewartet. Der Ork bewegte sich kraftvoll wie immer, und irgend etwas an seinem Schritt erinnerte daran, daß er früher einmal Polizist gewesen war.

Pjatras drückte Alf beiseite, umrundete die Theke, schob Thor wortlos zu einem Tisch in der Ecke des Lokals und drückte ihn auf einen Stuhl.

»Wieder Pech gehabt, wie?« fragte er, noch bevor er sich dazusetzte.

Thor konnte sich nicht erinnern, den Ork jemals lächeln gesehen zu haben. Aber heute wirkte Pjatras noch ernster und düsterer als sonst.

»Woher weißt du?« fragte Thor und wußte im gleichen Moment, daß die Frage unsinnig war. Pjatras wußte es eben. Der Ork hatte beste Kontakte nach überallhin.

Eine Antwort bekam er ohnehin nicht. »Was zu essen?« fragte Pjatras statt dessen. Als Thor nickte, rief der Ork Alf zu: »Einmal Soylasch und ein Bier.« Thor nach seinen Wünschen zu fragen, wäre Luxus gewesen. Bei Pjatras gab es immer nur ein Menü, und daß Thor ein Bier nicht verschmähte, wußte der Ork.

»Hör zu«, sagte Pjatras und senkte die Stimme zu einem Raunen. »Einer deiner Chummer hat heute früh im Hospital den Löffel abgegeben. Wenzel. Er hat noch gequatscht.« Er deutete mit dem Daumen in den hinteren Raum des Lokals. »Wenzels Kleine sitzt da hinten, säuft sich einen an und macht dich für den Tod der drei Chummer verantwortlich. Was sagst du dazu?«

»Wem alles hat Wenzel diesen Unfug erzählt?« Vor seinem geistigen Auge sah Thor die Szene im Lager, als der Alarm losschrillte. Ja, es stimmte, Wenzel hatte ihn beschuldigt, alles vermasselt zu haben, eine Lusche zu sein, die nicht an Weißem Ice vorbeikam. Ein Wunder, daß der Junge nicht in der Kirchfeldstraße gestorben war. Thor hatte ihn für tot gehalten. Wenn er tatsächlich Stunden später im Krankenhaus wieder zu sich gekommen war, dann sicherlich in dem Wissen, daß es mit ihm zu Ende ging. Wenzel war nicht der Typ, der in der Stunde des Todes mit der Welt seinen Frieden machte. So wie er aufgetreten war, hatte er bestimmt Zeit seines Lebens sein eigenes Versagen anderen in die Schuhe geschoben. Wie sollte er da Verantwortung für seinen Tod übernehmen? Er hielt Thor für einen Versager – und damit für den Verursacher seines vorzeitigen Ablebens. Er wollte sich rächen. Ein letzer Gruß an einen, der überlebt hatte und dem er dies nicht gönnte.

»Seiner Tussi! Denkst du etwa, er hat es der Polizist erzählt? He, Thor, auch wenn du auf ihn sauer bist, vergiß eines nicht – er war dein *Chummer!*« Der Ork wirkte ungehalten und sprach lauter, als es der Sache dienlich war. Er nahm sich zusammen, während Alf die Schüssel Soyagulasch und das Bier brachte und wieder davonschlurfte. Leiser und sachlicher fuhr er fort: »Du sagst, es ist Unfug, und ich will dir gern glauben. Aber ich muß es schon ein bißchen genauer wissen. Wenzel zuliebe – und dir zuliebe.«

Es war eine versteckte Drohung in diesen Sätzen vorhanden, fand Thor. Das gefiel ihm nicht. Bisher hatte sich der Ork ihm gegenüber immer fair und loyal verhalten.

»Ich wußte gar nicht, daß du Wenzel gekannt hast und daß der Junge aus Zombietown kam. Habe ihn nie gesehen. Weder hier noch anderswo. Wieso weiß sein Mädchen, wo ich zu finden bin?«

»Ich kenne viele Chummer.« Das klang knapp und lapidar. »Und seine Braut weiß nicht, daß du hier wohnst oder dich in meinem Lokal blicken läßt. Sie ist… an mich verwiesen worden. So ka?«

In etwa konnte Thor nachvollziehen, wie es abgelaufen war. Wenzel hatte seinem Mädchen eingeschärft, Thor bei den anderen Chummern schlechtzumachen und ihn möglichst auch aufzuspüren. Wenn jemand Thor gefragt hätte, wer im Rhein-Ruhr-Sprawl wußte, was in den Schatten vor sich ging, wäre ihm wahrscheinlich zuallererst Pjatras eingefallen. Der Ork und seine Kneipe fungierten als Nachrichtenbörse. Die Schattenszene vertraute Pjatras, und er schien dieses Vertrauen noch nie mißbraucht zu haben. Bekannt war allerdings auch, daß die Polizei und die Konzerne Pjatras' Verbindungen kannten. Bisher hatte Thor immer geglaubt, der Ork nutze sein Wissen und seine Verbindungen aus dem aktiven Polizeidienst, um unbehelligt seinen Geschäften nachzugehen. Jetzt keimte in ihm der vage Verdacht, daß Pjatras vielleicht auch mit wohldosierten Informationen aus der Schattenwelt handelte. Er starrte ihn an. Ein Ork. Seinesgleichen hatten seine Eltern gequält, bestialisch ermordet.

Laß das! Pjatras ist nicht wie diese Söldner. Er ist dein Freund! – Ist er das wirklich? Er verdrängte diese Gedanken. Verärgerung war ein schlechter Ratgeber.

»Also?«

»Was soll das sein – ein Verhör?«

Der Ork sah ihn prüfend an, das Gesicht starr wie eine Maske. Dann zuckte er die Schulter. »Tut mir leid. Vergiß es. Ich weiß, ich bin zu weit gegangen.«

Frage nie einen Schattenläufer über sein Leben in den Schatten. Pjatras schien sich an diese Regel erinnert zu haben.

Die Männer schwiegen eine Weile. Pjatras sah ihm dabei zu, wie er seine Portion Soylasch aß und von dem Bier trank. Dann machte er Anstalten, sich zu erheben.

»Bleib sitzen«, sagte Thor. Der Sieg als solcher genügte ihm. Im Grunde wollte er ja mit Pjatras über die Sache reden. Er begann von dem Run zu erzählen.

»Du meinst also, es war eine Falle«, stellte Pjatras fest, nachdem Thor geendet hatte. »Ist jemand hinter dir her? Hat jemand Grund, dir an den Kragen zu wollen?«

»Nicht mehr und nicht weniger, als das bei jedem Schattenläufer der Fall ist.«

»Hmm. Schattenläufer sind Teil des Systems, Segmente eines Spiels um die Macht, das von den Großen gespielt wird. Solange du dich an die Spielregeln hältst, tun es auch die anderen. Ich kenne keinen Megakon, der sich an einem Schattenläufer dafür rächt, daß er ihm Daten geklaut hat. Warum auch? Die Auftraggeber sind andere. Im Gegenteil, er wird versuchen, fähige Schattenläufer für sich arbeiten zu lassen. Der Schattenläufer ist nur ein Werkzeug. Hasse ich das Messer, das mir jemand an die Gurgel setzt, oder hasse ich den Drekhead, der das Messer benutzt? Immer vorausgesetzt, das Messer weiß, daß es nur ein Messer ist, und schneidet nicht aus eigenem Antrieb. Das meine ich mit den Spielregeln. Hast du dich nicht an die Spielregeln gehalten?«

»Du kennst mich. Ich erledige meine Arbeit, so gut es geht, und damit hat es sich.«

»Keine Extratouren auf eigene Rechnung? Hast du mal einen deiner Auftraggeber reingelegt?«

»Nie. Schneidet ein Messer die Hand, die es führt?«

»Dann vergiß die Idee mit der Falle. Du hast einfach nur Pech gehabt. Und dabei noch Glück im Pech, denn du lebst. Aber du hast in letzter Zeit oft Pech, Chummer.«

Das stimmte. Keiner der letzten vier Runs war reibungslos verlaufen. Zweimal wurde das Ziel nicht erreicht, und einmal kostete das Ziel das Leben eines Chummers. Eine Katastrophe wie gestern war allerdings bisher nie vorgekommen. Die Vorwürfe von Wenzel und der Queen waren an ihm abgeprallt: Er hatte nichts vermasselt, weder diesen Run noch einen anderen. Die Anomalitäten waren von anderen ausgegangen. Hier ein gebrochener Fuß, dort ein verlorener Codechip, schließlich eine defekte Smartgunverbindung im unpassendsten Moment. Wenn man alles zusammennahm, gab es allerdings eine Gemeinsamkeit: Er war in der Nähe gewesen. Offenbar brachte er anderen Pech. Wenn das richtig war, dann mußte es sich um eine neue Entwicklung handeln. Es hatte auch früher mal die eine oder andere Panne gegeben, aber nicht so viele in so schneller Folge.

»Dieser andere Decker…«, begann Thor. »Hast du irgendwelche Gerüchte über neue Cyberdecks gehört? Oder kennst du einen Decker, der durch Schwarzes Ice spaziert, als sei es ein Landregen, und der Barrieren-Ice umpustet?«

»Nein, ich halte das auch für schlicht unmöglich. Du hast eine Halluzination gehabt.«

»Im Netz, im Cyberspace? Wenn mir das irgendwo sonst passiert wäre, würde ich auf Magie tippen, aber so…«

»Vielleicht eine Droge mit Verzögerungswirkung.«

»Ich nehme nichts, aber ich weiß, wie Drogen wirken. Es gibt keine Droge, die solche Ergebnisse bringt.

Ich hatte vollkommen klare und normale Sinneseindrücke von meiner Umgebung im Netz. Drogen rufen Verzerrungen hervor. Wahrscheinlich sind sie überhaupt nicht mit SimSinn-Welten kompatibel.«

»Ach verflucht, Thor, vergiß den ganzen Scheiß. Beim nächsten Mal wird es besser laufen.« Der Ork erhob sich.

»Thor? Ist das der Drekhead, der schuld an Wenzels Tod ist?« Wie auch immer das Mädchen es geschafft hatte, sich unbemerkt an zwei Männer heranzuschleichen, die sich auf ihre geschärften Sinne etwas einbilden konnten – sie war wie aus dem Nichts neben Thor aufgetaucht und saß ihm den Bruchteil einer Sekunde später bereits an der Gurgel. Für den Moment sah er nur ein rotes Minikleid, rotblonde Haare und vor allem wirbelnde Arme mit Händen und Fingern und sehr langen, gekrümmten roten Fingernägeln daran, die ihm durch das Gesicht fuhren. Das Mädchen kratzte und biß und versuchte ihm in die Hoden zu treten. Dabei schrie sie unschöne Sachen wie ›Wichser‹, ›Schwanzlutscher‹ oder ›Pavianarschficker‹, kreischte die meiste Zeit aber einfach unartikuliert und dabei so infernalisch, als würde sie am Spieß stecken.

Aus mehreren Kratzwunden im Gesicht blutend, wehrte er die herumwirbelnden Arme und Beine ab, so gut es ging. Pjatras versuchte, das Mädchen von Thor wegzuziehen und mit Worten zu beruhigen: »Sei vernünftig, Tojo, er hat keine schuld! Er ist selber reingelegt worden!«

Es sah nicht so aus, als sei Tojo in der Stimmung, sich irgend etwas anzuhören, was geeignet war, ihre Rachegelüste herunterzukühlen. Sie flutschte wie ein feuchtes Stück Seife aus Pjatras Umklammerung und nutzte die zurückgewonnene Bewegungsfreiheit ihres rechten Arms dazu, dem Ork einen gut gezielten Faustschlag in die Magengrube zu setzen.

Erst der dicke Alf löste der Problem auf ziemlich ungalante Art. Wegen seiner plumpen Bewegungen wurde der Troll, ein übergroßer Falstaff mit einer roten, ständig triefenden Nase, dem nur die dicke Gürtelschnalle seines Vorbilds fehlte, von fast allen Gegnern, die ihn nicht kannten, unterschätzt. Tojo machte darin keine Ausnahme. Sie ignorierte ihn schlicht und einfach, als er herangewatschelt kam. Plötzlich schien der Troll förmlich zu explodieren. Aus den Fleisch- und Fettmassen schnellten ungemein flink zwei Arme mit erstaunlich harten, breiten Pranken daran. Die eine Pranke fuhr dem Mädchen mit voller Wucht von links, die andere von rechts in das Gesicht. Tojos Züge deformierten sich, Blut sickerte aus der Nase. Das Mädchen wirkte, als sei es aus vollem Lauf gegen eine unsichtbare Wand gelaufen. Sie trudelte leicht herum, starrte Alf mit einem ungläubigen und verwunderten Ausdruck an, schien aber noch nicht genug zu haben. Sie versuchte, ihr linkes Knie mit Wucht in jene Stelle unter dem wabernden Bauch zu rammen, wo sie seine Hoden vermutete, aber Alf ließ es nicht so weit kommen. Eine seiner Pranken fuhr ihr zielsicher zwischen die Beine, die andere landete auf einer ihrer Schultern. Er packte den Torso, wirbelte ihn zurück, um Schwung zu nehmen, und warf das Mädchen dann wie einen Kleidersack in die Ecke. Krachend landete Tojo in einem auseinanderbrechenden Stuhl und dann an der Wand. Dort blieb sie liegen. Einen Moment lang sah es so aus, als sei der unfreiwillige Flug der letzte in ihrem Leben gewesen, aber dann krabbelte sie mühsam in eine etwas bequemere Lage.

Tojo war offenbar hart im Nehmen. Sie gab weder Schmerzenslaute von sich, noch beklagte sie sich. Stumm spuckte sie zwei Schneidezähne aus, wischte sich mit dem Handrücken über die blutende Nase und sah Alf ausdruckslos an. Auf jeden Fall schien sie eine Pause machen zu wollen.

»Schade um den Stuhl«, sagte Alf mit seiner Fistelstimme. Es klang ehrlich bedauernd. »Aber anders war die kleine Nutte nicht zu bremsen.«

Pjatras kam heran und sah auf das Bündel Mensch hinab. »Sie hätte sich das Genick brechen können.« Es war eher eine sachliche Feststellung als ein Vorwurf.

»Ach was.« Alf watschelte zur Theke zurück. »Sie ist jung und hat biegsame Knochen.«

Ohne darauf zu achten, daß ihm das eigene Blut über die Wangen lief, ging Thor zu dem Mädchen und beugte sich zu ihr herab. »Alles okay? Nichts gebrochen?«

Zum erstenmal hatte er Gelegenheit, sie in Ruhe zu betrachten. Tojo war wirklich noch sehr jung, höchstens siebzehn, schlank, aber weiblich gerundet. Sie hatte struppige Haare und eng beieinander stehende Augen. Auch ohne die Verletzungen, die sie jetzt verunstalteten, war sie gewiß keine Schönheit. Aber Wenzel war ja auch nicht gerade ein Märchenprinz gewesen. Tojo schien ein Jackhead zu sein. Die Stirnbuchse erlaubte ihr, sich BTL-Chips reinzuziehen. Prostituierte benutzen manchmal spezielle Chips bei der Arbeit, meistens auf Wunsch ihrer Kunden, die zu mehr als professioneller Lust stimulierten. Irgend etwas an diesem Mädchen brachte in Thor etwas zum Klingen, was er eigentlich längst vergessen und begraben glaubte. Vielleicht, dachte er, hatten diese beiden sich aufrichtig und innig geliebt. Oder vielleicht war zumindest die Liebe des Mädchens aufrichtig gewesen, denn Wenzel konnte sich Thor trotz alledem nur schwer in der Rolle des romantischen Liebhabers vorstellen.

Wenn ich einmal sterbe, wird sich keine Frau wie eine Furie auf den Mann stürzen, dem sie die Schuld an meinem Tod gibt, dachte er, ermahnte sich aber sofort, nur ja nicht in Selbstmitleid zu zerfließen. Außerdem, wenn er es recht bedachte, sprach in der harten Welt der

Schatten wenig für eine romantische Liebe zwischen Tojo und Wenzel. Wahrscheinlicher war, daß sie sich von ihm hatte bumsen lassen, weil sie damit Schlimmerem entkam, das in den Schatten auf sie lauerte. Und jetzt, ohne Wenzel, mußte sie wieder bei Null anfangen. Oh ja, Thor konnte ihre Wut und ihren Schmerz gut verstehen.

Als Tojo nicht antwortete, faßte er mit einem Arm vorsichtig unter ihre Achseln, schob den anderen unter ihre Kniekehlen, hob sie hoch und setzte sie auf einen Stuhl, der nicht zerbrochen war. Zu seiner Überraschung ließ sie es widerstandslos geschehen und legte ihm dabei sogar einen Arm um den Hals, um sich festzuhalten.

»Es tut mir echt leid, daß Wenzel und die beiden anderen Runner tot sind«, sagte er leise, während er sie noch im Arm hielt. »Aber mich hätte es genausogut erwischen können. Ich habe nicht weniger riskiert als die anderen und bloß mehr Glück gehabt. Wenzel hat geglaubt, es sei meine Schuld gewesen, daß der Alarm ausgelöst wurde. Aber *ich* war im Netz, nicht Wenzel, und ich weiß, was ich getan und was ich nicht getan habe. Wir sind reingelegt worden, es war eine Falle. Das hat den Alarm ausgelöst, nicht irgendein Fehler von mir.«

Eindringlich hatte er auf das Mädchen eingeredet. Er war selbst erstaunt, wie beschwörend ihm die Sätze über die Lippen kamen. Vor sich selbst war er sich keineswegs so sicher, wie er sich nach außen gab, daß der Alarm nicht doch ursächlich mit seiner Aktion im Netz zu tun hatte. Jetzt gab er Tojo frei, und sie zog ihren Arm schnell von ihm zurück.

Offensichtlich hatte sie seine Worte nicht nur über sich ergehen lassen, sondern ihm sogar zugehört. »Wenzel hat gesagt, du bist ein Verräter, der sich von zwei Schmidts bezahlen läßt dem Schmidt, der den Run finanziert, und dem Schmidt, dem der Run gilt.

Eine andere Erklärung kann es nicht geben. Du bist als Decker zu gut, um im Netz an Ice zu scheitern und den Alarm auszulösen.«

»Drek eines Sterbenden, der nicht wahrhaben will, daß sein Tod banaler Alltag in den Schatten ist. Kennst du einen Schmidt, der im voraus für einen Run zahlt? Bekomme ich von unserem Schmidt meinen Kredstab ohne die Daten? Natürlich nicht. Ich gehe genauso leer aus wie die Toten. Und bei einem zweiten Schmidt abkassieren? Da merkt man, daß Wenzel noch neu bei den Runnern war. Sonst hätte er gewußt, wie das in der Praxis verhindert wird.«

Die Schmidts waren die anonymen Auftraggeber für die Runs. Sie hätten auch Müller oder Schultze heißen können, aber bei den deutschen Schattenläufern hatte sich der Name Schmidt durchgesetzt – wie in Amerika Mr. Jones. Natürlich waren die Schmidts nur Beauftragte, Kontaktpersonen, denn die Execs der Megakons machten sich mit diesen profanen Geschäften nicht die Finger schmutzig. Auf die Idee, mit ihrem Wissen über einen bevorstehenden Run abzukassieren, waren schon andere gekommen. Aber das war gegen die Spielregeln. Megakons, denen Daten gestohlen werden sollten, raubten früher oder später selbst Daten von anderen. Verräter waren in diesem Spiel nicht erwünscht. Versuchte es jemand, nahm man die Warnung dankend entgegen, sicherte die bedrohten Daten – und exekutierte den Warner. Hinzu kam, daß die Schmidts ihre eigenen Methoden hatten, das Ziel des Einsatzes zu verschleiern, erst im letzten Moment zu nennen oder die Runner zu überwachen.

Der dicke Alf räumte die Reste des zerbrochenen Stuhls weg und wischte das Blut auf. Er warf Thor und Tojo zwei schmuddelige Handtücher zu, damit sie sich das Blut abwischen konnten. Er machte dabei eine obszöne Bemerkung, aber es konnte ohnehin kein

Zweifel daran bestehen, daß er die Handtücher nicht aus Mitleid opferte. Er wollte nicht später noch mal aufwischen.

Lil und ihr Freier hatten sich durch Tojos Attacke nicht stören lassen, waren inzwischen handelseinig geworden und verschwanden nach oben. Pjatras schien von seiner Rolle als Vermittler genug zu haben und zog sich mit einem knappen Gruß in sein Privatzimmer zurück. Der dicke Alf schlurfte mit Wassereimer und Wischmob hinter die Theke zurück. Unversehens fand sich Thor mit Tojo allein. Es war ihm nicht sonderlich angenehm. Er glaubte zwar nicht, daß sie noch einmal ausrasten würde, aber ihm wäre es lieber gewesen, wenn sich Pjatras um Wenzels Mädchen gekümmert hätte. Was auch immer Wenzel von ihm gedacht hatte, Thor glaubte es dem toten Chummer schuldig zu sein, sein Mädchen nicht einfach in diesem Zustand allein zu lassen.

»Hör zu«, sagte er. »Ich kann dir keine Ecu geben, weil ich selbst keine habe. Aber wenn du jetzt kein Zuhause hast, kann ich dich vielleicht bei Freunden unterbringen.«

»Ich habe einen P-Kontrakt, der inzwischen der Mafia gehört«, erwiderte Tojo. »Wenzel hätte mich ausgelöst ...«

Natürlich, dachte Thor, nix Liebe, sondern Geschäft. Tojo war durch irgendein Straßenschicksal als Prostituierte von ihrem Zuhälter an die Mafia verkauft oder verspielt wurden. Wenzel hatte ihr Liebe vorgespielt, um sie eine Weile umsonst im Bett haben zu können oder selbst auf die Straße zu schicken. Tojo erduldete ihn, weil sie seinen Versprechungen glaubte, er würde sie freikaufen. Einen Drek hätte Wenzel getan, wenn er den Kredstab für den Run bekommen hätte, einen Drek! Er hätte Tojo einen Tritt gegeben und sich etwas Besseres gekauft.

Woher willst du das alles so genau wissen? fragte jener

romantische Rest eines anderen Thor, der noch immer nicht ganz und gar verstummt war.

Weil ich die Schatten kenne, antwortete der realistische Thor.

Wenn du die Schatten kennst, weißt du, daß es auch genau umgekehrt sein kann.

Drek.

»Ich glaube nicht, daß ich dir bei diesem Problem helfen kann.« So wenig wie Wenzel, fügte er in Gedanken hinzu. Der Unterschied zwischen uns beiden ist nur, daß ich es erst gar nicht behaupte. »Es sei denn, du willst versuchen, irgendwo abzutauchen. Aber das wird schwer, wenn die Mafia deinen P-Kontrakt hat.« Das organisierte Verbrechen spielte in Deutschland nicht die Rolle wie in Amerika, und es war auch nicht die japanische Yakuza, sondern die Mafia, die in Europa dominierte. Aber was die Mafia als ihr Eigentum betrachtete, ließ sie sich nur abkaufen, aber nicht wegnehmen. Und Tojo schien der Mafia zu gehören. Wenn sie flüchtete, mußte sie für ihr restliches Leben fürchten, daß man sie eines Tages aufspürte. Der Arm der Mafia war so lang wie ihr Gedächtnis. Und wenn man sie fand, würde man sie auf scheußliche Art quälen, verstümmeln und schließlich, schön langsam, töten. Diesen Weg zu gehen, konnte man niemandem empfehlen.

»Ist mir klar.« Tojo stand auf. Sie taumelte noch ein wenig, hatte die brutale Bruchlandung aber erstaunlich gut weggesteckt. Der Troll schien sie richtig eingeschätzt zu haben: Sie hatte junge Knochen und eine gute Konstitution.

»Ich glaube, Wenzel hat sich getäuscht.« Tojo versuchte eine Art Lächeln, aber bei den fehlenden Schneidezähnen und der blutigen Nase mußte man den Versuch für das Ergebnis nehmen.

Mehr kannst du als Entschuldigung nicht erwarten, dachte Thor, aber er sollte sich täuschen.

»Ich möchte meinen Fehler wiedergutmachen«, fuhr Tojo fort. »Wenn du willst, kannst du mit mir schlafen. Umsonst natürlich.«

»Erst Hiebe, dann Liebe – also weißt du ... In deinem Zustand brauchst du wohl eher einen Arzt als einen Lover. Dir müssen doch alle Knochen weh tun.«

Ein zweites Mal verblüffte ihn das Mädchen. »Du hast dich um mich gekümmert, und das haben außer Wenzel nur wenige getan. Chummer, wenn du mich nicht leiden kannst, dann sage es. Kann es dir nicht verdenken. Aber wenn nicht, dann nimm mein Angebot an – mir zuliebe. Ich brauche jetzt jemanden, der mich in den Arm nimmt. Kannst du das verstehen?« Sie wirkte beinahe wütend, weil er sie dazu gebracht hatte, über Gefühle zu reden.

Als Antwort nahm Thor sie sanft in den Arm. Er wollte nicht mit ihr schlafen, und er würde es auch nicht tun. Oder vielleicht doch? Aber daß es Situationen gab, in denen der einzige Trost darin bestand, gestreichelt zu werden, konnte er gut verstehen. Tojo war in einer solchen Situation. Und Thor war es auch.

5. KAPITEL

›Subterranean Homesick Blues‹

Drei Tage später war der Generalstreik niedergeschlagen, aber Regierung und Konzerne hatten einen hohen Preis bezahlt. Mehrere hundert Tote waren zu beklagen. Schwerer wog jedoch, daß der wütende Mob auf seinem Rückzug demoliert hatte, was ihm in die Finger gekommen war. Die Stahlwerke von Thyssen und Krupp, die Opelwerke und eine große Anzahl weiterer, kleinerer Betriebe waren zerstört. Von der Montanindustrie des Ruhrgebietes waren nur noch die Zechen intakt, doch in diese hatten sich einige hundert verzweifelte Bergleute zurückgezogen. Die ›Grubenwehr‹, wie sie sich nannten, hatte sich bewaffnet und leistete erbitterten Widerstand gegen alle Versuche des Militärs, die Schächte zu stürmen. Als am 30. September eine Bombe das Essener Rathaus in Schutt und Asche legte, fanden die Sprengstoffexperten der Bundeswehr einen merkwürdigen Zünder in den Trümmern: ein kleines Kästchen, das die Bombe zur Detonation brachte, sobald der Druckluftvorrat einer angeschlossenen Flasche erschöpft war, und das die Seriennummer 236 trug. Gleichzeitig ging beim Verfassungsschutz eine anonyme Anzeige ein, die einen Mitarbeiter des Geophysikalischen Institutes an der Ruhruniversität Bochum der Zusammenarbeit mit der RAF beschuldigte. Als man den Mann verhaftete, konnte dieser Hinweis nicht bestätigt werden. Allerdings fand sich unter seinen Papieren ein bisher unveröffentlichtes Gutachten. Diesem Gutachten war zu entnehmen, daß 235 Sprengkörper, an bestimmten Stellen in den Abbauschächten des Ruhr-Bergbaus gezündet, die ganze Region in einen Trümmerhaufen verwandeln würden.

Bis heute ist nicht bekannt, wer für diese Information und den Anschlag auf das Rathaus verantwortlich war.

Sicher ist lediglich, daß alle Pläne, den Besetzern und damit den Preßluftkompressoren den Strom abzuschalten, sofort aufgegeben wurden. So wenig, wie je bekannt wurde, ob es diese 235 Bomben im Untergrund wirklich gegeben hat, so wenig wurden die Schächte je gestürmt. Bis heute führt dieser Untergrund ein eigenes Leben.

Dr. Natalie Alexandrescu:
Vom Revier zum Sprawl. Der Rhein-Ruhr-Megaplex,
Deutsche Geschichte auf VidChips,
VC 3, Erkrath 2051

Er war unterwegs zum Lumpenloch. Zombie0, die unterste Ebene von Zombietown, eine Subebene, die es offiziell gar nicht gab. Er tat es nicht gern, aber es mußte sein. Ihm blieb keine andere Wahl. Sein Ebbie zwang ihn in die Tiefe. Ebbie war in den Schatten ein anderer Name für Kredstab. Wenn Thor der Sinn dieses Namens nicht schon leidlich bekannt gewesen wäre, hätte er ihn zweifellos in diesen Wochen erfahren. Auf seinem Kredstab herrschte Ebbe, und eine Flut war nirgendwo in Sicht. Ebbe hatte schon vor dem Düsseldorf-Run geherrscht, und der hatte nicht den erwarteten warmen Regen gebracht. Langsam wurde es dramatisch. Die meisten anderen Runner schnitten ihn wegen der Toten in Düsseldorf. Das war schlimm, aber damit konnte Thor leben. Etwas anderes zählte mehr: Jeder, der wie ein Schmidt aussah und in den einschlägigen Kneipen nach Kontakten suchte, scheuchte ihn mit lässigen Handbewegungen fort wie eine lästige Schmeißfliege. Unter den Schmidts schien sich herumgesprochen zu haben, daß seine Schattenläufe zu viele Tote, zuviel Aufsehen und keine Daten brachten. Pjatras hatte ihm trotz seiner Verbindungen nicht helfen können, vielleicht auch nicht helfen wollen. Da blieb nur ein letzter Rettungsanker: Rem.

Um sich im untersten Milieu von Wuppertal zu bewegen, mußte sich Thor nicht einmal besonders verkleiden. Das gerade überwundene Fieber als Ergebnis einer Entzündung der Schußwunde stand ihm noch im blassen Gesicht, ein zehn Tage alter struppiger Bart lag wie Asche auf Kalk. Er sah nicht gut aus, aber für Zombie0 war das so gut wie eine Eintrittskarte. Seine tief in den Höhlen liegenden Augen hatte er hinter einer Spiegelbrille verborgen, was aber nichts mit Eitelkeit zu tun hatte. Die Brille war vercybert und erlaubte ihm unter anderem ultraviolette Rundumsicht. Er trug seine ältesten Jeans und eine von zahllosen Runs gebeutelte, von Streif- und Einschüssen genarbte und gesiebte braune, halblange Lederjacke. Kniehohe, abgeschabte Stiefel, in besseren Zeiten einmal maßgefertigt und trotz ihres schäbigen Zustands noch immer perfekt sitzend, ergänzten die Montur. Aber das war nichts Besonderes. Diese Kleidung führte er oft auch in nobleren Gegenden spazieren.

Die Walther Secura hatte er im Achselholster unter der Jacke verborgen. Er würde sie nur im Notfall gebrauchen. Er war knapp an Muni, aber er glaubte auch nicht, daß der Einsatz einer Schußwaffe nötig sein würde. Eher rechnete er damit, daß er eines der beiden Messer einsetzen mußte, die in den Stiefelschäften steckten.

Zombie0, das Lumpenloch, war in keinem Stadtplan verzeichnet. Aber das hatte nicht viel zu bedeuten. Schattenläufer wurden schließlich auch nicht durch das Arbeitsamt vermittelt. Trotzdem war das eine wie das andere durchaus real. Zombie0, das war die Welt der Kanäle und der Versorgungstunnel. Dort lebten die Ratten, alle Arten, auch die menschlichen. Die Schlitzer und Stecher, die Perversen, für die der Boden sogar auf der Ebene darüber zu heiß geworden war. Aber es gab auch viele, die einfach nur tief in den Dreck gefallen waren und strampelten, um wieder herauszukommen. Die besonders Schwachen,

104

zu faul oder zu unfähig, um sich mit Diebereien über Wasser zu halten. Leute, denen es so schlecht ging, daß sich vor der Welt und sich selbst verstecken mußten, Alte und Kranke, die auf den Tod warteten, Waisenkinder, die noch nicht clever genug für das Leben in einer Gang waren, aber schnell genug, um sich durch Flucht zu behaupten. Wenn sie Zombie0 überlebten, würde man später von ihnen hören, und sei es als Anführer einer Knastrevolte. Denn wer von hier nach oben zurückkehrte, ob rein wie ein Engel oder verdorben wie ein Teufel – er war zäh und überlebensfähig. Ein paar Zwerge lebten hier unten, ohne es zu müssen. Einfach deshalb, weil es ihnen gefiel. Zum Beispiel Rem. Obwohl Rem selbst behauptete, ihm bliebe nichts anderes übrig, als auf Zombie0 zu leben, wenn er überhaupt leben wollte. Angeblich hatte er im Zorn einen wichtigen Exec umgebracht und wurde überall in Deutschland gesucht. Thor hielt dieses Gerücht für eine der vielen Legenden, die über Rem im Umlauf waren. Die meisten davon hatte Rem wahrscheinlich selbst ausgestreut. Er war ziemlich eitel und gefiel sich in der Pose des wilden Mannes.

Zombie0 war in der Nähe der Wupper nicht zugänglich. Thor bewegte sich deshalb in den Ebenen auf und ab, wie es in Wuppertal üblich war, wenn man schnell und sicher wieder einen Punkt auf der Ausgangsebene erreichen wollte. Er benutzte am nächstbesten Knotenpunkt die Rolltreppe zur Ebene 2, wo der Bahnhof der S-Bahn lag, und fuhr zwei Stationen. Am Ziel war die Rolltreppe zwischen Ebene 2 und 1 wie üblich außer Funktion, was ihn aber nicht aufhielt. Er stapfte die blockierten Stufen herab und kickte eine zerquetschte Bierdose weg, die jemand als Keil in die Fuge zwischen Rollband und Fundament getrieben hatte. Die Ursache für die Blockade war damit nicht beseitigt, denn die Treppe lief nicht an. Vielleicht hatte man sie auch längst abgeschaltet, oder ein überlastetes Relais war durchgebrannt.

Am Fuß der Treppe versperrten ihm drei Randalekids den Weg, ein Mädchen und zwei Jungen. Einer der Jungen war ein Ork. Alle trugen Teilglatzen mit einzelnen Haarbüscheln wie Kohlstrünke und obszöne Gesichttätowierungen, die hauptsächlich übergroße Geschlechtsteile zeigten. Das Mädchen hatte sich genau über ihrer Vagina ein Loch in die Hose geschnitten.

Wortlos schob er die Kids beiseite. Im nächsten Moment hatte der Normjunge ein Messer in der Hand.

»Würde ich nicht machen«, sagte Thor ruhig. »Hab's eilig und bin nicht zu Späßchen aufgelegt. Wenn ihr mit mir kämpfen wollt, dann beeilt euch. Aber jault nicht, wenn es euch ernsthaft erwischt. Darauf nehme ich keine Rücksicht.«

Irgend etwas an seiner Haltung, wahrscheinlich die Anspannung der Muskeln, mußte den Kids verraten haben, daß er es ernst meinte und kein leichtes Opfer sein würde. Sie waren darauf aus, ein paar Ecus oder einen Sachwert als Wegegeld zu kassieren, und wollten sich nicht ernsthaft mit jemandem messen, der sich zu wehren wußte.

»Laß den Drekhead, Ole«, sagte das Mädchen.

»Eure Lady ist vernünftig«, meinte Thor, »Und danke für die Einladung.« Er deutete auf das Loch in den Jeans. »Vielleicht ein andermal.«

»Nix für deinen Schlappschwanz, Opa.« Dieses Areal schien Ole für sich zu beanspruchen, obwohl Thor nicht sicher war, ob der vielleicht vierzehnjährige Junge dazu überhaupt schon fähig war. Aber die Kids fingen heute mit allem früh an: bumsen, stehlen, töten. Trotzdem steckte Ole das Messer weg. Gegen seinen Willen schien ihn der düstere Typ mit den abgewetzten Klamotten zu beeindrucken.

Thor ging weiter und gab vor, die Kids nicht weiter

zu beachten. In Wahrheit behielt er sie mit seiner Cyberbrille im Auge. Aber sie blieben an der Rolltreppe zurück, warteten auf ein leichteres Opfer.

In diesem Sektor der unteren Ebene, fernab der Läden und Kneipen, waren trotz der frühen Abendstunden nur wenige Leute unterwegs. Und die wenigen schienen Sprawlerfahrung zu haben. Entweder bewegten sie sich in Gruppen von mindestens drei Leuten, oder sie wußten sich ähnlich wie Thor ihrer Haut zu wehren. Unweit der Rolltreppe standen zwei Elfen und zwei Norms beieinander und redeten miteinander. Sie hatten nur kurz aufgeschaut, als Thor von den Kids belästigt wurde. Hier unten machte niemand einen Finger krumm für andere.

Wenig später bog Thor in eine Seitenstraße ein, die Ähnlichkeit mit einem Betonkorridor hatte. Links und rechts lagen heruntergekommene Wohnquartiere mit vergitterten Fensteröffnungen in schmutziggrauen Putzfassaden, gelegentlich mit Graffiti beschmiert. An der nur fünf Meter hohen Decke, grau und schmutzig wie die Wände, brannten vergitterte Kuppellampen. Aus den Fenstern drangen gelegentlich Musik- oder Dialogfetzen von TridSendungen, und einmal lieferte sich ein Paar lautstark ein haßerfülltes, mit Fäkalausdrücken gespicktes Wortgefecht, das bald durch Handgreiflichkeiten ergänzt wurde.

Thor sah in jede der Seitengassen, die er passierte. Er suchte nach irgend etwas, das einen Hinweis auf einen Einstieg in die Ebene darunter bot. Es gab keinen offiziellen Zugang zum Lumpenloch, aber wer in Zombietown lebte, wußte natürlich, daß mehrere Kanaleinstiege und zwei ehemalige Fahrstuhlschächte als Hauptzugänge für Zombie0 dienten. Es war aber auch kein Geheimnis, daß die Freaks der Subebene an diesen Löchern kauerten wie Hyänen an einer Wasserstelle. Ohne den richtigen Begleiter riskierte jeder Eindringling zumindest den Verlust aller Habe, die Kleidung eingeschlossen, wenn er diese Einstiege benutzte. Und dann hatte er noch Glück gehabt, denn genausogut konnte ihm passieren, daß er für einen Spitzel gehalten und gleich ins Jenseits befördert wurde.

Thors letzter Besuch bei Rem lag drei Monate zurück. Damals hatte ihn Rems Gefährtin abgeholt, und sie waren unbehelligt durch einen der Fahrstuhlschächte eingestiegen. Davor hatte er die Ebene nur ein einziges Mal allein aufgesucht. Nach einem Schattenlauf, Konzerngardisten auf den Fersen, war er zusammen mit einem anderen Runner im Keller eines Bürogebäudes einen engen Versorgungstunnel entlanggekrochen und unversehens auf Zombie0 gelandet. Es wäre unsinnig gewesen, diesen Weg erneut zu wählen, denn zweifellos hatte der Megakon, dem das Gebäude gehörte, diese Lücke im Sicherheitssystem inzwischen verstopft. Es gab viele Kabelschächte und Versorgungstunnel, die zum Lumpenloch hinabreichten, aber die meisten waren zu eng, um einen Menschen passieren lassen, oder zu gut gesichert. Trotzdem zweifelte Thor nicht daran, daß er früher oder später einen geeigneten Durchstieg finden würde.

In der Ferne heulte die Sirene eines Streifenwagens. Das auf- und abschwellende Jaulen entfernte sich jedoch und war bald nicht mehr zu hören.

Endlich glaubte er gefunden zu haben, was er suchte. Vor dem ersten Haus einer Seitengasse schimmerte etwas. Er ging näher heran. Seitlich vom Hauseingang befand sich eine geriffelte Stahlplatte, fünfzig mal fünfzig Zentimeter groß, die offenbar den Zugang zu einem Versorgungsschacht markierte. Im flirrenden, bunten Licht einer Neonleuchtreklame für einen Cyberwareshop zog er die Platte hoch. Statt des Versorgungsschachts entdeckte er eine zum Haus abfallende Schräge, die vor einer nur mit einem Riegel gesicherten Klappe endete. Offenbar diente das Ganze als Rutsche, um Waren in den Keller zu befördern.

Nach kurzem Überlegen entschied sich Thor, diesen Weg zu versuchen. Mit einiger Sicherheit gab es im Keller Versorgungsleitungen, die in die Tiefe führten. Und wo ein Betrieb Waren lagerte oder verarbeitete, bestand die Aussicht, daß ein genügend großer Durchstieg nach unten vorhanden war. Ohne weiteres Zögern glitt er in die Öffnung, stemmte sich am unteren Punkt der Rutsche an der Hauswand ab und zog die Stahlplatte wieder über die Öffnung. Es war stockdunkel, aber seine Hände fanden einen Riegel, schoben ihn auf und öffneten die Klappe. Wenig später war er durch die Öffnung geklettert und stand in einem ebenfalls dunklen Raum. Er zog eine stiftgroße Taschenlampe aus der Seitentasche seiner Jacke und ließ den scharf gebündelten Lichtkegel durch den Raum wandern. Offensichtlich befand er sich in einem ehemaligen Lager, das inzwischen nicht mehr genutzt wurde. Gähnende Leere, Modergeroch, herabhängende Kabel. Aus einem kalkverkrusteten Ventil tropfte Wasser.

Ein leises Geräusch ließ ihn herumfahren. Der Lichtkegel nahm die Bewegung nicht mehr wahr, aber das Trippeln kleiner Füße ließ darauf schließen, daß es nur eine flüchtende Maus oder Ratte gewesen war.

Es gab eine Tür aus massiven Holzbohlen, aber Thor untersuchte sie nicht näher. Er hatte bereits gefunden, was er suchte. In jener Ecke des Raumes, in die das aufgeschreckte Tier geflüchtet war, befand sich der Zugang zu einem Abfallschacht, groß genug, um einen Menschen passieren zu lassen. Die Öffnung war früher durch eine massive Metalltür gesichert worden, aber jemand hatte die Tür ausgehakt und fein säuberlich gegen die Wand gelehnt. Offenbar wurde dieser Zugang auch von anderen benutzt. Thor nahm jedoch an, daß er nur einer kleinen Anzahl von Eingeweihten aus dem Lumpenloch vertraut war. Andernfalls hätten die Bewohner des Hauses längst etwas gegen die unerwünschten Besucher unternommen.

Als er den Schacht ausleuchtete, huschten unten einige Ratten in allen Himmelsrichtungen davon. Seitlich vom Schachtboden kam ein schwaches, rötlich glosendes Licht. Im Schacht selbst gab es Haltegriffe. Es würde kein Problem sein, nach unten zu steigen.

Er schätzte die Höhe des Schachts ab. Zehn Meter vielleicht. Wenn er unten ankam, befand er sich auf Zombie0.

Er zwängte sich in das Einstiegsloch und stieg so leise wie möglich nach unten. Die Ratten machten ihm keine Sorgen. Sie fanden im Lumpenloch genügend Nahrung und waren nicht auf gelegentliche Besucher aus der Oberwelt angewiesen.

Er erreichte den Boden und damit das rötliche Licht. Er mußte sich bücken, um den Zugang zu dem dahinter liegenden Raum zu passieren. Es roch intensiv nach verdorbenen Nahrungsmitteln und Schimmel. Seine Füße stießen gegen scheppernden Kunststoffmüll. Er stand fast in der Mitte einer gut fünfhundert Quadratmeter großen und etwa sechs Meter hohen Halle, deren Boden mit Müll bedeckt war. An den Wänden türmte sich der Müll zu aufgeschütteten Halden, während in der Mitte des Raums ein Pfad freigeschaufelt worden war. Etwa zwanzig Schächte endeten hier, teilweise als quadratische Säulen aufragend wie der, durch den er eingestiegen war, teilweise als Ausgangslöcher von Rutschen in den Wänden. An einer der Schmalseiten der Halle verlief ein Förderband, das im Moment aber nicht in Betrieb war. Das Licht kam aus Niederfrequenzstrahlern, die in gleichmäßigen Abständen an der Decke und den Wänden angebracht, im Moment aber auf eine schummrige Notlichtfunktion heruntergeschaltet waren.

An verschiedenen Stellen raschelte es, und Thor entdeckte einige Ratten, die ihn ohne Furcht kurz anstarrten und dann mit der Nahrungssuche fortfuhren. Offenbar war er in einem Sammellager für Abfälle gelandet. Ihm fiel ein, daß Rem etwas von einer unterirdischen Recyclinganlage erzählt hatte. Obwohl es die Bewohner von Zombie0 offiziell nicht gab und der Aufenthalt hier unten verboten war, akzeptierte man die Leute als spottbillige Arbeitskräfte. Für die Bewohner des Lumpenloches hingegen war das Sortieren des Mülls für ein paar schäbige EC eine der wenigen Möglichkeiten, legal etwas zu verdienen. Laut Rem hatte eine Bande die Verteilung der heiß begehrten Arbeit übernommen und akzeptierte nur Arbeiter, die bereit waren, von ihrem kargen Lohn die Hälfte als Vermittlungsprovision an die Organisation zu zahlen.

Ein stillerer Winkel von Zombie0 wäre Thor lieber gewesen, aber er sah auch keinen Grund, sich zu beklagen. Entweder hatten die Müllsortierer schon Feierabend gemacht, oder es lagerten noch nicht genug Abfälle in der Halle, um mit dem Sortieren anzufangen. Auf jeden Fall war weit und breit kein Mensch zu sehen.

In jeder Wand gab es zwei türlose Eingänge. Nach kurzem Überlegen entschied er sich für die Schmalseite, die dem Förderband gegenüber lag, und folgte dem Pfad in diese Richtung. Er erreichte einen weiteren, wesentlich kleineren Raum, der wie ein Warenlager anmutete und mit Regalen vollgestopft war. Offenbar hatten die Arbeiter den Müll zunächst auf verwertbare Gegenstände durchsucht. Mehrere Stapel mit Kleidung türmten sich auf, ein kleinerer Stapel enthielt anscheinend intaktes Spielzeug, ein weiterer Elektronikteile. In den Regalen lagen Abfälle aller Art, die für die Sortierer noch irgendeinen Wert hatten. Thor fragte sich, ob die Arbeiter ihre Beute behalten durften. Wohl kaum. Wahrscheinlich stellte sie ein weiteres Zubrot der Müllmafia dar.

Noch immer deutete nichts darauf hin, daß Menschen in der Nähe waren. Aber Thor konnte sich nicht vorstellen, daß die Fundsachen, die für Zombie0-Be-

wohner wahre Schätze darstellen mußten, unbewacht
blieben. Mit dieser Einschätzung sollte er recht behalten. Als er den Raum durchquerte, um zur gegenüberliegenden Tür zu gelangen, trat plötzlich ein riesiges,
skelettartiges Ungeheuer hinter einem Regal hervor.
Zumindest kam Thor dies im ersten Moment so vor,
und das düsterrote Licht ließ das Wesen wie eine Kreatur der Hölle erscheinen. Instinktiv griff er in die Jacke
und tastete nach seiner Waffe. Dann erkannte er, daß
es sich bei dem vermeintlichen Dämon um einen
krankhaft abgemagerten Troll mit einem entstellten
Gesicht handelte. Offenbar Gesichtskrebs. Nase und
Mund waren fast weggefressen und zu einer einzigen
unregelmäßigen Öffnung verwachsen. Eine Gesichts-
hälfte sah aus, als sei sie bis zum Verschmoren der
Haut über ein offenes Feuer gehalten worden.

Der Mann sah erschreckend aus, aber er wirkte nicht
bedrohlich und hatte auch keine Waffe. Thor ließ seine
Secura im Holster und zog den Arm zurück.

»Was hast du hier zu suchen?« Die Stimme des Mannes klang dumpf und röchelnd. Er sprach mit Hilfe
eines Kehlkopfmikrofons.

Sich langatmige Erklärungen schenkend, erwiderte
Thor: »Ich will zu Rem, dem Zwerg. Wo finde ich
ihn?«

Der Troll war offensichtlich verblüfft, schwieg eine
Weile und starrte Thor mit seinem einzigen intakten
Auge an. Thor überlegte, ob der Troll zur Lumpen-
loch-Mafia oder zu den Arbeitern gehörte. Aber im
Grunde konnte ihm das egal sein. Wer hier unten
lebte, hatte seine Gründe, und er war in jedem Fall
arm dran. Diesem Troll standen die Gründe sogar ins
Gesicht geschrieben. Daß der Einäugige Rem zumindest dem Namen nach kannte, setzte Thor voraus. Er
bezweifelte, daß es jemanden auf Zombie0 gab, der
noch nicht von Rem gehört hatte.

»Was willst du von ihm?« sagte der Troll schließlich.

»Meine Sache.«

Der Troll überlegte wieder sehr lange.

»Kennt er dich?«

»Wir sind Chummer.«

Diesmal kam die Antwort schneller. »Das will ich hoffen. Wir mögen hier unten keine Spitzel.«

Thor verkniff sich die Frage, wer, zum Teufel, wohl auf die Idee kommen sollte, daß das Lumpenloch ein geeignetes Einsatzgebiet für Spione sein könnte. Statt dessen nickte er. »Senkrechte Einstellung. So halten wir es auch in den Schatten.«

So etwas wie Respekt glomm in dem einen Auge des Trolls auf. Vielleicht hatte dieser Mann mit seinem monströsen Krebs selbst einmal in den Schatten gearbeitet oder zumindest davon geträumt. Genausogut war es möglich, daß er sich, in Zeiten mit mehr Fleisch und Muskeln auf den Knochen, wie so viele Trolls als Söldner für die Gegenseite verdingt hatte. Auch dann wäre Respekt vor dem damaligen Feind verständlich.

»Ich bringe dich zu Rem«, erklärte der Einäugige. Er bewegte sich zu einer Ecke des Raumes und bedeutete Thor, ihm zu folgen.

Statt zur Tür oder zum Hallendurchgang zu gehen, schlurfte der Troll an mehreren Regalen entlang zur hinteren Wand des Raumes. Achselzuckend folgte ihm Thor und hoffte, daß das Gehirn des Mannes gesünder war als der restliche Körper. Der Troll winkte ihn in eine Nische zwischen der Wand und dem Regal und zog dann einen elektronischen Codegeber aus der Tasche. Er preßte seinen rechten Daumen in das Gerät. Eine leises Summen ertönte. Sekunden später schwang ein Teil der Wand lautlos zurück, und vor den beiden lag ein dunkler Tunnel. Ein weiterer Druck auf den Codegeber tauchte den Tunnel in kränklich wirkendes weißes Licht aus sparsam verteilten Leuchtstoffröhren. Der Tunnel war wie die Öffnung mannshoch und etwa einen Meter breit. Erneutes Hantieren mit dem Codegeber verschloß die Öffnung, nachdem Thor und sein Führer hindurchgetreten waren. Der Troll mußte gebückt gehen, um nicht mit dem Kopf gegen die Tunneldecke zu stoßen.

Schweigend ging der Einäugige voraus, und genauso stumm folgte ihm der Runner. Er registrierte, daß die Tunnelwände roh und unregelmäßig aussahen. Hier unten fehlte es an allem, und er wußte, daß die Bewohner des Lumpenloches solche illegalen Tunnel oft mit primitivsten Werkzeugen bauten. Erstaunlich genug, daß der Eingang mit halbwegs moderner Technik gesichert war.

Nach etwa hundert Metern mündete der Tunnel in einen Abwasserkanal, der durch seinen Gestank schon vorher auf sich aufmerksam gemacht hatte. Der Troll konnte sich wieder aufrichten, denn die lichte Höhe betrug hier mehr als drei Meter. Im Kanalbett floß träge eine Brühe, für deren Zusammensetzung sich Thor nicht näher interessieren wollte. Die Informationen, die ihm der Geruch zuteil werden ließ, genügten. Zum Glück mußten sie nicht in der Brühe waten, denn neben dem Kanalbett war links und rechts auf gemauerten Stegen ausreichend Platz für Fußgänger. Auch hier sorgten vereinzelte Lampen für eine matte Beleuchtung. Ratten huschten auf dem Seitensteg davon oder paddelten, in der Brühe schwimmend, außer Reichweite.

Gelegentlich mußten die Männer über seitlich einmündende schmalere Kanäle hinwegsteigen, aber das machte Thor keinerlei Probleme. Auch der Einäugige hielt sich mit seinem schrecklich mageren und kraftlos wirkenden Körper erstaunlich gut. Offenbar ein zäher Bursche, der sich von seinen Krankheiten nicht unterkriegen ließ.

Wie aus dem Nichts und beinahe geräuschlos schoß aus einem dieser Seitenkanäle plötzlich eine Schar zerlumpter, schmutziger, magerer Kinder hervor. Knochige Hände krallten sich an Thors Beine, schlängelten sich auf der Suche nach Beute in seine Kleidung. Er sprang zurück und trat nach den aufdringlichsten Händen und Armen, aber die Schar schien ein einziges vielarmiges Wesen zu sein, das seinen Bewegungen elastisch folgte und jedes Zurückzucken eines getroffenen Armes durch zwei um so zudringlichere andere Arme zu ersetzen schien. Die Kinder stanken schlimmer als die Brühe zu ihren Füßen. Es war so schlimm, daß er würgen mußte.

Ein grollender Befehl aus dem Kehlkopf des Einäugigen machte dem Spuk ein Ende. Das vielarmige Wesen wich zurück. Große hungrige Augen, manche bettelnd, einige staunend, die meisten aber böse glitzernd oder sogar mordlustig, starrten Thor an, weiße Augäpfel, wässrig schimmernd im reflektierten Kunstlicht, die allmählich zu Punkten wurden und dann ganz in die Dunkelheit zurücktauchten. Die gesamte Aktion war in gespenstisch anmutender Lautlosigkeit erfolgt. Nicht einmal den Kindern, deren Krallenhände Thors Stiefel zu spüren bekommen hatten, war ein Schmerzenslaut über die Lippen gekommen.

Obwohl er die Meute vielleicht auch mit seiner Walther Secura in Schach gehalten oder notfalls unter Feuer genommen hätte und auf die Kraft und Schnelligkeit seiner Beine vertraute, war Thor froh, einen offensichtlich allgemein respektierten Begleiter im Labyrinth von Zombie0 zu haben. Bei seinem letzten Besuch im Lumpenloch hatten ihn auf dem Hinweg Pola, auf dem Rückweg Rem begleitet, und der Weg durch einen Kanal wie diesen war ihm erspart geblieben. Nachträglich kam es ihm naiv vor, daß er geglaubt hatte, er könne sich ohne fremde Unterstützung und ohne allzu große Mühe zu Rems Quartier durch das Lumpenloch bewegen. Wenn der Zwerg nicht beharrlich darauf bestehen würde, sich von allem fernzuhalten, was mit der Matrix zu tun hatte, wäre die ganze

Geschichte mit einem Vidphongespräch erledigt gewesen. Obwohl es hier unten keine offiziellen Anschlüsse gab, wußte Thor von illegalen Anzapfungen und Geistercodes, mit denen man solche Anschlüsse anwählen konnte. Aber Rem hielt nichts davon. Wer von ihm etwas wollte, mußte sich schon zu ihm herabbemühen.

Sie erreichten einen Kanalschacht, kletterten darin zwei Meter nach oben, gelangten in einen quer verlaufenden Kabeltunnel, krochen ihn ein Stück entlang und erreichten eine Art Halle, die wie das unterste Geschoß einer früheren Tiefgarage aussah. Thor war heilfroh, der Enge entronnen zu sein und wieder in einem Areal zu stehen, dessen Betonwände weiter entfernt waren als das Licht der einzigen Lampe, die über ihnen flackerte. Lange würde auch sie es nicht mehr machen. Der Troll schien gänzlich unbeeindruckt zu sein und winkte ungeduldig, als ihm Thor nicht schnell genug folgte.

Die Betonstützpfeiler und Reste von Stellplatz- und Fahrbahnmarkierungen zeigten, daß er richtig vermutet hatte. Sie befanden sich tatsächlich im Tiefgeschoß einer ehemaligen Garage. Wahrscheinlich hatte man den vielgeschossigen Moloch Zombietown einfach darübergebaut, und das Wissen um die Tiefebene war in Vergessenheit geraten. Stumm ging der Troll zu einer Treppe, wo wieder Licht brannte. Die Bewohner des Lumpenloches bezahlten natürlich keine Stromrechnungen, sondern zapften wie bei den Vidphonanschlüssen für ihre Bedürfnisse die Leitungen der darüber liegenden Ebenen an. Daß es hier unten nicht überall taghell war, hatte mit den fehlenden Ersatzteilen zu tun, wahrscheinlich aber auch mit der Vorliebe der Bewohner für das Halbdunkel, das gnädig ihre Kainsmale verschluckte.

Abermals ging es hinab, aber nur ein halbes Stockwerk. Ein kaum noch erkennbarer Hinweis, mit blauer Farbe auf grauen Beton gemalt, lies erkennen, daß hier früher einmal der Hausmeister zu finden gewesen war. Der Troll stieß eine Metallgittertür auf und führte Thor in den dahinter liegenden Keller. Ein paar Regale, ausgeräumte Werkzeugschränke, in der Ecke ein Stapel alter Autoreifen. Schlagartig erkannte er den Raum wieder. Hier war er vor Monaten zusammen mit Rem gewesen. Ein Tunnel führte seitwärts direkt zu Rems Quartier, gegenüber gelangte man über einen Vertikalschacht und zwei, drei verwinkelte Seitengänge zu einem der Hauptausstiege, einem Fahrstuhlschacht. Wahrscheinlich gehörte dieser ehemalige Fahrstuhl noch zum Komplex der Tiefgarage, und die Bewohner von Zombie0 hatten die ursprünglichen Zugänge vermauert, um weiter oben keine Begehrlichkeiten zu wecken.

Der Troll steuerte den Tunnel an, den Thor als Zugang zu Rems Behausung idenfiziert hatte. Nach wenigen Metern in dem neuen Labyrinth setzte irgendwo vor ihnen hämmernde Rockmusik ein. In der Stille, die bisher ein Charakteristikum des Lumpenlochs gewesen war, dröhnten die Bässe einer Fender doppelt laut, vibrierten die Gitarrenriffs einer Les Paul bis in die Fingerspitzen hinein, klopften die ekstatischen Drums von innen her gegen die Schädeldecke. Die röhrende Stimme des Leadsängers kotzte die Worte förmlich heraus:

> »Na los, ihr Arschfratzen,
> Wichser und Narren,
> blöde Kids aus dem Dreck,
> nehmt eure Knarren,
> killt die Maden im Speck ...«

Thor, der nicht einen Moment daran zweifelte, daß hier keine Konserve, sondern Livemusik gespielt wurde, staunte. Es war eine wilde, aggressive, stark rhythmische, schnelle Musik, wenn auch nicht ohne eine rauhe Harmonie. Und Thor, der sich früher für diese Art von Musik begeistert hatte, stellte fest, daß die Band verdammt gut war. Tatsächlich hatte er seit Jahren nichts mehr gehört, was ihm derart unter die Haut gegangen war. Was hatte eine derartige Band im Lumpenloch verloren? Aber dann fiel ihm ein, daß eine solche Wut und Frustration, wie sie in Text und Musik zum Ausdruck kam, nur hier ihren Ursprung haben konnte. Solche Texte würden weiter oben in Zombietown schwerlich Begeisterung hervorrufen, und diese Art von ungezügeltem Rock hatte im zerrissenen Deutschland des Jahres 2053 nur noch wenige Freunde.

Die Musik wurde noch lauter, noch düsterer, noch infernalischer, je näher die beiden Männer Rems Behausung kamen. Thor erinnerte sich, daß der Zwerg früher, als er noch im anarchistischen Berlin wohnte, Rockkonzerte mit den Idolen seiner Jugend veranstaltet hatte: bizarre Undergroundbands, deren ehemalige Mitglieder, soweit sie noch lebten, er nach mühsamer Suche in den Sprawls von ganz Europa und der UCAS zusammengetrommelt und zu Revivalkonzerten auf die Bühne gezerrt hatte. Die Konzerte waren kein Erfolg gewesen, aber Rem hatte seinen Spaß daran gehabt. Und einzig und allein darum war es ihm auch gegangen. Im Lumpenloch war er offenbar auf andere Weise fündig geworden.

Die Band spielte inzwischen einen zynischen Song vom Ende einer Liebe, der mit Obszönitäten aller Art durchsetzt war und kein bißchen milder und kein bißchen weniger wuchtig klang als die aufstachelnden Rhythmen davor. Stroboskopische Lichtfetzen jagten in grellem Farbenmix über die Wände des Tunnels. Dann endete der Tunnel in einem Raum mit kaum zwei Meter hohen Decken, der an eine gewaltige Gruft erinnerte, wahrscheinlich aber früher einmal als öffentlicher Luftschutzbunker gedient hatte. Jedenfalls deuteten die verrosteten Reste doppelter Stahltüren mit klobigen Hebelverschlüssen darauf hin. Wahrscheinlich noch ein Relikt aus brauner Vergangenheit.

Da die Höhenverhältnisse ein Podium nicht zuließen, hatte die Band ihre Anlage auf dem nackten Betonboden aufgebaut. Eine Lichtorgel tauchte die schweißtriefenden Musiker und ihre schweren, uralten Ampex-Verstärker in ein hektisches Flackern, das an farbig verfremdetes Geschützfeuer erinnerte. Die Band zuckte, zupfte, trommelte, schrie und ließ die Verstärker wimmern, als stünde sie mitten im Gefechtsgewitter der letzten Schlacht von Armageddon. Die Musiker waren allesamt hohlwangig und ausgezerrt, obwohl sie noch blutjung sein mußten. Der Leadsänger hatte hüftlange rote Haare, trug ein blutrotes Longshirt, das mit Totenschädeln und Runen bemalt war. Am Gürtel hinten magische Utensilien wie Rattenknochen und Rattenfelle, und aus Rattenfell bestanden auch kunstvoll geknüpfte, verschlungene Armbänder. Eine Art Aura umgab den grobknochigen Jungen mit dem markanten Kinn, der das Mike wie eine Axt umklammerte.

Er schien ein Schamane des Rattentotems zu sein, der seine Magie einsetzte, um die Wirkung der Musik zu verstärken. Die Les Paul spielte ein schwindsüchtiger Elf mit weit aufgerissenen, rot leuchtenden Augen. Die spitzen Ohren stachen wie Stacheln aus dem Schädel, der bis auf eine struppige lila Bürste in der Mitte kahlgeschoren war. Der Schädel steckte wie eine Trophäe in einem zerfetzten Seidenhemd mit einer Art Stehkragen. Der Baßmann war ein kleiner, nervöser Bursche mit Stirnbuchse und wirrem dunklen Kraushaar. Er hatte afroasiatische Gesichtszüge und trug geflickte dunkle Lederklamotten. Der Junge an den Drums war bis auf eine Art Lendenschurz nackt, glänzte schweißüberströmt und erwies sich als Ork, dessen grimmige Hauer in diesem Licht noch bedrohlicher wirkten. Das restliche Gesicht des Drummers war unter den nassen Haarzotteln, die ihm vor den Augen hingen, kaum zu erkennen.

Das Publikum bestand aus zehn oder zwölf schmuddeligen, abgerissen gekleideten Kids, die sich auf dem nackten Betonfußboden niedergelassen hatten, und drei Erwachsenen, die in der Nähe der Lichtorgel standen. Die Kids klatschten frenetisch Beifall, als die Gruppe ihren Gig beendete. Das zuletzt höllisch rote Licht der Scheinwerfer erlosch und wurde durch das milchig weiße, wie gewohnt sparsam dosierte Licht der Deckenlampen ersetzt. Die Musiker wischten sich mit irgendwelchen Lumpen den Schweiß ab und begannen damit, die Anlage abzubauen. Einer der beiden Erwachsenen, unter anderen Umständen hätte man ihn wohl als Roadie bezeichnet, half ihnen dabei. Die Kids erwarteten offenbar keine Zugabe und verdrückten sich.

Die plötzliche Stille dröhnte mehr in den Ohren als zuvor die tosende Musik. Thor stopfte sich die Mittelfinger in die Gehörgänge und zog sie wie Stöpsel mit einem Ruck wieder heraus, um die Trommelfelle zu ermuntern, sich auf die neue Situation einzustellen.

Dann entdeckte Thor zwei Gestalten, die auf einer Treppe zu einem Aufgang kauerten. Im ersten Moment hielt er sie der Größe wegen für weitere Kids, aber dann sah er, daß es sich um Rem und Pola handelte.

Der Zwerg hatte ihn bereits entdeckt, grinste breit, sprang auf und eilte herbei. Pola folgte langsamer.

»He, Chummer«, begrüßte ihn Rem. »Hab' deinen Arsch schon erwartet.«

»Quatsch, du konntest ja gar nicht wissen, daß ich komme.«

»Meine Späher haben es mir gemeldet. Du weißt ja, hier unten habe ich auch ohne das Netz tausend Augen.« Er wandte sich an den Troll. »Danke, Uzz, daß du den Burschen hergebracht hast.«

Uzz nickte, drehte sich um und schlurfte davon.

»Danke!« rief ihm Thor hinterher, aber der Einäugige hatte sich bereits getrollt.

Pola trat heran. Thor erschrak. Im ersten Moment glaubte er, es läge an dem Licht, daß die Frau so elend aussah. Aber so grau und alt konnte auch das mieseste Licht sie nicht machen.

»Bloß keine Heuchelei«, begrüßte sie ihn, nachdem sie sein Gesicht studiert hatte. »Ich weiß, wie ich aussehe. Progressive Vergreisung. Wenn du dir bis zu deinem nächsten Besuch wieder ein paar Monate Zeit nimmst, kannst du 'nen Plastikblumenstrauß auf mein Grab legen – falls ich hier unten so was Ähnliches wie ein Grab kriege und nicht Rattenfutter werde.«

»Du spinnst!« sagte Thor schroff. Es war pure Abwehrreaktion und nicht aus Überzeugung geboren. Pola schien um dreißig Jahre oder mehr gealtert zu sein, seit er sie zuletzt gesehen hatte. Sie war eine alte Frau geworden, eine eingefallene, runzlige alte Frau, nicht von den Jahren, sondern von Krankheit gezeichnet. Und das war bitter, denn Pola war ihm immer wie eine zierliche, zerbrechliche Ballerina, wie eine Porzellanfigur von zeitloser Schönheit und Makellosigkeit, erschienen.

»Tut sie nicht«, schaltete sich Rem ein. »Sie springt wirklich in die Kiste. Irgend'n verrücktes Gen in ihr hat angefangen, Samba zu tanzen. Du kann man nix machen.« Er sagte das eher beiläufig und zuckte die Schultern, aber Thor bemerkte die Anspannung des Zwergs.

»Aber wieso? Ist das eine neue Krankheit – eine Lumpenlochkrankheit?«

»Ach was«, sagte Rem. »Pola weiß es, seit sie sich allein den Arsch abwischen kann, und ich weiß es, seit ich sie zum erstenmal gebumst habe. Da hat sie's mir nämlich gesagt. Pola ist im Labor gezüchtet worden, und der verfickte genetische Sambatänzer war

Absicht. Du weiß doch, was die Weißkittel-Dreakheads der Megakons so treiben, wenn sie sich nicht grad einen abwichsen. Sie schnibbeln an Kötern und Katzen herum oder pissen so lange auf ihre kalten Bauern, bis Scheiße daraus wird, die sie dann in ihrer Retorte ausbrüten lassen. So haben sie auch Pola gemacht.«

»Reizende Art, mir zu sagen, daß du mich für ein Stück Scheiße hältst«, kommentierte Pola, die jedoch erstaunlich gelassen blieb.

Daß Rem kein Blatt vor den Mund nahm, war Thor nicht neu. Aber die Herzlosigkeit, mit der er über Polas Zeugung redete, verblüffte ihn. Er hatte immer geglaubt, daß Pola neben der Rockmusik das einzige war, was der Zwerg in dieser Welt wirklich liebte. Aber vielleicht versuchte er mit seinen rüden Sprüchen seine eigene Hilflosigkeit zu übertünchen. Daß Pola ein Retortenkind war, an dem genetisch herumgebastelt worden war, hatte er nicht gewußt. Er hätte es sich eigentlich denken können. Pola war gerade mal einen Meter zehn groß und damit kleiner als ein Zwerg, obwohl sie keinerlei Metamenschenmerkmale aufwies. Aber Thor hatte sie stets für eine Liliputanerin gehalten und geglaubt, ihre Zwergwüchsigkeit, ihre Zartheit und ihre alabasterreine Haut seien eine Laune der Natur.

»Daß Pola geflüchtet ist, bevor die Dreakheads an ihr rumschnibbeln konnten, ist das einzige, was die Scheißer nicht eingeplant hatten.« Der Zwerg wechselte abrupt das Thema und deutete zur Band hinüber. »Was hältst du von den Jungs? Nennen sich die Fickenden Höllenteufel, und das sind sie irgendwo auch. Starke Truppe, was? Ich hab' sie aufgebaut und unter meine Fittiche genommen.«

»Aber …« Irgendwie wollte Thor den beiden klarmachen, daß ihm Polas baldiger Tod nicht gleichgültig war. Er ließ es bleiben. Offensichtlich hatten beide den

Wunsch, das Thema nicht weiter zu erörtern. »Echt gut. Aber das Konzert war nur mäßig besucht, wie?«

»Konzert? Drek, das war 'ne Probe, Chummer. Aber übermorgen geht's rund im alten Parkhaus. Gratiskonzert. Da wird auch der letzte Pisser aus dem Lumpenloch dasein und total ausrasten. Du solltest auch kommen. Bist eingeladen.«

»Du solltest die mal oben spielen lassen. Vielleicht kriegen sie sogar einen Gig im Psychedelic Dungeon.«

»Vergiß es. Das ist keine billige Industriemusik, keine Plastikscheiße, sondern Musik aus dem Bauch. Aus dem Bauch der Band und aus dem Bauch der Erde. So was kann man nur hier unten machen. Die Magie von Red Rat – das ist der Freak, der den Sänger macht – funktioniert nur im Lumpenloch. Darauf kannst du einen lassen.«

»Aber die wollen doch sicher hier raus.«

»Klar, das wollen all die Narren, die um mich herumtanzen. Vielleicht schaffen es die Fickenden Höllenteufel sogar, nach oben zu kommen und SimSinn-Chips zu machen. Darauf sind sie natürlich scharf. Aber dann müssen sie sich schon in Herzige Weihnachtsengel umbenennen und sich ein neues Repertoire zulegen. Ohne mich.«

»Du willst sie hier festhalten?«

»Drek. Sie können machen, was sie wollen. Bin ich ein Sklavenhalter? Aber die Musik, die du eben gehört hast, die bringen sie unter Garantie nur hier zustande. Aber genug davon. Was hängt dir am Sack, Chummer, daß du ins Lumpenloch hinabsteigst? Du brauchst 'nen Job als Runner, stimmt's?«

Der erneute Themenwechsel brachte Thor weniger aus dem Konzept als Rems Informiertheit.

»Deine tausend Augen, he?« Aber was wußten die Lumpenloch-Bewohner über seine Probleme? Welche anderen Quellen zapfte Rem an?

Der Zwerg grinste. »Hab' von dem Drek in Düsseldorf gehört. Dein Name fiel. Bist im Moment nicht besonders angesehen da oben.«

»War ich das je?«

»In den Schatten schon.«

»Kennst du die Einzelheiten?«

»Nicht deine Version.«

»Willst du sie hören?«

»Erzähl sie mir, aber nicht hier.«

An den Weg zum Quartier von Rem und Pola konnte sich Thor noch gut erinnern, und es hatte sich seit seinem letzten Besuch nichts geändert. Es ging durch zwei Quergänge und dann eine Leiter hinab in einen stillgelegten Brunnenschacht. Etwa auf halber Höhe hatte sich der Zwerg eine Wohnhöhle in das Erdreich gegraben und die Wände mit Lehm versiegelt. Die Höhle war zwanzig Quadratmeter groß, an die Energieversorgung angeschlossen, warm und gemütlich. Selbstgebastelte Möbel aus Kiefernholz und von Pola gewebte Wandteppiche bestimmten das Bild. Thor erhielt das Bett als Sitzmöbel zugewiesen, während sich der Zwerg und seine greisenhafte Lebensgefährtin in Schaukelstühle setzten, die ihrer Größe angemessen waren. In dem beinahe krampfhaften Versuch, Pola nicht anzustarren, musterte Thor den Zwerg. Rem hatte kupferrote Haare, die nach Zwergenart reichlich sprießten: als Löwenmähne ungebändigt das Haupt umrahmend, als buschige Augenbrauen in die Stirn wuchernd, als Vollbart bis auf die Brust fallend. Vom restlichen Gesicht waren im wesentlichen nur die breite, kräftige, heftig gebogene Nase und die stets lebendigen, aber doch müde umschatteten blaugrauen Augen zu sehen. Diese Schatten waren das einzige, das nicht zeitlos an ihm wirkte. Kein einziges graues Haar erinnerte daran, daß der Zwerg schon über fünfzig war. Ansonsten war Rem kräftig gebaut, aber nicht dick, kurzbeinig, und das knappe Lederwams ließ die guttrainierten Armmuskeln, die auf Shortslänge gekürzten Jeans die ebenso imponierenden Beinmuskeln sehen. Pola und Thor zuliebe hatte der Zwerg das Licht hell genug gedreht, daß in der Höhle eine schummrige Beleuchtung herrschte. Als Zwerg konnte er auch im Infrarotbereich sehen und war auf die Lichtquelle nicht im gleichen Maße angewiesen.

Rem öffnete eine Dose Starkbier und kippte das Bier in mehreren langen Zügen in sich hinein. Er griff nach einer zweiten und bot Thor ebenfalls eine an, der jedoch ablehnte. Der Zwerg verfuhr mit der zweiten wie mit der ersten, öffnete die für den Gast bestimmte und ließ es nun etwas langsamer angehen. Thor registrierte, daß mehrere Paletten mit Bier bereitstanden, machte sich deshalb aber keine Sorgen. Rem war ein äußerst kontrollierter Trinker, der seine Grenzen kannte.

Niemand wußte genau, wie Rem mit richtigem Namen hieß. Er selbst hatte nie einen Namen genannt und besaß natürlich auch keine SIN, aber in seiner Berliner Zeit als Undergroundmaler war der Spitzname Rembrandt aufgetaucht, der bald auf Rem verkürzt und von dem Zwerg bereitwillig angenommen wurde. Es gab unzählige Gerüchte über Rems Herkunft und sein Vorleben, und er selbst äußerte sich nie zu diesen Geschichten, wenn er danach befragt wurde. Die beiden hartnäckigsten besagten, daß der Zwerg der illegitime Sprößling eines Zwergenkönigs war beziehungsweise früher für den Geheimdienst ARGUS gearbeitet hatte. Die Version vom Zwergenprinzen schloß die Behauptung ein, daß irgendwo unter dem Gebiet der ADL ein Zwergenkönigreich existierte, das bis heute noch keinen offiziellen Kontakt zur Oberwelt aufgenommen, wohl aber Agenten hinaufgeschickt hatte und über alles bestens informiert war. Demnach war Rem entweder ein Renegat oder von seiner Familie verstoßen oder einer der Agenten – jeder, der mit dieser Geschichte kam, wollte es anders und besser wissen. Einig war man sich nur, daß er, ob nun mit Billigung seiner Leute oder nicht, die Informationsquellen des Zwergenkönigreichs anzapfen konnte. Die ARGUS-Version schloß jede geheimnisvolle Herkunft Rems aus, maß ihm aber die gleiche Verfügungsgewalt über Geheimwissen zu – in diesem Fall durch Ausnutzung alter Verbindungen. Einig waren sich alle, daß der Zwerg erstaunlich viel über aktuelle Vorgänge wußte, die ihn angeblich gar nicht interessierten, und niemand seine Informanten kannte. Dies war dann auch wohl die eigentliche Quelle für alle wild ins Kraut schießenden Spekulationen in Richtung Königreich und ARGUS. Thor war dies alles ziemlich gleichgültig. Rem war einer der wenigen Freunde, denen er voll und ganz vertraute, vielleicht der einzige. Da interessierte es ihn wenig, was der Zwerg vor der Welt zu verbergen hatte, selbst wenn es etwas Finsteres sein mochte.

Aufmerksam hatte Rem zugehört, als ihm Thor von den Erlebnissen in Düsseldorf und im Netz erzählte. Er ließ nicht erkennen, ob irgend etwas davon ihm neu war, gab aber einen Kommentar ab, als Thor geendet hatte.

»Ich halte mal die Lauscher offen. Vielleicht krieg' ich raus, ob es irgend'nen Fuzzy gibt, der auf dich sauer ist. Ich meine, einer von den ganz großen Gurus mit den ganz kleinen Schwänzen, die meinen, sie würden dieses Narrenhaus leiten.« Er war bei der fünften Kanne Bier angelangt, nahm einen Schluck und wischte sich den Schaum aus dem Bart. »Tja, als Runner hast du im Moment schlechte Karten. Die Schmidtscheißer wollen dich nicht mehr, jedenfalls nicht hier im Sprawl. Kehr nach Berlin zurück oder in die Südstaaten, dort hast du bessere Karten.«

»Ich werde älter und kann nicht immer wieder bei Null anfangen.«

»Drek, Chummer. Kapierste nicht: Du bist längst schon wieder auf Null abgerutscht, sogar noch tiefer.«

»Da komme ich besser wieder raus, wenn ich mich nicht verpisse.«

»Ich weiß nicht, was dir der Hirnfick im Cyberspace bringt. Verzichte auf den Drek. Bringt eh nichts. Komm zu uns. Für Essen mußt du selbst sorgen, aber hier gibt's Musik und auch immer was zu bumsen. Die Musik ist erstklassig, wie du gehört hast, und was die anderen Sachen angeht, kommst du schon auf deine Kosten, wenn du nicht allzu wählerisch bist.«

Thor schüttelte den Kopf. »Ich bin nicht wie du, Rem. Ich brauche Weite, den unverbauten Himmel. Zombietown geht mir sogar auf den Geist, wenn ich weiter oben bin. Hier unten würde ich auf Dauer verrückt werden.«

»Man gewöhnt sich daran«, warf Pola ein. »Irgendwie gewöhnt man sich an alles.«

»Ich nicht«, gab er zurück. »Als meine Großmutter starb, war ich fünf Jahre alt und wurde zum erstenmal mit dem Tod konfrontiert. Meine Eltern versuchten mir zu erklären, wie das ist, wenn man tot ist, und ihnen fiel nichts Besseres ein, als es mit ewigem Schlaf zu übersetzen. Ich habe mir vorgestellt, in einem Sarg unter der Erde zu liegen und ewig schlafen zu müssen. Weißt du, diese Kombination aus ewig und unterirdisch hat mich fast wahnsinnig gemacht. Ich habe keine Klaustrophobie und komme selbst in engsten Tunnels gut zurecht. Aber die Vorstellung, *auf Dauer* unter der Erde sein zu *müssen*, macht mir Angst.«

»Also gut, Chummer, vergiß es«, sagte Rem. »Aber wenn du es nicht im Lumpenloch aushältst und das Scheißhaus Ruhrsprawl nicht gegen ein anderes Scheißhaus eintauschen willst, dann habe ich nur noch einen Vorschlag, zu dem ich dir nicht zuraten kann. Mit anderen Worten: Ich an deiner Stelle würde meinen Arsch da nicht reinhängen, weil es zu gefährlich ist.« Er machte eine Pause und öffnete sich noch ein Bier.

»Red schon.« Er brannte darauf zu hören, was Rem ihm anzubieten hatte. »Wenn ich mich vor Gefahren fürchten würde, wäre ich als Sararimann bei Renraku geblieben und würde mir meine Aufregungen aus BTL-Chips holen.«

»Wie du willst.« Der Zwerg trank einen Schluck und rülpste. »Ich weiß zufällig, daß ein Schmidtscheißer Schattenläufer sucht, nur erste Sahne, aber du würdest in Frage kommen. Und man schert sich bei denen einen Dreck um Pechsträhnen, Gerüchte und schlechtes Image. Ich weiß nicht, worum es geht und ob es gefährlicher ist als irgendein anderer Run. Aber ich weiß zwei Dinge: Erstens verteilt dieser verschissene Geier gottverdammt größere Ebbie als jeder sonst im Sprawl. Und zweitens ist das Arschloch, das hinter Schmidt steckt, total wahnsinnig. Ich meine damit, er ist noch durchgeknallter als alle anderen Hampelmänner auf der Bühne, klar? Wenn du dich auf den einläßt, mußt du verdammt aufpassen, Chummer.«

»So durchgeknallt, daß er dir statt 'nem Ebbie 'ne Stange Plastiktöte in die Hand drückt?«

»Das nicht. Korrekt gelöhnt hat er für seinen Drek bisher immer.«

»Wo ist dann der Haken? Ist er schwul und hat falsche Vorstellungen von dem, was ein Decker leistet?«

Rem lachte rauh aus der Kehle. »Keine Sorge, der bumst nur junge Schicksen aus den besten Kreisen. Aber verstehst du nicht, Mann, was Wahnsinn, echter, dicker, total verschissener Wahnsinn ist? Du weißt nicht, woran du bist, Alter! Du mußt mit allem rechnen. Mit total abgefahrenen Kisten!«

»Was soll's, ich hab' doch nur mit seinem Schmidt zu tun.«

»Eben nicht. Da fängt der Spaß schon an. Dieser spezielle Auftraggeber läßt sich seine Runner höchstpersönlich vorstellen. Ich sag doch, der Mann ist durchgeknallt.«

»Und wenn schon, ablehnen kann ich immer noch, wenn die Sache zu verrückt ist, die er sich ausgekocht hat. Wie heißt der wilde Vogel?«

Rem überlegte. »Ich hab' dir zu deiner Sicherheit schon ein paar Sachen zuviel gesagt. Wenn ich dir den Namen nenne und du irgendwann, vielleicht unter Drogen, plauderst, steckt jemand tief in der Scheiße, dem ich so was nicht wünsche. Ich sag dir, wo du diesen Schmidtscheißer findest, wenn du die heiße Kartoffel unbedingt schlucken willst, aber mehr nicht. Du wirst den Pisser, der hinter allem steht, selbst kennenlernen, aber er wird dir gewiß nicht seine wahre Identität verraten. So verrückt ist er nun auch wieder nicht.«

»Wo finde ich meinen Schmidt?«

Rem schrieb eine Vidphonnummer auf und reichte Thor den Zettel. Dann schwieg er eine Weile und grübelte vor sich hin. Er winkte jeden Versuch sowohl von Thor als auch von Pola ab, den Faden des Gesprächs neu aufzunehmen. Schließlich räusperte er sich und sagte eindringlich: »Falls irgend etwas schiefgeht – du weißt, du findest hier unten immer ein Plätzchen, um deine Wunden zu lecken. Und wenn…« Er zögerte und schien nochmals mit sich zu ringen. »Und wenn du deinen Arsch retten mußt und aus irgendwelchen Gründen nicht nach Zombietown zurückkehren kannst, dann versuch dein Glück in einer der alten, stillgelegten Zechen, am besten in Gelsenkirchen. Geh in die Tiefe, und hoffe darauf, daß dir ein Zwerg begegnet. Sag ihm, wer dich schickt. Nenne ihm als Codewort: ›Canira‹. Er wird dir helfen. Und der Teufel soll dich holen, wenn du diesen Weg gehst, ohne abgrundtief in der Scheiße zu hängen, oder wenn du das Codewort einem anderen verrätst! Und jetzt verpiß dich, Chummer.«

6. KAPITEL

›Only a Pawn in Their Game‹

Die Regierung hatte den Aufstand unter Kontrolle gebracht. Bereits im folgenden Winter allerdings flackerte er erneut auf. Die zerstörte Infrastruktur der Region führte zu einer Versorgungsknappheit, und der folgenden Unruhen konnte nicht einmal das Militär Herr werden. Die Bevölkerung hatte sich auf eine Guerillataktik verlegt, und so konnte keine der beiden Seiten Herr der Lage werden. Im Dezember dann zog die Regierung der Bundesrepublik nach scharfen nationalen Protesten die Konsequenzen: Das Militär wurde abgezogen und ein eigener Regierungsbezirk Rhein-Ruhr mit weitgehender Autonomie gebildet. Neben dem eigentlichen Ruhrgebiet wurden diesem Regierungsbezirk auch die Städte Köln, Düsseldorf und Leverkusen sowie das Sauerland, die Wasserader des Reviers, eingegliedert. Der Grund dafür war einfach. Durch die Einbeziehung der wohlhabenden Gebiete wurde vermieden, daß man den neuen Bezirk zum wirtschaftlichen Notstandsgebiet erklären mußte. Der ›Pott‹ war zu diesem Zeitpunkt nämlich völlig bankrott. Mit dem Verschwinden der Montanindustrie war es nur noch eine Frage der Zeit, bis all die mühselig angesiedelten neuen Industriezweige nachfolgten. Auch die in aller Eile verkündeten Subventionsbeihilfen und Steuererleichterungen konnten den Niedergang der Region nicht verhindern.

Dr. Natalie Alexandrescu:
Vom Revier zum Sprawl. Der Rhein-Ruhr-Megaplex,
Deutsche Geschichte auf VidChips,
VC 3, Erkrath 2051

Acht Uhr abends. Die Dunkelheit deckte den Schmutz zu. Hinter den eingeworfenen Fensterscheiben des Abbruchhauses gähnte die Gefahr. *Du kommst ja doch nicht, Chummer. Ich wette, du traust dich nicht.* Aber Thor hatte keine Angst vor solchen Häusern und den Dingen, die sie beherbergten. Sein Verharren, sein stilles Beobachten entsprach dem Instinkt des Schattenläufers, der sich der Gefahr stellt, aber nicht in sie hineinstolpern will.

Es war ein ungewöhnlicher Ort, um einen Auftraggeber zu treffen. Normalerweise begegnete man seinem Schmidt in einer Kneipe. Manchmal wußte der Schattenläufer durch einen Tipgeber, daß dort ein Schmidt sein Team zusammenstellte, aber meistens ging er in eines der Lokale, die als Treffpunkte für Runner bekannt waren, und ließ sich von einem Schmidt ansprechen. Dieses Mal war es anders. Das begann schon damit, daß Thor es diesmal mit einer Frau Schmidt zu tun hatte. Die meisten Schmidts waren Kerle, wahrscheinlich deshalb, weil sich Männer besser für die Drecksarbeit eigneten.

Nachdem ihn Rem nach oben geleitet hatte, war Thor ohne Umwege in sein Kellerapartment geeilt. Er wählte die Vidphonnummer, die auf Rems Zettel stand. Der Vidscreen blieb dunkel. Genau wie Thor legte Schmidt keinen Wert darauf, dem anderen ein aufmunterndes Lächeln zu schenken. Das Gespräch hatte nur Sekunden gedauert.

»Sie suchen einen Runner?« sagte er statt einer Begrüßung.

»Schon möglich, aber nur Könner.« Schmidt hatte eine kalte Sopranstimme.

»Das bin ich.«

»Was haben Sie zu bieten?«

»Decking.«

»Kommen Sie morgen um zwanzig Uhr zum alten

Duisburger Hafen, Nowakweg, das einzige Haus dort. Sie können es nicht verfehlen.«

Dann hatte die Frau die Verbindung unterbrochen.

Der Bau gegenüber war in der Tat das einzige Haus weit und breit. Ein altes, heruntergekommenes Haus, brutalster Bauhausstil aus den dreißiger Jahren des vorigen Jahrhunderts. Verklinkerter Klotz mit Löchern. Es lag am Rande einer Baggerzone. Der neue Hafen wurde erweitert, die Freihandelszone Duisburg schluckte die alten Hafenanlagen. In wenigen Wochen würde es dieses Haus nicht mehr geben. Es war nicht schade darum. Aber dann würde dies auch kein Ort mehr für konspirative Treffen sein. Der neue Hafen war einer der Hauptumschlagplätze für Mikroelektronik und besser gesichert als die Knastinsel Big Willi vor Hamburg.

Es regnete in Strömen, aber Thor wurde nicht naß, obwohl er im Freien stand. Die gesamte Freihandelszone war mit einem Plexdom überdacht, der sogar die breiten Kais der Hovercrafts abschirmte. Ausläufer des Doms wuchsen bereits in die alten Hafengebiete hinein. Die Regentropfen prasselten monoton auf den Kunststoff, rührten den darauf liegenden Dreck zu einer grauen Paste an. Die Lampen der alten, bröckelnden Hafenpier wurden in milchig trübem Kunststoff gespiegelt. Ein Abglanz davon blieb für Thor und das Haus.

Im Schatten eines verrosteten Ladekrans musterte er jedes der Fenster, ohne einen Hinweis auf Besucher zu erhalten. Einige der unteren Fenster waren mit Lattenkreuzen vernagelt. Eine geradezu lächerliche Methode, unerwünschte Besucher fernzuhalten. Vor dem Haus parkte ein EMC Serena Minibus. Zehn Jahre altes Modell, dreckstarrend, die vorderen Fenster verspiegelt, der hintere Bereich fensterlos aus Aluminium, die Nummernschilder unter dem Schmutz kaum lesbar. Es lohnte ohnehin nicht, sich solche Kennzeichen zu merken. Sie gaben niemals einen Hinweis auf Schmidt.

Auf den Seitenflächen des Serena prangte ein Schriftzug: MicroMacro Service. Was immer das sein mochte, es war bestimmt getürkt.

Ob er seinerseits aus dem Haus beobachtet wurde, wußte er nicht. Aber jemand anders hatte ihn erspäht. Aus einem Spalt zwischen zwei am Kai abgestellten Containern löste sich eine zerlumpte Gestalt und schlurfte auf ihn zu. Sie zog das eine Bein nach.

»He, Chummer«, krächzte der Alte, ein zahnloser Mann mit einer für sein von zahllosen Kratern übersätes Mondgesicht zu knappen Baseballmütze. »Geh da nicht rein. Da sind Drekheads drin. Schmeißen dich raus oder Schlimmeres. Mich haben sie auch rausgeworfen. Jetzt muß ich hier draußen pennen.«

»Verschwinde!« Thor hatte nicht die Absicht, sich in eine Diskussion einzulassen. »Danke für den Tip, Chummer, aber ich kann auf mich allein aufpassen.« Er konnte tatsächlich mit der Information etwas anfangen. Schmidt war also nicht allein gekommen, aber das war zu erwarten gewesen. Thor kramte in den Taschen seiner Jacke herum, fand ein Fünfecustück sowie einen Schokoriegel und warf beides dem Mann zu. »Angst vor Karies mußt du ja nicht mehr haben. Wie viele sind in dem Haus, Chummer?«

Der Alte fing den Riegel und die Münze geschickt auf. »Vier, darunter eine Frau.« Als Thor keine weitere Fragen stellte, schlurfte der Mann grußlos davon.

Thor wartete, bis der Alte wieder zwischen den Containern verschwunden war, löste sich dann aus seiner Deckung, passierte den Minibus und ging schnurstracks auf den Hauseingang zu. Er stieß die nur angelehnte Tür mit dem Fuß auf und trat in den Hausflur.

Hinter sich spürte er eine Bewegung, und im nächsten Moment wurde die Tür ins Schloß gedrückt. Er wandte sich blitzschnell um und blickte in den Lichtkegel einer Taschenlampe.

»Sie sind sehr pünktlich«, sagte die Stimme, die er am Vidphon gehört hatte. Sie hatte einen leicht überheblichen Unterton. »Das gefällt mir.«

»Mir gefällt es nicht, geblendet zu werden«, entgegnete er.

Die Frau senkte die Lampe und richtete den Lichtkegel für eine Sekunde auf ihr eigenes Gesicht. Obwohl die Schatten aus dem Kopf eine Karikatur machten, erkannte er ein scharf geschnittenes Gesicht mit einer kleinen, spitzen Nase, einen nach unten gezogenen, schmallippigen Mund und blonde Haare, die ohne Styling zu einem schlichten Bubikopf geschnitten waren. Schmidt war offensichtlich eine geschäftlich eingestellte Frau, die ihre freie Zeit mehr der Planung ihrer Karriere widmete, als sich Gedanken über ihr Outfit zu machen. Sie war in seinem Alter, vielleicht auch Mitte Dreißig.

»Wir gehen nach unten. Dort ist ein Raum vorbereitet.«

Schmidt bewegte den Lichtkegel den Flur entlang zur Kellertreppe und ging dann voraus. Durch die Ritzen einer Tür drang Licht. Die Frau öffnete die Tür, schaltete die Lampe aus und ließ ihn als ersten eintreten.

Ein nackter Kellerraum, dreckig, in einer Ecke lagen eine Matratze, schmutzige Wolldecken, Pappkartons, leere Bierdosen, Essenreste, sonstiger Müll und Krimskrams, alles achtlos zu einem Haufen zusammengekehrt. Vielleicht war dies die Bleibe des Zahnlosen, vielleicht auch die eines anderen illegalen Bewohners, den man vertrieben hatte. Das Kellerfenster hatte man mit einer schwarzen Folie abgedeckt und mit Klebeband abgedichtet. Kein Wunder, daß man von außen keinen Lichtschein sehen konnte.

Zwei Niederfrequenz-Scheinwerfer, gespeist von einem Powerpack, hingen an Haken von der Decke. Ihre Lichtkegel zielten auf die Mitte des Raumes, wo ein Tisch und zwei Stühle aufgebaut waren, roter Kunststoff, Leichtbauweise, aber der Aufwand war trotzdem beachtlich. Die Besucher hatten eigens für das Treffen mit ihm Ausrüstung mitgebracht, die allein der Bequemlichkeit diente.

Auf der gegenüberliegenden Seite des Tisches, das Gesicht der Tür zugewandt, saß ein Mann Ende Dreißig. Er trug Panzerkleidung und darüber einen schwarzen, innen mit purpurroter Seide gefütterten Umhang, dazu einen schwarzen Schlapphut mit in den Stoff eingearbeiteten Diamantsplittern, dessen Krempe tief in die Stirn gezogen war. Der Mann hatte ein deutlich ausgeprägtes, energisches Kinn. Die Augen und die Nase waren unter einer schwarzen Maske verborgen, aber aus den Augenschlitzen glitzerten grüngesprenkelte, wie mit Brillantenstaub bedeckte Pupillen, die in einem stakkatohaften Wechsel mal stechend und wütend, mal irritierend belustigt wirkten. Auch ohne Vorwarnung hätte Thor diese Augen sofort einem Irren zugeordnet, und er zweifelte nicht daran, daß dies der Hintermann war, vor dem Rem ihn gewarnt hatte. Vor dem Mann lag ein geöffneter Handkoffer, in dem sich, fein säuberlich von Schlaufen gehalten, ein Dutzend fein ziselierter, mit Edelsteinen besetzter Stäbe, Amulette und Ringe befanden. Fetische. Der Mann war ohne Zweifel ein Magier der hermeneutischen Schule. Ein sehr reicher Magier.

Der Zahnlose hatte vier Drekheads erwähnt. Thor reimte sich blitzschnell zusammen, daß die beiden fehlenden Männer Bodyguards waren, die sich irgendwo in der Nähe herumtrieben.

»Setzen Sie sich«, sagte der Magier mit leiser, gefährlich sanfter Stimme und deutete mit einer feingliedrigen Hand zum freien Stuhl auf der anderen Seite des Tisches. An Ring-, Mittel- und Zeigefinger prangten kostbare, möglicherweise ebenfalls magische Ringe.

Erst nachdem Thor der Aufforderung gefolgt war, schloß die Frau die Kellertür, lehnte sich dagegen und beobachtete ihn. Sie hielt eine Mauser Ladyline in der Hand. Die Mündung zeigte auf Thor.

»Kein Grund zur Unruhe«, sagte der Magier, dessen Augen Thors Blick gefolgt waren. »Alles nur Routine. Sie werden so etwas kennen, denke ich doch.«

Aber die Nervosität, die der Magier an ihm bemerkt hatte, galt nicht der Waffe. Thor rechnete nicht damit, daß man sich die Mühe dieses konspirativen Treffens mit ihm gemacht hatte, nur um ihn in diesem Keller umzubringen. Was ihn zunehmend beunruhigte, waren die Augen des Magiers und ein aufkeimendes Gefühl, diesen Mann schon einmal irgendwo gesehen zu haben. Ein seltsames Gefühl, denn er konnte sich nicht erinnern, irgendwo schon einmal solchen Augen begegnet zu sein. Aber der Mann war Magier, und Thor konnte sich nicht hundertprozentig sicher sein, daß er die echten Augen des Mannes erblickte. Nur das irre Funkeln, dessen glaubte er sicher zu sein, war keine Maske. Aber vielleicht hatte der Mann eben dieses verräterische Funkeln früher einmal hinter einer Brille oder was auch immer versteckt. Oder er war damals noch nicht so irre gewesen wie heute.

»Kommen wir zur Sache«, sagte Thor und lehnte sich in seinem Stuhl zurück. Er sah den Magier an und versuchte gleichzeitig, durch seine Augen hindurchzusehen. Eine fast unlösbare Aufgabe.

»Ein ungeduldiger Mann, den es in die Kampfarena zieht«, erwiderte der Magier, immer noch leise, immer noch scheinbar sanft und einschmeichelnd. »So haben wir es gerne.« Er lehnte sich seinerseits zurück, wartete jedoch, bis Thor den Versuch des Hindurchsehens aufgab und ihm voll in die Augen blickte. »Ich kenne Sie nicht, aber ich vertraue Ihnen. Es ist eine kleine, unbedeutende Aufgabe zu erledigen, kaum mehr als ein Gefallen. Ich biete Ihnen für die Erfüllung meines bescheidenen Wunsches 50 000 EC in Form eines beglaubigten Kredstabs.«

Thor versuchte sich seine Erregung nicht anmerken zu lassen. Das war gut, verdammt gut sogar. Dafür mußte ein mittlerer Sararimann ein Jahr lang arbeiten. Soviel hatte Thor nur selten für einen Run bekommen. Was immer der Mann auch verlangte, wenn es Arbeit für einen Decker war, würde er sie annehmen.

»Was habe ich zu tun?«

Der Magier war sichtlich amüsiert und lachte leise. »Was ein Decker zu tun hat: einen Chip in sein Cyberdeck stecken, ein paar Daten kopieren und den Chip mir geben.« Er tat so, als sei die Arbeit des Tastendrückens die einzige Schwierigkeit bei der Prozedur.

»Wo?«

»Renraku, Mönchengladbach.«

Ihm stockte der Atem. Er hätte es sich denken können, daß die Sache einen Haken hatte, einen riesigen, schmiedeeisernen Haken, an dem man Dinosaurier ausbluten lassen konnte. Renraku stattete andere Megakons mit maßgeschneiderter Hardware aus und programmierte die passende Software. Komplette Systeme mit der gesamten Peripherie. Das Unternehmen gehörte zu den am besten gesicherten Unternehmen in Deutschland und weltweit. Das Ice der Renraku-Mainframes war Spitzenklasse und oft genug tödlich. In Düsseldorf und Berlin waren die Büros erstklassig gesichert, aber die Werke in Mönchengladbach, Göttingen und Erfurt wurden mit Sicherheitstruppen in Kompaniestärke geschützt, die bei Bedarf jederzeit durch örtliche Sicherheitskräfte aufgestockt werden konnten.

»Ausgeschlossen, das mache ich nicht. Niemand kommt ohne eine Armee bei Renraku rein, und raus nur in einem Sarg.«

Der Magier winkte ab. »Schon überzeugt. Ich verdopple mein Angebot – 100 000.«

Fast hätte Thor ihm entgegengeschleudert, er müsse wahnsinnig sein, sich mit Renraku anzulegen. Rechtzeitig genug fiel ihm ein, daß der Mann wahnsinnig *war* und sicherlich ahnte, daß seine Umgebung ihn dafür hielt. Ihm das auf den Kopf zuzusagen, konnte lebensgefährlich sein.

»Hören Sie.« Er versuchte es mit Vernunft. »Da kommen wir nicht rein, schon gar nicht in das Werk Mönchengladbach.« Er zählte auf, was dort im einzelnen an Sicherheitspersonal mit welcher Bewaffnung sowie an Ice zu erwarten war. »Schlagen Sie sich das aus dem Kopf.«

Seine Gegenüber hörte geduldig zu. »Machen Sie niemals den Fehler, mich für dumm zu halten«, sagte er dann kalt, ohne jedoch die Stimme anzuheben. »In Ihrem eigenen Interesse. Ich kenne die Renraku-Konzernsicherheit in allen Einzelheiten und weiß eine Lücke. Eine lächerliche Lücke. Wenn wir die Daten haben, wird man eine ganze Manageretage – wie sagt man in Ihren Kreisen? eine Execlatte? – feuern, und der japanische Boß in Kyoto wird giftiger als ein Kugelfisch werden und in seinen Seidenteppich beißen. Sie können es mir glauben. Aber Sie bekommen natürlich trotzdem erstklassiges Personal zu Ihrer Unterstützung: einen Magier, eine Riggerin, zwei andere Spezialisten und zwei Straßensamurais der Sonderklasse als Beschützer. Sie stehen alle schon bereit. Nur ein erstklassiger Decker fehlte mir noch. Schlagen Sie ein – Thor Walez.«

Obwohl er auch diesmal die Stimme nicht anhob, spuckte er den Namen wie ein Geschoß aus. Und es hatte die Wirkung eines Geschosses. Es drang durch das Ohr direkt ins Hirn und fuhr dort eine Achterbahnschleife nach der anderen. Er hatte nicht damit gerechnet, daß der Magier seinen Namen kannte. Von Rem konnte er ihn unmöglich haben. Ein solcher Verrat war unvorstellbar. Rem würde eher sterben, als einen Chummer ans Messer zu liefern. Und die Rückverfolgung seines Vidphonanschlusses war unmöglich, weil Thor für diesen Zweck ein interessantes kleines Ice gebastelt und illegal vor seinen Zugang installiert hatte. Allen seinen Gesprächspartnern wurden falsche, wechselnde Kodierungen gegeben, und kompliziertere Nachforschungen lösten in einem Zusatzgerät seines Vidphons unmittelbar Alarm aus. Tatsache war jedoch, daß zu viele Leute sich in letzter Zeit zu intensiv für Thor Walez zu interessieren schienen, und er hatte keine Ahnung, warum sie dies taten und wie sie es schafften, ihn zu überwachen und zu drangsalieren. Daß der Magier zu diesen Leuten gehörte, war ein Grund mehr, lieber zu verhungern, als für ihn zu arbeiten. Aber es gab noch einen weiteren gewichtigen Grund, der es ihm ratsam erscheinen ließ, sich nicht mit Renraku anzulegen.

Nachdem er sich wieder einigermaßen gefangen hatte, sagte er: »Wenn Sie so viel über mich wissen, dann ist Ihnen auch bekannt, daß ich früher für Renraku gearbeitet habe. Die haben mein ID-Profil. Wenn ich bei denen ins Netz steige, werden sie mich unweigerlich identifizieren.«

Der Magier blieb ungerührt. »Das weiß ich, mein Bester, und Sie werden lachen: Genau das ist die lächerliche Lücke, von der ich sprach. Ihr ID-Profil. Das bringt uns rein.«

»Unsinn, meine Zugangsvollmachten sind sofort nach meinem Weggang gelöscht worden.«

»Richtig. Aber zufällig weiß ich, daß jemand einen Fehler gemacht hat und eine speicherresidente Erlaubnis für den Zutritt in Mönchengladbach nur gesperrt und nicht gelöscht hat. Fragen Sie mich nicht, woher ich es weiß. Ich weiß es eben.«

Obwohl Thor nicht glaubte, daß seinen ehemaligen Kollegen bei Renraku ein solcher Schnitzer unterlaufen war, konnte er die Möglichkeit nicht völlig ausschließen. Kurz vor seiner Entlassung hatte er Zugang zu allen Werken gehabt, und jede Erlaubnis war aus Sicherheitsgründen separat gespeichert worden. Es *war* möglich.

»Ich kann nicht verhindern, daß die Mainframes mein reaktiviertes Profil speichern. Renraku wird hinterher wissen, wer sie bestohlen hat, und mich bis an mein Lebensende jagen.«

»Ihr Team wird das ganze verdammte Hardwaresystem mit allen Mainframes und Speichern und was auch immer in die Luft jagen, wenn Sie die Daten haben. Renraku Mönchengladbach wird eine Weile keinen Zugang zum Netz haben. Und kein einziges Bit an Information über das, was geschehen ist, wird erhalten bleiben. Ich schwöre es Ihnen.«

Jetzt war der Mann zum erstenmal laut geworden, und seine Augen blitzten in einem irren Feuer. Der Mann war wirklich voll und ganz wahnsinnig, aber Thor zweifelte trotzdem nicht daran, daß sein Plan bis auf das letzte I-Tüpfelchen exakt ausgearbeitet und fehlerfrei war. Plan und Umsetzung waren allerdings zweierlei Paar Stiefel.

Der Magier beruhigte sich wieder und fuhr mit einschmeichelnder Stimme fort: »Ich erhöhe mein Angebot letztmalig um eine Gefahrenzulage. Und um eine Prämie für den besonderen Wert, den Sie persönlich für das Gelingen des Plans darstellen. Ich biete Ihnen 150 000 EC. Versuchen Sie nicht, mehr herauszuschlagen. Das ist das Ende der Fahnenstange. Ich gebe nicht mehr.«

In Thors Kopf überschlugen sich die Gedanken. 150 000 waren genug, um sich ein für allemal aus den Schatten zu verabschieden. Es war genau die Art von Prämie, die er sich immer erhofft hatte, um ein neues Leben aufzubauen. Sein Gefühl sagte trotzdem nein.

»Nehmen Sie an? Antworten Sie!«

Aber sein Verstand sagte ja.

»Ich nehme an.«

Es würde vermutlich ein Himmelfahrtskommando werden, obwohl er hoffte, daß seine Rolle sich in erster Linie auf den Einsatz im Cyberspace beschränkte und er wieder draußen war, wenn der Tanz richtig losging. Aber selbst wenn es anders kam: Bei einem Ebbie mit 150 000 Mücken mußte ein bißchen Himmelfahrt im Preis inbegriffen sein.

»Sehr gut.« Der Magier machte nicht den Eindruck, in irgendeiner Weise überrascht oder auch nur erleichtert zu sein.

»Unter einer Bedingung – daß Sie mir Ihr Gesicht zeigen.« Thor hörte sich diese Worte sagen und konnte sie sich selbst nicht erklären. Offenbar kamen sie aus seinem Unterbewußtsein. Eine solche Forderung war gegen alle Regeln. Der Magier mochte noch so wahnsinnig sein. Darauf würde er nicht eingehen. »Als Zeichen unseres gegenseitigen Vertrauens.«

Zu Thors grenzenlosem Erstaunen reagierte der andere Mann mit größter Gelassenheit. »Wenn Ihnen das so wichtig ist. Bitte sehr.« Er packte die Maske in Nasenhöhe, ruckte kurz daran und nahm sie dann ab.

Thor starrte in das Gesicht von Roberti!

Mit einem unartikulierten Schrei sprang der Runner auf und griff gleichzeitig in seine Jacke. Aber bevor er dazu kam, seine Waffe zu ziehen oder sich nach vorn zu stürzen, hatte der Magier ihm bereits den Mittelfinger seiner zur Faust geballten rechten Hand entgegengestreckt und murmelte einen Zauberspruch. Aus dem Ring, der ein magischer Fokus war, sprühten Energieblitze. Geblendet schloß Thor die Augen und versuchte sich mit dem Ellbogen gegen die blauweißen Energieentladungen zu schützen. Er spürte kein Brennen und keinen Schmerz. Offenbar wurde er durch die Blitze nicht ernsthaft verletzt.

»Nicht schießen!« rief der Magier und meinte offenbar die Frau, die ihre Mauser auf Thor gerichtet hielt, denn dieser war noch immer nicht dazu in der Lage, seine Walther aus dem Holster zu ziehen. »Er ist für den Plan unverzichtbar.«

Erneut murmelte der Magier einen Spruch. Als Thor wieder konturenhaft Umrisse erkennen konnte und sich auf den Mann stürzen wollte, fühlte er plötzlich, daß seine Muskeln zu Eis erstarrten. Regungslos verharrte er mit erhobenen Händen, unfähig, auch nur die kleinste Bewegung zu vollziehen. Es war, als habe ihn eine riesige Spinne blitzartig in einen Kokon aus Stahlfäden eingesponnen.

»Sehr gut«, sagte der Magier und setzte sich in aller Seelenruhe wieder die Maske auf.

Die Tür wurde aufgerissen.

»Ich brauche euch nicht, ihr könnt wieder gehen.«

Thor konnte nicht sehen, mit wem der Magier sprach, aber es erforderte wenig Phantasie, um zu erraten, daß seine Leibwächter in der Tür standen.

Die Geräusche einer ins Schloß gezogenen Tür.

»Ich weiß, daß Sie mich hören können, Walez«, wandte sich der Magier an ihn. »Ich habe keine Ahnung, warum Sie ausgeflippt sind, aber ich bin nicht nachtragend. Sie sollen Ihre 150 000 EC haben, wenn Sie gute Arbeit leisten. Sie werden aber sicherlich verstehen, daß ich mich nach dieser Szene nicht mehr allein auf Ihren guten Willen verlassen kann.« Er machte eine Handbewegung in Richtung der Frau. »In den Hintern.«

Thor hörte, wie ein Koffer geöffnet wurde, spürte dann, wie die Frau ihn von hinten umschlang und ihre Hände unter seine Synthojacke glitten. Ohne zu zögern, zog sie erst den Reißverschluß seiner Jeans, dann mit einem Ruck die Hose und den Slip nach unten. Etwas Kühles berührte die Haut, wahrscheinlich ein mit Flüssigkeit getränkter Wattebausch. Es folgte ein kurzer Schmerz.

»Braver Junge«, lobte der Magier mit hohntriefender Stimme.

Er sah zu, wie die Frau die Einwegspritze in die Ecke zu dem anderen Müll warf und Thor ein Pflaster auf die Einstichquelle klebte. Sie klappte ihren Koffer zu. Thor die Kleidung wieder hochzuziehen, schien sie für eine überflüssige Mühe zu halten.

»Ich wünsche Ihnen und mir vollen Erfolg«, sagte der Magier kühl und wandte sich der Frau zu. »Er ist in ein paar Minuten wieder bewegungsfähig. Veranlassen Sie alles weitere.«

Der Mann, der unter der Maske wie Roberti ausgesehen hatte, verließ den Raum. Schritte auf der Kellertreppe und eine ins Schloß fallende Haustür zeigten an, daß er das Haus verlassen hatte.

Die Frau hatte wieder ihre Mauser in der Hand und beobachtete Thor aufmerksam. In voller Bewegung erstarrt, die Hände erhoben, mit heruntergelassener Hose, der Slip in Oberschenkelhöhe, davor die Frau mit der Pistole – für jemanden, der zufällig in den Keller platzte, mußte das ein wahrhaft seltsames Bild sein, dachte Thor. Aber er hatte im Moment nicht den Nerv, die unfreiwillige Komik des Ganzen zu genießen. Zuviel ging ihm im Kopf herum. Der Magier, Roberti … Vor allem hatte er Angst, daß sie ihm ein tödliches Gift gespritzt hatten, das ihn umbringen würde, sobald er seinen Job erledigt hatte. Er überlegte sich, ob er nicht die ihm verbleibende Lebensspanne für den Versuch nutzen sollte, die spritzwütige Schmidt zu überwältigen, den Namen des Magiers aus ihr herauszuprügeln und seinen Gegner umzubringen. Aber die Frau durchkreuzte seine Pläne schon im Ansatz, indem sie ihn mit kühler Professionalität auf Waffen durchsuchte, bevor der magische Bann an Wirkung verlor. Sie fand seine Walther Secura und auch die beiden Messer in den Stiefelschächten. Sie stopfte die Beute in ihren Koffer und verschloß ihn wieder.

Als Thor die Kontrolle über seinen Bewegungsapparat zurückerlangte, geschah dies übergangslos von einer Zehntelsekunde zur anderen. Die Magie war in den Astralraum zurückgewichen, nichts blieb zurück. Thor zog sich Slip und Hose hoch, während die Mündung der Mauser auf seine Brust gerichtet war. Die Frau ließ ihm keine Chance für einen Überraschungsangriff.

Endlich brach sie ihr Schweigen.

»Das war mehr als unklug. Wie Sie bemerkt haben, waren wir auf so etwas vorbereitet, aber wir hätten Ihre freiwillige Mitarbeit vorgezogen. Walez, Sie sind ein Idiot. Wissen Sie, was Sie jetzt im Körper haben? Cebralcycliol. Eine Droge, die auf dem Markt nicht zu haben ist, ein Derivat von Soluben, einem Mittel, das gegen Autismus eingesetzt wird. Soluben bewirkt, daß der Patient sein Bewußtsein aus der Fixierung auf das eigene Ich löst. Das daraus entwickelte Cebralcycliol setzt sich in der Hirnrinde fest und läßt Ihnen die Seele in den Hyperraum wegflippen, das heißt, es bewirkt die totale Trennung von Körper und Bewußtsein. Feine Sache, was?«

Da ihm klar gewesen war, daß sie ihm ein Teufelszeug gespritzt hatten, nahm er die Mitteilung beinahe gleichmütig auf. »Die Idioten sind Sie. Wie soll ich den Job erledigen, wenn mein Bewußtsein wegflippt?«

»Es passiert *langsam*«, erklärte die Frau. »Und Sie haben bis zuletzt die volle Kontrolle über ihren Körper. Aber Sie werden sich zunehmend wie ein Fremder darin fühlen.«

»Ich spüre noch nichts. Sie haben es mir in den Hintern gespritzt, und es hat noch nicht das Gehirn erreicht. Ich könnte ...«

Die Frau lachte rauh. »Was ist los? Wollen Sie sich den Hintern amputieren lassen? Das ist das mindeste, was sie tun müßten, wenn Sie sofort damit anfangen würden. Nein, es war Absicht, es nicht in eine Vene zu geben. Wir wollen schließlich, daß Sie den Job durchstehen.«

»Sie glauben doch nicht im Ernst, daß ich unter diesen Umständen Ihren Drek erledige.«

»Doch, das glaube ich. Sie wollen die 150 000. Vor allem aber wollen Sie das Gegenmittel. Und das kriegen Sie nur bei uns. Wirklich nur bei uns. Wenn Sie nicht mitmachen, müssen Sie in acht Stunden den Löffel abgeben oder sind eine Hülle ohne Bewußtsein, was auf das gleiche hinausläuft.«

»Ich hatte nicht vor, das Gegenmittel in einer Apotheke zu kaufen.«

»Ich weiß, daß Sie bessere Beschaffungsmöglichkeiten haben, Walez. Aber Sie dürfen mir das glauben. Das Mittel, das Ihnen gespritzt wurde, *und* das Gegenmittel wurden exklusiv im Labor eines hochkarätigen Megakons entwickelt. Es gibt davon nur jeweils eine Ampulle. Die Ampulle des einen Mittels habe ich Ihnen gespritzt. Die Ampulle des anderen Mittels liegt ihm Tresor Ihres Auftraggebers.«

Selbst wenn er den Namen des Maskenträgers herausbrachte, würde er nicht in acht Stunden an den Mann herankommen und ihn zwingen können, den Tresor zu öffnen. Mit einiger Sicherheit hatte er es mit dem Exec eines Megakons zu tun, dem Leibwächter zur Verfügung standen und der obendrein Magier war. *Vergiß es!*

Er war Realist genug, um einzusehen, daß ihm keine Wahl blieb.

Die Frau war entweder eine gute Beobachterin oder empathisch begabt. Als er keine weiteren Argumente vorbrachte, wartete sie noch ein paar Sekunden, senkte dann die Waffe, steckte sie in den Gürtel, öffnete den Koffer und gab ihm seine Waffen zurück.

»Wir wollen keine Zeit verlieren«, sagte sie. »Ihr Team wartet bereits seit einer Stunde und wird langsam ungeduldig. Gehen wir. Den Einsatzplan sprechen wir dann gemeinsam durch.«

Diese plötzliche Wendung hatte er nicht erwartet. Er fühlte sich überrollt.

»Unmöglich. Ich habe mein Cyberdeck nicht dabei. Ich brauche meine Masken-Utilities und …«

»Es befindet sich bei uns. Wir haben es herbringen lassen.«

Ihm stockte der Atem. Er konnte kaum glauben, was er gehört hatte. Das bedeutete, daß sie seinen Schlupfwinkel kannten. Es war ihm schon ein Rätsel gewesen, wie sie es geschafft hatten, seinen Namen in Erfahrung zu bringen. Die Enttarnung seines Kellerapartments bei Pjatras erschütterte ihn. Es bedeutete, daß er kein Zuhause mehr hatte.

»Ich brauche Munition«, sagte er lahm.

»Alles vorhanden.«

»Drek!« explodierte er. »Es ist nicht so einfach, bei Renraku einzubrechen, wie Sie sich das denken! Wenn es stimmt, daß in Mönchengladbach noch immer mein Profil gespeichert ist, dann ist das noch lange kein Passierchip. Wir brauchen einen aktuellen Chip mit den derzeit gültigen Konzernkodierungen. Es müssen Smart-Frames eingearbeitet werden, die verdecken, daß ein Rückgriff auf eine gesperrte Speicherprofildatei vorgenommen wird. Das heißt, der Chip muß ein Programm initiieren, das die Backup aus dem Speicher in eine aktuelle Datei umwandelt und in die aktuelle Abgleichkonsole lädt, diesen Vorgang unter der kognitiven Schwelle hält, Weißes Ice täuscht und anschließend den ganzen Vorgang sofort wieder löscht. Andernfalls wird Graues Ice unweigerlich aufmerksam, und dieses Graue Ice können Sie mit den Möglichkeiten eines Chips nicht bekämpfen.«

Er dachte, die Frau damit ausgehebelt zu haben, aber diese war in ihrer Gelassenheit nicht zu erschüttern.

»Ich freue mich, daß Ihre Analyse der Einschätzung unserer Fachleute entspricht. Wir haben dieses Problem schon vor Tagen gelöst. Der Passierchip liegt vor. Das Graue Ice ist natürlich nur vorübergehend zu täuschen, wie Ihnen bekannt sein wird. Den Rest müssen Sie mit dem Cyberdeck erledigen, sobald sie drinnen sind.« Sie machte die Andeutung eines sparsamen Lächeln und fügte sarkastisch hinzu: »Was fehlt jetzt noch? Eine saubere Unterhose? Die haben Sie an, aber wir haben selbstverständlich auch ihre Kleidung aus Ihrem kleinen Keller an der Wupper geholt.«

Ohne allzu überrascht zu sein, registrierte Thor, daß er sich voll und ganz auf die vor ihm liegende Aufgabe zu konzentrieren begann. Er hatte jede Möglichkeit genutzt, den Kopf aus der Schlinge zu ziehen, aber jetzt gab es für ihn nur noch ein Ziel: bei Renraku einsteigen, dem Drekhead von Magier seine Daten kopieren, das Geld und vor allem das Gegenmittel abholen.

»Bringen wir es also hinter uns.«

»Ausgezeichnet, so sehen wir es gern. Ich weiß Professionalität zu schätzen.« Die Frau wirkte erleichtert. »Kommen Sie mit.«

Sie nahm den Koffer, öffnete die Kellertür und ging voraus. Offensichtlich machte sie sich keinerlei Sorgen mehr, er könnte einen Vorteil aus der Situation schlagen. Sie vertraute auf seine realistische Einschätzung der Lage, und sie hatte recht damit. Trotzdem handelte sie in seinen Augen leichtsinnig und hatte dies schon getan, als sie ihm die Waffen zurückgab. Immerhin hatte er irrational gehandelt, als er den Magier angriff, und normalerweise war Mißtrauen bei einem Mann angesagt, der dem Anschein nach Halluzinationen oder andere Gehirnaussetzer hatte. Aber Schmidt schien das nicht zu bekümmern. In Thor kam der Verdacht auf, daß sie dafür Gründe haben konnte. Was wußte die Frau über Roberti und die Ereignisse in

147

Düsseldorf? War sie die Vertraute des Magiers und in alles eingeweiht? Über die Rolle des Magiers wollte Thor im Moment nicht weiter nachdenken. Dafür war jetzt keine Zeit.

Schmidt führte den Schattenläufer die Kellertreppe hinauf und verließ mit ihm das Haus. Sie schob ihren Codechip in den Leseschlitz des EMC Serena Minibusses, öffnete die hintere Tür des Fahrzeugs und bedeutete ihm einzusteigen. Als er sich hinaufschwang, ging drinnen Licht an. Die Lichtquelle war ein Niedrigfrequenzer, der an einer Seitenwand hing. Eine junge Frau mit Spiegelbrille zog die Hand vom Schalter fort.

Sechs fremde Gesichter starrten Thor an. Die Frau mit der Spiegelbrille und ein Elf standen, die restlichen vier hatten es sich auf zwei Sitzbänken bequem gemacht. Thor starrte zurück.

»Hi Chummer«, begrüßte ihn ein pockennarbiger Straßensamurai in Ausgehuniform, drückte mit einer Hand eine Bierdose zusammen und warf sie achtlos in die entfernteste Ecke des Busses. Dann rülpste er.

Schmidt schob Thor ungeduldig weiter in den Bus hinein, kletterte selbst hinterher und schloß die Tür. Thor stieg über die ausgestreckten Beine eines zweiten, weiblichen Straßensamurais hinweg, da die baumlange Frau nicht auf die Idee kam, sie einzuziehen. Die neben ihr sitzende pausbäckige Frau, die man ohne die Cyberaugen für das etwas dickliche, schlampig angezogene Kind der Großen hätte halten können, war höflicher, rutschte zur Seite und sagte: »Hier ist noch Platz, Chummer.«

»Deine Klamotten sind hier hinten«, sagte die Frau, die Licht gemacht hatte. Sie war schlank, fast mager, hatte pechschwarze kurze Haare und trug eine Spiegelbrille. »Mußt sagen, wenn du 'nen sauberen Slip oder sonst was brauchst.« Ihre Stimme klang kühl und geschäftsmäßig.

»Alle Welt scheint sich heute Sorgen um den Zustand meines Slips zu machen«, erwiderte er. »Seh ich so aus, als würde ich mir vor Angst in die Hosen zu machen?« Er setzte sich neben die Frau mit den Cyberaugen und schaute sich um.

»Vielleicht wollte die Zigeunerin nur mal sehen, ob dein Stecker was für ihre Dose ist«, sagte der Straßensamurai mit seiner tiefen Baßstimme und grinste.

Die Zigeunerin – Thor konnte an ihr wenig entdecken, das diesen Namen rechtfertigte – zeigte der Messerklaue den erhobenen Mittelfinger.

»Soykaf?« fragte die Pausbäckige und zauberte eine Isolierkanne und Becher hinter dem Sitz hervor.

Thor nickte, nahm einen Becher und ließ sich einschenken.

»Ihr Decker«, wurde Thor von Schmidt vorgestellt.

»Bad Luck Walez«, sagte die Messerklaue, die ihre Beine nicht weggenommen hatte.

»Er heißt *Thor*«, erwiderte Schmidt scharf.

Da Thor der Messerklaue nie begegnet war, ging er davon aus, daß Schmidt den anderen schon vorher seinen Namen genannt hatte. Bitter registrierte er, daß sein Ruf ihm vorausgeeilt war.

»Trink, Thor«, sagte seine Nachbarin mit den Cyberaugen. »Das Zeug ist nur genießbar, wenn es heiß ist.« Es sollte eine Aufmunterung sein, und er war ihr dankbar dafür.

Er nahm einen Schluck.

Schmidt zeigte auf den Mann, der neben dem pockennarbigen Straßensamurai saß. Es handelte sich um einen blassen Typ mit penibel gescheiteltem Haar und einem Duster.

»Rommel leitet das Unternehmen. Er wird Ihnen alle Einzelheiten erläutern und Ihnen auch sagen, wo Sie die Ware abzuliefern haben. Wir sehen uns irgendwann zwischen Mitternacht und den frühen Morgenstunden wieder, wie ich hoffe. Sie erhalten dann Ihre Kredstäbe …« Sie bedachte Thor mit einem flüchtigen Blick. »… und was sonst noch vereinbart wurde.«

Abrupt wandte sie sich um und ließ wenig später von außen die Tür ins Schloß fallen.

»Was General Schmidt fehlt, ist ein kräftiger Kerl, der es ihr mal so richtig besorgt«, meinte der Straßensamurai. Sein Denken schien vorrangig auf ein Thema ausgerichtet zu sein.

. Der Mann, der als Rommel vorgestellt worden war, schaute Thor an. Er hatte unruhige Augen, aus denen Intelligenz, aber auch mehr als nur eine Spur Arroganz sprach. *Wahrscheinlich wie ich ein ehemaliger Konzernmann*, dachte Thor. *Abgerutscht oder angewidert ausgestiegen und in den Schatten gelandet.*

»Molotowa …« Rommel zeigte auf die weibliche Messerklaue. »… redet nicht lange um den heißen Brei herum und kann ziemlich taktlos sein. Aber jetzt weißt du wenigstens, was Sache ist. Ist doch 'n Vorteil, oder? Keiner von uns würde mit dir durch die Schatten laufen, wenn er es nicht müßte oder wenn es nicht eine Sturmflut auf dem Ebbie geben würde.« Er ließ offen, für wen das eine und für wen das andere zutraf. Thor hatte schon vermutet, daß er nicht der einzige war, der gezwungenermaßen mitmachte. »Das hat mit dir zu tun, aber vor allem weiß jeder, daß die Renraku-Kiste ganz böse nach Sarg aussieht. Aber Drek, wir haben uns drauf eingelassen, und ziehen das gemeinsam durch. So ka?«

Es sollte nach totaler Aufrichtigkeit klingen, aber Thor spürte, daß Rommel nicht voll hinter diesen Worten stand. Dieser Mann war viel zu sehr von sich selbst überzeugt, um ohne Wenn und Aber in einem Team aufzugehen. Als einsamer Wolf, der seinen eigenen Weg ging, hatte Thor ganz ähnliche Schwierigkeiten, aber ihm gelang es im entscheidenden Moment oft, über seinen Schatten zu springen. Seine Mauer war aus Einsamkeit und Enttäuschung gebaut. Rommels Mauer war Selbstüberschätzung.

»Ich will euch mal was sagen.« Er hatte sich entschieden, mit offenen Karten zu spielen, um bei den anderen wenigstens einige der Barrieren einzureißen. »Ich hab' ein paarmal Pech gehabt und gute Gründe zu vermuten, daß unser Auftraggeber dahintersteckte.« Das hatte ihm sein Unterbewußtsein diktiert, aber als er es aussprach, begann er daran zu glauben. »Es sieht so aus, als wollte er mich für diesen speziellen Run weichklopfen, weil er ohne mich sein Ziel nicht erreichen kann. Aber egal. Wenn ich euch sage, daß ich mein Bestes gebe, könnt ihr mir glauben oder es sein lassen. Aber ich *muß* bei Renraku Erfolg haben, sonst düse ich ab in die Hölle. Unsere Schmidt hat mir das Ticket dafür in den Hintern gejagt. Die Rückfahrkarte gibt's nur, wenn ich ihr die Dateien bringe. So ka?«

Die anderen Runner schwiegen. Zwar hatte er gegen die Regel verstoßen, daß Schattenläufer über private Motive und Schwierigkeiten nicht sprachen, aber sie schienen seine Gründe dafür zu akzeptieren.

»So ka«, sagte Molotowa schließlich. »Wenn dein Arsch so geil auf die zweite Nadel ist, werden wir uns anstrengen, ihn dir zu erhalten.«

Es war zu vermuten, daß sie dazu einiges beitragen konnte. Die Frau mit den zu einem Zopf zusammengebundenen strohblonden Haaren war mehr als zwei Meter groß und ungemein sehnig. An Muskelmasse konnte sie es mit der anderen Messerklaue nicht ganz aufnehmen, aber sie wirkte zäh und geschmeidig. Sie trug Drillichzeug, hatte die Ärmel der Jacke jedoch abgetrennt. Die Arme waren mit Kunstmuskeln verstärkt, die wie dicke Schläuche aus dem Fleisch hervortraten, da sie sich bei ihr weniger gut in eigene Muskelsubstanz einbetten konnten. Beide Arme waren smartgunverdrahtet. Als sie mit den Händen gestiku-

lierte, sah man die Wölbungen der subdermalen Induktionspolster. Sie war mit zwei Ares Crusader
ausgerüstet, was die Kunstmuskeln unverzichtbar
machte. Am Gürtel hingen ein Betäubungsschlagstock
und Municlips. Der leicht metallische Glanz ihrer
Haut verriet eingebettete Hautpanzerung zumindest
an Hals und Schultern. Sie sah so grimmig, uner-
schrocken und kampfeslustig aus, daß sogar ihre Stirnbuchse wie die Mündung eines Revolvers wirkte.

Das Eis schien gebrochen zu sein.

»Ich bin der allseits gefürchtete, gefährliche, geeker-
geniale und ungemein potente Dr. Mabuse«, prahlte
der zweite Straßensamurai. Ob er es ernst meinte,
konnte man nicht so ohne weiteres sagen. Aber selbst
wenn man einen Schuß Selbstironie, die man bei ihm
kaum vermuten durfte, abzog, drückte seine Selbstein-
schätzung ein mehr als gesundes Selbstbewußtsein
aus. Aber Straßensamurais neigten selten dazu, sich
als schwach und unbedeutend darzustellen. Dr. Mabuse unterschied sich in Bewaffnung, Verdrahtung,
Vermuskelung und Verpanzerung nur unwesentlich
von Molotowa. Allerdings hatte er statt des Schlag-
stocks ein halbes Dutzend Granaten in den Gürtel ge-
hakt, war beidseitig mit Unterarm-Schnappklingen
ausgerüstet und trug eine Panzerweste. Thor erfuhr,
daß Dr. Mabuse schon seit einiger Zeit mit Molotowa
zusammenarbeitete. Die geballte Feuerkraft der beiden
machte sie im Team gewiß zu wahren Dampfwalzen
und einer sicheren Bank, wenn es zu einem Gefecht
kommen sollte. Thor fragte sich allerdings, wie man
diese beiden Haudegen durch eine wie auch immer geartete Kontrolle schleusen sollte. Ihr Profession
schien ihnen in riesigen Buchstaben auf den Körpern
gemalt zu sein und würde sich unter keiner harmlos
wirkenden Kleidung verbergen lassen. Aber das war
Rommels Problem.

»Wir sollten endlich losfahren«, maulte Molotowa.

»Nix da«, erwiderte Rommel. »Wir brauchen noch ein bißchen Zeit, um uns zu beschnuppern. Und dann wollen wir noch einmal den Plan durchgehen. Alle müssen sich genau einprägen, was sie zu tun haben. Ich will nicht, daß jemand mit anderen Sachen beschäftigt ist und nicht aufpaßt.«

Rommel nahm sich gegen die hochgerüsteten Samurais bescheiden aus. Der eher schmächtige Mann schien sich seiner physischen Verletzlichkeit bewußt zu sein. Außer dem schweren Duster trug er gepanzerte Schuhe und gepanzerte Handschuhe. Thor nahm an, daß Rommel eine Waffe trug, aber zu sehen war nichts davon.

»Axa«, sagte der schlanke Elf tonlos, als Thor ihn anschaute. Mehr nicht. Wahrscheinlich nahm er an, daß sein Äußeres für sich sprach. Er trug ein elastisches, enganliegende Panzertrikot, das vom Kinn bis zu den Fingerspitzen sowie zu den silbernen Stiefeln reichte, und darüber einen wie aus Silberdraht und Granitsplittern gewirkten Umhang mit Runen und anderen magischen Symbolen. Er war ein Kampfmagier oder zumindest ein Adept, erkannte Thor, und gehörte damit zur Magierelite. Offenbar sprach er nur selten, und er hatte eigenartige, verschattete Augen. Man konnte sich nicht sicher sein, ob aus ihnen eine tiefe Traurigkeit oder düstere Entrücktheit sprach. Auf jeden Fall machte er den Eindruck, dem Astralraum mehr zugewandt zu sein als der materiellen Welt. Thor mußte kein Telepath sein, um zu spüren, daß Axa seine Art zu kämpfen für die einzig wahre Art der Auseinandersetzung und die waffenstarrenden Straßensamurais für Vertreter einer anderen, archaisch anmutenden Welt hielt.

»Neben dir sitzt Rose, und mich nennt man die Zigeunerin«, sagte die Frau mit der Spiegelbrille, die neben dem Elf stand. Es klang kurz und bündig, fast unfreundlich. Sie schien ebenfalls ungeduldig zu sein.

Das Mädchen neben ihm war die einzige, die ihm von Anfang an freundlich begegnet war, und Rose lächelte auch jetzt. »Rose ist mein richtiger Name, und ich wurde sogar darauf getauft, in einer richtigen Kirche«, sagte sie. »Ich bin nicht so wahnsinnig, mir anzumaßen, die Königin der Blumen sein. Aber ich mag meinen Namen.«

Es lag ihm auf der Zunge zu sagen, daß er ebenfalls getauft worden war, sogar russisch-orthodox, was in der ADL selten genug war, und seine sämtlichen Taufnamen preisgeben. Aber dann gewann der einsame Wolf die Oberhand, und er ließ es bleiben. Es ging hier niemanden etwas an. Er war ein Runner, der Thor hieß. Das sollte genügen. Sie wußten sogar, daß er Walez hieß, und das war schon viel zuviel.

Rose schien mit ihrer Warmherzigkeit am wenigsten in das Team zu passen. Sie wirkte nicht wie eine Kämpferin, obwohl sie eine H&K Caveat trug. Wären nicht die Cyberaugen und die Stirnbuchse gewesen, hätte man sie für ein nachlässig gekleidetes Mädchen aus einer Landkommune halten können. Die Haare waren lang und ohne Styling, die Kleidung bestand aus einer Hose und einer Bluse aus grobem Webstoff in erdbraunen und kornfarbenen Tönen und lag lose um den Körper. Die weit aufgeknöpfte Bluse ließ weiße, leicht hängende Brüste, aber keine Panzerung erkennen. Als er sie fragte, ob sie so an der Renraku-Mission teilnehmen wollte, lachte sie. »Panzerjacken sind schrecklich unbequem, Chummer«, sagte sie. »Aber keine Sorge, ich ziehe nachher eine an.«

Sie erwähnte, daß sie auch audioverstärkte Ohren besaß. Somit konnte sie nicht nur mit den hochempfindlichen und die Entfernung messenden Cyberaugen mehr sehen als andere, sondern auch mehr hören.

Wie sich herausstellte, war Rose vom gleichen Fach wie er und sollte mit ihm zusammen in die Matrix steigen. Ihre Aufgabe war es, ihn zu unterstützen. Unausgesprochen war sie als Ersatz vorgesehen, falls ihm etwas zustieß.

»Bist du schon lange im Megaplex?« fragte Rose. Es klang aufrichtig interessiert.

»Quatscht euch bloß nicht fest«, durchkreuzte Molotowa ihren Versuch, ein bißchen mehr aus ihm herauszulocken. »Es genügt ja wohl, daß er jetzt hier ist.«

Thors Blick schweifte zu der Zigeunerin, die seine Musterung eher unwillig ertrug. Sie gab sich in jeder Beziehung zugeknöpfter als Rose und wirkte unnahbar. Ihre Spiegelbrille betonte diesen Eindruck noch, was wahrscheinlich auch beabsichtigt war. Sie wirkte wie eine Frau, die einen Job zu erledigen hatte und die ihr zugewiesene Arbeit im höchsten Maße kompetent und professionell, aber ohne innere Beteiligung erledigen würde. Sie war etwa einen Meter siebzig groß, in einen dunkelroten Overall gekleidet, der ihre knabenhaft schlanke Figur betonte, und trug darüber eine Schutzweste. Sie hatte eine hohe Stirn mit einer Cyberbuchse, einen kleinen Mund mit schmalen Lippen und eine schlanke, nicht ganz symmetrische Nase, die ihrem schmalen Gesicht eine interessante Note verlieh. Thor hatte den unbestimmten Eindruck, das Gesicht schon mal gesehen zu haben, aber die Spiegelbrille dominierte zu sehr, als daß er sich hätte erinnern können. Am Hals verlief vom Kinn bis zum Kragen des Overalls eine breite, rosig schimmernde Narbe. Die Zigeunerin war mit einer Centurio Laseraxt und einer Beretta 200ST 4 bewaffnet und trug links einen Schockhandschuh.

»Genug gesehen?« fragte sie. Es klang gereizt. Nüchterner fuhr sie fort. »Ich bin als Riggerin dabei, obwohl noch nicht klar ist, ob es vor Ort überhaupt Arbeit für mich gibt. Aber ich weiß mich zu wehren und nützlich zu machen, wo ich gebraucht werde.«

Er nickte. Ihre Fertigkeit, sich mit Maschinen zu verdrahten, war eine Option, die sich je nach Gegebenheiten als nützlich erweisen mochte.

»Wollt ihr noch mehr über mich wissen?« fragte Thor in die Runde.

»Chummer«, erwiderte Molotowa gelangweilt. »Wir wissen alles über dich, was wir wissen müssen.« Der letzte Satz klang neutral. Jedenfalls vermochte er keinen gehässigen Unterton herauszuhören. Vielleicht waren in dieser Runde nicht nur sein Pech, sondern auch seine Nützlichkeit für diesen speziellen Run und möglicherweise sogar sein früherer Ruf als fähiger Decker zur Sprache gekommen. Normalerweise kümmerte ihn wenig, was andere von ihm hielten, aber es konnte für alle lebenswichtig werden, daß jeder einzelne Chummer jedem einzelnen anderen Chummer während eines Runs voll und ganz vertraute.

»Spuck deinen Sermon aus, Rommel«, sagte Dr. Mabuse.

Rommel ließ sich nicht hetzen. Er sah Rose an. »Hörst du jemanden in der Nähe?«

»Alles ruhig.«

»Also gut.« Er schaute Thor an, als er sprach. »Der Plan ist von unseren Auftraggebern bis ins kleinste Detail vorbereitet worden. Du spielst dabei eine entscheidende Rolle. Wenn wir erst einmal bei Renraku im System sind, hinter dem SAN, kann uns auch Rose oder jeder beliebige andere Decker die Daten holen. Das ist nur der kleinere Teil deiner Aufgabe. Deine Hauptaufgabe ist, uns reinzubringen.«

Es lag auf der Hand, daß Rommel nicht allzuviel von Deckern hielt. Für ihn waren sie austauschbar. Aber wahrscheinlich waren für Rommel alle Menschen austauschbar, von ihm selbst mal abgesehen. Und doch gab das, was er gesagt hatte, Thor einen Stich. Der Magier hatte schon verraten, was einen Decker namens Walez für diesen Schattenlauf wertvoll machte: die Backup bei Renraku. Aber Thor hatte immer noch die Illusion gepflegt, daß es auch auf seine Fähigkeiten als Decker ankam, um das Unternehmen zu einem Erfolg zu machen. Zumindest in Rommels Überlegungen schienen diese Fähigkeiten keine große Rolle zu spielen.

Rommel zog einen Chip aus der Tasche und reichte ihn Thor. »Das Sesam-öffne-dich. Man wird dich passieren lassen, wenn du Eingang C benutzt.«

»Ich soll allein gehen?« fragte er verblüfft.

»Ja. Du wirst deinen Arsch zur Fertigungshalle 3 schleppen und dort vor den Vidkameras herumspazieren. Mehr nicht. Wir fahren dann mit dem Bus zum Eingang C und melden uns als Reparaturtrupp. Micro-Macro Service. Die kriegen meistens den Auftrag. Man weiß dort nichts vom Eintreffen eines Reparaturtrupps und wird den Computer fragen, ob alles seine Richtigkeit hat. Der Computer wird die Speicher abfragen und eine niederrangige Meldung in der Warteschleife finden, wonach eine der Montagemaschinen in Halle 3 einen minimalen Defekt aufweist.«

»Hat die Maschine einen Defekt?« fragte Rose.

»Ja, eine der Arbeiterinnen wurde bestochen. Sie hat eine der Sicherheitsschaltungen der Maschine beschädigt.«

»Das wäre in die Entscheidungsebene gelangt«, widersprach Thor.

»Zweite Sicherheit«, korrigierte ihn Rommel. »Die Maschine läuft und wird weiter laufen. Erst wenn die Hauptsicherheitsschaltung durchbrennt, greift die zweite Schaltung. Ihre Reparatur erscheint nicht dringend.«

»Dann wird das System den Reparaturtrupp ohne Anweisung eines Exec nicht akzeptieren.« Thor kannte sich in diesen Dingen aus.

»Richtig, aber es wird keinen Alarm auslösen, weil es einen Widerspruch gibt, der auf einen Fehler hindeutet. Verstehst du? Ein niederrangiger Defekt bedingt irgendwann eine Reparatur, und der Reparaturtrupp steht vor dem Tor. Er muß also angefordert worden sein, was auch logisch wäre, nach den Informationen des Systems aber nicht geschehen ist. Zugegeben, das ist kurz unter der Alarmschwelle, aber eben eindeutig *darunter*. Das System *muß* einen Exec auftreiben, um zu erfahren, daß der Reparaturtrupp angefordert wurde, die Anforderung aber aus irgendwelchen Gründen nicht abgespeichert wurde. Erreicht es den Exec nicht oder weiß der Exec von nichts, wird sofort Alarm ausgelöst. Das System wird die Anwesenheitsmeldungen durchgehen. Der einzige Exec, der sich im Werk aufhält, ist ein gewisser Thor Walez aus der Berliner Zentrale. Er wird gefragt. Und ich hoffe doch, daß du in unserem Sinne entscheiden wirst.«

Die Sache kam Thor mehr als fragwürdig vor. Systemanalytisch basierte der Plan auf richtigen Annahmen. Aber er würde nicht funktionieren.

»Ich bin kein Exec und war es nie, auch nicht in meiner Berliner Zeit.«

»Kein Problem, wir haben das gecheckt. Vor Auslösung des Alarms schaltet das System eine Stufe tiefer und akzeptiert Top-Sararimänner ab Renraku5-Stufe als Exec-Ersatz. Du hattest sogar 6.«

»Ich hatte vor acht Jahren Renraku6. Das System wird darauf stoßen, wenn es die Backup prüft.«

»Die Backup ist keine Backup mehr, sondern reaktiviert, wenn du Tor C passiert hast«, erinnerte ihn Rommel. »Ich dachte, unsere verehrte Frau Schmidt hätte dich darüber informiert.«

Daran hatte Thor nicht gedacht. Er überlegte neu und mußte zugeben, daß es funktionieren konnte.

»Das Ganze bricht zusammen, wenn ein Exec oder ein anderer Sararimann mit mehr als 5 im Werk ist.«

»Abends um elf? Ausgeschlossen.«

»Woher willst du das so genau wissen?«

Mit einer beiläufigen Handbewegung erklärte Rommel: »Weil ich selbst bis vor ein paar Monaten für den Verein gearbeitet habe und den Laden in- und auswendig kenne. Was meinst du denn, wie wir sonst an die Frau herangekommen wären, die für den kleinen Defekt gesorgt hat. Leider bin ich über Renraku4 nicht hinausgekommen, sonst hätten wir es auch ohne dich geschafft.«

Die Vermutung, daß Rommel ein ehemaliger Konzernmann war, hatte sich damit als richtig herausgestellt. Daß er Renraku-Mann gewesen war, hätte sich Thor eigentlich denken können. Ihm lag auf der Zunge, daß Rommels Nützlichkeit bei dem Run einzig und allein auf seinem Insiderwissen beruhte, aber er blieb stumm.

»Eines verstehe ich nicht«, sagte er statt dessen. »Wozu die Chose mit dem Reparaturtrupp? Wenn ich in der Fertigungshalle in das Netz gehe, spaziere ich schnurstracks zum Datenspeicher, kopiere die gewünschten Dateien und bin im Nu wieder draußen.«

»Das bist du nicht.« Jetzt trat die Arroganz des Mannes ganz deutlich zutage. *Ich bin hier der allwissende Boß.* »Der Trick mit den Smart-Frames im Passierchip schafft uns zehn Minuten Zeit, dann hat das System ihn durchschaut. Bis dahin mußt du deine Profildatei stabilisiert haben, damit keine Alarmmeldung rausgeht. Aber die CPU wird den ganzen Vorgang überprüfen, unterrangige Fehlerquellen diagnostizieren und einen Sperrvermerk für deinen Passierchip rausgeben. Hinein kommst du allein, aber raus kommst du nur mit unserer Hilfe. Außerdem hat der Run zwei Ziele: Daten besorgen und verschleiern, daß und durch wen Daten besorgt wurden. So ka?«

Damit waren seine Hoffnungen zerstört, daß er das Tor passieren konnte, bevor die Chummer die Zentrale in die Luft jagte. Obwohl damit feststand, daß auch für ihn ein Feuergefecht nicht etwa nur möglich, sondern unvermeidlich war, fühlte Thor sich nach dieser Auskunft besser. Der Gedanke, daß sich der Renraku-Konzern, der wie kein anderer für die Systemsicherung der anderen Megakons sorgte, mit einem komplizierten Planspiel allein austricksen ließ, war ihm nicht geheuer vorgekommen. Daß Renraku letztendlich doch nur mit Gewalt zu knacken war, würde der Unternehmensphilosophie guttun. Wenn Renraku allein durch Überlistung des Sicherheitssystems zu Schaden käme und dies bekannt würde, hätte es sicherlich fatale Auswirkungen auf die Verkaufsbilanz des Unternehmens. Eine Niederlage der Konzerntruppen – zu der es erst einmal kommen mußte – war für Renraku ebenfalls bitter, aber vergleichsweise weitaus besser zu verkraften.

Er lehnte sich zurück und versuchte sich zu entspannen, während die Zigeunerin außen um den Bus herumging, es sich dann auf dem Fahrersitz bequem machte und sich in den Bordcomputer einstöpselte. Der Serena hatte zwar schon etliche Jahre auf dem Buckel, aber die Elektronik war vom Feinsten. Der Bus war verriggt, und die Zigeunerin würde ihn aus dem Bordnetz heraus steuern.

Als der Minibus Fahrt aufnahm, widmete sich Thor den Kunststoffsäcken, in denen seine führsorglichen Auftraggeber seine Habseligkeiten verstaut hatten. Während er fast mechanisch zusammenstellte, was er für den Run benötigte, und sein Cyberdeck überprüfte, jagten sich seine Gedanken. Zu einem Ergebnis kam er nicht. Aber das Bewußtsein, eine Figur in einem Schachspiel unbekannter Spieler zu sein, machte ihm wenig Freude.

7. KAPITEL

›Masters of War‹

Im Sommer des Jahres 1999 waren das Bruttosozialprodukt des Ruhrgebietes um die Hälfte und die Bevölkerungszahl um ein Drittel zurückgegangen. Trotz einiger vereinzelter Ansiedlungen vor allem großer Konzerne lag die Arbeitslosenquote bei 33 %. Der ehemalige Wirtschaftsmotor war zum Armenhaus Deutschlands geworden. Noch heute liegen weite Teile im Dornröschenschlaf und ganze Quadratkilometer im Herzen der Städte sind menschenleere und leblose Industriebrachen.

In diesem Dämmerzustand verschlief die Region die politischen Ereignisse der nächsten Jahrzehnte fast vollständig. 2005 erreichte die Flüchtlingswelle aus dem Baltikum das Ruhrgebiet. Seit Jahrzehnten daran gewohnt, wurden auch diese Fremden auf der Suche nach Wohnraum, von dem es reichlich gab, und nach Arbeit, die es sowieso nicht gab, mit der typischen überheblichen Toleranz aufgenommen. Die zu dieser Zeit auf nahezu 25 Millionen angewachsene Bevölkerungszahl sank jedoch nach der ersten VITAS-Welle, von der das Ruhrgebiet heftiger als der Rest der Nation getroffen wurde, wieder auf 22 Millionen.

Weder von der folgenden Militärregierung noch von den zahlreichen ökologischen Katastrophen nahm man hier in den folgenden Jahren groß Notiz, lediglich das UGE-Syndrom verändert das Leben im Sprawl nachhaltig. Wieder einmal wird die gebeutelte Region das Ziel Hunderttausender Einwanderer, vor allem Orks und Trolle finden hier ein Refugium. Nach den Eurokriegen schließlich drohte der Sprawl aus allen Nähten zu platzen. Binnen weniger Jahre hatte das Ruhrgebiet nicht nur die höchste Bevölkerungsdichte, sondern bis zur Gründung des Trollkönigreiches Schwarzwald auch den höchsten Metamenschenanteil der ganzen Bundesrepublik. Die daraus resultierende notorische Versorgungsknappheit führte im August 2045 nach wiederholten Grenzstreitigkeiten mit Westphalen zu einem wohl einmaligen Abkommen der beiden Regierungen: Als Gegenleistung für einen exklusiven Liefervertrag für landwirtschaftliche Produkte in den Sprawl verpflichtet sich Westphalen, »kleine Grenzverletzungen zum eindeutigen Zweck des Mundraubes im Sinne der christlichen Brüderschaft strafrechtlich unverfolgt zu lassen. Denn sehet, was ihr dem geringsten meiner Brüder getan habt, das habt ihr mir getan.«

Dr. Natalie Alexandrescu:
Vom Revier zum Sprawl. Der Rhein-Ruhr-Megaplex,
Deutsche Geschichte auf VidChips,
VC 3, Erkrath 2051

Perfektes Styling hatte ihm nie gelegen, auch nicht in seiner Berliner Zeit, als ihm die Schatten noch wie eine ferne, fremde Welt erschienen waren. Es gab damals wie heute bei Renraku keine Kleiderordnung, aber es galt als ungeschriebenes Gesetz, daß Execs und die ihnen nachgeordneten Stufen 5 und 6 nicht im Grunge Look durch den Betrieb spazierten. Diese Bedingung hatte Thor erfüllt: eine Stufe über Grunge, nicht mehr, nicht weniger. Diese Zeit lag acht Jahre zurück und kam ihm auf beklemmende Art unwirklich vor.

Er fragte Rommel, was von einem Renraku6 an Äußerlichkeiten erwartet wurde. Da er keine Designeranzüge besaß, würde man notfalls zu einem Nobelladen fahren müssen, der abends geöffnet hatte, damit er sich einkleiden konnte.

Rommel winkte ab. »Zieh deinen Duster über und schließe ihn bis zur Halskrause, damit man die Waffe und das Cyberdeck nicht sieht. Alles andere ist den Wachen egal. Im Gegenteil, ein Renraku6 im Duster zeigt, daß er auch privat auf Sicherheit bedacht ist. Das kommt gut an bei denen.«

»He, Chummer, soll ich mich auf den Beifahrersitz setzen, wenn wir durchfahren?« Molotowa machte ein Pokergesicht. »Wenn die Drekheads so auf Sicherheit stehen, müßten sie doch an mir ihre helle Freude haben.«

Die Bemerkung brachte ihr keine Antwort, wohl aber einen wütenden Blick von Rommel ein. Dr. Mabuse lachte.

»Gute Idee, Alte. Ich setz mich daneben. Vielleicht sollten wir den Drekheads bei der Gelegenheit 'ne kleine Liveshow bieten. Dürfte das letztemal sein, daß sie so was zu sehen kriegen.«

»Ihr bleibt, wo ihr seid«, sagte die Zigeunerin scharf. Sie saß entspannt im Fahrersitz, während sie das Summen ihrer Gyros, das Klicken ihrer Magnete, den Bodenkontakt ihrer Reifen mit dem Straßenbelag genoß. Sie *war* in diesem Moment der Serena, aber natürlich blieb sie gleichzeitig eine Schattenläuferin, die ihren Chummern zuhörte.

»Wahrscheinlich würden euch die Wachen durch die verspiegelten Scheiben gar nicht bemerken«, sagte Rose.

»Die haben schnelle Augen«, entgegnete Rommel. »Wenn die Zigeunerin die Scheibe herabkurbelt oder aussteigt, werden sie in instinktiver Routine schauen, wer neben ihr sitzt.«

»Was macht dich so sicher, daß der Serena nicht gefilzt wird?« Thor versuchte immer noch, Lücken im Plan aufzuspüren.

»Nichts«, gab Rommel gleichmütig zu. »Aber wir haben das richtige Werkzeug dabei. MicroMacro Service ist bekannt dafür, daß er seine besten Leute nicht schutzlos durch die Gegend kutschiert. Das wird die Anwesenheit von zwei Straßensamurais erklären.«

»Kennen die Wachen die MicroMacro-Leute nicht?«

»Großer Laden. Es sind immer wieder andere.«

»Jemand könnte auf die Idee kommen, nicht zuerst einen Exec zu fragen, sondern bei MicroMacro anzurufen.«

»Kein Problem. Seit einer Stunde laufen alle Anrufe, die bei MicroMacro eingehen, durch den Selector eines Chummers. Renraku-Anrufe werden auf seinen Vidscreen geleitet. Noch was?«

Obwohl Thor die überhebliche Art des anderen nicht mochte, war er doch beeindruckt, wie Rommel jeden seiner Einwände entkräftete. Allerdings maß er nicht Rommel das Verdienst zu, alles durchdacht zu haben. Der Plan kam sicherlich vom Magier, und dieser hatte vermutlich auch alle Einzelheiten vorausgeplant. Er mochte verrückt sein, aber seine Denkfähigkeiten blieben davon offenbar unberührt. Oder er verstand sich darauf, Leute an die Probleme zu setzen, die etwas davon verstanden.

Sie hatten inzwischen den Rhein überquert und fuhren auf der linksrheinischen Autobahn durch Krefeld. Da die Zigeunerin lautlos mit dem Wagen kommunizierte und keine manuellen Bedienungselemente benötigte, war nicht zu erkennen, ob sie sich die Sache einfach machte und den Autopiloten einsetzte oder selbst fuhr. Thor tippte auf letzteres, weil der Serena sehr flexibel auf die Verkehrssituation reagierte. Der Autopilot brauchte meistens längere Entscheidungsspielräume. Es herrschte dichter Verkehr, aber dank des Leitsystems ALI kam es zu keinen Staus oder Stop-and-Go-Abschnitten.

Mönchengladbach Nord. Industriegebiet. Schmucklose Gegend, aber keineswegs verkommen. Aktive HighTech-Produktion. Renraku war leicht zu finden, lag neben zwölf, vierzehn wie an der Schnur aufgereihten Betrieben entlang der Straße, die von der Abfahrt in Richtung Stadt führte. Das Renraku-Werk Mönchengladbach war ein reiner Fertigungs- und

Montagebetrieb. Die Denkarbeit wurde in Berlin und Düsseldorf geleistet. Anders als die aus Chromstahl und Glas bestehende, von innen her mattrot glühende Pyramide des Konzerns in Düsseldorf, wirkte der Betrieb in Mönchengladbach fast unscheinbar. Drei Fabrikhallen, keine größer als 600 Quadratmeter, sowie eine größere, ebenfalls überdachte Park- und Verladestation, nüchterne Zweckbauten aus Beton und Glas, darauf ein ringförmiger Bürotrakt, der zu schweben schien, weil die Stützsäulen durch Absorptionsbeschichtung kaum zu erkennen waren. Wie Spinnenbeine führten drei verglaste Tunnel von den insgesamt vier Hallen zu einem massiven Zaun. Breite und Durchgangshöhe der Tunnel erlaubten das Passieren von Fahrzeugen. Da es keine anderen Zugänge gab, mußte jedes Fahrzeug, das Renraku ansteuerte, einen der Tunnel passieren. Alle Glasflächen waren stumpf, dreckig, fast undurchsichtig. Smog. Der Zaun war doppelreihig, Maschendraht in schweren Stahlrahmensegmenten, Stacheldraht. Einem Panzer würde das Ganze nicht standhalten, aber mit viel weniger durfte man nicht kommen, wenn man ungefragt auf das Gelände wollte. Die freie Fläche zwischen Zaun und Gebäuden war mit Kies aufgeschüttet worden. Die Tore, eigentlich Schleusen, saßen wie schwarze, dicke Kolben auf den Tunneln. Nicht aus Glas, sondern aus schwarzem Plastbeton. Dort waren die Konzerntruppen stationiert, pro Tor mindestens dreißig Leute. Geld spielte für Renraku eine untergeordnete Rolle.

Die Zigeunerin fuhr zügig am Renraku-Werk vorbei, obwohl sie es natürlich, die Augen hinter der Spiegelbrille versteckt, musterte. Den Wachen sollte kein Verdachtsmoment gegeben werden. Der Plan verlangte, daß der Serena ein Stück in die Stadt hineinfuhr, parkte, Thor einen ausreichenden Vorsprung gab und erst dann zu Renraku zurückkehrte.

Der vorgesehene Haltepunkt, eine Park-and-Ride-Anlage in der Nähe eines S-Bahnhofs, kam in Sicht. Surrend glitt der Serena in das erste Tiefgeschoß. Die Zigeunerin fuhr die numerierten Parkboxen ab, bis sie die Nummer 167 erreicht hatte. Dort stand ein nagelneues Motorrad, eine BMW R60 Euro. Die Box daneben war frei. Die Zigeunerin lenkte den Minibus hinein, schaltete den Elektromotor ab und stöpselte sich aus.

Thor hatte seine Ausrüstung kontrolliert, sich das Cyberdeck umgehängt und den Duster übergezogen. Es gab keinen Grund zur Hast, aber er wollte den Einsatz so schnell wie möglich hinter sich bringen. Als er sich erhob, überkam ihn ein leichtes Schwindelgefühl. Er hatte die Tatsache, daß sich eine tödliche Droge in seinem Blutkreislauf befand, so gut wie möglich verdrängt. Aber jetzt machte die Droge auf sich aufmerksam. Ihre Anwesenheit ließ sich nicht mehr leugnen. Das Schwindelgefühl ebbte sofort wieder ab, aber zurück blieb ein leicht unwirkliches Gefühl. Während er registrierte, daß sein Körper einwandfrei funktionierte und er diesen Körper wie immer fühlte und kontrollierte, hatte er gleichzeitig den Eindruck, nicht dieser Körper selbst, sondern sein Pilot zu sein. Es war ein merkwürdiges und unheimliches Gefühl. Er begann zu begreifen, was es bedeutete, wenn das Bewußtsein allmählich vom Körper separiert wurde. Am Ende dieses Prozesses würde sein Körper eine seelenlose Puppe sein, eine Hülle, wahrscheinlich nicht einmal sofort tot, aber ohne jeden Impuls. Und er selbst, sein Ich? Thor wußte nicht, ob er handlungsunfähig im Käfig seines Körpers eingesperrt blieb oder, wie Schmidt es ausgedrückt hatte, in den Hyperraum geflippt wurde. Klar war ihm nur, daß er diese Erfahrung auf gar keinen Fall machen wollte. Lieber im Kugelhagel irgendwelcher Drekheads draufgehen als von seinem eigenen Körper verstoßen werden. Der Schattenlauf bei Renraku *mußte* ein Erfolg werden, damit Thor rechtzeitig das Gegenmittel gespritzt bekam.

Er stand auf und kletterte aus dem Minibus. Rommel griff in eine neben ihm stehende Tasche, nahm einen Micro-Transceiver heraus und gab ihn Thor, der sich die flache, zwei Zentimeter große Scheibe unter den Kragen steckte.

»Wir starten von hier in exakt zehn Minuten«, sagte Rommel. »Funkverkehr nur im Notfall, falls etwas schiefgeht, das den Einsatz in Frage stellt oder verzögert. Die Renraku-Sicherheit kontrolliert alle Frequenzbereiche und hört mit. Also nur ein kurzes ›Hold‹, ›On‹ oder ›Stop‹, sonst wird man dich orten. Aus dem gleichen Grund ist der Transceiver inaktiv. Du mußt ihn bei Bedarf aktivieren, indem du ihn zwischen Daumen und Zeigefinger nimmst und zusammendrückst. Danach sofort wieder auf die gleiche Art ausschalten. So ka?«

»So ka.« Am liebsten hätte er den Blassen darauf hingewiesen, daß er seit acht Jahren Runner war und wußte, wie man solche Geräte bediente. Aber er zog es vor, seine Konzentration auf die wesentlichen Dinge zu lenken. Wenn Rommel allerdings versucht hätte, ihm beizubringen, wie man Motorrad fuhr, wäre Thor vermutlich ausgerastet. Rommel versuchte es nicht, sondern reichte ihm stumm einen Integralhelm und den Codechip der Maschine.

Thor blickte der Reihe nach jedem der Runner kurz ins Gesicht. Ausdruckslose Mienen bei Axa und Rommel. Das Gesicht der Zigeunerin, die vom Fahrersitz nach hinten schaute, ließ zu Thors Überraschung die Andeutung eines Lächelns erkennen. Dr. Mabuse schaute grimmig entschlossen drein und reckte ihm den erhobenen Daumen entgegen. Rose schenkte ihm ein herzliches Lächeln und sagte leise: »Viel Glück, Thor.«

»*Good* Luck, Chummer«, fiel Molotowa ein.

Wortlos drehte er sich um, ging entschlossen auf die BMW zu, setzte den Helm auf, schwang sich in den Sattel und aktivierte den Bordcomputer mit dem Codechip. Dann startete er die Turbine, die sich im Leerlauf kaum lauter als das Flüstern einer Brise im Blattwerk eines Baumes anhörte. Er hatte die Euro schon mehrmals gefahren. Sie war eine glaubhafte Maschine für einen Renraku6. Eine größere BMW oder gar eine Messerschmitt hätte nur Argwohn erregt.

Jetzt war er voll und ganz auf seinen Job eingestellt. Er ignorierte das Gefühl, nur Beobachter im eigenen Körper zu sein. Ohne den Serena eines weiteren Blickes zu würdigen, drückte er die Maschine nach vorn, kickte die Standsicherung weg, gab Gas und fuhr aus der Parkbox heraus.

Er schmiegte sich eng an die Maschine und schaltete die Gänge hoch, nachdem er das Tiefgeschoß hinter sich gelassen hatte. Er genoß das Gefühl, eng mit einer Maschine verbunden zu sein, ihre Straßenlage und den Fahrtwind zu spüren. Es war sicherlich kein Vergleich mit dem, was ein Rigger empfand, wenn er sich in eine Maschine einstöpselte und mit ihr verschmolz. Aber es ging in diese Richtung, war die größte Annäherung, wenn man auf Cyberware verzichtete.

Vorbei an Tausenden von Lichtaugen in den ermüdenden, glatten Fassaden anonymer Wohnburgen, vorbei an der Lichtkaskade eines Freßtempels, der mit aufgeregtem Glitzern über den faden Geschmack seiner Frikadellen und Würstchen aus Soyabohnen hinwegleuchten wollte, vorbei an Werkstätten und kleinen Betrieben, die meisten längst geschlossen und im Halbdunkel irgendeines Restlichts kauernd, vorbei an einer Energiestation, wo Benzin, Biogas und Batterieladungen angeboten wurden.

Thor fuhr exakt die erlaubte Höchstgeschwindigkeit von 50 km/h und ließ sich bereitwillig von einigen Wagen überholen, deren Fahrer den Autopiloten nicht eingeschaltet und wahrscheinlich die Speedblocker überbrückt hatten, die auf Funksignale reagierten und die Geschwindigkeit in Wohngebieten herabsetzten.

Das Renraku-Gelände kam in Sicht. Thor blinkte, ordnete sich links ein und kurvte in die Einfahrt von Tor C ein.

Das Tor wurde mit einem hydraulisch gesteuerten Fallgatter aus Stahlrippen gesichert. Dahinter befand sich die kolbenähnliche Kammer, in der sich die Wachen aufhielten. Dann folgte ein zweites Fallgatter, das die Einfahrt zu dem gläsernen Tunnel freigab. Beide Gatter waren hochgefahren. Ein schwerer Mercedestruck blockierte die rechte Spur der Einfahrt auf Höhe des ersten Gatters. Der Fahrer war ausgestiegen, umrundete das Fahrzeug und diskutierte mit zwei Wachen. Offensichtlich hatte der Truck einen Motorschaden und lag fest. Thor war sich nicht sicher, ob er die Panne als glücklichen oder unglücklichen Zufall einstufen sollte. Die Wachen waren möglicherweise abgelenkt, vielleicht aber gerade durch die Unterbrechung der Monotonie neugieriger als sonst. Auf jeden Fall war es sträflicher Leichtsinn und gegen die Vorschriften, nicht wenigstens das zweite Gatter herunterzufahren. Ihm sollte es nur recht sein.

Er überlegte. Wenn der Truck lange genug festlag, konnte das ihre Flucht erleichtern. Aber vermutlich würde den Sicherheitsmännern irgendwann der Geduldsfaden reißen, und sie würden einen Weg finden, das Fahrzeug aus der Einfahrtschleuse zu entfernen.

Mit mäßiger Geschwindigkeit umkurvte Thor den Truck, hielt an und wartete, bis einer der Sicherheitsmänner herantrat und wortlos seinen Passierchip entgegennahm. Gleichzeitig hielt er ihm den Daumen-Scanner hin, und Thor legte den rechten Daumen in das Sensorfeld. Er war auf die Aufforderung gefaßt, den Helm abzunehmen, aber der uniformierte und gepanzerte Mann, ein blutjunger Bursche mit vielen

Muskeln, einer niedrigen Stirn und einem geschulterten H&K-Sturmgewehr, ging einfach zur Säule mit dem Lesegerät und schob den Chip hinein. Die Angaben des Daumen-Scanners waren bereits drahtlos übermittelt worden.

Thor spannte sich an. Jetzt würde sich erweisen, ob der Trick mit den Smart-Frames funktionierte. Wenn die Leute des Magiers gute Arbeit geleistet hatten, enthielt der Chip seinen Namen und den aktuellen Passiercode. Die SPU, die hinter dem Lesegerät steckte, würde den Passiercode checken und dann die zu Thors Namen gehörende Profildatei mit der Zugangsvollmacht und dem Daumenabdruck suchen. Sie würde im ersten Zugriff nicht fündig werden, bis das System die Backup aufspürte. Wenn diese während des Herauladens nicht gleichzeitig in eine aktive ID umgewandelt wurde, mußte die rote Lampe aufleuchten und Alarm gegeben werden. Im gleichen Moment würde Thor die BMW herumreißen, Gas geben, davonbrausen und hoffen, daß die Schüsse, die ihm unvermeidlich hinterhergejagt wurden, die Maschine und seinen Duster nicht durchsiebten. Er verzichtete darauf, sich die weiteren Konsequenzen auszumalen.

Die Lampe leuchtete auf.

Grün.

Es hatte geklappt.

Der Passierchip wurde ausgeworfen. Der Sicherheitsmann reichte ihn an Thor weiter und machte eine lässige Handbewegung in Richtung Glastunnel.

Thor gab Gas und fuhr im Schrittempo durch den Sicherheitsblock zum zweiten Gatter. Rechts und links sah er Konzerngardisten in kleinen Gruppen beieinanderstehen. Sie hielten sich an die Vorschrift und blieben hinter den Panzerglasbarrieren, aber die meisten sahen zu dem Truck hinüber oder diskutierten.

Ohne aufgehalten zu werden, erreichte Thor die Mündung des taghell ausgeleuchteten Glastunnels und fuhr hinein. Fünfzig Meter vor ihm lag die Park- und Ladehalle.

Ihm war bewußt, daß Vidkameras seinen Weg verfolgten und diese Bilder über die Monitore der Wachen liefen. Er fuhr nicht zu schnell und nicht zu langsam. Gleichzeitig wußte er, daß im Renraku-Sicherheitssystem der Countdown lief. Wenn er es nicht schaffte, sich innerhalb der nächsten zehn Minuten in einen Computer einzustöpseln und das neugierig gewordene Graue Ice auszuschalten, würde der Schwindel auffliegen. Und die Chummer würden am Tor in ein blutiges Scharmützel geraten, dem einige von ihnen, vielleicht, halbwegs lebendig entfliehen mochten, das aber auf keinen Fall den Erfolg der Mission bringen würde.

Er bog aus dem Glastunnel in die Parkhalle ein. Niemand war ihm bisher begegnet, weder zu Fuß noch in einem Fahrzeug. Aber das Werk war durchaus nicht menschenleer. Mehr als die Hälfte der gut zweihundert Parkboxen war mit Privatwagen belegt. Thor nahm an, daß die meisten Wagen den Konzerngardisten gehörten. Falls der im Eingangsbereich festliegende Truck heute noch abgefertigt werden sollte, mußten sich außerdem im Ladebereich Leute aufhalten. Und irgendwo würde hier und da jemand Überstunden machen. Hoffentlich keiner, der Renraku5 und mehr hatte.

Thor fuhr so dicht wie möglich an Halle 3 heran, kurvte in eine freie Parkbox ein, schaltete die Turbine aus, klappte den Haltebügel heraus und zog den Codechip aus dem Bordcomputer. Er nahm den Helm ab und legte ihn auf den Motorradsitz. Jetzt würden die Kameras sein Gesicht erfassen und mit den optischen Daten seiner Profildatei vergleichen. Acht Jahre hatten ihn ziemlich verändert, aber Thor wußte, daß die Toleranzgrenzen für optische Eindrücke großzügig bemessen waren. Das Risiko, die Grenzen zu überschreiten, war geringer als jenes, durch das Tragen des Integralhelms aufzufallen. Weniger gefiel ihm, daß die Vidaufzeichnungen gespeichert blieben. Wenn seine Profil-Backup gelöscht wurde, blieb bei einer späteren Überprüfung immer noch sein Bild. Aber das war nicht zu verhindern. Ohne die Profildatei konnte man die Identität des Eindringlings nicht feststellen. Das hoffte er zumindest. Ohne Hast, aber scheinbar zielstrebig, ging er mit bewußt federndem Gang an der Laderampe entlang zum Eingang von Halle 3.

Niemand ließ sich blicken, niemand versuchte, ihn aufzuhalten.

Er benutzte nicht das für Gabelstapler gedachte und mit Plastblenden versehene Haupttor, sondern den Seiteneingang, der mit einer Stahltür versehen war. Rommel hatte ihm versichert, daß die Tür abends nicht abgeschlossen wurde. Rommel behielt recht.

Als Thor hindurchgeschlüpft war und die Tür wieder ins Schloß zog, lag die Fertigungshalle vor ihm. Ein breiter, als Doppel-T angeordneter Gang führte quer durch die Halle und verlief auf beiden Stirnseiten. Links und rechts des Mittelgangs befanden sich Fertigungsstraßen. Lötstationen, Spritz- und Formautomaten für Elastomere, ein Montageband. Am hinteren Ende des Halle befand sich eine Materialzone, während sich auf Thors Seite eine Anzahl von vormontierten Kunststoffgehäusen befanden. Daneben, achtlos zu Haufen getürmt, lagen leere Kunststoffgehäuse mit einem Label, das Thor noch nie gesehen hatte: CHIFU. Er pfiff leise durch die Zähne. Die noble Renraku schien ein kleines Nebengeschäft zu machen, indem sie billige Computer aus Indonesien, Ghana, Indien oder woher auch immer importierte und zu Renraku-Produkten veredelte. Renraku rüstete im Jahr nur wenige große Betriebe mit Hard- und Software aus, und diese Anlagen waren maßgeschneidert und extrem teuer. Aber offensichtlich kannte die Öffentlichkeit nicht alle Renraku-Aktivitäten. Als Thor für den Megakon tätig war, hatte es diese Sonderproduktion noch nicht gegeben. Aber acht Jahre sind für jeden eine lange Zeit. Für einen Megakon sind sie eine Ewigkeit, in der sich alles ändern kann: die Marktposition, die Kapitalstruktur, die Produktpalette.

»Was haben Sie hier zu suchen?«

Er zuckte zusammen und hätte instinktiv beinahe unter den Duster gegriffen, um seine Waffe zu ziehen, konnte die Bewegung aber im letzten Moment abstoppen.

Die Stimme war von hinten links gekommen. Mit mühsam erzwungener Ruhe wandte er sich langsam um.

Eine Frau in einem silbernen Overall aus einem seidenähnlichen Kunstgewebe kam auf ihn zu. Sie wirkte mißtrauisch, hatte aber keine Waffe auf ihn gerichtet. Keine Sicherheitsfrau. Thor vermochte nicht einzuschätzen, ob sie bewaffnet war. Der lockere Overall und die langen Stiefelschäfte boten Platz für alles mögliche.

Die Frau war Mitte Dreißig und hatte lockiges braunes Haar mit einigen grauen Strähnen.

Ihre Augen weiteten sich.

»Thor?« fragte sie ungläubig. »Was machst du denn hier? Seit wann arbeitest du wieder für Renraku?«

Schlagartig erkannte er die Frau. Einen Moment lang bedauerte er, nicht die Waffe gezogen und sie sofort über den Haufen geschossen zu haben. Sie war etwas fülliger geworden, in das Gesicht hatten sich Linien gegraben, wo vor acht Jahren noch glatte Haut gewesen war, und die Augen wirkten deutlich müder und schienen tiefer in den Höhlen zu liegen. Aber ohne jede Frage war Miriam immer noch eine reizvolle, attraktive Frau. *Aber sie ist alt geworden, verdammt alt geworden*, stellte etwas in ihm befriedigt fest.

Fieberhaft überlegte er, ob außer den allgegenwärtigen Vidkameras verborgene Mikes den Ton aufzeichneten. Unwahrscheinlich. Während der regulären Arbeitszeit würden die Maschinen zuviel Lärm machen, um verwertbare auditive Daten zu bekommen.

Warum mußte ausgerechnet diese Frau ihm hier begegnen? Eine Frau, der er niemals wieder hatte begegnen wollen, nicht an diesem Ort und nicht an einem anderen. Er hatte keinen Gedanken an sie verloren, als er erfuhr, daß der Run Renraku galt. Seltsam, ihm hätte einfallen müssen, daß sie möglicherweise noch immer als Designerin für den Konzern arbeitete. Wahrscheinlich hatte er das Wissen um ihre reale Existenz verdrängt, weil die Erinnerung daran Schmerzen bereitete. Wenn er ihre SIN benutzte, geschah dies, ohne nachzudenken. Was, zum Teufel, hatte sie aus Berlin noch Mönchengladbach geführt?

Die Begegnung hatte ihn in seinen Grundfesten erschüttert. *Ich hasse dich*, wollte er ihr entgegenschleudern. Er kämpfte seine Gefühlsaufwallung nieder, um sogleich von Streßwellen hin und her geschleudert zu werden. Drek, wenn er sich nicht in fünf Minuten eingestöpselt hatte, war alles aus. Zu allem Überfluß spürte er, wie der Ballon, in dem die Droge sein Bewußtsein eingeschlossen hatte, immer fester wurde, immer mehr abhob, aufsteigen wollte, von immer weniger Gewichten, von immer weniger Tauen am Startplatz festgehalten wurde.

Lieber würde ich in der Hölle den Teufel anbetteln, mir ins Gesicht zu furzen, als sie um etwas zu bitten, dachte er, aber er brachte die Sätze trotzdem irgendwie über die Lippen.

»Hör mir bitte zu.« Er sprach leise, flüsterte fast, aber nicht aus Sorge vor versteckten Wanzen. Nur so konnte er seine Stimme unter Kontrolle halten. »Ich bin mit einem Spezialauftrag hier und wäre dir …« Er stockte, und dann spuckte er das Wort fast aus. »…dankbar, wenn du sofort vergißt, daß du mich hier gesehen hast, und dich auch später unter keinen Umständen daran erinnerst.«

Miriam sah ihn erst verdutzt, dann prüfend an. Ihre Blicke tasteten sein Gesicht ab, seinen Duster.

»Ich verstehe.«

Dumm war sie nie gewesen.

Etwas schimmerte in ihren Augen. Jedenfalls kam es Thor so vor. Sentimentalität in Erinnerung an alte Zeiten? Doch nicht etwa Schuldbewußtsein? Bedauern, daß sie den Mann aus ihrem Bett direkt in die Schatten gestoßen hatte? *Bloß keine Melodramatik und kein Selbstmitleid, Chummer. Du warst meschugge, ihr zu vertrauen. Es war allein deine Schuld.* Nein, das war nicht ihre Art. Es war wohl eher ein harter Glanz. Entschlossenheit.

»Ich werde dich nicht verraten.«

Abrupt wandte sie sich um und verschwand in Sekundenschnelle wieder in dem Büro, aus dem sie gekommen war. Sie hatte nicht mehr zu ihm zurückgesehen.

In ihm brodelte es, seine Gedanken hetzten wie die Hundemeute hinter einem Fuchs her, den sie nicht erwischen konnten. *Wie kann ich ihr vertrauen, ausgerechnet ihr? Sie hat mich schon einmal verraten.*

Und doch blieb ihm gar nichts anderes übrig, als sich darauf zu verlassen, daß sie die Begegnung mit ihm verschwieg. Sonst war sein Leben auch dann keinen Pfifferling mehr wert, falls es ihm gelang, aus dieser Geschichte herauszukommen und seine Seele wieder mit seinem verfluchten Körper zu verschweißen. Aber das Wissen, daß das Schweigen *dieser einen* unter allen Frauen der Nagel war, an dem seine Existenz hing, würde zum Kerker seiner Seele werden und jede Art von Hoffnung für alle Zeiten der Zukunft verdorren lassen.

Unsinn, du kannst auch damit leben. Die Zeit läßt alles verblassen.

Es war allein die tief verwurzelte, rein animalische

Begierde, die ihn handeln ließ. Dem Tier in ihm ging es nur darum, den nächsten Moment erleben zu wollen, weil es der nächste Moment und damit ein weiteres Glied in der Kette des Lebens war. Vielleicht half ihm auch, daß sein sich abkapselndes Bewußtsein dem Körper bessere Möglichkeiten gab, Konfusion zu ignorieren.

Ihm blieben höchstens noch vier Minuten. Vielleicht war es schon zu spät.

Thor stürzte die Reihen der Maschinen entlang, bis er die Kontrollstation der Fertigungsstraße erreicht hatte. Hastig schaltete er den Computer ein, und der Screen erwachte zum Leben. Thor wurde aufgefordert, seine Identität nachzuweisen. Er schob den Passierchip in den Eingabeschlitz. Die Identität wurde bestätigt, und in der Kopfzeile tauchte neben der Angabe OPERATEUR FERTIGUNG 3 sein Name auf: THORBJÖRN WALEZ. Der Computer wartete auf weitere Anweisungen. Thor hatte nicht die Absicht, eine der Maschinen in Gang zu setzen. Zweck der Übung war einzig und allein gewesen, dem System mitzuteilen, wo im Bedarfsfall ein Renraku6 erreichbar war, der Entscheidungen fällen konnte.

Er klemmte sich in den Spalt zwischen Wand und Konsole, riß die Verkleidung herunter, öffnete seinen Duster, hakte sein Cyberdeck aus dem Schultergurt, verstöpselte sich mit seinem Deck, ertastete den I/O-Port. Ewigkeiten schien es ihm zu dauern, bis er endlich die Kontaktbuchse gefunden hatte. Dann führte er den Stecker seines Decks in die Buchse ein.

Nie zuvor war er so wenig vorbereitet in die Matrix gegangen wie dieses Mal. Sein Bewußtsein tanzte Rock'n'Roll. Und gleichzeitig wurde der Faden immer dünner, der es mit seinem Gehirn verband. Aber es war sein Körper, sein Gehirn, das mit dem Glasfaserkabel verbunden war und sein Bewußtsein auf die Reise schickte.

Thor hatte den Übergang immer als Reise durch einen Lichttunnel empfunden, und daran änderte sich auch diesmal nichts. Und doch war alles anders. Der Tunnel schien im ersten Moment nicht mehr als ein Strich zu sein und sich bis in die Unendlichkeit zu dehnen. Thor konnte sich nicht vorstellen, dieses Nadelöhr passieren zu können, aber er wurde von einer fernen Kraft angesogen wie ein Korken, der in den Trichter eines Malstroms gerät und auf den Grund gezogen wird.

Im Tunnel angelangt, fühlte er sich plötzlich befreit. *Warum kann ich nicht diese verfluchte Droge ihr Werk verrichten lassen, meinen Körper verlieren und im Netz bleiben?* dachte er. Aber er gab sich schnell selbst die Antwort: *Weil ich hier nichts bin ohne die Finger, die eine Tastatur bedienen, und ohne die Hirnsynapsen, die den Fingern ihre Befehle geben und die Elektronen so anordnen, daß sie sich in der Matrix manifestieren können.* Trotzdem fragte er sich, nicht zum erstenmal, aber erstmals ohne spielerische Spekulierlust, ob es ein Leben nach dem Tode gab. Was würde mit seinem Bewußtsein geschehen, wenn er die Droge nicht stoppte? Würde sich das, was die Schmidt spöttisch als Hyperraum bezeichnet hatte, in den er hinausgeflippt würde, sich als Matrix einer höheren Dimension erweisen, in der die wirklich wichtigen Dinge passierten? Würde er nach seinem Tod seinen Körper als ein auseinandergebrochenes Konstrukt in einer Software erkennen, die den Namen Realität oder Materie trug? *Vielleicht ist es wirklich nicht die schlechteste Idee, den Dingen ihren Lauf zu lassen.*

Dann riß er sich zusammen. *Chummer, du hast dir dein Ticket in die hyperdimensionale Matrix noch nicht verdient. Nur wer die ihm zugewiesene Software meistert, darf sich den Problemen der nächsten Stufe stellen. Es gibt noch eine Menge zu erledigen. Hinterlasse keinen Saustall, den andere aufräumen müssen.*

Obwohl real nur wenige Sekunden vergangen waren, bis er das Ende des Tunnels erreicht hatte, kam es ihm wie ewig und drei Tage vor. Er stand inmitten einer Lichtlandschaft, deren vielfarbige Reflexe den Horizont stroboskopartig erglühen und wieder erblassen ließen. Regenbogenbunte Datenströme jagten an ihm vorbei in die Unendlichkeit und verglühten in der Ferne wie Sternschnuppen oder wurden aufgesogen von pulsierenden Sonnen und aufbrechenden Lichtkaskaden. Renrakus Universum war unvergleichbar reicher als Jacobis Netz. Kein Wunder, Renraku hatte eine weitaus anspruchsvollere Peripherie mit Hunderten von CPUs allein in Mönchengladbach.

Hinter ihm ragte die weiße Pyramide des I/O-Ports empor, schräg darunter befand sich die SPU der Kontrollwand, die ihrerseits mehr als hundert Slave Nods kontrollierte. Er erkannte sogar das Symbol für seinen Passierchip im Slave Nod des Lesegeräts. Thor selbst war beim Eintritt in den Cyberspace wie der I/O-Port ein Pyramidenkonstrukt. Er legte nicht den geringsten Wert darauf, den alten Indianer, den rostigen Ritter oder den nacktarschigen Piraten zu präsentieren und damit Flagge zu zeigen. Er orientierte sich anhand der Dichte und der Anzahl der verschiedenen Datenstromtunnel. Die blutrote Sonne war der SAN, der Zugang zum Telekomnetz. Zu ihm wollte er auf keinen Fall. Die nächste orangefarbene Sonne auf der Gegenseite, auf die sich die meisten Datenströme zubewegten, war die CPU. Thor war dankbar, daß Renraku die Personaldaten nicht von der CPU verwalten, sondern nur Kontrollfunktionen übernehmen ließ. Mit dem dort stationierten Ice würde er sich noch früh genug auseinandersetzen.

Es war anzunehmen, daß die SPU, welche die Personaldaten verwaltete, in der Nähe der CPU angeordnet war. Er lud ein Maskenutility ein, das ihn zu einer Weißen Robbe machte, ließ sich in einen der Lichttunnel fallen, die zur CPU führten, und glitt wie ein Pfeil den Tunnel hinauf. Beruhigt stellte er fest, daß die Droge keine Auswirkungen auf seine Bewegungsfreiheit in der Matrix hatte. Daß es anders sein könnte, war seine geheime Befürchtung gewesen, zumal sein Handeln im Netz von dem abhängig war, was sein Körper an der Tastatur des Cyberdecks für ihn tat.

Kurz vor der CPU gabelte sich der Tunnel in drei Arme. Er wählte den linken Arm. Die Wabe eines SPU-Knoten tauchte vor ihm auf. Thor aktivierte ein Schleicher-Utility. Die Weiße Robbe glitt fast bewegungslos durch den Knoten, trieb durch einen Asteroidengürtel aus Weißem Zugangs-Ice, taumelte scheinbar ziellos hindurch, ohne Aufmerksamkeit zu erregen. Es war stumpfes Weißes Ice, nur auf grobe Störungen der Ruhe reagierend. Thor verglich es gern mit weißgekleideten Verkehrspolizisten auf einer Kreuzung, die sich vor allem um den Fluß des Verkehrs kümmerten. Sie würden einen zu langsam fahrenden Trecker oder einen Truck mit zu breiter Ladung melden, nicht aber einen Oldtimer, der zwar seltsam aussehen mochte, dessen Verkehrsverhalten aber der Norm entsprach. Inaktives Graues Ice hing an den Rändern der Wabe und wirkte wie abgerundete Zahnstummel im Gebiß eines Riesenmauls. Aktiv waren einige Suchdrohnen, die quer durch die Wabe patrouillierten. Thor ergänzte seinen Schleicher um ein Programm, das ihn für Drohnen unsichtbar machte. Bisher stellte ihn Renraku vor keine schwierigen Aufgaben, aber er war überzeugt davon, daß sich dies spätestens dann ändern würde, wenn er die brisanten Daten aus den Speichern der CPU zu holen versuchte. Vor ihm lag der Datenspeicher dieser SPU in Form eines Würfels. Thor tauchte hinein und prüfte die Dateien. Warenausgänge, Aufträge, Abrechnungen. Nichts von Belang. Hier lagerten weder die Dateien, die er für den Magier besorgen sollte, noch – was vordringlich war – die Personaldaten.

Er sprang aus dem Würfel heraus, ließ sich wieder durch die SPU-Wabe mit ihrem Weißen und Grauen Ice treiben und schoß den Datenstromtunnel herauf, bis er die Abzweigung erreicht hatte. Dieses Mal ordnete er sich in den nach rechts führenden Strom ein.

Die SPU auf dieser Seite war größer und besser gesichert. Als erstes hatte er es mit einem weißen Nebel zu tun, der sich bei weiterer Annäherung der Weißen Robbe als eine Art Schwarm von Ösen und Haken erwies. Zugangs-Ice. Hastig lud Thor das Maskenutility ein, das er bei Jacobi benutzt hatte. Er wurde zu einem diffusen Ball, der sich allmählich zu einem Riesenkristall härtete und ein sich veränderndes Muster aus lichtabsorbierenden und schwach reflektierenden Flächen bot. Der Schwarm fächerte sich auf, und die Hauptströme kurvten in einem weiten Bogen um ihn herum. Nur drei Haken und eine Öse drifteten weiter auf ihn zu, wahrscheinlich angelockt durch das diffuse Spiel der sich verändernden Flächen.

Thor aktivierte die Phase 2 seines Spezialprogramms, das Schleicher- und Täuschungselemente miteinander kombinierte, und stoppte den Veränderungsprozeß. Auf das Weiße Ice wirkte der eben noch vage interessante Kristall jetzt leblos. Aus der Optik der Haken und Ösen war dort eine möglicherweise untersuchenswerte Energieemission durch Entladung gestorben. Sie drehten ab. Thor ging in Phase 1 zurück, da Weißes Ice bei diesem speziellen Programm durch die irritierenden Reflexe grundsätzlich besser zu täuschen war. Die neugierigen Teile des Weißen Ice würden nicht zurückkehren, da ihre Neugier bereits befriedigt war. Sie hatten nicht die Fähigkeit, ein einmal ausgemustertes Objekt erneut zu untersuchen, wie merkwürdig auch immer es sich anschließend verhalten mochte.

Sein Maskenutility arbeitete hervorragend. Das Weiße Ice ließ ihn passieren. Urplötzlich sah sich Thor Grauem Ice gegenüber, als er an den letzten Haken und Ösen vorbei war. Um ein Haar wäre er in ein Teerbaby gerutscht, wie ein Fallen stellendes IC im Deckerjargon genannt wurde. Dieses sah wie ein Moorloch aus. Teerbabies hatten die unangenehme Eigenschaft, bei Aktivierung abzustürzen, wobei sie wie Teer an den Utilities des Deckers klebten und diese ebenfalls zum Absturz brachten. Wenn es dazu kam, befand sich der Decker nackt inmitten eines Knotens. Daß er dann von anderem Grauen Ice aufgespürt und angegriffen wurde, war fast unvermeidbar. Er konnte zwar seine Utilities neu einladen, kam aber ohne Kampf nicht mehr davon.

Draußen, im Spalt zwischen Hallenwand und Konsole, tanzten Thors Finger über die Tastatur des Cyberdecks. Er stoppte seinen Anflug im letzten Moment ab und driftete seitlich an dem kaum erkennbaren Moorloch vorbei. Wie zu erwarten gewesen war, lauerten am Rande des Teerbabies fünf Soldaten und drei Bluthunde. Blaster-Ice und Aufspür-Ice in trauter Kombination. Das Blaster-Ice wurde von fünf römischen Soldaten verkörpert, die ihre Schwerter schon gezückt hatten. Sie mußten ihn entdeckt haben, als er die Ausweichbewegungen vollführte. Die Bluthunde bleckten die Zähne. Sie würden ihn verfolgen, bis sie die Stelle gefunden hatten, wo er in das System eingestiegen war. Wenn er sie nicht ausschalten konnte, war das Unternehmen gescheitert.

Zu den Dingen, die einen guten Decker ausmachten, gehörten das blitzschnelle Erkennen einer Situation, Entscheidungskraft und wohldosierter Einsatz der Kräfte. Thor war ein hervorragender Decker mit vielen Jahren illegaler Erfahrung im Netz. Er erkannte, daß er ohne Kampf nicht davonkommen würde und daß er auch die Bluthunde um jeden Preis erledigen mußte. Hinzu kam, daß er in Zeitnot war. Ein länger andauernder Kampf konnte den Verlust der entscheidenden Sekunden bedeuten, die er benötigte, um seine Personaldatei zu stablisieren, bevor die Manipulation entdeckt wurde.

Das Blaster-Ice in Form von fünf römischen Soldaten war für ihn nicht wirklich gefährlich. Unter normalen Umständen hätte er sich die Zeit genommen, die Soldaten mit unauffälligen Mitteln auf ihrem Niveau zu bekämpfen, um kein weiteres Graues Ice anzulocken. Aber diesmal mußte er mit Kanonen auf Spatzen schießen und das Risiko weiterer Kämpfe in Kauf nehmen. Er lud ein Kampfutility ein, das er *Götterdämmerung* nannte. Im nächsten Moment materialisierte er als blonder Schwertkämpfer, der statt eines normalen Schwertes allerdings ein Laserschwert führte. Damit hatte Thor schon Flugdrachen, Critters und anderes mörderische Schwarzes Ice besiegt. Wie ein Derwisch fuhr er unter die römischen Soldaten und Bluthunde. Sein Laserschwert ging durch ihre Schwerte, Schilde, Rüstungen und Körper wie durch Butter, und er hieb sie buchstäblich in Stücke, bevor das Ice abstürzte und die Folgen des Gemetzels verpuffen ließ. Als letztes erwischte er den dritten Bluthund, der ausgewichen war und gerade auf sichere Distanz gehen wollte, um ihm dann zu folgen.

Wieder wirbelten Thors Finger über das Cyberdeck. *Götterdämmerung* wurde herabgeladen, das Täuschungsprogramm – hinter der Maske Weiße Robbe verbarg sich ein permanenter Abgleich und Austausch von modifizierten Paßcodes, die Harmlosigkeit suggerierten – hochgeladen. Die Aktivitäten im Knoten der SPU waren eruptiv gewesen, aber Thor hoffte, daß die Schnelligkeit, mit der alles vonstatten gegangen war, ihm helfen würde. Auf jeden Fall hatte er nicht die Absicht, auf irgend etwas zu warten.

Drek! Weiteres Graues Ice kam herangeschossen. Eine Sucherdrohne umschwirrte ihn, hielt sich aber in sicherer Distanz. Thor besaß ein gutes Kampfprogramm gegen Drohnen, aber es war im Moment zu

182

zeitaufwendig. Statt dessen hieb er auf eine der Nottasten, um den Schnellstart eines Verlegungsprogramms zu erreichen. Die Weiße Robbe zauberte plötzlich einen Topf Honig unter dem Leib hervor, jonglierte ihn mit der Schwanzflosse und gab ihm dann einen heftigen Stoß. Der Topf trudelte in einer elliptischen Bahn davon. Die Drohne jagte ihm hinterher. Einholen würde sie ihn nie, aber er würde auch niemals so weit davoneilen, daß sie die Jagd aufgab. Was sich im Cyberspace als Honigtopf materialisiert hatte, war für die Drohne der vermeintliche Eindringling. Thor hatte die ihm zugeordneten Impulse auf den Honigtopf verlagert und ließ sie als Phantom durch das System geistern. Solange die Drohne dem Topf folgte, ohne ihn erreichen zu können, würde sie keinen Alarm schlagen. Später würde man das Phantom einordnen und Rückschlüsse auf den Eindringling ziehen können, aber Thor ging davon aus, daß sich dieses Problem löste, wenn die Runner die wesentlichen Elemente des Systems zerstörten.

Drek, es darf jetzt keine weiteren Verzögerungen geben!

Die Beschwörung schien zu helfen. Kein weiteres Ice zu sehen. Thor fegte durch den Rest des Knotens, stürzte sich in den Würfel des Datenspeichers und befand sich in einer Kammer, in der Hunderte von verschiedenfarbigen Energieblöcken wie zum Appell angetretene Soldaten auf ihre Besichtigung warteten. Mit mechanischer Routine hatte Thor seine Sensorutilities eingeladen und begann mit der Prüfung. Personaldateien. Hier war er richtig. Nach drei Stichproben brach er ab, weil er ein paar Reihen weiter, schräg unter ihm, bereits entdeckt hatte, was er suchte. Dort trieb ein hellblau leuchtender Block, der sich von allen anderen Blöcken in der Kammer eindeutig unterschied. Er war isoliert von den anderen – offensichtlich erst kürzlich von einer anderen Kammer in diese verlagert worden –, wurde von einem verschlungenen weißen Lichtband wie eine Ranke umschlungen und von einem halben Dutzend hellroter wuscheliger Kugeln umgeben. Sofort setzte Thor das Bild um. Der blaue Energieblock war seine Profildatei. Die weiße Ranke wurde von den Konstrukten der Smart Frames seines Passierchips gebildet, die die Verlagerung der Backup in den aktiven Bereich der Personaldateien veranlaßt hatten und gleichzeitig durch permanentes Modifizieren der Paßcodes verhinderten, daß die Backup wieder an ihren alten Platz zurückkehrte. Das Weiße Ice störte sich an der Ranke und ihren Aktivitäten, ließ sich bisher aber noch von den abgestrahlten Codes beruhigen. Da das Weiße Ice gleichzeitig wußte, daß Profildateien normalerweise keine Ranken hatten, ließ es jedoch nicht von der Datei ab und würde so lange mit der Ranke kommunizieren und die Codes erweitern, bis die Kapazität der Smart Frames erschöpft war. Und das würde sehr, sehr bald der Fall sein, wenn die Techniker des Magiers das Renraku-System richtig eingeschätzt hatten. Dann würde Graues Ice eingreifen.

Thor hatte den Vorteil, daß die Datei für das Weiße Ice erheblich interessanter war als die Weiße Robbe, die ihm als Maske diente. Er schwebte an das Ice heran, ließ mit einem Hilfsprogramm die Flossen der Robbe zu Laserdolchen verformen und meuchelte die roten Plüschbälle einen nach dem anderen, bevor denen die Gefahr überhaupt bewußt wurde.

Er war anscheinend gerade im richtigen Moment erschienen, denn die Ranke hatte bereits deutlich an Leuchtkraft verloren und baute rapide ab. Jetzt glimmte sie nur noch dunkelrot. Plötzlich löste sie sich völlig auf.

Mit seinen Sensorutilities las Thor seine eigene, acht Jahre alte Profildatei. Die Ranke hatte die Daten aktualisiert, aber die Veränderungen hielten nur einer groben Überprüfung stand. Die Möglichkeiten, über ein

mit einem Passierchip eingeschmuggeltes Huckepack-
programm Einfluß auf die im System befindliche Datei
zu nehmen, waren bescheiden. Am liebsten hätte Thor
seine Datei sofort vernichtet, aber sie wurde noch gebraucht. Es war im Gegenteil wichtig, die Veränderungen des Huckepackprogramms zu perfektionieren.
Thor erledigte das, indem er die Veränderungen neu
eingab. Mit seinem Cyberdeck war das überhaupt kein
Problem. Er schrieb die Daten neu und fügte sie naht-
los ein. Niemand würde die Manipulationen jetzt noch
entdecken könne. Er war jetzt wieder Angestellter in
Berlin und besuchte gelegentlich zu überraschenden
Inspektionen andere Werke des Megakons.

Flüchtig überlegte er, ob er sich zum Exec auf Ren-
raku10 befördern sollte, aber er verwarf den Gedanken. Die Wachen am Tor konnten unmöglich wissen,
ob ein gewisser Walez Renraku6 hatte, aber die Namen
aller Execs konnten ihnen durchaus vertraut sein. Das
wäre keine gute Idee gewesen. Das Risiko, daß sich
wider Erwarten doch ein höherrangiger Angestellter
im Hause aufhielt, erschien als das kleinere Übel.

Noch einmal überprüfte Thor sein Werk. Perfekt.
Erleichtert schloß er die Datei. Er konnte jetzt aus
dem Cyberspace zurückkehren und auf den Vidphon-
Anruf vom Tor warten. Bisher war er noch nicht erfolgt. Das Renraku-System kontrollierte auch das interne Vidphon-Netz. Ein eingehender Anruf hätte den
I/O-Port der Fertigungshalle und damit auch sein Cyberdeck passieren müssen. Thor wäre alarmiert worden. Offenbar lag er noch in der Zeit. Subjektiv glaubte
er zwar, viel Zeit mit den Kämpfen verloren zu haben,
aber in der Matrix liefen die Uhren anders, und außerdem hatte man die Möglichkeit von Cyberkämpfen
gewiß in der Zeitplanung berücksichtigt. Unvorher-
sehbar war in erster Linie der Zeitverlust durch die Be-
gegnung mit Miriam gewesen.

Miriam…

Er mußte sich zwingen, alle Gedanken in diese Richtung zu verdrängen. Statt dessen konzentrierte er sich auf den Cyberspace. Bevor er sich ausstöpselte, wollte er sich noch einmal kurz im Renraku-Universum orientieren. Wenn er ehrlich war, wollte er es genießen. Seit dem unerfreulichen Abenteuer bei Jacobi war er nicht mehr in der Matrix gewesen, und der Einstieg soeben hatte unter dem Diktat der knappen Zeit gestanden. Er verließ den Datenspeicher. Unbehelligt trieb er durch den Knoten der SPU und tauchte hinein in den Datenstrom. Am liebsten hätte er gleich alles hinter sich gebracht und hätte sich die CPU vorgenommen, um die vom Auftraggeber gewünschten Dateien – im Moment nur Codenamen, aber vermutlich irgendwelche Betriebsgeheimnisse – an sich zu bringen. Er war in Kampfeslaune. Aber er durfte sich jetzt noch keinen Kampf mit dem CPU-Ice liefern. Rommel hatte ihm klargemacht, daß der Raub der Dateien unvermeidlich Alarm auslösen würde. Außerdem konnte er nicht alle Spuren seiner Anwesenheit tilgen und trotz seiner Manipulationen wahrscheinlich den Sperrvermerk seines Passierchips nicht verhindern.

Wenn er erst einmal in den Speicher der CPU eingedrungen war, kam er ohne Brecher und nicht lange fackelnde Geeker wie Molotowa und Dr. Mabuse nicht mehr aus dem Werk heraus. Anschließend mußte er seine Profildatei und andere Spuren wie etwa die Passierdaten in der SPU am Tor C löschen. Schließlich mußte mindestens die CPU in den Computerhimmel geschickt werden. Nur so waren alle Spuren zu verwischen, die auf Thor und seinen Auftraggeber hindeuteten.

Immer schön der Reihe nach, Chummer.

Mit dem befriedigenden Gefühl, eine Arbeit gut erledigt zu haben, genoß er das Farbenspiel des Datenstroms und gab sich dieser psychedelisch anmutenden, bizarren Welt des Cyberspace ganz hin. Er konnte gut verstehen, daß die Matrix für so manchen Decker nicht nur Drogenersatz, sondern das Nonplusultra aller Drogen war. *Manchmal möchte man überhaupt nicht mehr zurück. Vor allem dann nicht, wenn man sich in einem Körper wiederfinden wird, der drauf und dran ist, sein Bewußtsein auszukotzen.* Thor begriff jetzt, daß die Angst vor dem Gefühl, nur zu Gast in seinem Körper zu sein, ihm den Wunsch eingegeben hatte, sich noch einmal im Netz umzusehen.

Abrupt stöpselte er sich aus, spürte kurz das gewohnte Gefühl der Benommenheit, öffnete die Augen und blickte sich in der Fabrikhalle um. Nichts hatte sich verändert. Äußerlich. Innerlich fühlte er sich nach dem Hochgefühl in der Matrix mies. Einen Moment lang hatte er ein total unwirkliches Gefühl, und das hatte nichts mit den Empfindungen bei der Rückkehr aus dem Cyberspace zu tun. Es war die Wirkung des Cebralcyciols. Er glaubte, in seinem Körper zu schweben. Er saß wieder in dem Fesselballon. Der Ballon hatte sich erschreckend schnell gefüllt, die Halteseile waren straff geworden. Er zwang sich, seine Position zwischen Himmel und Erde zu ignorieren, kroch mit seinem Bewußtsein in die Halteseile und organisierte mühsam seine Verankerung in der materiellen Welt. Langsam wich das beklemmende Gefühl. Seine Körper gehorchte ihm, hatte ihm die ganze Zeit gehorcht. Und ein bißchen fühlte er sich jetzt auch wieder wie sein Körper an.

Wann kommt der Punkt, an dem ich dies durch Konzentration nicht mehr leisten kann? Der Teufel soll diesen Drekhead von einem Magier und seine verfluchte Speichelleckerin holen.

Thor löste die Verbindung zwischen Cyberdeck und I/O-Port, rollte das Glasfaserkabel zusammen, verstaute seine Ausrüstung im schußsicheren Futteral, hängte es sich wieder um die Schultern und schloß den Duster. Dann zog er die Verkleidung der Rückwand des Terminals wieder provisorisch vor den I/O-Port.

Als er damit fertig war, summte das Vidphon. Perfektes Timing. Fast ein wenig zu schnell berührte Thor das Sensorfeld. Der Vidscreen wurde hell. Ein Sicherheitsmann. Ein rundes, rotes Gesicht. Ein anderer Mann als vorhin am Tor. Neben seinem Gesicht ragte die Mündung eines Schnellfeuergewehrs ins Bild.

»Entschuldigen Sie, daß ich Sie nicht persönlich kenne«, sagte der Mann höflich. »Das System hat sie als Renraku6 ausgewiesen.«

»Ich bin Renraku6«, bestätigte Thor knapp.

»Bestätigung erbeten.« Der Mann hielt sich korrekt an seine Dienstvorschriften.

»Mein Passierchip steckt im Terminal«, sagte Thor. »Rufen Sie die Daten ab, ich bestätige.« Gleichzeitig drückte er seinen rechten Daumen in das dafür vorgesehene Sensorfeld unter dem Vidscreen. Das System verglich jetzt seinen Passierchip mit der vorhin bearbeiteten Profildatei in der SPU und seinen Daumenabdruck mit den gespeicherten Angaben.

»In Ordnung.« Die Stimme des Mannes klang erleichtert. Dieser Fall außerhalb der Routine schien ihm Sorgen gemacht zu haben. Er schaute kurz nach unten auf das Lesegerät und sagte dann: »Herr Walez, am Tor C warten Monteure der Firma MicroMacro auf Einlaß.« *Verdammt, der Mann wird sich später an meinen Namen erinnern. Daran hat keiner gedacht. Aber ohne meine ID haben sie nichts als einen Namen, der falsch sein kann.* »Sie haben einen Reparaturauftrag für Halle 3. Ich habe mir die Angaben von MicroMacro bestätigen lassen…« *Gut gemacht, Chummer.* »…und da Sie der ranghöchste…«

»Das haben Sie richtig gemacht«, unterbrach ihn Thor. Ein bißchen Lob konnte nicht schaden. Und jetzt schnell die letzten Bedenken ausräumen. »Außerdem sind Sie an der richtigen Adresse. Ich bin über alles informiert. Wir haben hier einen Defekt in der Kontrollwand, der repariert werden muß, bevor es zu Ausfällen kommt.« Das genügte. Bloß keine Rechtfertigungen. »Schicken Sie die Leute zu mir.«

»In Ordnung.«

Der Vidscreen wurde dunkel.

Eine weitere Hürde war genommen. Die Chummer waren bewaffnet im Innern von Renraku. Der Megakon hatte jetzt Flöhe in der Unterwäsche, denen die Weichteile ausgeliefert waren. Aber Flöhe werden entdeckt, wenn sie beißen. Und getötet, wenn man sie erwischt. Aber Flöhe können gut springen. Und diese Flöhe haben Waffen. Doch würde dies ausreichen, um Renraku die Unterhose zu klauen?

Der Passierchip! Wie elektrisiert fuhr Thor auf. Fast hätte er ihn in der Konsole gelassen. Er ließ ihn auswerfen und steckte ihn ein.

Thor wartete, schaute die Halle hinab. Irgendwo dort hinten lagen die Büros, in denen Miriam – und wie viele andere Sararileute? – sich aufhielt. Falls sie nicht inzwischen gegangen war. Was mochte sie dort treiben? Beobachtete sie, was in der Halle vor sich ging? Vielleicht über einen Vidscreen? Gewiß gab es irgendwo eine Vidkamera, die Thor noch nicht entdeckt hatte, obwohl er sich sicher war, daß keine Optik auf ihn gerichtet war, als er sich zwischen Wand und Konsole gequetscht hatte. Saß sie einfach nur da und dachte nach? Versuchte sie, eine Entscheidung zu treffen? Oder hatte sie sich längst entschieden und führte gerade in diesem Moment ein Vidphon-Gespräch mit einem Exec? Oder mit der Sicherheit am Tor? Es gab viele Möglichkeiten.

Es gibt auch die verdammte Möglichkeit, daß sie dich diesmal nicht verrät.

Drek!

Was auch immer passieren würde, in wenigen Augenblick würden die Chummer hier sein. Mit Thor zusammen waren sie sieben, und der Gegner hatte Bataillone. Aber sie würden ihre Haut teuer verkaufen. Verdammt teuer.

Am anderen Ende der Halle waren Schritte zu hören. Dann bog Molotowa als erste auf den Mittelgang ein.

Thor winkte.

Molotowa nickte und sagte etwas nach hinten. Gemächlich kam sie den Gang herauf, gefolgt von Rommel, Axa und Rose. Hinten gingen die Zigeunerin und Dr. Mabuse. Alle trugen schwere Mäntel, wohl eher zur Tarnung als zum Schutz, und Aluminiumkoffer. Auch die Messerklauen zeigten ihre Waffen nicht offen. Trotzdem war auf den ersten Blick deutlich, daß sie nach vorn und hinten sicherten.

Die Chummer in den langen Mänteln erinnerten ihn an eine Szene aus *Spiel mir das Lied vom Tod*, und es hätte ihn nicht überrascht, wenn jetzt die Titelmusik aus einem Hallenlautsprecher gekommen wären. Es gab eine moderne Holoversion von dem Western, aber Thor kannte und schätzte die uralte Flachkino-Verfilmung von irgendeinem italienischen Regisseur, dessen Namen er vergessen hatte. Im Film waren die Leute in den Mänteln die Bösen. Hier waren die Rollen anders verteilt. Er konnte nicht verhindern, daß ihm warm ums Herz wurde, als er die Chummer kommen sah. Es waren *seine* Leute, und er zweifelte nicht daran, daß es *gute* Leute waren. Wie immer auf einem Run, waren bei ihm im entscheidenden Moment alle Vorbehalte, Einwände, Verärgerungen, Kränkungen wie weggeblasen. Er hoffte, nein er *wußte*, daß es bei den anderen genauso war. Und darauf kam es auch an. Man mußte sich aufeinander verlassen können. Hundert Pro. Einer für alle, und alle für einen.

Wenn man überhaupt dem Teufel ein Horn oder Renraku die Unterhose klauen kann, dann mit diesem Team.

Er blickte in starre, angespannte Gesichter. Niemand lächelte, nicht einmal Rose. Niemand sprach.

Endlich, als sich alle um Thor versammelt hatten, sagte Rommel: »Wenn Sie soweit sind, schlage ich vor, daß Sie zusammen mit unserer Systemanalytikerin die notwendigen Operationen vornehmen, während wir unser Werkzeug auspacken.«

Das war für die Ohren möglicher Lauscher bestimmt.

»Es kann losgehen«, antwortete Thor und begann zum zweitenmal damit, sein Cyberdeck auszupacken.

Rose machte ihr eigenes Deck klar. Bis auf Thor, Rommel und Axa hatten alle die hinderlichen Duster ausgezogen. Dr. Mabuse öffnete seinen Metallkoffer, nahm Plastiksprengstoff heraus und begann seelenruhig damit, mehrere Sprengsätze an der Kontrolltafel anzubringen und zu verkabeln.

Obwohl er es sich so ähnlich vorgestellt hatte, begann Thor zu schwitzen, während er zusammen mit Rose die Verkleidung der Rückwand entfernte. Es war klar, daß die Chummer nicht warten konnten, bis der Alarm ertönte, aber die brutale Konsequenz des Ganzen drang erst jetzt in sein Bewußtsein vor. Instinktiv hoffte jeder Runner, daß er irgendwie ohne Schießerei aus der Sache herauskam. Diesmal war es anders. Der Run würde unvermeidlich mit einem Alarm in die heiße Phase übergehen, und dann würden die Waffen und Sprengsätze sprechen.

»Wir schauen uns jetzt einmal die Zentrale an«, sagte Rommel, winkte Molotowa und der Zigeunerin zu und stapfte dann mit ihnen davon. Ihre Koffer nahmen sie mit.

Obwohl sich Rommel hier auskannte und vielleicht auch Codechips für verschlossene Türen besaß, war nicht damit zu rechnen, daß die drei seelenruhig in die Zentrale des Werkes spazieren und die CPU in die Luft sprengen konnten. Thor hatte Bedenken, daß es überhaupt gelingen konnte, aber er hoffte inständig, daß dieser Teil des Plans, den er nicht kannte, so gut durchdacht war wie alles andere. Immerhin war es jederzeit möglich, daß sie entdeckt wurden und die Konzerngardisten anrückten. *So ka, es hat keiner bestritten, daß der Run ein Höllenkommando wird.*

Mit Dr. Mabuse und dem Kampfmagier Axa hatte Rommel zwei Leute als Leibwächter für die beiden Decker zurückgelassen, die dem Anschein nach einer größeren Zahl von Konzerngardisten das Leben schwer machen konnten. Das war doch schon mal etwas.

Rose und Thor hatten ihre Cyberdecks an den I/O-Port angeschlossen. Sie knieten nebeneinander in der Nische.

»Dann machen wir mal unsere Hausaufgaben«, sagte Thor mit leiser Stimme. Es sollte aufmunternd klingen, klang aber so, wie er sich fühlte: nervös.

Die Cyberaugen der jungen Frau schauten ihn unergründlich an. Sie lächelte tapfer und nickte.

Fast gleichzeitig stöpselten sie sich ein.

8. KAPITEL

›Let Me Die in My Footsteps‹

Nach Inkrafttreten der neuen Verfassung bot der Rhein-Ruhr-Sprawl mit seinen riesigen Ressourcen an Arbeitskräften auf einmal wieder ein lohnendes Objekt der Begierde für die Kons. Namentlich Ruhrmetall, Saeder-Krupp, IFMU und die AG Chemie nutzten ihren alten Einfluß in der Region, um wieder Fuß zu fassen. Zur Bedingung für die sehnlichst erwarteten Investitionen machten sie allerdings, daß der Duisburger Freihafen unter Konzernrecht gestellt wurde, eine Bedingung, auf die das Regierungspräsidium nur allzugern einging. Seitdem erlebt der Sprawl einen bescheidenen Boom, und es gibt berechtigte Hoffnung, daß sich die alten Qualitäten des Ruhrgebietes wieder durchsetzen werden, die schon mehrmals das Land aus der Krise gebracht haben.

Dr. Natalie Alexandrescu:
Vom Revier zum Sprawl. Der Rhein-Ruhr-Megaplex,
Deutsche Geschichte auf VidChips,
VC 3, Erkrath 2051

Wieder hatte er das Gefühl, durch einen viel zu engen Tunnel gepreßt zu werden, und der Weg durch diesen Tunnel schien endlos zu sein. Tatsächlich hatte Thor den Eindruck, körperlich eingeschnürt, gepreßt und gestaucht und gleichzeitig von immer enger werdenden Tunnelwänden zu einem Strich auseinandergezogen zu werden. Endlich hatte er das Nadelöhr passiert, und die Gegenreaktion setzte ein: Sein Körper schien zu explodieren, all den Druck und das Auseinanderzerren mit einem Auseinanderschnellen zu beantworten. Dann, schlagartig, war alles vorbei, und er empfand den Cyberspace wieder so, wie er ihm in all den Jahren des Decking vertraut geworden war.

»Alles in Ordnung, Thor?« erklang eine besorgte Stimme direkt in seinem Kopf. Die Stimme klang sehr weiblich, aber doch ein wenig zu glatt. Ihr fehlte das Timbre einer echten Resonanz, die durch einen Kehlkopf erzeugt und vom Trommelfell und den Gehörknöchelchen rückübersetzt wurde. Sie war wie alles im Cyberspace eine Simulation und wurde durch Elektronenimpulse erzeugt, die unmittelbar auf das Gehirn einwirkten.

Rose. Sie war die weiße Pyramide direkt neben ihm. In diesem Moment lud sie ihr Icon hoch und verwandelte sich in eine gertenschlanke, rothaarige Schönheit in einem knappen Bikini, der allerdings mit weißem Pelz besetzt war, wie sie auch passende Fellstiefel und Handschuhe trug. In einem Gürtel steckten zwei Pistolen. Das Mädchen hatte Humor.

Er lud sein Lieblingsicon ein und verwandelte sich ebenfalls, wurde zu dem alten grauen Indianer mit der Feder im Haar und dem Wollumhang. Ein interessanter Kontrast zum Erscheinungsbild seiner Begleiterin, wie er fand. Ein auffälliges Paar. Aber es gab jetzt keinen Grund mehr, auf Tarnung zu achten. Natürlich würden sie mit Schleicher- und Täuschungsprogrammen versuchen, in die CPU zu kommen. Aber eine zufällige Entdeckung durch andere Decker konnte ihnen unter den gegebenen Umständen egal sein.

»Die Droge«, beantwortete er ihre Frage. »Sie erschwert den Einstieg. Warum fragst du?«

»Weil es eine Weile dauerte, bis sich deine Pyramide stabilisierte. Sie wirkte merkwürdig verschwommen.«

Also doch keine subjektive Wahrnehmung. Die Droge verlangsamte den Einstieg.

»Die CPU«, sagte er und zeigte auf die rote Sonne. »Aber zunächst müssen wir die Daten in der SPU am Eingang löschen.« Seine Finger huschten über die

Tastatur des Cyberdecks, und im nächsten Moment tauchte er hinein in die bunt schillernde Datenflut unter ihm. Die Art und Weise, wie die Datenströme mit drei fernen SPU-Sonnen vernetzt waren, ließ ihn vermuten, daß es sich bei diesen SPUs um die Torcomputer handelte.

Sie schoß neben ihm dahin. Mit ihrem Bikini trug sie die passende Kleidung für das Bad in den Daten.

»Was haben wir an Ice zu erwarten?« fragte sie.

Er erzählte ihr von dem Weißen und Grauen Ice in der SPU. »Von Renraku hätte ich eigentlich mehr erwartet. Das hat aber nicht viel zu sagen. Es war eben nur eine SPU und die Datenbank mit den Personaldaten. Routinemäßiger Schutz. In der CPU kann es ganz anders aussehen.«

»Hast du sonst irgendwo Spuren hinterlassen?«

»Die Spürdrohne jagt durch das System und verfolgt meinen Honigtopf.«

»Das erledigt Rommel, wenn er die CPU sprengt. Der Personalcomputer steht im gleichen Raum. Rommel weiß, daß er beide Computer in die Luft jagen muß.«

»Gut.« Er hatte eigentlich vorgehabt, wie beim ersten Ausflug einen Abstecher in die Personal-SPU zu machen und dort seine Profildatei zu löschen. Aber so gewannen sie Zeit. Um die Drohne hätte er sich nicht gekümmert. Ohne das Profil als Abgleich konnte man seine reale Person nicht identifizieren, wenn man sie einfing. Man hatte dann nur Daten über die Fertigkeiten eines unbekannten Deckers, mehr nicht. Mit der Zerstörung der SPU besaß man nicht einmal das, denn die Drohne würde platzen, und ob man jemals auf den im Restsystem herumgeisternden Impuls eines Honigtopfes aufmerksam würde, stand in den Sternen.

»Hoffentlich ist sich Rommel darüber klar, daß er die CPU erst sprengen darf, wenn wir die Daten haben.«

Sie kicherte. »Für wie blöd hältst du ihn, Chummer? Die drei haben sich nur deshalb so früh abgeseilt, damit später keine Zeit verlorengeht. Sie gehen in der Nähe der Zentrale in Deckung und machen erst Action, wenn Axa ihnen über Kom mitteilt, daß wir zurück sind und die Daten haben.«

Er ärgerte sich, daß Rommel es nicht für nötig gehalten hatte, ihn in alle Einzelheiten des Plans einzuweihen. Aber wenn er ehrlich war, mußte er zugeben, es war auch ein wenig gekränkte Eitelkeit im Spiel. Er hatte seit Jahren nicht mehr an einem Run teilgenommen, den er nicht selbst leitete oder der von allen Runnern in gemeinsamer Verantwortung getragen wurde.

Die beiden Runner entschieden sich, zunächst die am weitesten links stehende SPU zu untersuchen. Sie glitten mit Schleicher-Hilfsprogrammen durch den Knoten, aber sie hätten auch darauf verzichten können. Kein Ice.

Sie schlüpften in die Datenbank und überprüften die Dateien.

»Volltreffer«, triumphierte Rose, die fündig geworden war. »Hier sind deine Daten. Und die nächste Abspeicherung gilt unserem Serena.«

Sie hatten auf Anhieb die richtige SPU erwischt.

Rose spürte mit ihren Sensorutilities die Codes auf und löschte die Dateien, indem sie auf ihrem Cyberdeck ein Lösch-Hilfsprogramm fuhr, das auch mögliche Backups aufspürte und vernichtete. Die beiden grünlich schimmernden Datenblöcke lösten sich vor den Augen der Runner in Luft auf, und wenig später wurden ein paar Reihen weiter zwei weitere Blöcke eliminiert.

»Das war ein Kinderspiel«, sagte sie zufrieden, als die beiden durch den Knoten glitten und dann wieder in den Datenstrom sprangen.

»Aber jetzt kommen die derben Sachen für Erwachsene«, erwiderte er grimmig.

Sie rasten auf die CPU zu.

»Hast du schon mit anderen in der Matrix zusammengearbeitet?« fragte er, als sie vor der CPU aus der Datenstromröhre sprangen.

»Ja, und du?«

»Auch schon, aber in letzter Zeit selten.« Er sagte nicht, daß er es vorzog, allein zu arbeiten, weil dann nur er für seine Fehler verantwortlich gemacht werden konnte. Nach dem, was man ihm in letzter Zeit anzuhängen versuchte, hätte es makaber geklungen. Er hatte einen Ruf als ausgezeichneter Decker. Um genau zu sein, hatte er diesen Ruf einmal gehabt. Er war zu gut gewesen, um im Cyberspace die Unterstützung eines anderen Deckers zu benötigen. Bei dem Renraku-Job hatte ihn niemand gefragt, ob er eine Assistentin akzeptieren würde. Aber insgeheim war er dankbar dafür, daß er Rose neben sich hatte. Es würde haarig werden, verdammt haarig.

Der Zugang zur SPU war ein Icon, das ein Stück Burgmauer mit einem mächtigen halbrunden Tor darstellte. Davor lag eine Zugbrücke, die über den Burggraben führte und im Moment herabgelassen war. Mitten im Tor standen zwei grimmig dreinschauende Männer in Kettenpanzerhemden und ebensolchen Röcken sowie geschmiedeten spitzen Helmen, die in einem Nasenschutz ausliefen. Sie versperrten den Durchgang mit gekreuzten Hellebarden. Sonst besaßen sie keine Waffen. Weißes Ice prüfte nur, ließ hindurch, was sich ausweisen konnte, und schlug Alarm, wenn jemand eindringen wollte, der nicht den richtigen Passierschein hatte.

»Täuschung?« fragte sie.

»Wir versuchen es.«

Seine Finger flogen über die Tastatur seines Cyberdecks. Unterschwellig nahm er wahr, daß Rose genauso fieberhaft arbeitete, um ihre Utilities hochzuladen.

Aus seinem Indianer wurde ein hohlwangiger Tagelöhner mit einem aus Stroh geflochtenen Hut und einem Reisigbündel, aus Rose eine Bäuerin, die an einer über der Schulter getragenen Stange zwei Käfige mit lebenden Hühnern trug. Dies war die optische Umsetzung der imitierten Paßcodes. Je besser das Icon wurde, desto stimmiger waren die Paßcodes.

Voller Respekt betrachtete er Rose' Icon. Sie besaß sehr gute Maskenutilities, wenn sie sich so schnell auf diese Lage einstellen konnte. Er selbst lud ein Korrekturprogramm ein, das seine Codes und damit das Icon nachbesserte. Die verhärmten Gesichtszüge des Tagelöhners wirkten jetzt überzeugender. Rose arbeitete ebenfalls weiter, die Stange bog sich etwas tiefer herab.

Die beiden schwebten auf die Torwächter zu. Die Blicke der beiden Männer glitten erst über den Kuli, dann über die Bäuerin. Der Tagelöhner durfte passieren. Der eine Wächter hob eine Hand und ließ die Bäuerin anhalten. Er besah sich die Käfige genauer. Dann ließ er Rose ebenfalls passieren.

»Kleine Ungenauigkeiten meines Programms«, entschuldigte sie sich.

Sie befanden sich im Knoten.

Renraku blieb stilgerecht, hatte sich aber einen surrealen Effekt einfallen lassen. Der Knoten war als Hof einer mittelalterlichen Festung ausgebildet. Ringsum mächtige Mauern, Wachtürme und Wehrgänge. Allerdings hatte man das Ganze innerhalb einer Kugel arrangiert. Die Mauern wölbten sich nach innen und bildeten oben und unten schmale Kränze, die den untersten Boden und den Himmel markierten. Schaute man an einem der Wachtürme nach oben, konnte einem schwindlig werden, denn der Turm verjüngte sich und neigte sich nach innen, bis die Zinnen über dem Kranz der Mauern die Zinnen des gegenüberliegenden Turmes berührten. Auf den Wehrgängen, die sich als endlose Schnecke vom Fuß der Mauern zu den Kuppen ringelten, patrouillierten Dutzende von Wachsoldaten mit gezückten Schwertern oder geladenen Armbrüsten, die auf den Burghof zielten. Blaster-Ice.

Die Runner mußten das Innere der Kugel, den Burghof oder besser Burgraum, durchqueren, um das Tor auf der anderen Seite zu erreichen. Nur ein einziges Mal zuvor hatte Thor ein ähnliches Szenarium erlebt, das den Raum verengte. Er war abgestürzt, als er den scheinbar leichtesten Weg gehen wollte, und die Grenzmarkierungen einfach durchstieß.

»Nicht die Mauern berühren«, warnte er. »Sie sind wahrscheinlich ein einziges riesiges Teerbaby.«

Der Hof war übersät mit Fallgruben, die man kaum erkennen konnte. Weiteres Graues Teerbaby-Ice. Gruppen von Bewaffneten standen vor, neben, unter und über ihnen. Vor dem Tor auf der anderen Seite hatten sie noch zwei riesige Podeste zu passieren, eines links und eines rechts vom Ausgangstor. Auf jedem Podest befand sich ein feuerschnaubender, gelbschwarz gesprenkelter Drache, zehnmal so groß wie ihre Personae, geflügelt, gepanzert, mit einem mächtigen, zackigen Schwanz, Tatzen mit messerscharfen Klauen und bösen, sehr bösen Augen.

Schwarzes Ice! Sehr effizientes Schwarzes Killer-Ice.

»Mit Täuschungsprogrammen kommen wir dort nicht durch!« stöhnte Rose.

»Wie gut sind deine Kampfutilities?« fragte Thor. »Hast du eine Chance gegen diese Übermacht und vor allem gegen das Schwarze Ice?«

»Allein nicht, aber gemeinsam ...«

»Nein«, entgegnete er. Es blieb keine Zeit, Rose sein bestes Kampfutility in ihr Cyberdeck zu kopieren. »Ich greife das Graue Ice an und lenke die Drachen ab. Du setzt Rauch ein und versuchst durch das Tor zu gelangen. Ich folge dir, sobald ich kann. Falls nicht, mußt du allein im Datenspeicher klarkommen. Du weißt, welche Dateien du kopieren mußt?«

»Ja, aber …«

Er beachtete ihren Einwand nicht, sondern lud die Maskenutilities herunter und aktivierte sein bestes Kampfutility ›Heiliger Gral‹ aus der Onboard Memory. Aus dem Tagelöhner-Icon wurde ein Ritter in einer silbern schimmernden Rüstung. Er ritt einen gepanzerten, feurigen Araberschimmel, trug ein mächtiges Langschild in der einen und ein Laserschwert in der anderen Hand. Er drückte dem Schimmel den Sporn in die Flanke. Das Pferd galoppierte quer durch den Raum auf die nächste Gruppe von Bewaffneten los.

Am Rande nahm er wahr, daß Rose in Gestalt der Bäuerin die Tragestange mit den Hühnern von sich warf, als wollte sie sich vor dem schrecklichen Reiter in Sicherheit bringen. Geschickt umkurvte sie dabei die erste der Fallgruben. Dann verschluckte sie eine Wand aus Rauch.

Mit dem Herunterladen des Maskenutility kamen von Thor keine imitierten Paßcodes mehr, und das Graue Ice in seiner Nähe ortete ihn sofort als unerwünschten Eindringling. Das Blaster-IC reagierte. Thor wehrte mit dem Schild den ersten Armbrustpfeil ab. Die Bewegung der Wachsoldaten alarmierte gleichzeitig das Schwarze IC. Die Hälse der Drachen drehten sich in seine Richtung, die aus den Nasenlöchern und Rachen züngelnden Flammen wurden breiter und länger, die bösen Augen fixierten den Ritter mit der silbernen Rüstung. Aber sie griffen noch nicht ein. Sie bewachten weiter das gegenüberliegende Tor.

Während er sein Roß im Kreis tänzeln ließ, hieb er mit dem Laserschwert auf die Soldaten ein, während er mit dem Schild in der Linken die Attacken der Gegner abwehrte. Wie ein Rasiermesser jagte das Laserschwert durch die vom Grauen Ice aufgebauten Personae und hieb sie in tausend Stücke.

Der Realismus des Szenariums ging nicht so weit,

daß Blut spritzte. Wenn er einen Soldaten tödlich erwischt hatte, stürzte das Graue Ice ab, das die Persona verkörpert hatte. Der Soldat verpuffte dann einfach, verschwand von einem Moment zum anderen. Falls es dem Grauen Ice gelang, Thors Ritter tödlich zu verletzen, drohte ihm das gleiche. Ganz abgesehen von dem Auswurfschock, würde das Ice dann als Energieentladung durch die Chips seines Cyberdecks fahren. Danach konnte er es wahrscheinlich getrost in den Müll geben. Aber selbst wenn der Überlastschutz seine wichtigsten MPCP-Chips rettete, war dann für ihn das Rennen gelaufen. Dann lag die ganze Last allein auf Rose.

Es gab keinen Decker, der als Meister geboren wurde und unbesiegt durch die Matrix spazierte – zumindest keinen Runner, der sich der Gefahr aussetzte, angegriffen zu werden. Früher oder später machte jeder Decker die Erfahrung, von Grauem Killer-IC aus dem Netz geworfen zu werden. Tatsächlich war eine Niederlage gegen Graues Ice äußerst unangenehm und empfindlich teuer, aber für den Decker nicht wirklich gefährlich. Schwarzes Killer-IC dagegen versuchte, nicht das Cyberdeck, sondern den Decker selbst zu schädigen. Es war mordlustig. Thor hatte schon oft gegen Schwarzes Ice gewonnen, aber auch verloren. Er hatte es bis jetzt überlebt. Wenn man nach einer solchen Niederlage noch ein Pfeifchen rauchen konnte, dann hatte man es irgendwie geschafft, sich im letzten Moment auszustöpseln. Wenn man anschließend als brabbelnder Idiot die Mülltonnen nach schmackhaften Häppchen absuchte oder gleich die Abkürzung zum Krematorium nahm, hatte man es nicht mehr geschafft. So einfach war das.

Im Grunde war sich Thor darüber im klaren, daß er diesen Kampf nicht gewinnen konnte. Die Übermacht des Gegners war zu groß, und niemand garantierte ihm, daß nicht in den Türmen oder hinter den Burgmauern weiteres Ice verborgen lag, das im Bedarfsfall als Verstärkung herangezogen wurde. Dieser verdammte Knoten einer CPU war nicht nur einer Festung nachgebildet, sondern auch als solche konzipiert worden. Vermutlich demonstrierte Renraku potentiellen Kunden damit, was alles machbar war, wenn der Auftraggeber bereit war, einen Kredstab mit einer flotten Pegelhöhe lockerzumachen. Anders konnte er sich diese geballte Kampfkraft nicht erklären. *Es sei denn, man hat ausgerechnet in die Speicher der CPU von Mönchengladbach Geheimnisse ausgelagert, die Renraku in Berlin oder Düsseldorf für zu gefährdet hält. Drek! Wie brisant sind eigentlich die Daten, die der Magier dem Renraku-Konzern stehlen will? Wie brisant* können *die Daten eines Unternehmens sein, das für andere Megakons Sicherungssysteme baut und installiert?*

Die Soldaten der ersten Gruppe hatte er zurück in ihre Chips gehauen, aber ein weiterer Pulk von Bewaffneten drang auf ihn ein. Er mußte sich gegen Piken, Schwerter und einen Morgenstern wehren, und sein Laserschwert geisterte wie ein magisches Licht von einem Gegner zum anderen. Hin und wieder trafen ihn Pfeile und Armbrustbolzen, die er nicht mit dem Schwert auffangen konnte, aber keiner davon vermochte seine Rüstung zu durchdringen. In der Realität konnten Armbrustbolzen sehr wohl eine Ritterrüstung durchbohren, aber im Cyberraum war dies anders: Alle Bestandteile der Umgebung, der ganze Kampf, waren eine Simulation. Solange die Kampfutilities in den Chips seines Cyberdecks und sein flinkes Nachladen von Hilfsutilities den angreifenden Programmen gewachsen waren, erlitt seine Persona keinen Schaden.

Als Thor fünf weitere Gegner dem Cyberorkus überstellt hatte, erhob sich der rechts am Ausgang wachende Drache von seinem Sockel, flatterte mit seinen kurzen Flügeln, peitschte mit dem Schwanz, streckte den Hals und schoß auf Thor zu. Der Rachen war weit genug geöffnet, um Roß und Reiter zu verschlingen, und eine wabernde Feuerlohe jagte ihm voraus.

Jetzt wurde es ernst!

Die verbliebenen Soldaten ließen von Thor ab, und ein weiterer Trupp, der sich gerade in Marsch gesetzt hatte, verharrte an Ort und Stelle. Der Meister persönlich nahm die Sache in die Hand.

Thor preßte die Hacken in die Flanken des Schimmels. Mit einem mächtigen Satz sprang das Roß schräg nach unten in den freien Raum und ließ Feuerlohe und Drache ins Leere stoßen. Sofort wendete Thor sein Roß, während er gleichzeitig das Schwert durch eine Laserlanze ersetzte, und hielt auf den Rücken des Drachen zu. Es war ein exzellenter Stoß, der Thor fast aus dem Sattel hob. Die Lanze traf den Drachen genau zwischen den Schulterblättern und bohrte sich wie ein glühender Schürhaken durch den Panzer. Thor ließ die Lanze los, lenkte sein Pferd steil nach oben und entging damit im allerletzten Moment der vollen Wucht eines Schwanzhiebs, der möglicherweise tödlich gewesen wäre, weil seine Utilities den Aufprall nicht hätten auffangen können. Trotzdem wurden Roß und Reiter von der Mitte des Schwanzes empfindlich getroffen und davongewirbelt.

Der Drache warf sich herum. Sein Atem fegte wie die Feuerzunge eines Flammenwerfers durch den Raum und suchte in konzentrischen Ringen nach dem Gegner. Wie durch ein Wunder entgingen Thor und sein Roß dem Inferno. Statt zu fliehen, ließ er sein Roß wie ein Kampfflugzeug einen Looping drehen, kurvte dicht über den Rücken des Drachen hinweg und hinab zur Bauchseite. Er zauberte sein Laserschwert zurück in die Rechte und bohrte es mit aller Wucht, zu der er fähig war, in den glatten weißen Bauch des Untiers.

Im nächsten Augenblick gab es eine blauweiße Energieemission. Der Drache war verschwunden.

Ein wildes Gefühl des Triumphes raste durch Thors Gehirn. Er hatte Schwarzes Ice besiegt! *Habt ihr es gesehen, ihr Drekheads? Ich bin immer noch ein erstklassiger Decker.* Aber wenn er überhaupt einen Zuschauer hatte, dann Rose. Keiner von denen dort draußen im Sprawl, die ihn madig gemacht hatten, keiner von den Schmidts, die seine Dienste verschmäht hatten, konnte ihn hier sehen. Das war die Einsamkeit des Deckers. Er war ein Ritter der Großhirnrinde, dessen Siege im Kopfe stattfanden. Nur die Synapsen seines Hirns konnten applaudieren. Aber die Niederlagen waren ein Fressen für jedermann.

Bei aller Freude machte er sich keine Illusionen. Er hatte unverschämtes Glück gehabt, und der zweite Drache machte bereits Anstalten, in den Kampf einzugreifen.

Wo ist Rose? Jetzt hätte sie eine Chance, das Tor zu passieren!

Mit hektischen Bewegungen auf der Tastatur besserte er mit seinem Medic-Programm die Schäden aus, die Roß und Reiter durch den Schwanzhieb des Drachen erlitten hatten. Während er den vom Podest abhebenden zweiten Drachen beobachtete, hielt er Ausschau nach Rose' Persona. Er bemerkte in der Nähe des Ausgangs Rauch und entdeckte dann die Bäuerin, die gerade aus den Rauchschwaden taumelte und auf das Tor zusteuerte.

Rauch war ein sehr nützliches Abwehrutility, aber es mußte dosiert angewendet werden, da es dem Gegner gleichzeitig Fremdaktivität im System signalisierte. Es war ein Fehler, daß Rose den Rauch so dicht an das Tor herangezogen hatte, wo vermutlich weiteres Weißes Ice kauerte. Wahrscheinlich hatte sie sich von der Inaktivität des Grauen IC einlullen lassen. Aber die Wachen auf den Wehrgängen hatten sie nur deshalb in Ruhe gelassen, weil sie auf den enttarnten Eindringling Thor konzentriert waren. Das Weiße Ice dagegen interessierte sich nicht für die Ereignisse im Burghof, sondern nur für die Vorgänge direkt am Tor.

»Den Rauch weg!« schrie er, aber es war bereits zu spät.

Ein Fallgatter raste herunter und versperrte das Tor. Es sauste so dicht an Rose vorbei, daß diese zurückprallte. Barrieren-Ice. Jetzt konnten keine Daten mehr in die CPU gelangen. Barrieren-Ice löste so gut wie immer Alarm aus. Es sei denn, es wurde auf der Stelle zerfetzt, wie es der fremde Decker im Jacobi-Kosmos vorgeführt hatte.

Wie zur Bestätigung hörte Thor in der Realität der Fertigungshalle eine Alarmsirene heulen. Jetzt würde auch draußen der Tanz losgehen. Offenbar hatte sein Kampf mit dem Grauen und Schwarzen Ice noch keinen umfassenden Alarm ausgelöst, weil das System siegesgewiß davon ausging, daß seine Intrusion Countermeasures mit dem Eindringling fertig wurden. Die Aktivierung des Barrieren-Ice hatte die Lage verändert.

»Rose!« schrie er verzweifelt auf, als er sah, was der Drache machte. Dieser warf sich im Anflug auf Thor scharf zur Seite, flog eine scharfe Rechtskurve und stürzte sich auf Rose.

Das Mädchen schaute auf, als Thor sie warnte. Aber sie brauchte zu lange, um sich auf die neue Situation einzustellen. Oder ihr Cyberdeck war zu schwach. Sie lud ihre Kampfutilities hoch, und aus der Bäuerin wurde ein Säbelzahntiger.

Viel zu schwach im Kampf gegen Schwarzes Ice, das einen riesigen Drachen steuert! Aber vermutlich hat sie nichts Besseres.

Der Drache fuhr aus der Luft auf den Säbelzahntiger herab.

Thor ließ sein Roß einen gewaltigen Satz machen und galoppierte auf das Burgtor zu. Da die Gesetze der Schwerkraft hier keine Gültigkeit hatten, ließ er das Roß schräg nach oben laufen, um dann wie ein Adler den Drachen im Sturzflug anzugreifen. Sein Kampfutility besorgte ihm eine neue Laserlanze, die er wie einen Schneidbrenner nach unten richtete.

Der Säbelzahntiger versuchte zu entkommen, aber das Gatter und der Burgfried hinderten ihn. Mit gespreizten, weit nach vorn gerichteten Krallen, den Kopf nach hinten gezogen, aber das riesige Maul in Linie zum Ziel, raste der Drache direkt auf sein Opfer zu. Er öffnete das Maul, und eine Feuerlanze jagte heraus. Sie traf genau in der Mitte des Tigers auf. Fast im gleichen Moment bohrten sich die Tatzen des Drachens in die Schultern und die hinteren Flanken.

»Raus, Mädchen!« schrie Thor entsetzt. »Drek, du mußt dich ausstöpseln! Sofort!«

Sie schien ihn nicht zu hören. Der Tiger, schon waidwund, drehte den Kopf und jagte die riesigen Zähne in den Hals des Drachens. Die Feuerzunge des Drachen leckte über den Körper des Tigers und verschmorte ihn. Die Krallen drückten die Reste des Körpers wie schwarzes Mus zusammen. Der Kopf des Tigers löste sich vom Körper, aber die Zähne steckten immer noch im Hals des Drachen.

Rose hatte sich nicht ausgeschaltet. Und noch immer röstete der feurige Atem das, was vom Körper des Tigers übriggeblieben war.

Das Erschreckende daran war, daß der Körper verkohlte, aber nicht erlosch. Jeder Decker wußte, was das zu bedeuten hatte.

Der silberne Ritter hatte den Drachen erreicht. Thor ließ nicht zu, daß sein Entsetzen ihn lähmte, sondern setzte alles auf eine Karte. Er ließ sein Roß keine Ausweichbewegung machen, sondern den Nacken des Ungeheuers rammen. Mit der Wucht dieses Aufpralls preßte er die Laserlanze schräg von oben in den Hals, durch den oberen Brustbereich, so tief, daß nur noch das äußere Ende des Schafts aus der Wunde herausschaute. Er hatte den Drachen aufgespießt, und die Lanze reichte vermutlich bis zum Herzen.

Der Drache bäumte sich auf, hörte jedoch nicht auf, die allerletzten Reste des Tigers mit seinem Atem zu rösten. Und die Zähne des Tigers verschwanden nicht aus dem Hals des Drachen.

Plötzlich lag ein bläulicher Schimmer in der Luft. Der Drache löste sich auf und war im nächsten Moment verschwunden.

Der Kopf des Tigers schwebte frei in der Luft. Daneben lag Thor, der noch immer den Schaft der Lanze umklammerte. Etwas weiter entfernt richtete sich sein Roß auf und trabte heran. Im Moment hätte Thor gern auf die Perfektion der Simulation verzichtet.

»Rose?« fragte er leise.

Einen schrecklichen Moment lang konnte er eine Reaktion in den Augen des Tigers erkennen. Ein Glitzern, ein letzter Funke von Bewußtsein. Dann brachen sie. Der Kopf des Tigers verschwand.

Rose war tot.

Thor kannte die Gesetze des Cyberspace gut genug, um seiner Sache sicher zu sein. Zu lange hatte der Drache die Persona des Mädchens geröstet, sie in den Klauen gehalten. Er hatte dem Mädchen, das über ihrem Cyberdeck in der Fertigungshalle kauerte, damit das Gehirn ausgebrannt. Und zum Schluß war sie gestorben. Mit dem Erlöschen des letzten Restes von Bewußtsein war auch ihre Persona erloschen.

Warum, zum Teufel, hat sie sich nicht ausgestöpselt?

Weil sie dir helfen wollte. Der Drache hätte dich in der Luft erwischt, wenn er nicht mit dem Säbelzahntiger beschäftigt gewesen wäre.

Sterben für mich? Unsinn. Warum sollte sie so etwas tun?

Vielleicht wollte sie ihren Fehler wiedergutmachen. Oder ihr Leben war ihr nicht so wichtig. Vielleicht mochte sie dich sogar.

Quatsch. Wir haben uns erst vor zwei Stunden kennengelernt und so gut wie nichts voneinander gewußt.

Was zurückblieb, war Unverständnis, vor allem aber eine tiefe Trauer. Schon wieder mußte ein Chummer sterben. Auf schreckliche Art sterben. Nur ein Decker konnte den Schrecken nachempfinden, den ein solcher Tod im Cyberspace bedeutete.

Rose war ein freundliches Mädchen. Viel zu freundlich für ein Leben in den Schatten. Was hat sie dazu gebracht, diesen Weg zu gehen. Ich wollte, ich wüßte mehr über sie.

Aber er durfte jetzt nicht in Trauer verharren. Wenn Rose' Tod einen Sinn haben sollte, dann mußte er die Chance nutzen, die sich ihm bot. Und zwar schnell, bevor weiteres Schwarzes Ice eintraf oder das Graue Killer-Ice wieder zum Angriff blies.

Er schwang sich auf sein Roß, ließ das Laserschwert in seiner Hand erscheinen, ritt auf das Fallgatter zu und schnitt mit dem Schwert eine Öffnung hinein, die groß genug war, um Roß und Reiter hindurchzulassen. Als er dies geschafft hatte, verschwand das Gatter im Nichts. Er hatte das Weiße Ice zerstört.

Er gab dem Schimmel die Sporen und schoß aus dem Knoten heraus. Das war die letzte Handlung, die er seinen Ritter vollbringen ließ, denn sofort danach lud er das Kampfutility ›Heiliger Gral‹ herunter und nahm wieder das Icon des alten Indianers an.

Der Weg zur Datenbank war frei. Es war möglich, daß auch die Datenbank und die einzelnen Dateien durch Ice geschützt wurden, aber nach dem bombastischen Szenario im Knoten glaubte er nicht so recht daran. Das Ice im Knoten hatte ihn nicht getötet, aber seine Funktion erfüllt. Der Alarm war ausgelöst worden, und man wußte, daß der Angriff vom Firmengelände aus vorgetragen wurde. Denn aus dem Netz heraus den SAN ohne Alarmmeldung zu passieren, war ausgeschlossen. Aus Renrakus Sicht würde es nicht mehr nötig sein, den Eindringling noch weiter am Raub der Daten zu hindern. Für die Dreckarbeit brauchte man keine Software, sondern gute Gewehre. Und die hatte man in Hülle und Fülle. Genug, um aus jeder Wetware häßliche Entsorgungsobjekte für den Friedhof oder die Abdeckerei zu machen.

Thor sprang in den Datenspeicher und befand sich in einer riesigen Halle mit Datenblöcken. Er gab die Codes der gesuchten Dateien ein und überprüfte mit den Sensorutilities die gewaltigen Datenmengen. Die gesuchten Datenblöcke befanden sich links unten in der Halle. Zufrieden stellte er fest, daß weit und breit keinerlei Ice zu sehen war, auch nicht in der Nähe der brisanten Dateien. Was als brisant oder nicht brisant zu gelten hatte, lag ohnehin in den Augen des Betrachters. Durchaus möglich, daß die Daten, die der Magier sich aneignen wollte, von Renraku nicht einmal als besonders wertvoll angesehen wurden.

Auf jeden Fall drängte alles in ihm danach, die Sache endlich hinter sich zu bringen. Je länger er im Cyberspace blieb, desto länger war sein Körper allein auf den Schutz von Axa und Dr. Mabuse angewiesen, desto länger hatte die Droge Zeit, die letzten Taue zu kappen, die seinen Bewußtseinsballon noch mit dem Körper verbanden. Das Unbehagen, wieder in den Körper zurückzukehren und das Zerren des Giftes an den Halteseilen spüren zu müssen, hatte sich dem unterzuordnen.

Während sein Programm die gewünschten Dateien kopierte, las er in die Dateien hinein, überprüfte flüchtig, worum es ging. Da war nichts, was er auf Anhieb hätte verwerten können, aber offensichtlich ging es um detaillierte Angaben zu dem Sicherungssystem, das Renraku an die AG Chemie, einen der größten deutschen Megakons, geliefert hatte. Aha, das hätte er sich denken können. Dem Magier ging es nicht darum, von Renraku Betriebsgeheimnisse zu stehlen, die mit der Fertigung von Hardware oder der Programmierung von Software zu tun hatte. Es ging ihm einzig und allein darum herauszukriegen, was Renraku in die Sicherheit bei der AG Chemie hineingepackt hatte. Sie war vermutlich das nächste Ziel für einen Schattenlauf – das eigentliche Ziel.

Aber ohne mich, Drekhead! Such dir dafür andere Todeskandidaten!

Er würde sie finden. Schließlich hatte er seine besonderen Methoden: EC in rauhen Mengen und tödliche Drogen. Thor wünschte sich, dem irren Magier selbst eine seiner Spitzen in den Hintern zu jagen und die Ampullen mit dem Gegengift vor seinen Augen mit dem Stiefelabsatz zu zertreten. Das wäre eine passende Quittung gewesen. Für das, was er ihm angetan hatte. Und für Rose, die für diesen Wahnsinn gestorben war.

Thor hatte alles kopiert, was im Speicher seines Cyberdecks vermerkt war, und wollte sich ausstöpseln. Aber dazu kam es nicht.

Plötzlich, aus heiterem Himmel, spürte er eine eiserne Faust nach seinem Herzen greifen. Ohne zu begreifen, was mit ihm geschah, begannen sich die bunten Datenblöcke um ihn zu drehen, wurden immer schneller, setzten sich zu einem Band zusammen. Thor wurde der Planet Saturn, umgeben von einem Regenbogenring. Gleichzeitig spürte er, daß Saturn zusammengequetscht wurde wie eine Zitrone in der Hand eines Riesen. Dann wurde er bewußtlos.

Als er wieder zu sich kam, befand er sich noch immer im Cyberspace. Die Hand des Riesen hatte ihn losgelassen. Der Regenbogen war verschwunden. Die Datenblöcke befanden sich wieder in fein säuberlich geordneten Reihen über, neben und unter ihm.

Erst jetzt fand sein Gehirn Gelegenheit, den Vorgang zu verarbeiten. Obwohl anscheinend alles wieder in Ordnung war, schwappten Panikwellen über ihn hinweg.

Zum zweiten Mal ist mir in der Matrix etwas zugestoßen, das eigentlich nicht passieren kann und darf. Fehlt nur noch, daß Roberti wieder auftaucht.

Dazu wollte es Thor nicht kommen lassen. Mit einer instinktiven Bewegung riß er sich den Stecker aus der Stirnbuchse.

Der Schock, sich wieder im eigenen Körper in der materiellen Welt zu befinden, war größer als jemals zuvor. Beim normalen Ausstöpseln sorgte das schlagartige, ungefilterte Einsetzen der Sinneseindrücke, das Bewußtsein der Körperlichkeit, für eine kurze Verwirrung, an die man sich als Decker gewöhnen konnte. Aber diesmal war es anders. Die Sinneseindrücke waren wieder vollständig da, aber das Bewußtsein schien auf Stelzen zu gehen. Thor *spürte* Körperlichkeit, aber er hatte sie nicht. Obwohl er mit diesen Empfindungen gerechnet hatte, war er entsetzt darüber, wie weit die Ablösung seines Bewußtseins – ob nun real oder nur von der Droge suggeriert – bereits vorangeschritten war.

Der nächste Schock bestand darin, daß er plötzlich dem jaulenden An- und Abschwellen der Sirenen voll ausgesetzt war. Er hatte das Heulen die ganze Zeit über gehört, aber es war nur ein Hintergrundgeräusch gewesen, das vernachlässigt werden konnte. Jetzt setzte es sich wie ein flatternder Kolibri unter seine Nervenbahnen.

Aber das Schlimmste stand ihm noch bevor, als er sich aus der knienden Position erhob, um aus der Nische in die Halle zu treten. Er trat auf etwas Schwarzes, Schmieriges und wäre fast ausgerutscht. Inmitten der Schmiere lag ein Cyberdeck.

Rose!

Die Schmiere war alles, was das Schwarze IC von dem Mädchen übriggelassen hatte. Was ihrer Persona in der Matrix passiert war, das war auch ihrem physischen Körper widerfahren. Er war bis auf einen schrecklichen schwarzen Rest verschmort und verbrutzelt.

Pures Entsetzen fraß sich wie eine glühende Nadel durch seinen Körper und seinen Geist, wühlte seine Gedärme auf und stülpte ihm den Magen um. In hohem Bogen erbrach er alles, was sich in seinem Magen befunden war.

Geistesgegenwärtig zog Dr. Mabuse, der vor der Nische stand, das Knie weg und entging damit der vollen Ladung. Der Straßensamurai hatte seine Ares Crusader im Anschlag und starrte ihn an. Ein Stück entfernt befand sich Axa. Auch er schaute Thor an, wirkte zugleich aber wie entrückt. Wahrscheinlich bereitete er sich mental darauf vor, seine Magie gegen den Feind einzusetzen.

»Hast du die Daten?« wollte Dr. Mabuse wissen.

Thor würgte noch immer und konnte nur stumm nicken.

»Daten klar«, sprach Dr. Mabuse in sein Armbandkom. »Beeilt euch.« Er wandte sich wieder Thor zu. »Was ist mit Rose passiert?«

Tief durchatmend richtete sich Thor auf und wischte sich den Rest des Erbrochenen aus dem Mundwinkel.

»Schwarzes Ice hat sie geröstet. Sie … sie war sehr tapfer … zu tapfer … Sie hätte sich ausstöpseln können, aber das hat sie nicht getan. Arme Rose … dumme Rose …«

Dr. Mabuse nickte nur. Man konnte nicht erwarten, daß ein Straßensamurai allzuviel mit den Schrecken des Cyberspace anzufangen wußte. Bestimmt hatte er von Deckern gehört, die als geistige oder körperliche Krüppel aus der Matrix zurückkehrten oder sogar gestorben waren. Vielleicht hatte er es sogar schon miterlebt. Aber wer den verschiedenen Personae des Schwarzen IC nie gegenübergestanden hatte, konnte nicht wirklich die Gefahr abschätzen, die von ihm ausging. Daß ein Decker so schrecklich für den Versuch bestraft worden war, Daten zu rauben, hatte auch Thor noch nie zuvor erlebt. Das war eine Teufelei, die auf das Konto der Programmierer von Renraku ging. Vielleicht hatte Rose darauf gehofft, mit ein paar körperlichen Verletzungen davonzukommen, als sie sich entschloß, im Netz zu bleiben. Manchmal war Schwarzes Ice so programmiert, daß es den Decker gehörig verprügelte, ihn aber nicht ernsthaft verletzte.

Warum versuchst du, Rose ihre Tapferkeit zu nehmen? Du wirst nicht fertig damit, daß sie ihr Leben für dich geopfert hat, wie?

»Ich war eine Zeitlang bewußtlos«, sagte er zu Dr. Mabuse, der seine Waffe dem anderen Hallenende zuwandte, als dort die Geräusche von Stiefeln ertönten, die sich im Laufschritt über den Betonfußboden bewegten. »Ihr müßt es bemerkt haben. Weißt du, wie lange?«

Dr. Mabuse sah kurz zu Axa hinüber, als würde er von ihm die Antwort erwarten. Aber Axa blieb still in sich versunken, obwohl er langsam den Körper gedreht hatte und sich wie Dr. Mabuse der anderen Seite der Halle zugewandt hatte.

»Bewußtlos? Du?« Dr. Mabuse spuckte aus. »Vergiß es. Du hast die ganze Zeit über wie ein Irrer auf deiner Tastatur herumgehackt. Das einzige…« Er schien etwas hinzufügen zu wollen, brach dann aber ab und sagte: »Schluß mit dem Gequatsche. Hier wird's gleich heiß. Zieh deine Knarre, und schieß, sobald sich irgendeine Fratze von einem Drekhead sehen läßt.«

Aus dem Obergeschoß, wo die Zentrale untergebracht war, drangen Kampfgeräusche. Maschinengewehre ratterten, Granaten explodierten. Rommel, Molotowa und die Zigeunerin waren zum Angriff auf den Raum übergegangen, in dem der Zentralcomputer stand. Oder sie hatten ihn bereits erobert und mußten sich jetzt verteidigen. Die Laufschritte am anderen Ende der Halle hatten sich wieder entfernt. Offensichtlich galt das Kommando nicht ihnen, sondern den Chummern in der Zentrale. Aber das würde ihnen nur eine Atempause verschaffen. Früher oder später würden Konzerngardisten damit beginnen, das ganze Gelände zu durchkämmen. Da Thor das Aufspür-Ice getäuscht hatte, war die Konzerngarde nicht zwingend darüber informiert, wo genau der fremde Decker in das System eingestiegen war. Vielleicht wußten sie aber auch längst, daß sich die zweite Gruppe der Eindringlinge in Halle 3 aufhielt, wollten aber zunächst die CPU schützen.

Eine gewaltige Detonation im Obergeschoß ließ die Wände erzittern und überlagerte die Kampfgeräusche. Darauf schien Dr. Mabuse nur gewartet zu haben.

»Das war die Zentrale. So ka, jetzt können wir auch hier reinen Tisch machen.«

Er bückte sich und aktivierte der Reihe nach die vier No-Return-Zünder des Sprengsatzes. »In einer Minute geht die Scheißkontrolltafel in die Luft. Wir sollten zusehen, daß wir dann nicht mehr hier herumstehen.«

Keine Macht der Welt konnte jetzt noch die Zündung des Plastiksprengstoffs verhindern. Wenn jemand auf die Idee kam, die Zünder von der Plastmasse herunterzureißen, gab es einen Kurzschluß, der zur sofortigen Explosion führte.

Die Deckung der Maschinen ausnutzend, stürmte Dr. Mabuse zum anderen Ende der Halle, jetzt beide Crusaders schußbereit nach vorn gerichtet. Thor folgte, die Walther Secura in der Rechten. Er hatte sein Cyberdeck im Koffer verstaut und diesen unter dem Duster verborgen. Axa erwachte aus seiner Erstarrung und setzte sich ebenfalls in Bewegung. Der Elf hatte die ganze Zeit über kein Wort geredet, aber das war schließlich nichts Neues.

In der Ferne wurde wieder geschossen. Laute Stimmen brüllten Kommandos. Dutzende von Stiefeln klackten auf Metall und Beton. Die Geräusche kamen von links, von rechts, von vorn und von hinten. Die Sicherheit schickte von allen Toren aus weitere Kräfte in die Schlacht.

Ein Zusammentreffen mit den Konzerngardisten war unvermeidlich, und es stellte sich nur die Frage, wann es dazu kommen würde. Zehn Sekunden später hatte sich dieser Punkt erledigt. Dr. Mabuse erreichte als erster das obere Ende des Hallenganges. Genau in dem Augenblick, als er die Deckung der letzten Stapel von ausgeweideten Computergehäusen verließ, wurden auf der rechten Seite die durchsichtigen Kunststoffblenden des Hallentors aufgestoßen. Fast gleichauf stürmten drei Konzerngardisten in dunkelblauen Uniformen herein, die Maschinenpistolen vor den gepanzerten Westen haltend, mit Stahlhelmen geschützt.

Sie kamen aus der Richtung, in die sich die Runner bewegen mußten, um den Serena in der Parkhalle zu erreichen. Dr. Mabuse mit seinen Smartgunverbindungen, seinen Kunstmuskeln und seinen Reflexboostern gab ihnen nicht die Spur einer Chance, ihre Spritztüten nach vorn zu richten. Beidhändig ließ er seine Ares Crusaders losrattern. Stahlhelme sind gut, aber darunter gibt es Gesichter, und die Gesichter flogen den drei Männern im Feuer der beiden Crusaders förmlich davon. Weitere Treffer gingen in Bauch und Beine. Konzerngardisten bei Renraku hatten ungünstige Arbeitszeiten, aber sonst einen faulen Job, der den Ebbie mästete. Wenn sie allerdings Straßensamurais wie Dr. Mabuse über den Weg liefen, dann konnte daraus ein Job mit himmlischen Perspektiven werden.

Für diese drei war der Dienst ein für allemal zu Ende, aber es zeigte sich schnell, daß Renraku keine Hampelmänner, sondern zähe Ballerburschen rekrutierte. Das runde Dutzend Konzerngardisten, das hinter den drei Pacemakern trabte, spritzte nach allen Seiten auseinander, fiel oder robbte hinter jede Kiste, jeden Karton, jedes größere Fertigungsteil, das

Deckung versprach, oder hechtete über den Gang zu den Maschinen. Einige warfen sich hinter die blutigen Reste ihrer Kollegen, zwei drückten ihre Körper wie Flundern gegen die aufgedrückten Kunststofftore, während drei die Tür noch nicht passiert hatten und sich seitlich vom Eingang in Schußposition brachten.

Zwei weitere wurden von Dr. Mabuses Crusaders durchsiebt, aber alle anderen ließen ihre MPs, Sturmgewehre, Schrotflinten und schweren Pistolen sprechen. Dr. Mabuse zog sich in die Deckung der aufgestapelten Computergehäuse zurück, die unter den Einschlägen bebten, zersplitterten und schepperten. Es klang wie die infernalische Begleitmusik einer schlechten Steelband zu einer blutigen Voodoo-Zeremonie.

Dann erschütterte eine Explosion die Halle. Die Kontrollwand war in die Luft gegangen. Kunststofffetzen und Metallsplitter regneten zu Boden. Keine Gefahr für die Runner. Zu weit weg.

Die Explosion hatte Dr. Mabuse in seiner Wachsamkeit gestört. Ein Scharfschütze erwischte ihn am linken Arm und fetzte ihm einen blutigen Paß in einen seiner Kunstmuskelberge. Der getroffene Muskelstrang riß wie eine überbeanspruchte Stahltrosse und dröselte sich zu struppigen Quasten auf, unter denen das Blut heraussprützte. Die Faust des Samurais öffnete sich wie eine Schnappfeder, und die Crusader rutschte scheppernd bis zur Mitte des Hallenganges.

Das alles schien Dr. Mabuse nicht sonderlich zu beeindrucken. Er legte seine zweite Crusader neben sich auf den Boden, hakte mit der gesunden Rechten eine Granate aus dem Gürtel, riß den Ring heraus, sprang in den Gang, warf die Granate und rollte sich zur anderen Seite. Während die Granate bei den Konzerngardisten mit grellem Blitz und Donner detonierte, hatte Dr. Mabuse in der Rollbewegung eine weitere Granate losgehakt und scharf gemacht. Im Rückwärtsschwung seiner Rollbewegung richtete er sich auf, holte aus und warf seinen Feinden sein zweites Argument an den Kopf. Im nächsten Moment rasselte er in den Stapel mit den Computergehäusen, klaubte ein Kompresse aus seinem Medpack, preßte sie auf die Wunde und klebte sie fest. Dann nahm er seine Crusader, robbte nach vorn und ballerte schon wieder los.

Mit den beiden Granaten hatte er zwei weitere Gegner zum Skat mit Lucifer geschickt, und drei weitere waren so schwer verwundet, daß sie sich in nächster Zeit wohl mehr mit Einläufen statt Gewehrläufen beschäftigen würden.

Thor konnte brutale Gefechte dieser Art psychisch nur überleben, indem er dem Sensenschnitt von Gevatter Tod mit Zynismus begegnete. Das Entsetzen kam später, in den Nächten danach, und machte sich in Alpträumen breit.

Er hatte sich hinter einer Kunststoffpresse verschanzt und feuerte mit seiner Secura auf die Konzerngardisten. Zu schaffen machte ihm einer der Männer, der halb hinter der Kunststoffblende stand, ihn als seinen Lieblingsgegner herausgepickt hatte und mit einem Sturmschrotgewehr beharkte. Ohne den Duster hätte Thor seinen Blutkreislauf wegen zu hohen Eisengehalts längst zur Verschrottung freigeben müssen. Schließlich verlor der Mann die Geduld und wollte die Entscheidung erzwingen. Er sprang an dem Kunststoffportal vorbei auf den Gang und hatte damit freies Schußfeld auf Thor. Hals und Kopf waren ungeschützt und lagen genau im Streuwinkel des Gewehrs. Verzweifelt drückte Thor den Abzug seiner Secura zweimal durch. Der erste Schuß traf den Mann mitten in der Stirn. Mit einem ungläubigen Gesichtausdruck fiel der Sicherheitsmann zu Boden, streckte alle viere von sich und erschlaffte. Das Schrotgewehr begrub er unter sich.

Der zweite Schuß löste sich nicht. Es kam nur ein hohles Klicken. Mechanisch schob Thor einen neuen Munitionsstreifen in die Waffe.

Auf die Entfernung ein unglaublicher Glückstreffer, dazu noch mit der letzten Patrone.

Er war überzeugt davon, daß der Mann mit dem Schrotgewehr ihn im nächsten Moment getötet oder zumindest schwer verletzt hätte. Deshalb verspürte er keine Reue, daß er den Mann getötet hatte. Das wäre auch dann nicht anders gewesen, wenn er Zeit gehabt hätte, sich klarzumachen, daß der Mann nur einen Job tat, für den er bezahlt wurde, und Thor auf dem Papier ein Gesetzesbrecher war. Die Konzerngardisten wurden von einem Konzern bezahlt, Daten zu schützen, und Thor wurde von einem Konzern bezahlt, Daten zu stehlen. Sie waren beide Bauern im blutigen Spiel der Mächtigen. Und obwohl Thor diese Rechtfertigung für sich selbst nicht mehr in Anspruch nahm, wußte er doch, daß viele Chummer sich als Rebellen gegen das System verstanden. In den Schatten gab es mehr moralische Kompetenz als in den beflissenen Söldnerscharen der Megakons. Ohne Reue für eine Tat, die unvermeidlich gewesen war, bedauerte er dennoch, daß ein weiterer Mensch durch seine Hand zu Tode gekommen war. Thor fühlte sich nicht als Killer, aber in den acht Jahren, die er in den Schatten überlebt hatte, waren seine Hände nicht unbefleckt geblieben. Das war der Tribut, der an die Schatten gezahlt werden mußte. Und früher oder später schluckten die Schatten jeden, den Sicherheitsmann, den Lohnmagier, den Söldner, den Konzerndetektiv, den Rebellen, den Zyniker, den Abenteurer, den Glücksritter und den Anbeter des Goldenen Ebbie.

Vier Gegner waren noch wohlauf und gut bei Munition. Besonders ein stiernackiger Bursche mit einem MP-Laser, der hinter einer riesigen Holzkiste kauerte, machte Dr. Mabuse und Thor zu schaffen. Die flirrenden Energiestöße aus seiner Waffe verschmorten ringsum Blech und Kunststoff und nagelten die Verteidiger hinter ihrer Deckung fest.

Axa hatte es für unter seiner Würde gehalten, sich in Deckung zu begeben. Allerdings hing er auch am weitesten zurück und hatte bisher nicht das Feuer auf sich gezogen. Unvermutet sprang der Elf plötzlich nach vorn, hob die Arme, murmelte einen Zauberspruch und fixierte dabei den Mann mit dem MP-Laser. Der riß die Waffe herum, die auf Dr. Mabuses Deckung gerichtet war. Aber er war viel zu langsam. Ein Manablitz verließ Axas Fingerkuppen und zischte direkt in das Hirn des Laserschützen. Für die Energie aus dem Astralraum spielten materielle Hindernisse wie die Bretter der Kiste und der Helm des Konzerngardisten keine Rolle. Der Augenkontakt mit Axa hatte als Wegmarkierung genügt. Mit einem letzten gellenden Schrei kippte der Laserschütze aus der Deckung. Ein grauenvolles kleines Rauchwölkchen quoll unter seinem Helm empor und stieg kerzengerade in die Luft.

Ein paar Kugeln prallten von Axas Duster ab, die er mit stoischer Ruhe quittierte. Erneute Konzentration, wieder undeutliches Murmeln. Dann bildeten sich zwei wabernde Feuerbälle in den beiden Händen des Magiers, die er den drei restlichen Gegnern entgegenschleuderte.

Im gleichen Moment sprang Dr. Mabuse aus der Deckung und raste wie ein Derwisch den Feuerbällen hinterher. Seine Crusader spuckte, stotterte, verstummte. Der Samurai warf sie zur Seite und fuhr die Unterarm-Schnappklingen seiner unverletzten Rechten aus.

Einer der Gegner wurde von einem Feuerball im Magen getroffen und unmittelbar den noch heißeren Feuern der Hölle überstellt. Der andere Feuerball schwirrte knapp über die Köpfe der beiden anderen Männer hinweg und verpuffte Augenblicke später in der Luft. Er hatte sie jedoch gezwungen, sich zu ducken, und sie damit am Schießen gehindert.

Der Straßensamurai war schon heran. Er sprang

über einen Toten hinweg, schlug dem dahinter kauernden Mann mit einem Fußtritt das Gewehr aus der Hand und tötete ihn dann mit einem einzigen Hieb seiner Schnappklingen gegen die Kehle.

Er wollte sich umwenden, um sich den letzten Mann vorzunehmen, aber der riß bereits seine MP hoch. Dr. Mabuse rannte direkt in eine Salve hinein, die ihn vom linken Fuß bis zur Stirn erfaßte. Der Samurai brach zusammen. Fast im gleichen Moment verschmorte ein weiterer Manablitz aus Axas Hand den Körper des Konzerngardisten. Dieser fiel zu Boden und rührte sich nicht mehr.

Thor rannte hinter seiner Deckung hervor und stürzte zu Dr. Mabuse. Axa sicherte nach hinten und folgte langsamer nach.

Als sich Thor zu dem Straßensamurai hinabbeugte, lebte dieser noch. Aber es ging mit ihm zu Ende. Die Schußweste hatte Treffer in der Brust verhindert, aber ein Geschoß hatte den Hals getroffen, ein zweites war in das rechte Auge eingedrungen. Gegen die Schüsse aus nächster Nähe hatte auch die subdermale Panzerung nicht geholfen. Die Halsschlagader schien getroffen zu sein, und alles in allem sah der Runner furchtbar aus.

»Chummer«, flüsterte Dr. Mabuse und spuckte Blut, »sag Molotowa ... daß es mit ihr ... immer unheimlich Spaß gemacht hat.« Da er es auch obszöner hätte ausdrücken können, waren es wohl doch irgendwie würdige Worte im Angesicht des Todes. Mehr schien er nicht zu sagen zu haben. Doch dann bewegten sich noch einmal die Lippen. »Chummer«, sagte er mühsam. »Als du ... im Netz warst ... hat Axa irgendeinen Zauber ... auf dich gewirkt. Ganz zum Schluß, als ... du die Daten geholt ... hast. Ich denke ... das solltest ... du wissen.«

Er war noch immer nicht tot, brabbelte jetzt aber sinnloses Zeug vor sich hin. Dann verstummte er.

»Exitus«, sagte der Magier.

Thor fuhr hoch. Er hatte nicht bemerkt, daß Axa herangetreten war. Hatte der Magier gehört, was Dr. Mabuse über ihn gesagt hatte? Die Augen des Elfs waren düster, traurig und unergründlich wie immer.

Dann erstarrten sie plötzlich und richteten sich auf einen Punkt am Halleneingang. Thor sprang auf, die Secura schußbereit in der Hand.

Es war Molotowa, eine Crusader im Arm, die Mündung nach unten gesenkt. Hinter ihr stand die Zigeunerin, immer noch mit Spiegelbrille, die Beretta in der Rechten. Beide bluteten aus kleineren Wunden, schienen aber nicht ernsthaft verletzt zu sein. Mit versteinertem Gesicht blickte Molotowa auf ihren Kampfgefährten. Sie sagte kein Wort und machte auch keine Anstalten, sich zu ihm hinzuknien.

»Ich soll dir sagen, daß es ihm … äh … mit dir immer Spaß gemacht hat«, sagte Thor tonlos. Nicht ganz der Wahrheit entsprechend, fügte er hinzu: »Das waren seine letzten Worte.«

»Das hat er bestimmt anders ausgedrückt, Chummer«, sagte Molotowa trocken und tat ihrem toten Gefährten damit unrecht. »Trotzdem, danke. Kommt schon, wir haben keine Zeit zu verlieren. Die Drekheads haben noch Dutzende von Leuten unterwegs und bestimmt längst Verstärkung angefordert. Bewegt eure Ärsche!«

Sie ging mit gutem Beispiel voran, indem sie sich zur Parkhalle umdrehte und in einen Laufschritt verfiel. Die Zigeunerin und Axa rannten ebenfalls los. Thor sah noch einmal auf den blutbesudelten Körper von Dr. Mabuse und das ganze Schlachtfeld zurück.

Es wird immer blutiger. Es macht keinen Spaß mehr in den Schatten, wenn so viele so grausam sterben müssen.

Dann schloß er sich den anderen an. Die Zigeunerin schien Mühe zu haben, das Tempo mitzuhalten, und wurde von Axa überholt. Wenig später hatte Thor die junge Frau eingeholt. Die vier rannten quer durch die Abfertigungshalle zur Laderampe und ersparten sich damit den Umweg durch das Hallentor.

Die ganze Zeit hindurch hatten die Sirenen nervenzerfetzend gejault. Plötzlich verstummten sie, aus welchen Gründen auch immer. Die nachfolgende Stille war noch schwerer zu ertragen als das Geheule.

»Schwierigkeiten?« fragte Thor, der bemerkt hatte, daß die Riggerin leicht schwankte.

»Nicht der Rede wert.«

»Was ist mit Rommel?« fragte er, obwohl er sich die Antwort schon denken konnte.

»Hatten keine Zeit mehr, die Sprengsätze an der CPU anzubringen«, erwiderte die Frau abgehackt. »Die Konzerngardisten waren unheimlich schnell ... haben den Zentralcomputer beschützt wie die Ameisen ... ihre Königin. War aussichtslos. Da hat sich Rommel ... den Sprengstoff ... geschnappt, den Zünder scharf gemacht ... und sich als lebende Bombe auf den ... Zentralcomputer geworfen. Hat geklappt. Rommel hat sich ... selbst, die CPU und mindestens zehn ... Drekheads in die Luft gesprengt.«

»Hätte ich ihm nicht zugetraut.«

»Ich auch nicht. Der muß ... Renraku unheimlich gehaßt ... haben. Die CPU hochzujagen ... war ihm wichtiger als ... alles andere.«

»Und der Computer mit den Personaldaten ...«

»Stand irgendwo daneben. Chummer, es war ... eine *reichliche* Ladung. In der Halle ... gibt's keine Computer mehr.« Sie machte eine kurze Pause. »Rose ist tot, wie?«

»Schlimmer Tod. Schwarzes Ice.«

»Drek.«

Die beiden sparten sich ihren Atem für das Laufen. Molotowa sprang die Abfertigungsrampe hinab, kam unten federnd auf und rannte zu den Parkboxen.

Die Zigeunerin zögerte einen Moment, bevor sie

sprang. Als sie unten aufkam, stieß sie einen leisen Schmerzensschrei aus und kippte zur Seite. Thor gab seinem Sprung im letzten Moment eine andere Richtung und konnte dadurch verhindern, auf ihr zu landen. Er ging in die Knie, kam wieder hoch und ging zu der Frau. Er beugte sich zu der Riggerin hinab und versuchte ihr wieder auf die Beine zu helfen. Er bemerkte, daß ihr linker Stiefel blutdurchtränkt war. Der Fuß wollte sie nicht mehr tragen. Sie knickte sofort wieder ein, als sie ihn belasten wollte.

»Laß mich«, fauchte die Zigeunerin und wehrte seine Hände ab. »Bring die Daten in Sicherheit, und rette deinen Arsch. Ich komme schon allein zurecht.«

Noch nie hatte Thor einen Chummer im Stich gelassen.

»Steh auf! Wir packen das gemeinsam.«

»Hau ab, Thor!« Es klang nach Selbstaufgabe.

Molotowa hatte den Serena erreicht. Ungeduldig winkte sie mit der Crusader zu ihnen herüber. Sie wartete auf die Fahrerin.

»Du wirst gebraucht«, sagte er. Vielleicht half das der Zigeunerin, die letzten Kräfte zu mobilisieren.

»Unsinn, wir haben den Wagen nicht abgeschlossen, und der Codechip liegt auf dem Sitz. Jeder von uns kann den Wagen fahren.«

»Nicht so gut wie eine Riggerin.«

»Gut genug.«

Axa traf am Serena ein, schaute über die Schulter zurück. Er verzog keine Miene und zögerte keinen Moment lang. Er öffnete die Tür an der Fahrerseite, stieg ein und startete den Elektromotor. »Beeilt euch, ihr verdammten Jackheads!« schrie Molotowa. Ihr dikker blonder Zopf peitschte durch die Gegend, als sie hektisch den Kopf von einer zur anderen Seite warf, um alle Eingänge zur Parkhalle im Auge zu behalten.

Würden die beiden versuchen, das Gelände ohne

die Daten zu verlassen? Die Situation war brenzlig. Drei Chummer waren bereits tot, und Renraku war längst noch nicht am Ende. Jeden Augenblick konnten Konzerngardisten eintreffen. Vielleicht ein Dutzend, vielleicht hundert, vielleicht mehr. Schwer zu sagen, ob Axa und Molotowa unter diesen Umständen lieber auf den Ertrag des Unternehmens verzichteten, um zu versuchen, ihr nacktes Leben zu retten, solange dies noch möglich war.

Molotowa öffnete die Hecktür des Minibusses und sprang fluchend hinein. Sie verständigte sich mit Axa. Dann taten die Chummer das, was Thor an ihrer Stelle auch getan hätte.

Axa setzte den Wagen rückwärts aus der Parkbox und fuhr im Rückwärtsgang auf Thor und die Zigeunerin zu.

Die Frau hatte inzwischen eingesehen, daß Thor ohne sie nicht gehen würde. Als sie erkannte, was die beiden anderen Chummer vorhatten, erhob sie sich mit schmerzverzerrtem Gesicht und ließ zu, daß Thor sie stützte.

Der Antrieb des Serena surrte schrill. Es waren nur zwanzig Meter, die Axa zurückzulegen hatte, aber er mußte dabei über eine Begrenzungsschwelle fahren, mit der die Parkzone vom Abfertigungsbereich getrennt wurde. Der Serena schaukelte leicht, schob sich aber ohne besondere Schwierigkeiten über die Schwelle.

An Thor geklammert und von ihm unter den Schultern gestützt, humpelte die Zigeunerin auf das Fahrzeug zu.

Mit einem Ruck wurde das breite Tor der Lagerhalle aufgerissen. Zwei Scheinwerfer flammten auf und badeten den Serena in grellweißes Licht. Gleichzeitig begannen hinter den Scheinwerfern mindestens zehn Maschinenpistolen zu rattern.

Thor warf sich zurück in den Schatten der Laderampe und zog die Zigeunerin mit sich. Der Serena hatte sich gerade in dem Moment zwischen Laderampe und Tor geschoben, als das Inferno begann. Nur dieser Tatsache hatten die beiden ihr Leben zu verdanken, denn sonst hätten sie sich mitten im Schußfeld der Maschinenpistolen befunden.

Geschosse knallten in so dichter Folge gegen die Breitseite des Serena, als sei er unvermutet in einen Gewitterhagel geraten. Aber diese Hagelkörner waren aus Metall und durchschlugen die Karosserie. An einigen Stellen lagen die Einschüsse so dicht beieinander, daß sie das Blech regelrecht zerfetzten. Die Windschutzscheibe und die Scheibe auf der Beifahrerseite zerbarsten. Axa kauerte hinter dem Lenkrad. Ob er verletzt war, ließ sich nicht erkennen, aber zumindest bewegte er sich noch.

Molotowa stand in der offenen Hecktür und erwiderte das Feuer aus ihren beiden Crusaders. Gegen die Übermacht stand sie jedoch auf verlorenem Posten.

Thor und die Zigeunerin hatten die Pistolen gezogen, sahen aber keine Möglichkeit, in den Kampf einzugreifen. Der Serena, der sie vor den Kugeln der Konzergardisten abschirmte, verhinderte auch, daß sie den Gegner zu Gesicht bekamen, geschweige denn eine Chance hatten, einen zielgerichteten Schuß abzugeben.

»Weg von dem Wagen!« schrie Thor den Chummern zu, weil er darin ihre einzige Chance sah. Aber die beiden konnten ihn bei dem Höllenlärm nicht hören.

Plötzlich richtete sich Axa auf, und ein mindestens dreißig Zentimeter großer Energieball verließ seine Hand. Im gleichen Moment erfaßte ihn eine MP-Salve und traf ihn mit soviel Wucht, daß der Elf gegen die Fahrertür geschleudert wurde. Die offenbar nur angelehnte Tür sprang auf, und der Körper des Magiers drehte sich schlaff und trudelnd heraus. Dann schlug er der Länge nach auf den Betonboden der Halle. Der

Kopf knallte hart gegen den Türrahmen. Aber so, wie dieser Kopf aussah, machte ihm das nichts mehr aus. Die traurigen Augen des Elfs gab es nicht mehr, und sie konnten auch nicht mehr mit Genugtuung registrieren, wie sich der Feuerball in die Phalanx des Gegners fraß und zwei Maschinenpistolen zum Verstummen brachte.

Bei dem Anblick des Toten mußte Thor spontan daran denken, daß er jetzt wohl niemals erfahren würde, warum der Elf einen Zauber auf ihn gewirkt hatte und ob seine Bewußtlosigkeit im Netz damit zusammenhing. Er schämte sich für diesen egoistischen Gedanken, aber er hatte heute schon zu viele Tote gesehen, um für die Grausamkeit des Todes im Moment noch empfänglich zu sein. Die Trauer würde vielleicht später kommen.

Das MP-Feuer war dünner geworden. Axa hatte zwei Gegner ausgeschaltet, aber auch Molotowas Crusaders zeigten Wirkung. Mehrere Konzerngardisten waren zusammengebrochen, andere hatten sich tiefer in das Innere der Halle zurückgezogen. Offenbar war ihnen die direkte Ansprache der blonden Hünin zu derb und zu kernig. Daß es noch einen anderen Grund für den Teilrückzug gab, wurde wenig später klar, als ein Sturmgeschütz im Halleneingang auftauchte und wummernd den Serena unter Beschuß nahm. Die Ruhrmetall SF20 war eine durchschlagskräftige Präzisionswaffe mit automatischer Zielpeilung, und die beiden Orks, die hinter der Schutzblende standen und das Geschütz bedienten, schienen ihr Handwerk zu verstehen.

Schon der erste Schuß traf den Serena und verwüstete die Fahrerkabine. Wenn Axa nicht bereits seine materiellen Geschäfte dem Nachlaßverwalter übergeben hätte, wäre spätestens jetzt der endgültige Konkurs fällig gewesen.

Molotowa erkannte die tödliche Gefahr, die das

Sturmgeschütz bedeutete, und tat aus ihrer Sicht das einzig Sinnvolle. Sie griff die Orks an. Da dies aus der Deckung des Serena, der ohnehin jeden Moment in die Luft fliegen konnte, keinen Erfolg versprach, sprang sie beidhändig feuernd aus dem Heck und stürmte nach vorn. Natürlich hätte sie genausogut in Richtung ihrer beiden Chummer flüchten können und damit eine bessere Überlebenschance gehabt. Vielleicht kam ihr das einfach nicht in den Sinn. Oder sie war schlicht und einfach wütend und wollte es den Orks zeigen. Es konnte aber auch sein, daß sie den Tod ihres Gefährten Dr. Mabuse nicht so unberührt weggesteckt hatte, wie sie es nach außen hin zeigte. Ganz abgesehen davon steckte in jedem Straßensamurai ein Stück tollkühner Verrücktheit, eine kranke Todessehnsucht, denn wer sonst würde als wandelndes Waffenarsenal freiwillig die Artillerie eines jeden möglichen Gegners wie ein Magnet anziehen.

Aber wie man es auch drehte und wendete, es blieb purer Wahnsinn, sich einem übermächtigen Gegner in den Rachen zu werfen.

Abwechselnd mal mit links, mal mit rechts feuernd, lief Molotowa im Zickzackkurs auf die Orks zu, um die verbliebenen MP-Schützen zu irritieren. Trotzdem wurde sie mehrfach getroffen, aber offensichtlich nicht schwer genug, um sich aufhalten zu lassen.

Im nächsten Moment erlitt der Serena einen Volltreffer und ging in Flammen auf. Es gab keinen Benzintank, der in die Luft fliegen konnte, aber die im Innern des Wagens verbliebene Ausrüstung der Schattenläufer war, wie sich zeigte, durchaus für ein Feuerwerk mit Dutzenden von Detonationen und einer bis zum Hallendach hochjagenden Stichflamme gut.

Thor und die Zigeunerin preßten sich platt wie Flundern gegen die Rampe. Trotzdem grenzte es an ein kleines Wunder, daß die herumfliegenden Metallfetzen keinen von beiden ernsthaft verletzten.

»Das ist wahrscheinlich unsere letzte Chance!«
schrie Thor der Zigeunerin ins Ohr, sprang auf, packte
die junge Frau an der Hüfte und zog sie ebenfalls
hoch. Das brennende Wrack des Minibusses versperrte
den Konzerngardisten die Sicht auf die beiden Runner.
Umgekehrt war diesen jede Möglichkeit verwehrt,
Molotowa weiter im Auge zu behalten. Die Flammen
hatten sie verschluckt. »Zum Motorrad!«

Die Riggerin trat mit schmerzverzerrtem Gesicht auf
und wäre fast wieder hingefallen, aber Thors Griff
unter ihre Achseln verhinderte dies. Er zog sie einfach
mit sich. Sie versuchte zu humpeln, aber es ging nicht.
Kurz entschlossen bückte er sich, schob den linken
Arm unter ihre Oberschenkel und hob sie hoch. Trotz
der Schutzkleidung war sie erstaunlich leicht. Hätte er
die Molotowa tragen müssen, wäre er wahrscheinlich
unter der Last zusammengebrochen.

Das Motorrad stand sechs oder sieben Parkboxen
weiter links, und zwischen den beiden Runnern und
dem brennenden Wrack des Serena parkten zwei weitere Wagen, die Deckung versprachen. Thor kehrte
dem Wrack den Rücken zu und rannte, so schnell es
mit seiner Last ging, auf den ersten Wagen zu. Hinter
ihnen knatterten die Maschinenpistolen, aber man
konnte weder sehen noch heraushören, ob Molotowa
oder die Konzerngardisten die Schüsse abgaben. Immerhin war das Geschütz verstummt. Entweder hatte Molotowa die Geschützmannschaft ausgeschaltet,
oder diese sah keinen Sinn mehr darin, gute Munition
dafür zu vergeuden, großen Schrott in kleinen Schrott
zu verwandeln.

Thor tauchte hinter den breiten Wulst der Fahrerkabine eines VW Impuls. Der Besitzer würde nur noch
wenig Freude an ihm haben. Ein abgesprengtes Teil
des Serena hatte die Windschutzscheibe durchschlagen, und die rechte Flanke war von MP-Munition
durchsiebt.

Gebückt eilte Thor weiter, umrundete das nächste Fahrzeug und sah dann die BMW vor sich. Auf den ersten Blick schien sie unbeschädigt zu sein. Er lud die Zigeunerin auf dem Rücksitz ab. Sie stöhnte leise auf, als er das verletzte Bein packte und es über den Sitz schob. Dann griff er sich den Integralhelm, stülpte ihn sich über, nahm vorne Platz, schob den Codegeber ein und startete die Maschine.

Einen Moment hatte er überlegt, die Zigeunerin fahren zu lassen, denn die Maschine war verriggt. Aber in ihrem Zustand würde der Bonus, den sie als Riggerin hatte, nicht zum Tragen kommen.

»Ich weiß, es ist gegen die Verkehrsvorschriften, aber du mußt leider ohne Helm fahren«, rief er nach hinten. Daß der Fahrer den Helm für sich beanspruchte, verstand sich wegen der integrierten Armaturen von selbst.

»Ich riskiere das Strafmandat.«

Er sah zum Serena zurück. Das Wrack brannte immer noch lichterloh, aber das MP-Feuer war verstummt. Dafür konnte es nur zwei Erklärungen geben. Entweder war Molotowa tot, oder die Samurai hatte das Unmögliche wahrgemacht und den ungleichen Kampf gewonnen. Dann würde sie jeden Moment hinter dem Serena auftauchen.

»Wir müssen auf Molotowa warten.« Die Zigeunerin sprach das aus, was Thor gedacht hatte.

Es war gegen jede Vernunft, nicht loszufahren. Noch gab der Serena ihnen Sichtschutz. Noch war das Chaos unter den Konzerngardisten ihr Verbündeter. Aber obwohl sich die Lage jeden Moment zu ihren Ungunsten wenden konnte, waren sie Molotowa etwas schuldig. Thor wartete.

Dann gab es neben dem Serena Bewegung. Eine große Gestalt tauchte auf. Einen Herzschlag lang glaubten Thor und die Zigeunerin, es sei Molotowa. Aber die blaue Uniform und der blaue Helm ließen keinen

Zweifel daran, daß es sich um einen Konzerngardisten handelte. Hinter ihm quollen weitere Gardisten in die Parkhalle. Kommandos wurden gebellt. Offenbar waren weitere Verstärkungen eingetroffen. MP-Mündungen bewegten sich suchend im Halbkreis um den Serena.

Jetzt konnte es keinen Zweifel mehr geben. Molotowa würde auch auf dem nächsten Run wieder gemeinsam mit ihrem alten Chummer Dr. Mabuse durch die Schatten laufen. In einer anderen Welt. In dieser Welt war ihr Einsatz beendet.

Good-bye, Molotowa. Du hattest recht. Es war Bad Luck Walez, der dir über den Weg gelaufen ist.

Entschlossen preßte er sich auf die Maschine.

»Festhalten!« zischte er nach hinten und gab Stoff. Die Turbine der BMW heulte auf. Er spürte, wie sich die Zigeunerin an seinen Hüften festkrallte. Dann schoß das Motorrad aus der Parkbox.

Die Mündungen der MPs drehten sich in ihre Richtung, und wenig später ratterten die ersten Waffen los. Aber das Motorrad war so überraschend und so schnell aufgetaucht, daß die Salven zu kurz oder zu lang waren. Die Kugeln spritzten in den Beton des Hallenbodens oder krachten in die Fensterscheiben des Gebäudes.

Thor kurvte bereits in den Glastunnel ein und erhöhte das Tempo.

Vor ihm tauchte das Tor C auf. Noch immer blockierte der liegengebliebene Truck die linke Fahrspur. Und die Konzerngardisten hatten das innere Gatter nicht geschlossen. Er hatte inständig gehofft, daß es so sein würde.

Allerdings hatte er nicht damit gerechnet, daß ein Kranwagen die rechte Spur versperren würde.

In der Torzone standen drei Wachen mit umgehängten Sturmgewehren. Sie sahen auf, als die Maschine heranfegte.

Wir *müssen* hindurch, ohne anzuhalten! Wir *müssen* da durch! Wir *müssen*!

Es war verzweifelte Selbsthypnose, aber sie half ihm, nicht abzubremsen, sondern draufzuhalten. Wie in Zeitlupe, in schier endlosen Momenten der Lähmung und des Entsetzens, sah er den Kranwagen immer größer, immer schwerer, immer massiver, solide und fest wie ein Haus aus Stahl, vor sich aufragen. Dann entdeckte er die Lücke, riß die Maschine herum, raste auf den Truck zu, steuerte verzweifelt zur anderen Seite. Nur ein schmaler Spalt blieb zwischen der Vorderfront des Trucks und dem Heck des Kranwagens. Gerade breit genug, um ein Motorrad passieren zu lassen.

Die BMW flutschte hindurch und schnellte wie ein Korken aus dem Hals einer Flasche. Vor der Maschine tauchte ein Konzerngardist auf, die Augen weit aufgerissen, und brachte sich mit einem Sprung in Sicherheit.

Die BMW war an den beiden Fahrzeugen vorbei und schoß auf die Mauer rechts vom Außentor zu. Thor konnte die Maschine gerade noch abfangen. In einer scharfen Linkskurve, die das Motorrad auf 45 Grad Schräglage oder mehr brachte, schrammte die BMW an der rechten Torbegrenzung vorbei, schoß hinaus in die Einfahrt und dann die Straße hinauf.

Jemand jagte ein paar Kugeln hinter ihnen her, verfehlte sie aber. Dann verschwand die Maschine mit den beiden Runnern in der Nacht.

9. KAPITEL

›Wanted Man‹

Die Umsiedlungs- und Wiederaufbaumaßnahmen der Militärregierung treffen zwar vielerorts auf Widerstand, sind nichtsdestotrotz aber effektiv und haben sicherlich den Tod von Zehntausenden Menschen verhindert. Mit diesen Maßnahmen geht eine Neustrukturierung der Bundesländer einher, u.a. mit der Zusammenfassung der Nord- und Ostseeanrainer zum Norddeutschen Bund und der Einrichtung der Sonderrechtszone Saar. Viele Konzerne nutzen die laxe Wirtschaftsgesetzgebung und die Wiederaufbausubventionen, indem sie fusionieren oder kleinere Firmen aufkaufen, und werden damit de facto unkontrollierbar, zumal unter dem Notstandsrecht auch Presse und gesellschaftliche Einflußgruppen ausgeschaltet sind. Moderne Industrien, vor allem aus der Informationsbranche, siedeln sich vor allem in Süddeutschland an, während Schwerindustrie, Landwirtschaft und mitteiständische High-Tech-Betriebe (sog. TechLäden) sich in Norddeutschland niederlassen.

Am 23. 11. 2011 werden in den Passauer Verträgen die Rechte nationaler und internationaler Konzerne neu geregelt. Unternehmen ab einer bestimmten Größe wird praktisch Exterritorialität zugesichert.

Dr. Natalie Alexandrescu:
Der Staat und die Konzerne,
Deutsche Geschichte auf VidChips,
VC 18, Erkrath 2051

Eine Weile waren aus verschiedenen Richtungen Sirenen zu hören gewesen, aber offenbar handelte es sich um Fahrzeuge, die das Renraku-Werk ansteuerten, und nicht um Verfolger. Werkseigene Söldner wurden aus nah und fern zusammengezogen, und zweifellos beanspruchte man auch Polizeischutz. Die Aktion der Runner schien den Konzern am empfindlichsten Nerv getroffen zu haben. Man hielt das eigene Ice für unüberwindbar, aber innerhalb des Systems eigentlich sogar für entbehrlich. Denn wenn es ein Evangelium bei Renraku gab, dann die Doktrin, daß *niemand* unbefugt das Werksgelände betreten und *niemand im Quadrat* es unbefugt verlassen konnte. Aber es waren Fremde ungefragt hereinspaziert *und* anschließend geflüchtet. *Und* sie hatten ganz nebenbei Renrakus Ice besiegt. Das mußte an die Nieren gehen.

Trotzdem war Thor überrascht, daß die Sicherheit ihre Kräfte nicht besser koordiniert hatte und keine effiziente Verfolgung der Täter einleitete. Es schien sehr lange zu dauern, bis jemand mit Kompetenz das Chaos lichtete und die Aussagen der Konzerngardisten am Tor und in der Parkhalle zu einem Bild zusammensetzte.

Oder wollen sie uns entkommen lassen, um den Nimbus der Unfehlbarkeit zu erhalten?

Er hörte den Polizeifunk ab. Kein Hinweis, daß nach zwei Leuten gefahndet wurde, die mit einem Motorrad unterwegs waren.

Die Zigeunerin dirigierte Thor durch einige Außenbezirke von Mönchengladbach und dann auf eine Schnellstraße, die nach Neuß führte. Ziel war die Park-and-Ride-Anlage am Hauptbahnhof von Neuß, wo Schmidt ein anderes Fluchtfahrzeug deponiert hatte.

Mit mäßiger Geschwindigkeit ließ Thor die BMW durch die City von Neuß gleiten. Im Moment war seine größte Sorge, daß eine Banalität wie der fehlende Helm seiner Beifahrerin dazu führen könnte, daß sie von einer Polizeistreife unter die Lupe genommen wurden. Aber es herrschte wenig Verkehr auf den Straßen, und Polizei war nirgendwo zu sehen.

Unbehelligt kurvte er in die Tiefgarage ein, parkte

die BMW und fand mit Hilfe der Zigeunerin das bereitgestellte Auto, einen dunkelroten EMC Carrona. Er stützte die junge Frau, die es jetzt immerhin schaffte, mit dem verletzten Fuß aufzutreten, und half ihr dabei, zum Fahrzeug zu gehen.

»Ich fahre«, erklärte sie kategorisch. Offenbar hatte sie sich genügend erholt, um diese Aufgabe zu übernehmen.

Er half ihr auf den Fahrersitz, nachdem sie die Tür mit dem Codechip geöffnet hatte, ging dann um den Wagen herum und setzte sich auf den Beifahrersitz.

»Ein bißchen kurzsichtig, nur dich mit dem Codechip auszustatten«, meinte er, zog den Helm ab und warf ihn nach hinten. »Immerhin hätte dir etwas zustoßen können.«

»Rommel und Axa hatten ebenfalls Chips. Wir haben nicht damit gerechnet, daß es so verlustreich ausgehen würde. Oder im stillen doch? Ich weiß nicht. Wenn keiner von uns dreien es geschafft hätte, wäre es nötig gewesen zu improvisieren. Erzähle mir nicht, dir wäre nichts eingefallen.«

»Ich wäre zu der P&R-Garage gefahren, in der die BMW stand, und hätte eines der Autos geknackt.« Er besaß einen Codetaster, den er mit seinem Cyberdeck verdrahten konnte, und die entsprechende Software. Er machte nur im Notfall davon Gebrauch, aber Autos mit den handelsüblichen Diebstahlsicherungen hatte er bisher stets knacken können.

»Na also.« Sie nickte, stöpselte sich in den Bordcomputer ein, startete den Motor und fuhr los.

Trotzdem ärgerte er sich, daß man ihm so viele Informationen vorenthalten hatte. Zum Beispiel den Ort, an dem sie Schmidt treffen sollten, um die Daten zu übergeben. Und die Gegenleistungen in Empfang zu nehmen.

Der Wagen rollte aus der Tiefgarage. Die Zigeunerin steuerte ihn zurück zur Schnellstraße. Thor nahm sein

Cyberdeck und kopierte die auf einem Chip gespeicherten Dateien auf zwei weitere Chips. Eine Kopie verstaute er in der Brustinnentasche seiner Jacke, die andere tauschte er gegen den Chip im Cyberdeck aus. Das Original steckte er in eine Geheimtasche im Inneren des rechten Stiefelschafts. Er gab sich keine Mühe, diese Aktionen vor der Zigeunerin zu verbergen, und hörte von ihr auch keinen Kommentar.

Er lehnte sich zurück. »Wo treffen wir Schmidt?«

»In Glabotki.«

Er verzichtete auf die Frage, wie er auf sich allein gestellt Schmidt hätte treffen können. Bestimmt hätte die Zigeunerin auch darauf geantwortet, ihm wäre schon etwas eingefallen. Und sie hätte recht damit gehabt. Schließlich hatte er einen Vidphon-Code, unter dem Schmidt erreichbar war.

»Wollen wir nicht vorher einen Straßendoc oder eine Bumona-Klinik ansteuern? Dein Fuß muß versorgt werden.«

»Das hat Zeit. Die heißen Daten loszuwerden, ist die beste Medizin, Chummer.«

Im Grunde war er froh über diese Antwort. Der Kampf, die Gefahr, die Flucht hatten alles andere zurückgedrängt, aber seit er wieder untätig auf dem Beifahrersitz saß, spürte er mehr denn je die dünnen Halteseile, die sein Bewußtsein hielten. Der Ballon wurde leichter und leichter, und der Druck auf die letzten Halteseile wuchs.

Ich brauche dieses verfluchte Gegenmittel. Und ich brauche es verdammt schnell!

Er versuchte sich abzulenken und betrachtete die Frau neben sich, die den Wagen mit ihrem Gehirn lenkte, Teil des Wagens geworden war, aber durchaus noch Zeit hatte, sich mit ihm zu unterhalten. Wenn sie wollte. Aber sie wollte nicht.

Eine rätselhafte Frau, die sich hinter ihrer Spiegelbrille versteckte. Ihr sprödes Verhalten war wahrscheinlich die Spiegelbrille ihrer Seele. Auf seltsame Art fühlte er sich von dieser Frau fasziniert. Erneut kam ihm ihr Gesicht oder das, was davon zu sehen war, auf unbestimmte Art bekannt vor, ohne daß er sagen konnte, was daran vertraut wirkte. Er überlegte, wie alt sie sein mochte. Selbst das war schwer zu schätzen. Nicht mehr blutjung, aber auch noch nicht so alt wie er. Vielleicht Mitte Zwanzig? Oder doch dreißig, wie er?

Ich möchte einmal ihre Augen sehen, dann wüßte ich mehr über sie.

Aber sie tat ihm nicht den Gefallen, die Brille abzunehmen. Statt dessen aktivierte sie, ebenfalls durch direktes Einwirken Ihres Gehirns auf die Elektronik, den Vidscreen und holte den Nachrichtensender RUNA herein. Der Carrona hatte inzwischen den Rhein überquert, Düsseldorf passiert und fuhr auf der Autobahn nach Norden.

Häftlingsrevolte auf Big Willi, der Knastinsel im Elbsee vor Hamburg. Fünfzig Tote, Revolte niedergeschlagen.

Werbung: Pampers Trolly für ganz große Babypopos.

Chiphead in Köln kam von seinem Trip nicht mehr runter, hielt die Wirklichkeit für Virtual Reality und nietete fünfzehn Leute in einer Fußgängerzone um, bevor er selbst den Jenseitsspaß erhielt.

Werbung: Fünfzig frische Nieren in Rico's Discountklinik eingetroffen.

Zwei schwule Zwerge von der Bischofsgarde des Erzbistums Münster gefoltert und dann lebendig verbrannt.

Werbung: Magisches Klopapier gegen Hämorrhoiden…

»Mönchengladbach…« Die Zigeunerin fuhr die Lautstärke hoch. »Auf das Mönchengladbacher Werk des Renraku-Konzerns wurde ein terroristischer Anschlag verübt, bei dem es zu erheblichen Sachschäden kam. Alle fünf Terroristen wurden von den Renraku-Sicherheitskräften getötet. Zwei Sicherheitsbeauftragte kamen ebenfalls ums Leben. Ein Renraku-Sprecher beschuldigte GreenWar, hinter dem Anschlag zu stehen.«

RUNA war verdammt schnell. Und Renraku war verdammt dreist.

»Was soll das?« fragte sie verständnislos.

»Sie spielen es herunter. Konzernpolitik. Zwei tote Konzerngardisten! Daß ich nicht lache. Wer waren dann all die anderen, die dort herumlagen? Schaufensterpuppen?«

Er fühlte sich bestätigt. Seine Vermutung hatte sich als richtig erwiesen. Keine Verfolgung, keine Fahndung, kein Aufsehen.

»Das gefällt mir nicht«, sagte sie.

»Ich kann damit leben, nicht verfolgt zu werden.«

»Renraku wird versuchen, sich an uns zu rächen. Eine Rasterfahndung wäre mir lieber als ein Killerkommando.«

»Megakons rächen sich nicht an Runnern«, wiederholte er Pjatras Worte. *Gilt dies auch, wenn sie herauskriegen, daß ehemalige Werksangehörige geholfen haben, sie aufs Kreuz zu legen?*

»Richtig, aber sie haben uns zu Terroristen erklärt. Vielleicht glauben sie es sogar. Da gelten andere Regeln.«

Aus diesem Blickwinkel hatte er es noch nicht betrachtet. Die Zigeunerin mochte recht haben. Der irre Magier hatte die Sache als terroristischen Anschlag inszeniert, und sie hatten versucht, alle Spuren auf den Datenraub zu verwischen. Offenbar mit Erfolg.

»Und wenn schon. Sie kennen uns nicht. Laß sie sich doch mit GreenWar anlegen. Das wird ihnen schlecht bekommen. Dann steht ihnen bald ein echter GreenWar-Anschlag ins Haus.«

Ein vages Unbehagen blieb.

Jeder hinterläßt Spuren. Und Mitte des 21. Jahrhunderts hat man Methoden, aus einer zerquetschten Mücke die

Schuhgröße des Mannes rauskriegen, den sie zuletzt gesto-
chen hat. Fühl dich bloß nicht sicher.

»Sie haben Fotos von uns. Filme. Du weißt schon –
die Vidkameras überall im Werk.«

»Bunte Bilder – na und? Hast du etwa eine SIN?
Kann man dich durch Fotos identifizieren?«

»Schon möglich.«

Er war überrascht. Die Zigeunerin war sozialver-
sichert? Was hatte sie dann in den Schatten verloren?

»Mit der Brille erkennt dich sowieso niemand.«

»Du magst die Brille nicht, wie?« Zum erstenmal
lächelte sie.

»Ich habe auch so eine.«

»Das ist keine Antwort.«

»Ich schaue mir gern die Augen von Menschen an,
denen ich vertrauen muß.«

»Ich nehme sie trotzdem nicht ab.«

»Dachte ich mir.«

Die beiden schwiegen eine Weile. Die Frau blieb ein
Rätsel. Und eine Herausforderung. Er war beeindruckt
von ihrem Willen, ihrem Selbstbewußtsein, ihrer Intelligenz, ihrem versteckten Humor. Wenn sie wollte, redete sie den Jargon der Straße. Aber dahinter versteckte sich ein elaborierter Sprachcode. Das alles
waren Dinge, die er auch für sich selbst in Anspruch
nahm.

»Wie heißt du?« fragte er.

Sie lachte. Wahrhaftig, diesmal lachte sie tatsächlich.
Es war ein amüsiertes, aber zugleich auch ein ver-
gnügtes, herzliches Lachen, ganz frei von Hohn und
Spott. »Man nennt mich die Zigeunerin, das weißt du
doch.« Sie wurde wieder ernst. »Hör zu, Thor. Wir
sind gleich in Glabotki, treffen die Schmidt, bekommen unsere Kredstäbe. Du spritzt dir dein Mittel, und
ich tue etwas für meinen Fuß. Auf jeden Fall gehen wir
auseinander und sehen uns hoffentlich nie wieder.
Entschuldigung, das war nicht persönlich gemeint.

Auf jeden Fall ist es keine gute Idee, Kosenamen auszutauschen und einander in die Augen zu sehen.«

Zum Schluß war aus dem freundlichen Humor doch wieder Sarkasmus geworden. Das war Thor nicht neu. Er hatte es an sich selbst beobachtet. *Früher. Nach einiger Zeit verlernt man das vergnügte Lachen. Dann bleiben nur noch Ironie und Sarkasmus.*

»So ka.«

Sie hatte ja recht. Ein Schattenlauf war beendet, die Überlebenden gingen ihrer Wege. So war es immer. Oder doch meistens. Teams wie Molotowa und Dr. Mabuse bildeten die Ausnahme.

Trotzdem hätte ich gern ihre Augen gesehen.

Der Carrona verließ die Autobahn an der Abfahrt Gladbeck und fuhr Richtung Kirchhellen.

»Die langweiligste Ecke des Rhein-Ruhr-Megaplexes«, sagte er in einem Versuch, das Gespräch wieder in Gang zu bringen.

»Ist dein Bedarf an Aufregungen noch immer nicht gedeckt?«

»Eigentlich schon.«

»Na also.«

Manchmal glaube ich, wir Runner werden niemals wieder in der Lage sein, ein normales Leben zu führen. Und doch sehnen wir uns alle danach.

»Glabotki ist trotzdem ein ödes Kaff.«

»Das sind die zusammengewachsenen Städte meistens. Jeder Stadtteil hat sein eigenes Zentrum. Es fehlt der schnelle Pulsschlag einer aus sich selbst heraus gewachsenen Metropole. Bei Glabotki kommt hinzu, daß die Leute, die hier wohnen, meistens in Essen, Oberhausen oder Bochum ihre Brötchen verdienen und ihre Einkäufe machen. In Glabotki wird nur gepennt.«

»Wenn der Stadtrat nicht so korrupt wäre, wüßte ich nicht einmal, daß Glabotki existiert. Das hat mir vor zwei Monaten einen Run beschert, der meinen Ebbie nicht gerade verwöhnte, aber ganz amüsant war. Glabotki klingt irgendwie polnisch, nicht?« Wie Waleczky. Thor mußte an seine Großmutter denken, die sich erhängt hatte, weil sie ein Ork geworden war. Und an den Großvater, den die Stalinisten erschlagen hatten. Die beiden waren aus Rußland gekommen, aber es hieß, daß die väterliche Linie der Familie ursprünglich aus Polen stammte.

»Ach was. So ka, im Ruhrsprawl leben viele Nachkommen von Polen, die in zwei Einwanderungswellen kamen, aber das hat mit dem Namen nix zu tun. Er steht schlicht und ergreifend für Gladbeck, Bottrop und Kirchhellen, die sich 1999 zusammengeschlossen haben.«

»Du kennst dich gut aus im Ruhr-Sprawl. Bist du hier geboren?«

»Ein neuer Versuch, mich auszuquetschen?« Ihr Tonfall klang versöhnlich, und sie lächelte dabei. »Nein, aber ich interessiere mich für Geschichte.«

Eine Riggerin, die sich für Geschichte interessierte und den Namen ›Zigeunerin‹ trug. Eine interessante Kombination, die eine vielschichtige Persönlichkeit vermuten ließ. Wieder musterte er sie neugierig. Ob sie es bemerkte? Die Gläser der Spiegelbrille gaben darauf keine Antwort. Die lange Narbe am Hals geriet in sein Blickfeld. Woher mochte sie stammen? Von einem Schattenlauf? Von einem Überfall? Die Ork-Marodeure, die seine Eltern auf dem Gewissen hatten, waren wie Tiere über die Frauen hergefallen, hatten sie vergewaltigt und mit ihren Hauern förmlich aufgeschlitzt.

Man muß keine Hauer haben, um sich wie ein Schwein zu benehmen.

Er versuchte an etwas anderes zu denken, aber der kurze Moment geistiger Leere genügte, um den Bewußtseinsballon wieder mit aller Macht an den Halteseilen zerren zu lassen.

Drek, ich halte das nicht mehr lange aus. Es wäre besser gewesen, wenn man mich bei Renraku durchsiebt hätte wie

Axa, Molotowa und Dr. Mabuse. Wenn ich wie Rommel in die Luft geflogen wäre. Alles ist besser als dieses gräßliche Gefühl, daß dein Körper sich von dir abnabelt. Alles bis auf eines. Rose' Tod war schrecklicher gewesen. Mit ihr hätte ich nicht tauschen mögen. Armes kleines Mädchen …

»Chummer, du darfst jetzt feuchte Hände bekommen«, sagte die Zigeunerin. »Gleich gibt's 'nen fetten Ebbie und eine Spritze für deinen Hintern. Wir sind da.«

Sie lenkte den Carrona auf einen riesigen, trübe ausgeleuchteten Parkplatz, auf dem nur wenige Fahrzeuge parkten. Die meisten Markierungen für die Stellflächen waren vom sauren Regen längst abgewaschen und kaum noch zu erkennen. Der Asphaltboden wies unzählige Schlaglöcher auf, die den Carrona hin und her schaukeln ließen. An vielen Stellen überwucherten Wildkräuter die aufgesprengten Asphalt- und Betonbrocken. In einiger Entfernung war ein Lichterportal zu sehen, grell und bunt und flackernd, aber auch billig wirkend. Irgendeine Schrift aus Leuchtstoffröhren krönte das Ganze, aber die Hälfte der Röhren war ausgefallen, was auch für einen Teil der Leuchtkörper galt, die für die restlichen Lichteffekte des Portals sorgen sollten. Dahinter befanden sich andere Lichter, meistens trüb und schmuddelig. Es wirkte wie die überzogene Reklame für einen Wanderzirkus, der mit viel Effekthascherei und albernem Pomp einen Furz zu verkaufen versuchte und dabei schon im Ansatz scheiterte.

»He, das kenne ich.« Er war munter geworden. »Das ist dieser abgefuckte ehemalige Erlebnispark. Hier hab' ich damals meinen Schmidt getroffen. Allerdings gleich vorn in einer der Bars. Den Rest habe ich mir gar nicht erst angesehen.«

»Wenn man in Glabotki einen Schmidt trifft, dann meistens hier. Glabotkis Schatten sind im Bumspark am längsten.«

»Bumspark?«

»Wurde im vorigen Jahrhundert als Erlebnispark konzipiert, war aber schon damals keine wirkliche Attraktion. Verkam bald zum Rummelplatz mit fettigen Pommesbuden, SimSinn-Höhlen und schmuddeligen Bordellen. Der heruntergekommene Park mit den schrottreifen Resten der Achterbahnen, Scooter und Wildwassertunnel war ein beliebter Ort für eine schnelle Nummer. Daher Bumspark. Aber Randalekids und Schlitzer haben ihn in Verruf gebracht.«

»Und hier treffen wir unsere Schmidt?«

»Genau.«

Sie fuhr den Carrona so nahe wie möglich an das Eingangstor des Parks heran, schaltete den Antrieb ab und stöpselte sich aus. Dann öffnete sie die Bordapotheke, nahm ein Medipak heraus und zog mit schmerzverzerrtem Gesicht den blutdurchtränkten rechten Stiefel aus. Er bot seine Hilfe an, die sie nach kurzem Zögern akzeptierte. Sie streckte sich auf ihrem Sitz aus und reckte ihm das Bein entgegen. Die Wade sah schlimm aus. Aber als Thor das Blut abgewischt und die Wunde mit einem antiseptischen Tuch gesäubert hatte, sah es so aus, als seien weder Knochen noch Sehnen oder Bänder ernsthaft verletzt worden. Sie hatte offenbar Glück gehabt. Ein Schuß hatte sie nur gestreift und eine Fleischwunde verursacht. Thor versorgte die Wunde und gab ihr eine Spritze gegen Tetanus.

»Ein Doc sollte sich die Sache trotzdem mal ansehen. Könnte sein, daß eine Sehne angerissen ist.«

»Später.«

Da die bandagierte Wade nicht mehr in den Stiefel paßte, kürzte ihn die Zigeunerin mit einem Vibromesser auf Schuhlänge und streifte ihn sich über. Dann kletterte sie aus dem Wagen. Sie schwankte, wehrte aber seine Hilfe ab. Offenbar hatte sie Schmerzen beim Auftreten und humpelte.

»Es ist auszuhalten«, beantwortete sie seine stumme Frage. »Gehen wir zu unserer verehrten Frau Schmidt.«

»Blöde Idee, sich hier zu treffen, wenn man nicht weiß, wann der andere kommt.«

»Vielleicht ist sie als Kind zu wenig Karussell gefahren?«

»Ich denke, die sind alle Schrott?«

»Nicht das Riesenrad.«

»Dort treffen wir sie?«

»Erraten, Chummer.«

»Glabotki bei Nacht, betrachtet aus der Gondel eines Riesenrads. Wenn das kein Erlebnis ist. Hoffentlich ist der Schmidt dabei übel geworden. Wir reißen uns den Arsch auf, und die Tussi fährt Karussell. Es ist nicht zu fassen.«

Während des Gesprächs hatten sich die Runner langsam zum Eingangsportal bewegt. Sie passierten das Drehkreuz vor einem Kassenhäuschen mit eingeworfenen Scheiben und Hakenkreuz-Schmierereien. Eintrittsgeld wurde hier schon lange nicht mehr verlangt. Wofür auch?

Es waren nur wenige Nachtschwärmer unterwegs. Eine Gruppe von zehn oder zwölf Randalekids, keines älter als vierzehn Jahre, umringte johlend und anfeuernd zwei Gleichaltrige, die sich einen Schaukampf mit Schockhandschuhen lieferten. Vielleicht war es auch ernst gemeint. Die Schockhandschuhe hatten die Kids mit Sicherheit irgendwo gestohlen, denn dafür mußte man pro Stück unter Brüdern gut tausend EC hinlegen.

Thor erinnerte sich, daß die Zigeunerin ebenfalls einen Schockhandschuh getragen hatte. Er fragte sie danach.

»Bei Renraku verloren, genau wie die Laseraxt. Das hat man davon, wenn man sein ganzes Waffenarsenal mitnimmt.«

Er dachte an seine Ausrüstung, die im Serena verbrannt war. »Wir sollten Schmidt eine saftige Spesenrechnung überreichen.«

Aus einem Bierzelt kam bayrische Blasmusik und heiseres Gröhlen. An einem Imbißstand herrschte gähnende Leere. Die fette Bedienung mit ihrem seit Wochen nicht gewechselten, ehemals weißen Kittel guckte sich eine Tridsendung an, statt die Gelegenheit zu nutzen, den Tresen von den vielen Senfkleksen und Getränkepfützen zu befreien. Ein muskelbepackter Jackhead kam ihnen entgegen und hätte sie fast angerempelt. Es schien aber keine Absicht zu sein. Die Pupillen des Mannes waren winzig klein. Er wirkte völlig weggetreten.

Mehrere grell angestrahlte Bretterbuden versprachen SimSinn-Pornos, echte Lifeshows mit Trollen und Zwergen beim Gruppensex oder boten ihre Dienste als Stundenhotels an.

Die vom Publikum am meisten angenommene Attraktion schien eine Gameshow auf einem Podium zu sein, bei der Kandidaten, die bei Geschicklichkeitsspielen versagt hatten, die Chance bekamen, die fehlenden Punkte durch Faustkämpfe gegeneinander wettzumachen.

Die beiden Runner eilten quer über den Platz mit den zweifelhaften Attraktionen und wurden von niemandem aufgehalten. Ihre Straßenerfahrung und ihre Waffen hätten wahrscheinlich ausgereicht, sich etwaige Belästungen vom Halse zu halten. Vielleicht sah man ihnen an, daß sie Schattenläufer oder doch zumindest Leute waren, die sich ihrer Haut zu wehren wußten.

Sie betraten den hinteren Teil des ehemaligen Erlebnisparks, ein von Wildkräutern überwuchertes Gelände mit abgestorbenen Bäumen, Müllhalden, versumpften, nach Chemie stinkenden Teichen, Gebäuderuinen und skelettierten Metallkonstruktionen, die vielleicht früher einmal Wasserrutschen, Achterbahnen oder sonst etwas gewesen waren. Nur der Hauptweg war einigermaßen passierbar und ausgeleuchtet. Er führte zu den beiden einzigen Objekten, die noch funktionierten. Bei dem einen handelte es sich um eine Arena, in der Leute Kampfroboter mieten und gegeneinander kämpfen lassen konnten. Die Roboter wurden durch manuelle Fernsteuerung gelenkt. Ein bescheidener Ersatz für Rigging. Etwas für Leute, die keine Stirnbuchse hatten. Einige Kids und ein älterer Mann waren die einzigen, die sich für dieses Vergnügen interessierten.

Das Riesenrad, die letzte der Attraktionen, schien ebenfalls kaum jemanden zu interessieren. Nur zwei der Gondeln waren besetzt, aber immerhin reichte das wohl, um die Stromrechnung bezahlen zu können. Es bewegte sich langsam im Kreis. In einem vergitterten Kassenhäuschen saß eine fette Orkfrau. Sie bewachte die Sperre und steuerte wohl auch das Riesenrad. Sie sah aus wie eine Kröte, die man in einen Käfig gesperrt hatte.

Das schwache Licht am Riesenrad reichte aus, um zu erkennen, wer in den Gondeln saß, sobald sich diese in Bodennähe befanden. Drei Kids, die auf der Gondel herumturnten, und eine Vierergruppe, dem Anschein nach zwei Huren mit ihren Freiern. Schmidt schien sich die Zeit nicht damit vertrieben zu haben, vom Riesenrad aus den überwältigenden Anblick des nächtlichen Glabotki zu genießen.

»Steigen wir trotzdem ein?« Da Thor keinen Abbucher für Kredstäbe erblicken konnte, suchte er in den Taschen nach einem Ecu-Schein.

»Das übernehme ich«, ertönte links von ihnen eine Stimme. Schmidt in einem grauen Umhang, trist wie ein zerschlissener Militärmantel und gut zu ihr passend, einen Metallkoffer in der Hand. Sie war aus dem Schatten eines Toilettenhäuschens hervorgetreten. Hinter ihr ließen sich zwei muskulöse Leibwächter sehen, Leute mit Cyberaugen und verdächtig großen Hüten, in denen sich bestimmt allerlei Elektronik befand, wahrscheinlich auch eine kleine Flak. Richtige Kopfarbeiter.

»Überaus großzügig«, erwiderte Thor. »Ich weiß nicht, ob wir das annehmen können.«

»Ich bitte Sie«, wehrte Schmidt ab. »Wer Erfolge vorzuweisen hat, darf auch mal Spesen machen. Sie haben doch hoffentlich Erfolg gehabt?«

»Eine interessantes Thema. Sie dürfen gern ein paar tausend Flocken drauflegen«, sagte er. »Wir hatten herbe Materialverluste.«

»Sie werden gut genug bezahlt, um das zu verschmerzen. Ich hatte Ihnen eine Frage gestellt. Waren Sie erfolgreich?«

»Wir haben das, was Sie haben wollen«, sagte die Zigeunerin. »Hoffentlich ist es umgekehrt genauso.«

»Seien Sie unbesorgt.«

Schmidt zog einen 50-Ecu-Schein aus der Tasche, reichte ihn der Orkfrau und zeigte drei Finger. Auf das Wechselgeld verzichtete sie. Wenig später wurde die Sperre entriegelt. Schmidt ging mit den beiden Runnern zum Rad. Die drei schwangen sich in eine der Gondeln, die gerade gemächlich den Boden erreichte. Langsam wurde die Gondel nach oben getragen.

»Tauschen wir also die Geschenke aus.« Schmidt tippte einen Code und entriegelte den Koffer.

»Wir sind die beiden einzigen, die es überlebt haben«, sagte die Zigeunerin tonlos. Sie händigte der anderen Frau den Codechip des Carrona aus.

»Die Einzelheiten interessieren mich nicht.« Das kam knapp und harsch. »Daß Sie keinen Anspruch auf die Kredstäbe der anderen haben, ist ihnen ja wohl bekannt.«

Unwillkürlich fiel Thor ein, was Dr. Mabuse über die Schmidt gesagt hatte. *Falsch, Chummer, die braucht*

keinen Mann, der es ihr besorgt. Libido ist für Schmidt ein
Land in Afrika, in dem Verrückte leben.

»Hier sind die gewünschten Dateien«, sagte er, griff unter den Duster und zog sein Cyberdeck hervor. Er nahm den vorbereiteten Chip aus dem Laufwerk und reichte ihn Schmidt.

Seine Hand zitterte, er schwitzte, und ihm war schwindlig. Es lag nicht an der Höhe oder am Schaukeln der Gondel. Der Bewußtseinsballon spannte die Seile bis zum Zerreißen. Thor hatte den Eindruck, daß er jetzt abheben wollte.

Warte! Wir sind dem Ziel so nahe!

Irgendwie schien es zu helfen. Das Zerren wurde wieder erträglich.

Es wurde kein Wort geredet, während Schmidt den Chip in den Eingabeschlitz des Computers schob, der in den Koffer integriert war, mit den Fingerkuppen über ein paar Sensoren strich und die Daten auf einem kleinen Screen prüfte.

»So ka.« Sie ließ den Screen erlöschen und nahm aus einem Fach des Koffers zwei Kredstäbe, steckte sie in den Prüfer und ließ die Runner den Kontostand überprüfen. Er war korrekt, wie abgemacht. Die Zigeunerin erhielt 100 000 EC, Thor 150 000. Und die Stäbe waren dreifach beringt. Beglaubigt. Sie wurden überall akzeptiert, ohne daß der sonst übliche ID-Nachweis erbracht werden mußte. Schließlich wurden die Beträge vom Konto des Bürgen abgezogen, nicht vom Konto des Zahlers.

Schmidt nahm von beiden den Daumenabdruck und speicherte die Daten auf den Kredstäben. Damit konnten diese von den Runnern benutzt werden. Sie reichte ihnen die Stäbe und verzog dabei keine Miene.

Drek, es hat sich gelohnt. Ich bin jetzt verdammt reich.

Trotzdem wollte sich bei ihm kein Glücksgefühl einstellen. Glück war eine unbekannte Dimension, wenn das Bewußtsein kurz vor dem Abheben war. Aber es lag nicht nur daran. All die Toten... An diesen Kred-stäben klebte eine Menge Blut. Sie waren die gerechte Bezahlung für den härtesten Run seines Lebens. Und doch schämte er sich, daß die Zigeunerin und er be-zahlt wurden, während die Chummer in der Hölle am Spieß ihre Runden drehten.

Du wirst ihnen bald Gesellschaft leisten, wenn du nicht bald die verfluchte Droge bekommst.

Schmidt streckte die offene Hand aus und sah Thor an. »Was soll das? Das dürfte ja wohl eher meine Geste sein. Sie sind mir noch etwas schuldig, oder haben Sie das vergessen? Drek, ich brauche es! Ich brauche es *schnell!*«

»Sie bekommen es. Aber zuerst will ich von Ihnen die Kopie.«

Er stellte sich dumm und setzte eine fragende Miene auf.

»Kommen Sie schon, Walez. Die meisten Runner ko-pieren ihre Ware, obwohl sie doch nichts damit anfan-gen können. Aber in diesem Fall will ich die Kopie haben. Auch zu Ihrer Sicherheit, Walez. In erster Linie zu Ihrer Sicherheit, auch wenn Sie mir das nicht ab-nehmen werden. Es sind *sehr* heiße Daten. Für be-stimmte Leute.«

Sie klang ernst, fast beschwörend.

»Na gut.« Er griff in die Brusttasche, zog den ko-pierten Chip hervor und reichte ihn ihr. *Damit war zu rechnen. Kluger Mann baut vor.* Er dachte an den Chip im Stiefelschaft. Er hatte nicht vor, die Daten ein zwei-tes Mal zu verkaufen. Genausogut hätte er schon mal beim Steinmetz die Inschrift seines Grabsteins in Auf-trag geben können. Aber er wollte gern wissen, wofür genau er seinen Hals riskiert hatte und wofür so viele gestorben waren. *Wissen ist Macht.*

Die Frau verstaute den Chip im Koffer und reichte ihm ein in Kunststoff eingeschweißtes Spritzenset und eine Ampulle. Sofort riß er die Hülle auf, schlüpfte mit

dem linken Arm aus dem Duster, schob den Jacken-
ärmel hoch, sterilisierte die Einstichstelle, zog die
Spritze auf und jagte sie sich in den Unterarm.

Wie ein verdammter Junkie, der auf Entzug ist.

Er spürte natürlich noch nichts von der Wirkung,
fühlte sich aber sofort ein Stückchen besser.

Die beiden Frauen hatten ihm stumm zugeschaut.
Die Gondel erreichte zum zweitenmal den Scheitelpunkt des Rades, aber Thor hatte keinen Sinn für das
nächtliche Panorama von Glabotki. Er schlüpfte wieder in den steifen Ärmel des mit eingearbeiteten Panzerplatten verstärkten Dusters.

»Sie jagen sich wohl alles in die Venen«, spottete
Schmidt. »Ich hätte Ihnen sonst was geben können.«

»Alles ist besser als das Zeug, daß Sie mir vor ein
paar Stunden in den Hintern gejagt haben. Und wenn
Ihr Mittelchen nicht wirkt, Schwester, dann kommen
Sie nicht mehr lebend aus der Gondel raus.« Es war
Thor ernst damit, und er zog seine Walther Secura. *Lie-
ber von Schmidts Leibwächtern zum Orkus geblasen wer-
den als noch länger mit abhebender Schädeldecke durch die
Gegend spazieren.*

»Es hätte aber ein Blitzkiller sein können.«

»Dann hätte der nächste Blitz Sie getroffen.« Die Zigeunerin sagte es ganz ruhig, aber Thor zweifelte nicht
daran, daß sie es genauso ernst meinte wie er. Er war
ihr dafür dankbar, aber das gleiche hätte er auch für
sie oder jeden anderen betrogenen Chummer getan.

»So ka, es sollte ein *Scherz* sein.« Die Entschlossenheit der beiden Runner machte Schmidt keine Angst,
schien sie aber doch zu beeindrucken. Ihre Stimme
klang besorgt, als sie weitersprach. »Hören Sie, Walez,
es ist alles in Ordnung mit dem Mittel, das Sie sich
gespritzt haben, und die Wirkung wird in wenigen
Minuten einsetzen. Warten wir einfach darauf, so ka?«

Es war ihm egal, daß die beiden Frauen ihn anstarrten und auf eine Reaktion warteten. Im Moment wollte

er tatsächlich einzig und allein in sich hineinhorchen und hoffen, daß das entsetzliche Zerren an den Halteseilen des Ballons aufhörte. Er hatte gedacht, das Zerren würde langsam abnehmen, der Ballon porös werden, was auch immer. Als die Wirkung des Mittels einsetzte, konnte er es kaum glauben. Schlagartig gab es keinen Ballon mehr, keine Halteseile, keinen Keil – wie immer sein Gehirn die Tatsache in Bilder umgesetzt hatte, daß sich das Bewußtsein anschickte, den Körper zu verlassen, daß der Tod nahe war. Eine Welle grenzenloser Erleichterung schwappte durch seinen ganzen Körper.

»Zufrieden?« fragte Schmidt, die seinen Gesichtsausdruck richtig gedeutet hatte.

»Mit der Wirkung, ja. Mit der Sache insgesamt, nein.« Er steckte die Waffe ein.

»Das hatten sie selbst verschuldet.« Schmidt sah ihn mit leichter Besorgnis an. »Ich muß Ihnen jetzt noch etwas zu der Droge sagen. Niemand kann etwas dafür. Lassen Sie die Waffe stecken, Walez! Ich habe Ihnen gesagt, daß Mittel und Gegenmittel von unserem Auftraggeber entwickelt wurden und sonst nirgendwo erhältlich sind. Seien Sie unbesorgt, Sie brauchen keine weitere Dosis – jedenfalls nicht von diesem Mittel. Hören Sie, Walez, ich kann nichts dafür und unser Auftraggeber auch nicht. Aber das Gegenmittel wirkt nur, wenn es auf einer starken Trägersubstanz in den Körper gelangt. Es ist banal, ich weiß, aber ich fürchte, Sie sind jetzt von dieser Trägersubstanz abhängig.«

Er hatte trotz Ihrer Beschwörung die Waffe gezogen. »Was ist es?«

»Sie kennen es unter dem Namen Dumpy.«

»Sie verdammter Drekhead haben mich zu einem Fixer gemacht?« fragte er mehr ungläubig als zornig. Etwas in ihm hatte die ganze Zeit nach einem Haken gesucht. Jetzt hatte er ihn. *Die haben mich wahrhaftig zu einem Junkie gemacht!* »Sie haben die Chuzpe, das *banal* zu nennen?« Jetzt hatte der Zorn gesiegt, und er fragte sich ernsthaft, ob er sie nicht doch einfach erschießen sollte.

»Es tut mir leid.«

»Ach wirklich?«

»Du schaffst es schon, von dem Zeug wieder runterzukommen.« Die Zigeunerin versuchte, ihm Mut zu machen.

»Schon möglich, aber von Dumpy runterzukommen, ist die Hölle.« Er war Runner, er war Decker. Wie sollte er durch die Schatten laufen, wenn sein Körper ihm die Hölle heiß machte, weil er keinen Stoff bekam?

»Ich kenne vielleicht jemanden, der dir schnell und wirksam helfen kann«, sagte die Zigeunerin. »Ohne Entzugserscheinungen.«

»Wer?«

»Später.« Das Thema schien ihr nicht zu behagen.

Das Riesenrad drehte sich ganz gemächlich und stoppte jedesmal, wenn eine der Gondeln den Einstiegbereich erreichte, obwohl niemand ein- oder ausstieg. Noch vier Stops, dann würde sich ihre Gondel wieder unten befinden. Es war bereits ihre dritte Runde. »Noch einmal: Es tut mir leid. Adieu.« Schmidt erhob sich. »Ich bestehe darauf, daß Sie noch eine weitere Runde drehen. Aus Sicherheitsgründen.« Offenbar wollte sie mit ihren Leibwächtern verschwinden, bevor die Runner eine Chance hatten, ihr zu folgen.

Die beiden blieben sitzen und sahen zu, wie Schmidt aus der Gondel sprang, an der Kasse noch einmal einen Schein hinterließ und dann zu den wartenden Leibwächtern eilte. Die drei schritten davon, ohne sich noch einmal umzusehen. Sekunden später verschluckte sie die Nacht.

Die Gondel stieg wieder in den Himmel. Die anderen Fahrgäste waren ebenfalls ausgestiegen. Das Riesenrad drehte sich ganz allein für die Runner.

»Drek, jetzt kann ich mir erst einmal Dumpy auf der Straße besorgen.« Er fragte sich, wie lange die Wirkung des Dumpy anhalten mochte, das sich in seinem Körper befand. Er war nie von Drogen abhängig gewesen, kannte deren Wirkung aber genau. Zu viele Chummer waren daran krepiert. Er wunderte sich nur, daß er sich ganz normal fühlte. Gewiß, da war diese Erleichterung gewesen, von dem Gift der einen Drogen befreit zu sein. Eine kurze, trügerische Freiheit. Aber eine dumpytypische Wirkung hatte er bislang nicht festgestellt. Es hatte ja auch nur als Trägersubstanz gedient. Vielleicht nahm ihm das die Wirkung. »Kein Flash. Nicht mal das. Die haben mich wirklich auf ganzer Linie beschissen.«

»Sei froh. Es ist nichts, was man erlebt haben muß.«

»Ja, aber um die negativen Wirkungen komme ich nicht herum. Ich weiß, wie das bei anderen Chummern war. Du brauchst das Zeug nicht, um dich gut zu fühlen, sondern um überhaupt über die Runden zu kommen. Es geht dir bestenfalls normal und ganz schnell wieder unheimlich dreckig. Du wolltest mir sagen, wer …«

»Später.« Wieder das Unbehagen in der Stimme.

»Aber …«

Er spürte einen Lufthauch ganz nah an seiner Wange. Die Zigeunerin gab ihm einen so heftigen Stoß, daß Thor um ein Haar aus der Gondel gestürzt wäre. Im letzten Moment gelang es ihm, eine Querstrebe zu greifen. Gleichzeitig packte ihn allerdings auch die Zigeunerin am Arm und riß ihn zurück.

»Was …«

»Kopf runter!« zischte die Frau und zog ihn zu sich auf den Boden der Gondel.

Dann jagte der zweite Pfeil heran. Während der erste Thors Kopf knapp verfehlt hatte, bohrte sich dieser durch das Blech der Gondel und ragte mit der Hälfte des Schafts in den Innenraum. Ein Pfeil aus

Polymer, leicht, aber durchschlagskräftig, mit unglaublicher Wucht abgeschossen.

»Dort drüben steht jemand mit einem Kompositbogen.«

»Ein Elf?« Er kannte diese Bögen. Sie waren keineswegs eine antiquierte Waffe in einer von HighTech geprägten Zeit, sondern selbst ein vollendetes HighTech-Produkt, eine computergestützte Entwicklung von höchster Präzision, kraftverstärkt, Hochgeschwindigkeitspfeile abschießend, besonders bei Elfen überaus beliebt.

»Ich habe nur den Bogen aufblitzen sehen. Der Schütze steht irgendwo dort drüben links, auf einem der Schrottkarussells. Zu weit weg für unsere Pistolen.«

Ein weiterer Schuß wurde nicht abgefeuert. Da der Schütze sie nicht mehr als klares Ziel vor Augen hatte, schien er Pfeile sparen zu wollen.

Die Gondel bewegte sich zum Scheitelpunkt des Rades.

»Jemand, der bei Schmidt auf der Lohnliste steht?«

»Ihre Leibwächter trugen keine Bögen.«

»Der verrückte Magier hat viele hübsche, beglaubigte Kredstäbe zu verteilen, zumal er bei diesem Run ein paar gespart hat.«

»Warum sollte er so etwas tun? Uns erst bezahlen und dann umbringen lassen.«

»Weil dieser verdammte Drekhead durch und durch irre ist. Deshalb.«

»Vielleicht will er deine zweite Kopie der Daten.«

»Davon weiß er nichts.«

»Er könnte dich vom Astralraum aus beobachtet haben.«

»Unsinn.« Ganz sicher war Thor seiner Sache nicht. Aber wenn wirklich der Magier hinter dem Anschlag steckte, spielte das Motiv sowieso keine Rolle. Der Attentäter wollte nicht verhandeln, sondern töten.

»Egal, wer es ist, wir sollten uns schleunigst etwas einfallen lassen. Wenn die Gondel wieder in Bodennähe kommt, sitzen wir ohne Deckung wie auf einem Präsentierteller.«

»Wir müssen hier raus!«

Er sah aus seiner liegenden Position hinauf zu den Streben und Trägern, die die Gondeln hielten. Es würde riskant sein, an dem Rad herunterzuklettern, aber unmöglich war es nicht. Der vordere Radkranz schied aus. Wenn sie dort herabkletterten, konnte sie der unbekannte Schütze wie Tontauben abschießen. Aber die Rückfront des Rades bot kaum mehr Schutz. Man konnte leicht durch die Verstrebungen der Vorderfront hindurchschießen. Das Rad drehte sich viel zu langsam, um die Hochgeschwindigkeitspfeile abzulenken.

»Auf den hinteren Radkranz«, sagte er schließlich. »Aber wir klettern nicht runter, sondern klammern uns so fest, daß wir immer die Gondel zwischen uns und dem Schützen haben. Meinst du, das kannst du schaffen?«

Die Zigeunerin würde es mit ihrem verletzten Fuß nicht leicht haben, aber es blieb ihnen keine andere Wahl. Die Gondel näherte sich bereits wieder dem Boden. Sie mußten rasch handeln.

Die Frau nickte und robbte zum hinteren Rand der Gondel. Dort befand sich in der rundum laufenden Brüstung ein Türchen mit einem Riegel, durch den eine Kette gezogen worden war. Da es zu lange dauern würde, die Kette aufzusprengen, ging die Zigeunerin das Risiko ein, über das Türchen hinwegzuklettern. Kurzzeitig geriet sie dabei in das Schußfeld des Bogenschützen. Trotz des nachgezogenen verletzten Fußes erstaunlich behende, schob sie sich mit fließenden Bewegungen wie eine Robbe über die niedrige Tür. Sie krallte sich an der Außenseite der leicht hin und her schwankenden Gondel fest und hangelte sich dann zum Radkranz hinüber, wo sie besseren Halt fand.

Als Thor ihrem Beispiel folgen wollte und sich aufrichtete, sah er hinten beim skelettierten Karussell eine Bewegung. Jemand schien auf der Stahlrohrkonstruktion zu knien, die früher einmal das Dach für eine Art Raupenbahn gebildet hatte, und den Bogen in Schußposition zu bringen. Gerade noch rechtzeitig ließ sich Thor auf den Boden zurückgleiten. Ein Pfeil durchbohrte die Stelle, wo sich sein Kopf befunden hatte.

Angesichts der Entfernung von gut achtzig Metern und der schlechten Sichtverhältnisse eine Meisterleistung. Entweder besaß der Schütze ein Nachtsichtgerät, oder er war tatsächlich ein Elf. Elfen konnten auch bei schwachem Licht noch ausgezeichnet sehen und waren zudem geborene Bogenschützen.

Thor nutzte die Zeit, die der Bogenschütze brauchte, um einen neuen Pfeil aufzulegen. Er sprang fast über die Gondeltür, tauchte mit dem Oberkörper darüber hinweg und zog dann die Beine nach. Er hing sehr unglücklich an der Außenseite der Gondel, bis es ihm gelang, mit dem Schwung der durch seine Aktion heftig zum Schaukeln gebrachten Gondel den Radkranz zu erreichen. Dort kauerte er neben der Zigeunerin. Langsam kletterten die beiden tiefer, damit die sich nach unten bewegende Gondel immer zwischen ihnen und dem Schützen blieb.

Die Orkfrau im Kassenhäuschen verdrehte den Kopf, um ihre Kletterei zu beobachten, unternahm aber nichts. Die Kids hatten vorhin ebenfalls auf der Gondel herumgeturnt. Wahrscheinlich gehörten solche artistischen Einlagen zum Alltagsleben im Glabotki-Bumspark. Vermutlich galt für Schüsse auf Fahrgäste das gleiche.

Ob sonst jemand die Szene beobachtete, ließ sich aus der Position der Runner nicht erkennen. Hilfe war von den Besuchern des Bumsparks ohnehin nicht zu erwarten. Man würde das Ganze allenfalls als willkommene Ergänzung im mageren Angebot der Attraktionen betrachten, die erfreulicherweise gratis dargeboten wurde.

Als der Boden nur noch anderthalb Meter unter ihm lag, ließ sich Thor fallen, rollte ab, rief »Spring!« und fing die junge Frau auf, bevor sie mit ihrem verletzten Fuß aufkam. Es war höchste Zeit gewesen, da die Zigeunerin sonst zwischen Radkranz und Fundament geraten wäre.

»Flüchten?« fragte Thor.

»Wie ein Hase Haken schlagen und am Ende doch einen Pfeil durch den Hals gejagt bekommen? Nein danke.« Die Zigeunerin zog ihre Beretta.

»Ganz meine Meinung.« Thor hatte seine Waffe bereits in der Hand. »Wenn wir ihn schon nicht erwischen, sollten wir ihn wenigstens vertreiben.«

Die beiden pirschten sich um den Sockel des Riesenrades herum, nutzten die Deckung des Toilettenhäuschens, wie es vorhin Schmidt und ihre Begleiter getan hatten. Büsche und die Stümpfe von einigen abgestorbenen Bäumen boten weiteren Sichtschutz. Dann duckten sie sich hinter eine Müllhalde. Schließlich kam das erste der Karusselwracks in Sicht. Die ehemalige Raupenbahn befand sich nur noch zwanzig Meter entfernt. Als Thor hinter einem verrosteten Elektromotor nach vorn lugte, entdeckte er den Bogenschützen. Er kniete nicht mehr auf dem Dach der Raupenbahn, sondern stand mitten in dem Gewirr aus Stangen. Er schaute nach links zum Riesenrad, dann wieder nach rechts, einen Pfeil schußbereit vor der Bogensehne. Offensichtlich hatte er sie aus dem Auge verloren. Es war ein blasser, hochgewachsener Mann Mitte Zwanzig in einem enganliegenden schwarzen Dreß. Langes, struppiges weißes Haar, schmale, spitze Ohren, kalte Augen. Ein Killerelf.

Thor schoß Dauerfeuer, obwohl ein Treffer auf diese

Entfernung mehr als unwahrscheinlich war. Gleichzeitig sprang er vorwärts.

Der Elf war völlig überrascht. In einer Reflexbewegung hob er den Bogen und schoß den Pfeil ab, aber der jagte hinauf in den Himmel.

Hinter ihm bellte die Beretta der Zigeunerin. Keiner der Schüsse traf, aber der Mann geriet in Panik und stürzte sich in das Gewirr der Stangen und Träger. Plötzlich war er wie vom Erdboden verschwunden. Weiter hinten polterte etwas. Die Runner jagten die letzten Kugeln ihrer Munistreifen in diese Ecke. Jemand rannte davon.

Thors erster Impuls war, den Elf zu verfolgen. Aber es war sinnlos. Er würde halbblind durch das Gestrüpp des ehemaligen Parks stapfen, während der Gegner so gut wie bei Tageslicht sehen und irgendwo im Hinterhalt kauern konnte.

»Verschwinden wir, bevor er es sich anders überlegt und zurückkehrt.« Er schob einen frischen Munistreifen in seine Secura.

»Wir nehmen den Carrona«, stimmte die Zigeunerin zu. »Falls er noch da ist und du den Code knacken kannst.« Sie hatte der Schmidt den Codechip zurückgegeben, aber vermutlich war der Wagen für sie und den irren Magier ohne Wert. Jemand konnte die Runner darin gesehen haben.

»Das dürfte kein Problem sein.«

So schnell die Zigeunerin es mit ihrem verletzten Fuß schaffte, passierten sie die Kneipen, Imbißbuden und Bordelle, die Waffen gezogen und nach allen Seiten sichernd. Die Randalekids waren abgezogen.

Schließlich erreichten sie den Parkplatz. Der Carrona stand noch dort, wo die Zigeunerin ihn abgestellt hatte. Es schien auch niemand versucht zu haben, ihn zu knacken oder Teile abzubauen, die sich irgendwo zu Ecus machen ließen.

Mit Hilfe seines Cyberdecks spürte Thor den Paßcode des Wagens auf und imitierte ihn. Die Riggerin setzte sich wieder ans Steuer. Thor schaute noch einmal in die Runde. Der Elf ließ sich nirgendwo sehen. Die Zigeunerin verzichtete darauf, sich einzustöpseln, sondern startete den Wagen manuell. Als er Motor zu summen begann, schwang sich Thor auf den Beifahrersitz.

Wortlos setzte die junge Frau den Wagen zurück und steuerte den Carrona Richtung Schnellstraße. Nach einer Weile schaltete sie den Autopiloten ein.

»Ich habe als Ziel die Autobahn Richtung Osten angegeben«, sagte sie. »So ka?«

»Wir sollten uns trennen. Nimm die Abfahrt Gelsenkirchen und setz mich an einer S-Bahn-Station ab.«

»Ich verstehe. Mit der Verletzung bin ich dir eine Last.«

»Was? So ein Unsinn. Hast du nicht kapiert, was los ist? Der Killerelf hat zweimal geschossen. Auf *mich* geschossen. Du bist wahrscheinlich nur in Gefahr, solange du dich in meiner Nähe aufhältst.«

»Quatsch. Der Anschlag galt uns beiden. Du warst nur das scheinbar leichtere Ziel. Denk mal nach, Chummer. Wer wußte davon, daß wir heute im Glabotki-Bumspark anzutreffen sind? Der irre Magier, Schmidt, ich, die toten Chummer…«

»Schmidts Leibwächter«, sagte er.

»Kaum, die werden doch in so was nicht eingeweiht, sondern kriegen einfach einen Marschbefehl.«

Er dachte an die anderen seltsamen Dinge, die ihm in letzter Zeit widerfahren waren. Dinge, die auf einen mächtigen Feind hindeuteten. »Ich habe meine Gründe anzunehmen, daß mir jemand ans Leder will. Jemand, den ich nicht kenne. Hast du gehört, Chummer, *mir* will man ans Leder.«

Sie machte eine verächtliche Handbewegung. »Thor Walez, wenn du einen Fehler hast, dann diesen: Du nimmst dich viel zu wichtig. Sieh es mal aus meiner

Warte. Ich stelle fest, daß wir Daten übergeben und wenig später von einem Killer bedroht werden. Mich interessiert nicht die Bohne, ob du irgendwelche Privatfeinde hast. Die konnten nicht wissen, daß du heute im Bumspark sein würdest. Asche. Der Anschlag kann nur im Zusammenhang mit dem Schattenlauf stehen. Wir sind beide durch die Schatten gelaufen. Also gilt der Anschlag auch uns beiden.«

»Nicht unbedingt«, sagte er. »Es könnte auch einzig und allein um den Chip gehen. Vielleicht ahnt die Schmidt, daß ich noch eine Kopie habe, und will sie mir abnehmen. Sie hat mich immerhin gewarnt.«

»Den Chip könntest du auch mir gegeben haben. Vergiß es. Wenn es um den Chip geht, hänge ich auch mit drin. Vielleicht stecken die Schmidt und der Magier auch gar nicht hinter dem Anschlag. Vielleicht ist es die Gegenseite. Renraku! Das ist ihre Rache. Oder ihre Geschäftspolitik. Wir sollen nicht herumerzählen, daß Renraku geknackt wurde. Ohne Verrat durch die Schmidt können sie allerdings nicht wissen, daß wir die Daten in Glabotki übergeben wollten.«

»Jemand von Renraku könnte uns gefolgt sein.«

»Er müßte unglaublich geschickt gewesen sein.« Die Zigeunerin schüttelte den Kopf. Sie hatte den Wagen nicht *gefahren*, sie war der Wagen mit all seinen Sensoren *gewesen*. Sie hätte jeden Verfolger geortet.

»Funkpeilung.«

»Wie denn? Wir sind vom Motorrad auf den Wagen umgestiegen.«

»Vielleicht eine Wanze, die einer von uns mit sich herumträgt?«

»Wer sollte sie uns wann bei Renraku angesteckt haben? Das heißt… Warte mal. Man könnte deinem Passierchip eine anpeilbare Mikroschaltung mit Energiezelle verpaßt haben.«

»Der Chip steckte in der SPU, als ich im Netz war.

Ich habe keine Unregelmäßigkeiten bemerkt. So etwas wäre mir sofort aufgefallen.«

Ihm fiel der Micro-Transceiver ein, den ihm Rommel gegeben hatte. »Der stammt von Schmidt«, sagte er, klippte die flache Scheibe ab und öffnete das Fenster. »Ich glaube nicht, daß man uns damit orten konnte. Aber für alle Fälle ...« Er warf ihn auf die Straße und den Chip gleich hinterher.

Die beiden schwiegen eine Weile.

»Wer auch immer den Killerelf auf uns angesetzt hat, wird es nicht bei dem einen Versuch bewenden lassen«, meinte die Riggerin schließlich. »Der Killerelf hat bestimmt einen Vertrag. Wir sind sein Vertrag. Er wird nicht eher ruhen, bis er uns erwischt hat. Wir müssen untertauchen.«

Prüfend sah sie ihn durch ihre Spiegelbrille an. Er erwiderte den Blick nicht, sondern starrte stumm in die Nacht hinein.

»Hör zu, Thor Walez. Ich wollte diesen Run beenden wie die anderen zuvor. Mehr noch, ich wollte die Schatten verlassen. Es sollte mein letzter Run gewesen sein. Wir wären uns nie wieder begegnet. Zwei Figuren, die mal zusammen durch die Schatten gelaufen sind, mehr nicht. Aber das ist jetzt passé, Chummer. Ich denke, wir sollten eine Weile zusammenbleiben, denn nur zusammen haben wir eine Chance, den Killerelf zu töten, bevor er uns tötet. Eigentlich lösen wir das Problem erst dann, wenn wir herausbekommen, wer den Killerelf beauftragt hat. Verstehst du? Mir ist das *unheimlich*. Nicht daß mich einer umbringen will. Davor kann man sich schützen, flüchten, untertauchen. Wir haben volle Ebbies, die uns eine Weile über die Runden bringen. Wir könnten auch getrennt untertauchen. Aber es wäre ein verdammter Fehler. Ob Renraku oder der eigene Auftraggeber: Wir haben einen Megakon als Gegner, und dieser Gegner will uns umbringen. Ein Megakon ist zu mächtig für einen allein. Sag was dazu, Thor Walez.«

Er war ein Einzelgänger, war es immer gewesen, seit er in den Schatten lief. Er hatte Freunde, denen er vertraute. Rem, ein paar andere, vielleicht sogar Pjatras. Aber der Gedanke, sich längere Zeit mit einem Partner durchzuschlagen, ihm voll und ganz und in jeder Lage vertrauen zu müssen, bereitete ihm Unbehagen. Trotzdem sah er ein, daß ein Team in diesem Fall bessere Überlebenschancen hatte.

»Also gut«, sagte er mürrisch. »Ein Zweckbündnis, bis wir den Elf ausgeschaltet haben.«

»Denk bloß nicht, daß ich davon begeistert bin«, reagierte die Frau ärgerlich auf seinen Unmut.

»Es ist nicht persönlich gemeint. Ich bin ein einsamer Wolf.«

»Und ich eine einsame Wölfin. Aber jetzt sind wir ein Rudel auf Zeit – so ka?«

»So ka.«

Sie entspannte sich, lächelte sogar. »Und jetzt mal die Hosen runter, Chummer. Was gibt es sonst noch für Leute, die dir ans Leder wollen? Als deine Partnerin muß ich das schließlich wissen. Ich hoffe, du meinst nicht irgendwelche Dumpfbeutel, denen du auf der Straße irgendwann mal auf die Zehen getreten bist. Solche Feinde hat wohl jeder, der durch die Schatten geht.«

»Langsam, Zigeunerin.« Thor begann zu akzeptieren, daß er eine Partnerin hatte, eine Kampfgefährtin. Aber es war eine Frau, von der er weniger wußte als sie über ihn. »Du bist mit mir durch die Schatten gelaufen. Aber wenn wir Verbündete werden wollen, möchte ich wissen, mit wem ich es zu tun habe.«

»Genügt es denn nicht, daß wir zusammen durch die Schatten gelaufen sind, Chummer?« Es klang leicht ironisch.

»Nein.«

»Du hast recht.« Sie seufzte. »Ich heiße Natalie. Natalie Alexandrescu. Meine Vorfahren sind Roma und stammen aus Rumänien. Deshalb Zigeunerin – ich *bin* eine Zigeunerin.«

»Ich denke, Roma und Sinti lehnen diese Bezeichnung als Schimpfwort ab.«

»Einige schon, ich nicht. Ich bin das, was ich bin. Eine Zigeunerin.«

Das paßt zu ihr. Sie ist stark, eine Kämpferin. Sich zu verstecken, liegt ihr nicht.

»Hast *du* Feinde – von den Dumpfbeuteln mal abgesehen?« fragte er.

»Ja, meinen Ex-Mann. Er ist Exec der AG Chemie und hat geschworen, mich eines Tages umzubringen.«

Du willst es nie wahrhaben, aber hinter den Chummern, die mit dir durch die Schatten laufen, verbergen sich Menschen. Und hinter den Menschen stecken Geschichten. Wie konnte ich erwarten, daß Natalie kein Vorleben hat? Niemand wird in den Schatten geboren.

»Heißt er auch Alexandrescu? Ist er ebenfalls ein Roma?«

»Der ein Roma? Für diese Beleidigung würde er dir ins Gesicht schlagen.« Sie lachte. »Ich habe meinen Mädchennamen auch während der Ehe nie abgelegt.«

»Warum will er dich umbringen? Hast du ihm seinen Mercedes L800 geklaut oder ihm als Abfindung einen fetten Ebbie aus den Rippen geleiert?«

Natalies Miene hatte sich verdüstert, als sie von ihrem Ex-Mann sprach. »Von diesem Drekhead hätte ich keine Kopeke genommen. Nein. Er wollte mich nicht gehen lassen. Gekränkte Eitelkeit. Er hält sich für den Größten.«

»Warum hast du ihn verlassen?«

»Er ist ein gnadenloser Machtmensch und hat nur noch seinen Megakon im Kopf. Und dafür geht er über Leichen. Ich konnte diese Brutalität, diesen Sadismus, diese Heuchelei, diesen Zynismus nicht mehr ertragen. Ganz nebenbei war er auch im Bett ein sadistisches Schwein.«

»Du läufst durch die Schatten, um dich an ihm zu rächen? Um die AG Chemie zu treffen? Um die Megakons zu schädigen?«

Natalie schüttelte den Kopf. »Nicht mehr. Aber ich gebe zu, das war mein Motiv, in die Schatten einzutauchen. Darüber bin ich hinweg. Die Schatten haben ihre eigenen Gesetze.«

»Wie lange läufst du schon?«

»Seit zwei Jahren. Ich bin jetzt neunundzwanzig. Mit siebenundzwanzig habe ich alle Brücken abgebrochen und alles hinter mir zurückgelassen, was mir früher etwas bedeutet hat.«

»Aber inzwischen hast du es dir überlegt und möchtest zurück.«

»Niemals.« Sie war wütend. »Ich will die Schatten verlassen, aber ich will nicht in mein altes Leben zurück. Ich möchte irgendwo, weit weg von allem, ein neues Leben anfangen. Ohne Megakons, ohne Schatten, ohne töten zu müssen, ohne dauernd Angst haben zu müssen, selbst getötet zu werden.«

»Die Megakons sind überall. Und die Schatten auch.«

»Es gibt viele Leute, die sich weder um das eine noch um das andere kümmern.«

Thor schüttelte den Kopf. »Das können sie nur, wenn die Megakons sich nicht um sie kümmern. Du siehst ja, bei uns ist das anders.«

»Es muß irgendwo ein Fleckchen auf dieser Erde geben, wo man mit alledem nichts zu tun hat«, beharrte Natalie.

»Dieses Fleckchen gibt es in der Tat«, sagte er. »Allerdings nicht auf, sondern in der Erde. In einer Holzkiste. Oder einem Pappkarton. Hängt davon ab, wieviel von dir übriggeblieben ist und wie's auf deinem Ebbie aussieht.«

»Pah«, erwiderte sie. »Mir machst du nichts vor, Thor Walez. Dein Sarkasmus ist nur gespielt.«

»Nach acht Jahren in den Schatten kennt man die Realitäten und macht weder sich noch anderen etwas vor.«

Er spürte, daß dies die falschen Antworten gewesen waren. Die vorher so schroffe, abweisende Frau hatte begonnen, sich ihm zu öffnen, hatte von ihren Ängsten und Hoffnungen geredet. Ihr vorzuwerfen, realitätsfremd zu sein, war nicht nur ein Fehler gewesen, sondern auch objektiv falsch. Sie machte sich keine Illusionen. Sie war eine Realistin, obendrein kompromißlos und durchsetzungsfähig. Lebenstüchtig. Wie für die Schatten gemacht. *Und ich werfe ihr vor, daß sie noch einen Traum hat! Ich hätte mir selbst vorwerfen sollen, keinen Traum mehr zu haben.*

Thor spürte, daß sich Natalie wieder hinter ihre Panzerung zurückgezogen hatte.

»Jeder geht seinen Weg, Chummer.«

Es klang frostig, und Thor spürte, daß der Satz doppeldeutig gemeint war. Er wußte, daß es hinter ihrer Stirn arbeitete. Sie hatte ihm die Partnerschaft angeboten, aber jetzt suchte sie nach einem Weg, ihr Angebot zurückzunehmen. *Meinetwegen. Zwei einsame Wölfe würden einander früher oder später zerfleischen.*

Er starrte hinaus auf die gelegentlichen Lichter der Wagen, die ihnen auf der anderen Seite der Autobahn entgegenkamen. Der Carrona war kein schnelles Auto. ALI hatte sie auf die rechte Spur ihrer Fahrbahnseite gelenkt. Es herrschte wenig Betrieb, aber der eine oder andere schnelle Wagen rauschte auf den daneben liegenden Spuren vorbei.

Ein dunkelgrauer BMW 1985/24 schob sich Millimeter um Millimeter auf der Nachbarspur an ihnen vorbei. Seine Höchstgeschwindigkeit lag bei über 260 km/h, aber der Wagen nutzte nur einen Teil seiner Antriebskraft. Entweder war der Autopilot in Funktion und befolgte ALIs Anweisungen, oder der Fahrer beachtete peinlich genau die Verkehrsvorschriften. Der

Wagenbug befand sich inzwischen in Höhe der Vordertür des Carrona, als Thor auf den Wagen aufmerksam wurde. Im ersten Moment wußte er nicht, was es war. An dem BMW war nichts Außergewöhnliches zu entdecken. Ein gepflegter, fast neuer Wagen, die seitlichen Fenster mit dunkel getönten Scheiben versehen, hinter denen nur Schemen zu erkennen waren.

Als die Scheibe auf der Beifahrerseite einen weiteren Zentimeter herabsackte, wußte Thor plötzlich, daß es schon beim ersten Mal die Bewegung der Scheibe gewesen war, die sein Unterbewußtsein wahrgenommen hatte. Ein spitzer Gegenstand tauchte in dem Spalt auf.

»Natalie!«

In der Gondel hatte Natalie ihm das Leben gerettet, als sie ihn zur Seite stieß. Dieses Mal konnte sich Thor revanchieren. Er warf sich über sie und drückte sie fest auf den Sitz. Glas knirschte. Ein Polymerpfeil hatte in Kopfhöhe die Scheibe der Fahrertür glatt durchschlagen und steckte im ledergepolsterten Oberteil der Konsole des Bordcomputers. Der Pfeil hatte ein Loch in die Scheibe gefräst. Im Rest der Scheibe aus Sicherheitsglas hatten sich unter dem gewaltigen Aufpralldruck Tausende Haarrisse gebildet.

Durch diese Scheibe konnte man nichts mehr sehen, was für die beiden Runner eher von Vorteil war. Es bedurfte ohnehin keiner großen Phantasie, um zu ahnen, wer für diesen neuen Mordanschlag verantwortlich war.

Etwaige Zweifel wurden spätestens dann beseitigt, als der BMW einen Satz machte, der ihn zwei Meter nach vorn katapultierte, und beide Scheiben auf der ihnen zugewandten Seite des Fahrzeugs herabfuhren. Auf dem Beifahrersitz legte der weißblonde Killerelf, mit dem sie schon Bekanntschaft gemacht hatten, einen weiteren Pfeil in die Abschußvorrichtung seines Kompositbogens. Auf dem Rücksitz brachte ein weiterer Elf, eine Frau mit ebenholzschwarzer Haut und punkiger roter Mähne, ein Scharfschützengewehr in Anschlag. Ein dritter Elf, weißblond wie der Beifahrer, aber mit einem warzenübersäten Gesicht wie ein Ork, fuhr den Wagen manuell. Alle drei waren schwarz gekleidet wie der Tod und in dieser Rolle hundertprozentig glaubwürdig.

Die dunkelhäutige Elfin schoß aus nächster Nähe schräg von vorn durch die Windschutzscheibe, und Sekundenbruchteile später raste der nächste Pfeil des weißblonden Elfs heran. Die Kugel und der Pfeil durchbohrten die Windschutzscheibe und dann die Sitze. Die beiden Runner hatten sich im Fußraum des Carrona in trügerische Sicherheit gebracht. Eine weitere Kugel der Scharfschützin ging nur um Zentimeter an Thors Stirn vorbei und durchbohrte das Bodenblech.

Fieberhaft nestelte Natalie am Bordcomputer herum und suchte die Einsteckbuchse für ihr Glasfaserkabel, dessen anderes Ende bereits mit ihrer Stirnbuchse verbunden war. Ein weiterer Pfeil des Bogenschützen erwies sich als Fehlschuß, der die Innenverkleidung des Dachs aufschlitzte. Eine Kugel des Scharfschützen durchbohrte die Fahrertür, traf jedoch zu hoch, um den Runnern gefährlich zu werden.

Natalie hatte es geschafft, sich in den Computer einzustöpseln, und übernahm die Riggerkontrolle über das Fahrzeug. Gerade noch rechtzeitig, denn jetzt gab es einen heftigen Stoß. Der BMW hatte den Carrona gerammt, und der Autopilot versuchte den Wagen zum Stillstand zu bringen. Das ließ Natalie nicht zu. Sie fegte die Befehle des Autopiloten aus den Computerchips und ersetzte sie durch ihre eigenen Gehirnströme. Statt zu bremsen, beschleunigte der Carrona und brach nach rechts aus. Er jagte über den Sandstreifen und hängte den BMW ab, dessen Fahrer beim Rammen mit dem Tempo heruntergegangen war.

Natalies Riggerreflexe waren denen eines manuell

steuernden Fahrers und auch der Software eines Autopiloten haushoch überlegen. Aber den Reflexen standen nur mittelmäßige Muskeln zur Verfügung, während der BMW als bulliger Athlet antrat. Auf Dauer dem BMW davonzufahren war unmöglich. Natalie tat das einzig Sinnvolle. Sie scherte aus der Standspur aus, setzte sich vor den BMW und nutzte ihre perfekte Fahrzeugkontrolle, indem sie in Schlangenlinien alle drei Fahrspuren und die Standspur blockierte. Die zerschossene Windschutzscheibe hätte jeden manuell steuernden Fahrer zur Aufgabe gezwungen, aber Natalie war nicht auf ihre eigenen Augen angewiesen. Sie fühlte den anderen Wagen mit den Sensoren des Carrona und vereitelte jeden Überholversuch des BMW bereits im Ansatz. Gleichzeitig machte sie es den beiden Schützen fast unmöglich, weitere Schüsse auf den Carrona abzugeben.

»Wir haben es nicht mit *einem* Killerelf zu tun«, keuchte Thor, der sich wie Natalie weiterhin in dem engen Raum vor den Sitzen zusammenkauerte, »sondern gleich mit dreien von der Sorte. Eine Todesschwadron.«

»Drei gute Gründe zusammenzubleiben.« Ihre Zweifel waren hinweggefegt worden. Drei Killerelfen waren ein Argument, das jeden eigenen Weg in eine Grabrutsche verwandelte.

»Eine echt beschissene Situation. Wie schaffen wir es, aus diesem Blechsarg herauszukommen, ohne daß der spitzohrige Robin Hood uns in Schaschlikspieße verwandelt oder die Scharfschützin uns Windkanäle ins Gehirn legt?«

»Es sind nur noch zweitausend Meter bis zur Abfahrt Gelsenkirchen. Wir fahren dort raus und versuchen, die Killer abzuhängen. Auf engen Straßen mit Gegenverkehr haben wir bessere Möglichkeiten als auf der Autobahn.«

»Das Trio infernal wird uns jagen, bis wir die Höllenpforte erreicht haben.«

»Cool bleiben, Chummer. Sie jagen uns, aber wir schicken sie durch die Pforte. So ka?«

Jetzt sprach wieder die harte, kompromißlose Zigeunerin. Die Frau, die in die Schatten gegangen war, um ihrem widerlichen Ex und seiner AG Chemie in den Sekt zu pinkeln und den Kaviar von der Stulle zu blasen.

»So ka, so ka, so ka«, brummte er. »Keine Sorge, Zigeunerin. Der alte Thor hat nicht die Absicht, nach acht Schattenjahren den Löffel kampflos abzugeben. Zusammen haben wir sogar zehn Schattenjahre. Was ist dagegen schon ein alberner Flitzebogen und ein verbogenes Schießgewehr. Den spätpubertären Elfenkids gehört der Arsch versohlt, that's it.«

Galgenhumor. Du warst schon mal besser drauf.

»Natalie«, korrigierte ihn die Frau.

»Was?«

»Du sollst mich Natalie nennen. Zigeunerin bin ich für die anderen.« Es klang erstaunlich sanft. Aus irgendeinem Grunde schien sich Natalie mit ihm versöhnt zu haben.

Die Riggerin schaffte es, den BMW bis zur Ausfahrt am Überholen und Rammen sowie die Besatzung am Schießen zu hindern. In der Ausfahrt selbst gab sie ihnen erst recht keine Chance. Sie hätten schon die Leitplanke durchbrechen müssen, um an dem Carrona vorbeizukommen, und das wäre sogar dem selbststabilisierenden Fahrwerk des BMW nicht sonderlich gut bekommen. Darauf zu setzen, daß die Killerelfen bei ihrem Fahrzeug großen Wert auf einwandfreien Zustand des Lacks legten, empfahl sich dagegen weniger.

Natalie beschleunigte den Wagen noch in der Kurve, schoß in die Ausfallstraße hinein, überquerte bei Rot eine Kreuzung und bog scharf rechts ab. Aber der BMW hielt locker mit.

Thor schaute auf sein Multifunktionsarmband. Eine halbe Stunde nach Mitternacht. Der Verkehr in der Stadt würde ihnen keine große Hilfe mehr sein. Daß die Polizei die Verfolgungsjagd irgendwann stoppte, war weder eine begründete Hoffnung noch eine angenehme Perspektive. Dann mußten sie vor den Elfen *und* der Polizei flüchten.

Sie fuhren an tristen, grauen Industrieanlagen vorbei. Die Straße war zweispurig angelegt und schnurgerade. Schlangenlinien fahren brachte nicht mehr soviel wie auf der Autobahn. Die Amplituden waren zu klein. Der Killerelf schoß wieder einen Pfeil ab. Diesmal lochte er die Heckscheibe. Der Pfeil hatte noch genug Wucht, um mit zitterndem Schaft in der Lehne des rechten Vordersitzes steckenzubleiben.

»Hoffentlich hat der keine Pfeile mit Sprengköpfen«, sagte Natalie besorgt.

»So was tut unser Robin nicht. Schließlich ist bei Anglern das Dynamitfischen auch verpönt.«

»Dieser Robin jagt nicht im Sherwood Forest, sondern im Schattenwald. Da ist alles erlaubt.«

Thor versuchte nachzudenken. Was wußte er über Gelsenkirchen... Schalke 04... Irgendein Verein, der ganz gut im Combat Biking war... Früher auch mal im Fußball... Zechen...

Plötzlich fiel ihm Rem ein.

Versuch dein Glück in einer der alten, stillgelegten Zechen, am besten in Gelsenkirchen. Geh in die Tiefe und hoffe darauf, daß dir ein Zwerg begegnet...

»Natalie! Kennst du dich aus in Gelsenkirchen?«

»Es reicht, um wieder rauszufinden.«

»Nicht raus, tiefer rein. Wir müssen zum Gelände einer stillgelegten Zeche!«

»Und dann? Ohne Wagen haben sie uns schnell. Dann bezahlen wir die Zeche. Hallo, Thor, das sollte ein Wortspiel sein.«

Er ging nicht darauf ein. »Glaub mir, Natalie, das ist

im Moment unsere beste Chance. In den alten Zechen leben Zwerge. Sie werden uns helfen. Ich habe den Tip von meinem besten Freund bekommen. Er heißt Rem und ist selber ein Zwerg. Er hat mir das Codewort gegeben ... Canara ... Nein, Canira.«

»Wenn keine Zwerge in der Zeche sind oder die Zwerge uns nicht helfen ...«

»*Sie werden uns helfen!*«

»... sitzen wir wie Mäuse in der Falle. Ist dir das klar?«

Er hatte genug vom Argumentieren. »Heraus damit, wenn du eine bessere Idee hast. Was glaubst du, wie lange wir noch durchhalten? Wann wird die Scharfschützin anfangen, auf die Reifen zu schießen? Dann bestimmen die Killerelfen, wo die Hasen übers Feld hoppeln und zur Strecke gebracht werden.«

»Du vertraust diesem Rem?« fragte Natalie.

»Bedingungslos.«

»Dann versuchen wir es.«

10. KAPITEL

›Gates of Eden‹

Die Jahre 2015 bis 2020 vergehen recht ruhig und ermöglichen der Regierung Meißner, eine umfangreiche Wiederaufbaupolitik zu betreiben, in der die Souveränität der Konzerne eine wichtige Rolle spielt. Die Ereignisse in den USA, so sehr sie die Staaten auch erschütterten, finden kaum Widerhall im guten alten Europa: Außer dem Abzug der US-Truppen und gelegentlichen Demonstrationen vor und Anschlägen auf amerikanische Einrichtungen tut sich nichts Bewegendes. Einzig die Einführung des ASIST-Systems bringt etwas Bewegung in die deutsche Medienlandschaft – eine Euphorie, die vorerst aber nur von einer CyBit zur nächsten anhält.

Nach dem verstärkten Auftreten von Giftgeistern wird die Nordsee während des Jahres 2021 endgültig als verseucht aufgegeben, nur die wichtigsten Schifffahrtsrouten werden mit speziellen Reinigungsschiffen freigehalten, was die Geister offensichtlich in ihrer Macht mindert. Die meisten Reedereien gehen jedoch dazu über, computergesteuerte Schiffe in der Nordsee einzusetzen und sie erst für die Atlantiküberfahrt zu bemannen. Mitte des Jahres finden auch erstmals hochwertige Solarzellen mit einem Wirkungsgrad von über 25 % ihren Weg auf den Markt und ermöglichen, zusammen mit ökologischen Bauweisen und dem ständig geringeren Energieverbrauch von Haushaltsgeräten, eine dezentrale Energieversorgung.

Mitten in der Euphorie des Wiederaufbaus beginnen plötzlich etwa 15 % aller Bürger gräßliche Veränderungen durchzumachen, die für einige von ihnen tödlich enden und die Überlebenden in das verwandeln, was man heute Orks und Trolle nennt. Vor allem letztere sind in Deutschland häufig. Die Opfer der ›Goblinisierung‹ werden anfangs wie Aussätzige gemieden, da keiner weiß, ob diese Veränderungen nicht ansteckend sind. Selbst die Errichtung großer Sammellager wird erwogen (und von großen Teilen der Bevölkerung begrüßt). Diese Maßnahme wird jedoch ausgesetzt, als die Verwandelten recht früh ihr Selbstbewußtsein entdecken und auf dem legendären ›Mutantenkongreß‹ in Köln solche Forderungen mit der Drohung eines offenen Bürgerkriegs beantworten. Als im Spätherbst die zweite VITAS-Welle Deutschland erreicht, scheint der Tag des Jüngsten Gerichts in greifbare Nähe gerückt.

Dr. Natalie Alexandrescu:
Die Geburt der Sechsten Welt,
Deutsche Geschichte auf VidChips,
VC 15, Erkrath 2051

Die Scharfschützin nahm sie wieder unter Beschuß. Sie hatte ihre Taktik geändert. Statt darauf zu warten, daß sie in dem hin und schlingernden BMW in optimale Schußposition kam, nutzte sie jetzt jede Möglichkeit, Schüsse auf den Carrona abzugeben. Zum Glück schien die schwarze Elfin keine Vorstellung zu haben, wo sich die beiden Insassen des Wagens aufhielten. Die meisten Einschüsse lagen in Höhe der Rückenlehnen und Kopfstützen der Sitze. Einige Geschosse trafen tiefer, wurden aber durch die Sitzpolster aufgefangen, bevor sie den Runnern gefährlich werden konnte. Der Bogenschütze hatte bisher keinen neuen Pfeil abgeschossen.

Offenbar befolgten die Killerelfen nur eine Taktik: töten. Sie versuchten nicht, den Carrona fahruntüchtig zu schießen. Vielleicht rechneten sie sich aus, daß die Runner sich dann im Wagen verschanzten und zurückschossen. Damit wuchs das Risiko, daß die Polizei einen längeren, ortsfesten Schußwechsel unterband. Allerdings glaubte Thor nicht, das diese Überlegungen bei ihren Verfolgern ernsthaft eine Rolle spielten. Er hatte schon andere Killerelfen erlebt. Sobald sie Blut leckten, folgten sie nur noch ihren perversen Jagdinstinkten.

Der Elf am Steuer versuchte, den BMW als Waffe einzusetzen. Er hatte es aufgegeben, den Carrona überholen zu wollen, und legte es nur noch darauf an, ihn zu rammen. Natalie konnte das nicht immer verhindern. Ihre perfekte Fahrzeugkontrolle erreichte jedoch, daß die enormen Beschleunigungswerte des anderen Wagens keine ernsthafte Gefahr darstellten. Sie schaffte es, den Rammstößen ihre Wucht zu nehmen oder sogar ihre Energie in Schub für den eigenen Wagen umzuwandeln.

»Lange halten wir das nicht mehr durch«, sagte sie. »Die Radaufhängung des rechten Hinterrads ist bereits schrottreif. Ich kann den gegenlenkenden Effekt nur noch mühsam kompensieren.«

»Wo sind wir?« fragte Thor.

»Im Stadtteil Buer.«

Er versuchte sich zu erinnern. Zweimal war er in Gelsenkirchen durch die Schatten gelaufen. Kleine, unbedeutende Aufträge, die den Ebbie nicht fett gemacht hatten. Irgendwo am Ende einer Straße hatte er das charakteristische große Laufrad auf einem Förderturm gesehen.

»In Buer gibt es mindestens eine stillgelegte Zeche.«

»Es gibt mindestens zwei. Und wir sind in der richtigen Ecke. Alte Arbeiterslums, verfallene Industrieanlagen. Keine Sorge, ich werde sie nicht übersehen.«

Anders als er hatte Natalie visuelle Eindrücke von der Umgebung. Der Carrona war mit Ultraschallsensoren und einer Vidkamera ausgerüstet, die den Attacken der Verfolger bislang noch nicht zum Opfer gefallen waren.

Wieder setzte der BMW zu einem Rammversuch ein, und erneut schlug eine Kugel in die Kopfstütze des Beifahrersitzes ein, die inzwischen aussah, als sei sie einem beißwütigen Schäferhund vor die Schnauze geraten. Die Scharfschützin hatte den größeren Teil der Heckscheibe in Stücke geschossen. Die Gefahr wuchs, daß sie erkannte, wo sich die beiden Fahrzeugpassagiere verbargen.

Natalie fing auch diesen Rammversuch gegen die Flanke des Carrona ab, indem sie das Heck des Wagens rechtzeitig vor den Bug des BMW setzte. Nach dem Aufprall reagierte sie anders als sonst. Sie lenkte den Carrona scharf nach rechts in eine schmale Nebenstraße. Der Wagen touchierte links eine Hauswand, wurde nach rechts geschleudert, aber von Natalie angefangen, bevor er gegen das Haus auf der anderen Straßenseite prallte. Dann schoß er die mit Schlaglöchern übersäte Straße hinauf, wobei die Passagiere hin und her geworfen wurden.

Der BMW hatte der plötzliche Kursänderung nicht folgen können und war weiter geradeaus gerast.

»Wir fahren direkt auf einen Förderturm zu«, sagte Natalie. »Halt dich fest. Wir brettern gleich durch einen Zaun. Der BMW hat übrigens ge …«

Ein Ruck, ein ohrenbetäubendes Krachen, dann hatte der Carrona einen mürben Maschendrahtzaun niedergewalzt.

»… gewendet und ist schon wieder hinter uns.«

Der Carrona schlingerte noch heftiger als vorhin auf der Straße. Ohne Rücksicht auf die Reifen und Radlager zu nehmen, lenkte Natalie den Wagen über unebenes Gelände, das früher mal als Lagerplatz für Kohlehalden gedient haben mochte. Hochgewirbelte Steine prasselten wie Geschosse gegen das Bodenblech, irgend etwas klirrte und schepperte. Dann rammte der Wagen etwas Massives und drehte sich quer zur Fahrtrichtung.

»Raus!« rief Natalie und zog mit einer fließenden Bewegung das Glasfaserkabel aus Stirnbuchse und Bordcomputer. Während sie es mit der Linken in einer

Jackentasche verstaute, klinkte sie die Wagentür auf und rollte sich hinaus.

Thor war schon draußen und richtete sich auf. Vor ihm, keine zwanzig Meter entfernt, ragten zwei Förderturme auf, düstere Riesen im Halbdunkel. Die Straße führte im Bogen am Zechengelände vorbei, und das fahle Licht ihrer Bogenlampe reichte gerade aus, die Silhouette eines langgestreckten Gebäudes mit zwei Türmen – einer davon ein Gerüstturm mit Laufrad – zu erkennen. Daneben befand sich der konische Grubenlüfter. Auf der Straße jagten die Scheinwerferkegel des BMW heran.

Der Carrona war vor einem mächtigen Doppel-T-Träger zum Stillstand gekommen, der den linken Kotflügel deformiert und abgerissen hatte.

Thor eilte um den Wagen herum und wollte Natalie helfen. Aber sie stand bereits auf den Füßen.

Wie schafft sie es eigentlich, selbst im dicksten Getümmel die Spiegelbrille auf der Nase zu behalten?

Er faßte sie an der Hüfte, und sie nahm die Unterstützung dankbar an, indem sie sich mit einer Hand an seiner Schulter festhielt. Sie humpelte und hatte sicherlich Schmerzen, aber sie hielt sich tapfer auf den Beinen. Bevor der BMW die Stelle passierte, wo der Carrona den Zaun durchbrochen hatte, erreichten die Runner den Eingang des Gebäudes, das sich unter den beiden Türmen befand. Mit einem wuchtigen Fußtritt brach Thor das Türschloß aus dem morschen Holz, und die Tür klaffte vor ihnen auf. Natalie schaltete ihren Niederfrequenzer an und ließ den Scheinwerferkegel an den Wänden des Raumes entlanggleiten.

Sie hörten draußen den BMW über den Hof der Zeche rumpeln, während sie drei hintereinander liegende Räume der Kaue passierten, in denen sich früher die Bergleute umgezogen und gewaschen hatten. Im Quergang lange Reihen von Waschbecken und Duschköpfen, im Hauptgang Haken und Taue, an denen man die Kleidung aufgehängt und zur Decke hochgezogen hatte. Über allem lag eine dicke Staubschicht und verwehrte die Illusion, hier könnte jeden Moment der Betrieb wieder aufgenommen werden. Immerhin verrieten Fußspuren in der Mitte des Ganges, daß seit der Betriebsstillegung nicht zum erstenmal Besucher in der Kaue waren.

Fieberhaft sahen sich die Runner nach einem Versteck um, aber hier gab es nichts, das Schutz vor den Jägern versprach.

Vom anderen Ende des Gebäudes näherten sich hastige Schritte. Die Killerelfen waren in das Gebäude eingedrungen und folgten ihrer Spur.

Rem, wo sind deine Leute?! Immer stärkere Zweifel machten sich in ihm breit. Er hätte Rem fragen sollen, wo genau und wann Zwerge in der Zeche waren. Schließlich würden sie hier wohl kaum eine Seelsorgestation für Schattenläufer auf der Flucht betreiben. Ohne genauer darüber nachzudenken, war er davon ausgegangen, daß die Zwerge mit ihrer Vorliebe für unterirdische Räume, Höhlen und Gänge in ehemaligen Bergwerken wohnten. Was hatte Rem gemeint, als er von Zechen sprach? Die oberirdischen Gebäude oder die Stollen darunter? Wahrscheinlich letzteres. Aber wie gelangte man dort hinunter?

Sie erreichten den Schacht. Es mußte sich um den Wetterschacht mit seiner Gestellföderung handeln, über den die Bergleute einfuhren. Ein Fördergestell war allerdings nicht zu sehen. Robuste Drahtseile führten aus dem Turm heraus in die Tiefe. Irgendwo darunter mochten sich Fördergestelle befinden, aber das half ihnen wenig.

Es ging so bodenlos tief hinab, daß Thor es auch dann nicht gewagt hätte, in den Schacht zu klettern, wenn er allein gewesen wäre. Für Natalie mit ihrem verletzten Fuß kam diese Lösung ohnehin nicht in Frage.

Plötzlich glaubte er ein Licht in der Tiefe zu sehen.

»Was ist das?« fragte Natalie, die das Licht ebenfalls bemerkt hatte.

Er antwortete nicht, sondern starrte nur stumm nach unten. Irgend etwas Leuchtendes kam mit großer Geschwindigkeit den Schacht herauf. Zu hören war nichts. Im nächsten Moment schwebte eine zwei Meter durchmessende Kugel aus blau schimmerndem Licht über dem Schachteingang und verharrte dort regungslos. In der Kugel befanden sich zwei Zwerge, die seltsam gekleidet waren. Sie trugen dreiviertellange Hosen aus grobem Webstoff, dazu Wämser, Stiefel und Kopfkappen aus Leder. Die Wämser waren an der Vorderseite geschnürt, und jedes der Kleidungsstücke sah nach Handarbeit aus. Sie schienen einer anderen Zeit entsprungen zu sein, und die kurzen Äxte am Gürtel verstärkten diesen Eindruck noch. Die Zwerge standen mitten im Schacht, gehalten und umschlossen von den Kräften der blauen Energiekugel. Keiner der beiden Runner hatte je zuvor eine derart eindrucksvolle Manifestation von Magie erlebt.

Die Zwerge wirkten genauso überrascht wie die Schattenläufer und schauten ungläubig, fast bestürzt drein. Der ältere von beiden, knorrig in der Gestalt, runzlig im Gesicht, das ungestüme graue Haar im Nacken zusammengebunden, den ebenfalls grauen Bart mit zwei kleinen Zöpfen verziert, hob beide Hände. Auf seinem Wams befanden sich magische Zeichen. Offenbar schickte er sich an, Magie einzusetzen. Vielleicht wollte er die blaue Energiekugel wieder in den Schacht hinabsinken lassen oder die Schattenläufer angreifen.

»Nicht!« schrie Thor. »Canira!«

Als er sah, daß der Zwerg innehielt, sprudelte er hervor: »Helft uns! Einer der euren schickt uns. Ein Zwerg, der sich Rembrandt nennt. Er hat uns das Codewort verraten: Canira! Canira!«

Der Zwergenmagier starrte ihn stumm an. Mißtrauen, aber auch Staunen lag in seinem Blick. Sein Begleiter flüsterte ihm etwas zu.

Die Schritte waren beängstigend laut geworden.

»Sie kommen!« stöhnte Natalie.

Im Durchgang zwischen Kaue und Turm tauchte der
erste Killerelf auf. Der weißblonde Elf mit dem Kompositbogen. Während er heranstürmte, hob er den
Bogen, zog einen Pfeil aus dem geschulterten Köcher
und legte ihn in die Abschußvorrichtung.

Die Runner zogen ihre Waffen.

Der Blick des Zwergenmagiers jagte von den Runnern zu dem Elfen. Die beiden anderen Killerelfen hatten den Durchgang erreicht. Die schwarze Elfin blieb
stehen und hob das Gewehr an die Schultern. Es war
eine gute Entfernung für einen gezielten Schuß.

Thor ließ seine Secura sprechen, und fast im gleichen Moment bellte auch Natalies Beretta. Die Elfen
brachen den Versuch ab, ihre Waffen abzufeuern,
duckten sich und sprangen auseinander. Die Kugeln
verfehlten ihr Ziel. Für die Pistolen waren die Gegner
noch nicht nahe genug. Trotz der Pistolenschüsse
näherten sich die Elfen und richteten wieder ihre eigenen Waffen auf die Runner.

Der Zwergenmagier sagte etwas zu seinem Begleiter, der deutlich jünger wirkte und dessen Gesicht von
tiefschwarzem Haar eingerahmt war. Er sprach mit
einer Baßstimme. Was er sagte, ergab für die Schattenläufer keinen Sinn. Es klang wie eine Mischung aus
Altdeutsch und Latein, und es schien eine Frage zu
sein.

Als Antwort machte der jüngere Zwerg eine un-
schlüssige Handbewegung.

Der Zwergenmagier sah Thor an und sagte: »Canira?«

Wilde Hoffnung begann in Thor zu keimen. »Canira!«

Der Bogenschütze hatte sich aufgerichtet und den bereits eingelegten Pfeil abgeschossen. Gerade noch rechtzeitig konnte Thor sich zur Seite werfen. Der Pfeil jagte heran. Direkt auf das Herz des Magiers zu.

Aber die Pfeilspitze drang nicht in die Energieblase ein. Als der Pfeil die blau schimmernde Wand berührte, blieb er mitten in der Luft stehen und fiel dann kraftlos zu Boden.

In den Augen des Zwergenmagiers blitzte Zorn. Er hob die Rechte und ließ sie kreisen. Thor und Natalie hatten einen Moment lang die seltsame Empfindung, etwas Kaltes, Frisches, eine Art Wasserguß, würde ihre Haut benetzen. Dann sahen sie, daß der blaue Kokon eine Blase geworfen hatte, die sie eingeschlossen hatte. Die Zwerge waren nicht länger durch einen blau-weißen Vorhang von ihnen getrennt. Der Vorhang lag jetzt zwischen den Runnern und den Killerelfen.

Ein weiterer Pfeil raste heran. Er wäre für Natalie tödlich gewesen. Aber zehn Zentimeter von ihrer Stirn entfernt blieb er in der Energiehülle stecken und sackte zu Boden.

Die dunkelhäutige Elfin gab einen Schuß aus ihrem Gewehr ab, dann einen zweiten und dritten. Alle drei Projektile wurden von der Energiewand abgefangen und als plattgedrückte Metallscheiben auf den Fußboden gespuckt.

Der Zwergenmagier winkte ihnen, näher heranzukommen. Unsicher setzte Thor einen Fuß über den Rand des Schachtes und stellte fest, daß der Fuß von einer unsichtbaren Kraft getragen wurde. Entschlossen tat er auch den zweiten Schritt und schwebte neben den beiden Zwergen über der Schachtöffnung. Natalie klammerte sich an seinem Arm fest und folgte.

Der Magier ließ wieder die Hand kreisen. Der Energiekokon verkleinerte sich, rutschte in den Schacht hinein und nahm die vier Passagiere mit. Die Runner hatten dabei nicht das Gefühl, den Boden unter den

Füßen zu verlieren, sondern empfanden die Bewegung als kontrolliertes Hinabgleiten. Es war, als würden ihre Körper von weichen Polstern abgestützt, während die Polster sich gleichzeitig rasch nach unten bewegten. Als letztes sahen sie, zum Greifen nah, die wütenden Gesichter der Killerelfen. Böse Gesichter mit gnadenlosen Augen, in denen die pure Mordlust stand. Die dunkelhäutige Elfin stieß mit dem Gewehrschaft nach dem Kokon, der Weißblonde machte eine obszöne Geste. Der dritte Elf reckte die Faust.

»Verdammte Drekheads! Den Vertrag könnt ihr euch in den Arsch schieben.« Thor konnte nicht anders. Irgendwie mußte er seinem Triumph Luft machen.

Dann verschwanden die Feinde aus dem Blickfeld der Runner.

»Freu dich nicht zu früh«, sagte Natalie. »Killerelfen geben erst auf, wenn das Jagdwild tot ist. Sie werden uns aufspüren, egal wo. Hast du selbst mal gesagt.«

»Ach, was kümmert mich mein dummes Geschwätz von gestern.« Er hatte im Moment keine Lust, an die Zukunft zu denken.

Die Zwerge redeten leise miteinander in der unbekannten Sprache.

»Ich kann das alles kaum glauben«, sagte Thor.

»Aber es ist passiert, und es passiert noch immer«, antwortete Natalie. »Sei froh.«

»Sie haben *Macht* ...«

»Allerdings.«

Die Energieblase verlangsamte ihre Geschwindigkeit und kam dann zum Stillstand. Vor ihnen lag der Eingang eines Stollens, ein mit Grubenholz abgestütztes Viereck. Der Zwergenmagier schritt durch die Luft auf den Eingang zu. Sein Begleiter folgte und schob dabei die beiden Runner mit sanftem Druck vor sich her. Als alle den sicheren Rand des Stollens erreicht hatten, ließ der Magier wieder die Hand kreisen. Der Energiekokon schrumpfte zu einer apfelsinengroßen

Kugel zusammen, die ein fahles Licht spendete und sich langsam in den Stollen hineinbewegte.

Der Magier bedeutete ihnen zu folgen, wandte sich um und wanderte hinter dem Licht her. Er hielt sich in der Mitte der Schienentrasse, die von der ehemaligen Grubenbahn übriggeblieben war. Thor stützte Natalie. Die Runner hatten keine Mühe, Schritt zu halten. Hinter ihnen folgte der andere Zwerg.

Links, rechts und über ihnen befanden sich hölzerne Stützpfeiler und Verschalungen. Ansonsten war nackter Felsen zu sehen. Offenbar war dies einer der älteren Verbindungsstollen, der zu einem Kohlestreb führte.

»Woher kennt ihr Grusim?«

Den beiden stockte der Schritt, und sie blickten sich um.

»Geht weiter«, sagte der schwarzhaarige Zwerg. »Wir wollen keine Zeit verlieren. Also – woher kennt ihr Grusim? Bei euch nennt er sich Rembrandt.«

»Ich habe ihn vor Jahren in den Schatten kennengelernt, und wir sind Freunde geworden«, antwortete Thor. »Aber wer seid ihr? Woher habt ihr die Macht…«

Der Zwerg unterbrach ihn. »Hat er euch gesagt, was ›Canira‹ bedeutet?«

»Er sagte, es sei ein Codewort. Wenn ich in Not sei und eine stillgelegte Zeche erreichen könnte, würden dort lebende Zwerge mir helfen.«

»Es ist ein altes und heiliges Wort. Es heißt Asyl. Zwerge aus dem Königreich Hvaldos sind verpflichtet, eine solche Bitte dem König vorzutragen.«

»Ich habe noch nie von einem Königreich Hvaldos gehört«, sagte Natalie.

»Nur wenige von euch dort oben kennen Hvaldos. Einer davon ist Grusim. Er ist oder besser war einer von uns.«

Also beruhten die Gerüchte, die über Rem im Umlauf waren, doch auf einem wahren Kern, dachte Thor.

»Ihr wohnt in diesem Bergwerk?« fragte Natalie. »Und ihr nennt es Hvaldos?«

»Hvaldos ist eine Höhlenwelt, die tief unter dem Bergwerk liegt. Die alten Stollen und Schächte benutzen wir nur, wenn wir oben etwas zu erledigen haben.«

»Ich wußte nicht, daß Zwerge in das Innere der Erde emigriert sind«, sagte Thor.

»Wir sind nicht emigriert«, bekam er zur Antwort. »Wir leben schon immer hier. Seit Tausenden von Jahren. Wir haben einige der erwachten Brüder bei uns aufgenommen, und einige andere wohnen tatsächlich in den alten Stollen, aber wir selbst sind keine Erwachten. Wir haben die Magie niemals verloren.«

Es gibt Metamenschen und Critters. Die Magie ist mitten unter uns neu aufgebrochen. Aber es gibt auch Drachen, die jahrtausendelang unter den Bergen geschlafen haben und aus einem anderen magischen Zeitalter stammen. Daß ein Zwergenvolk tief im Schoß von Mutter Erde, immer ganz nah ihrer mächtigen Magie, die Zeiten überdauert hat, darf uns eigentlich nicht überraschen. Bei aller Magie, die um uns herum ist, haben wir den vollen Umfang der Veränderungen und der Neuentdeckungen noch immer nicht erfaßt. Vielleicht ist das, was wir erleben und womit wir umgehen, nur die Oberfläche dessen, was tatsächlich vorhanden ist.

Der Magier verhielt den Schritt und wandte sich der rechten Stollenwand zu. Er preßte die Hand gegen eine Stelle der Holzverschalung, die daraufhin zur Seite schwang und eine Toröffnung freigab. Dahinter befand sich ein kurzer Stollen, dessen Wände makellos glatt waren und glasiert wirkten. Der jüngere Zwerg betätigte einen Mechanismus. Die Geheimtür glitt in ihre frühere Position zurück und verdeckte den Zugang.

Der Stollen war leicht abschüssig und nur zehn oder

zwölf Meter lang. Er endete vor einem weiteren Schacht.

Thor dachte zuerst, dies müsse der Hauptschacht sein, durch den früher die Kohle nach oben gefördert wurde. Die Vermutung erwies sich als falsch. Der Schacht führte nicht nach oben, sondern nach unten. Außerdem war er rund und so glasiert wie der Verbindungsstollen. Er schien mit magischer Energie in den Berg hineingefräst worden sein. Wie tief er hinabreichte, konnte man nicht einmal erahnen.

Mit kreisenden Handbewegungen und leisem Murmeln erweiterte der Zwergenmagier den über ihnen hängenden Energieball wieder zu einem Kokon, der die Gruppe umschloß und sich mit ihr auf den Schacht zubewegte.

Ohne zu zögern traten die Schattenläufer zusammen mit den Zwergen in den Schacht hinaus. Sofort sank der sie umschließende Kokon hinab. Er fiel immer schneller, schien sich der Erdbeschleunigung anzupassen. Seine Passagiere stürzten im freien Fall in die Tiefe, ohne dies in der sanften Ummantelung des Kokons als unangenehm oder gar bedrohlich zu empfinden.

Thor und Natalie hatten kein Empfinden, wie lange der freie Fall andauerte, und die überall gleich glatten und makellosen Wände des Röhrenschachtes ließen keinen Hinweis auf die tatsächliche Geschwindigkeit zu. Aber irgendwann verlangsamte sich der Fall, und die Helligkeit des Kokons verblaßte in einem noch helleren Licht, das von unten kam.

Von einem Moment zum anderen löste sich der magische Kokon auf, und sie standen auf einem Felsplateau. Hoch über ihnen befand sich die kreisrunde Öffnung des Schachtes, aus dem sie gekommen waren.

Staunend sahen sich die Schattenläufer um. Über ihnen wölbte sich die Felsdecke einer gewaltigen Höhle, gestützt durch unzählige Felsbogen und Felsnadeln, Stalagmiten und Stalaktiten. Direkt über dem Plateau war die Höhlendecke nur zwanzig Meter entfernt, aber in der Ferne wölbte sie sich so hoch, daß das Auge sie in dem diffusen Licht verlor. Dreihundert Meter oder mehr mochten es an den höchsten Stellen sein. Aber sie war kein gleichmäßiger Himmel, sondern wie ein Wolkengebirge aus Stein und Kristall, das manchmal bis zum Höhlengrund herabreichte und zerklüftete Schluchten bildete, manchmal filigrane Rundbögen und Durchlässe formte, die mal aus klarem Bergkristall, mal aus vielfarbig glitzerndem Edelgestein bestanden und durchsichtig waren. Das Ganze wirkte überhaupt nicht massiv, sondern wie eine graziöse Spielerei aus Licht, Schatten, Stein, Kristall und bunten Edelsteinen.

Die Kristalle und bunten Steine schienen aus sich selbst heraus zu leuchten und tauchten die Landschaft in ein vielfarbiges, glitzerndes Zauberlicht. So sehr die Kristalle und ihre Lichtreflexe diese Welt bestimmten, handelte es sich keinesfalls um eine Landschaft, die allein durch geometrische Formen und mineralische, anorganische Schönheit geprägt war. Der Höhlenboden war mit einem dichten Teppich aus Moos, hüfthohen Pflanzen und Wäldern aus baumhohen Riesenpilzen bedeckt, bunt wie ein Strauß Frühlingsblumen. Unter dem Felsplateau sprudelte ein Quellstrom kristallklaren Wassers aus dem Berg, der ein Stück weiter als Wasserfall zum Höhlenboden floß und sich dort als Bach dahinschlängelte. Zusammen mit anderen Bächen bildete er einen kleinen Fluß, der das Höhlental in der Mitte durchfloß.

Die weitläufige Höhle schien in Verbindung mit anderen Labyrinthen und letztlich mit der Erdoberfläche zu stehen, denn es herrschte ein sanfter Luftzug. Es war keinesfalls so heiß, wie das so tief unter der Oberfläche zu vermuten gewesen wäre, sondern frühlingshaft frisch.

In der Ferne entdeckte Thor eine Wassermühle, deren Rad in den Fluß hineinragte und von ihm angetrieben wurde. Dahinter befanden sich eine Brücke, Häuser, Türme, in die Höhlenwand hineingebaute Paläste, manche aus Steinen, manche aus Kristall zusammengefügt.

»Hvaldos«, sagte der dunkelhaarige Zwerg schlicht. Sein Arm machte eine ausgreifende Bewegung, die den Halbkreis der vor ihnen liegenden Höhle umfaßte.

»Ich habe noch niemals etwas Schöneres gesehen«, hauchte Natalie sichtlich ergriffen. Sie war ganz nahe an den Rand des steil abfallenden Plateaus getreten und hatte zum erstenmal in all den Stunden ihre Spiegelbrille abgenommen, um die natürlichen Farben dieser Landschaft unverfälscht in sich aufzunehmen. Sie wandte sich Thor zu: »Ich glaube, du hattest recht. Dieses Fleckchen, von dem wir geredet haben, befindet sich nicht auf, sondern unter der Erde. Ich glaube, ich habe es gefunden.«

Zum erstenmal sah er ihre Augen. Es waren große braune, kluge und erstaunlich warmherzig wirkende Augen, die Verletzbarkeit spiegelten. Mit solchen Augen lief man nicht durch die Schatten.

Er konnte gut verstehen, daß Natalie ihre Augen hinter einer Spiegelbrille versteckte. Ohne die Brille sah ihn ein ganz anderes Gesicht an als zuvor. Ein nicht ganz ebenmäßiges, trotz der warmen Augen weder liebliches noch makellos glattes Gesicht, aber eines, das durch eigenwillige, leicht asymmetrische Konturen geprägt war. Ein Gesicht der Widersprüche, in dem es weiche und harte Linien gab und das eine eigenwillige Schönheit zum Ausdruck brachte. Aber es war nicht diese Schönheit, die ihn zurückweichen und beinahe taumeln ließ.

Natalie konnte ihre Bestürzung nicht verbergen. Im ersten Moment war ihr gar nicht bewußt, daß sie sich ihrem Partner zum erstenmal ohne Brille zeigte. Sie begriff es, als sie die Brille in ihrer Hand entdeckte. Eine Erklärung für sein Verhalten konnte sie trotzdem nicht finden.

Mit einer raschen Bewegung setzte sie die Spiegelbrille wieder auf, als habe sich nur einmal mehr bestätigt, daß sie besser eine Maske trug. Sie versuchte eine Reaktion mit einer scherzhaften Bemerkung zu überspielen.

»Bin ich ohne Brille denn so häßlich, daß du dich mit Grausen von mir abwendest?« Es sollte spöttisch klingen, aber es hörte sich kläglich und verletzt an.

»Nimm sie bitte wieder ab, Natalie. Und entschuldige. Nein, du bist nicht häßlich, sondern schön. Und in deine Augen könnte ich mich verlieben.«

Sie nahm die Brille nicht ab, sondern wartete. Das konnte nicht alles gewesen sein, was er zu sagen hatte.

»Natalie, dein Gesicht...« Er hatte Mühe, seine Verwirrung unter Kontrolle zu bringen und die richtigen Worte zu finden. »Es war nur...: Ich habe dein Gesicht schon einmal gesehen. In einem Traum. Leider war es kein angenehmer Traum, was aber nicht an dir lag. Der Traum hat sich als Auslöser einer Kette von mysteriösen Ereignissen erwiesen.«

Endlich war heraus, was ihn wie ein Donnerschlag getroffen hatte: Natalie war das Mädchen aus dem Traum, das von Roberti überfahren worden war und dann zum zweiten Mal getötet werden sollte. Er konnte einfach nicht begreifen, wie so etwas möglich war. Es handelte sich nicht um eine vage Ähnlichkeit, sondern Natalies Gesicht entsprach in jeder Einzelheit dem Bild jener Frau aus dem Traum. Es hätte ihm schon viel früher auffallen müssen, aber sie hatte es einfach zu gut verstanden, ihm mit der Spiegelbrille und ihrem Verhalten das Bild einer harten, kompromißlosen Schattenläuferin vorzuspielen.

»Verstehst du jetzt, warum ich mich so seltsam benommen habe? Entweder habe ich eine Art zweites

Gesicht, oder irgendeine Macht zieht im Verborgenen Drähte, nach denen ich mich zu bewegen habe.« Er bemerkte, daß die Zwerge ungeduldig wurden. »Ich erzähle dir später von dem Traum und den rätselhaften Ereignissen. Aber jetzt, bitte, nimm die Brille wieder ab.«

Sie tat ihm den Gefallen, klappte sie zusammen und schob sie in eine Jackentasche.

Krampfhaft versuchte er, ihr nicht direkt ins Gesicht zu sehen. Das konnte er später nachholen, wenn er sich wieder gefangen hatte. Im Moment gab es wichtigere Dinge, als sich über Traumgesichte Gedanken zu machen, so sehr sie auch sein Innerstes berührten und für sein weiteres Schicksal von Bedeutung sein mochten.

»Sorry«, wandte er sich an die Zwerge. »Eine Privatsache im ungeeigneten Augenblick.«

Der Zwergenmagier nickte, als habe er verstanden, wandte sich dann seinem Begleiter zu und schien ihm Anweisungen zu geben.

»Woromin sagt, ihr müßt hierbleiben und die Entscheidung des Königs abwarten«, sagte der andere Zwerg. »Es ist euch nicht erlaubt, das Plateau zu verlassen. Dort drüben befindet sich eine kleine Höhle, in der es warm ist und in der ihr alles finden werdet, was ihr für den Moment benötigt. Ihr seid sicher müde. Ruht euch aus, versucht zu schlafen. Wir werden in einigen Stunden zurück sein.«

Woromin sagte noch etwas und deutete auf Natalie.

Der andere Zwerg nickte und übersetzte. »Woromin hat bemerkt, daß die Frau verletzt ist. Bevor wir gehen, wird er sich um die Wunde kümmern.«

Er ging den anderen voraus zur hinteren Wand, wo sich die Höhle befand, von der er gesprochen hatte.

»Wie heißt du, Freund?« fragte Thor, der Natalie half, den steilen Weg zur Höhle zu erklimmen.

»Atras.«

»Ich bin Thor, und das ist Natalie.«

Atras nickte und lächelte dabei.

Die Höhle erwies sich als ein sauberer, großer Raum mit einer in den Fels gehauenen Nische, die als Bett gedacht und mit einer Schütte aus Stroh und Faserstücken, wahrscheinlich aus den Pilzen gewonnen, gepolstert war.

Auf einem niedrigen Tisch aus porösem Holz, wohl aus dem Stamm der Riesenpilze gefertigt, standen ein mit Obstwein gefüllter Krug, eine Schale mit Trockenfrüchten sowie eine Art magischer Kristall, der von innen heraus strahlte und dessen intensives Licht die ganze Höhle ausleuchtete. Vor dem Tisch lagen einige Strohsäcke.

In einer Nische am hinteren Höhlenende rauschte etwas, das sich bei näherem Hinsehen als Quellader entpuppte. In stetigem Strom sickerte das Wasser von der Wand in eine flache Mulde, deren Überlauf es wieder in den Felsen zurückleitete. Daneben standen ein weiterer Krug und eine runde Badewanne aus Kristall. Um diesen Luxus würde sie mancher Exec eines Megakons beneidet haben.

Woromin bedeutete der Frau, sich in der Nische auszustrecken und den Fuß freizumachen. Mit schmerzverzerrtem Gesicht streifte Natalie den verkürzten Stiefel ab, schob das Bein des Overalls hoch und löste den blutigen Verband.

Thor erschrak, als er die Wunde und den dick angeschwollenen Fuß sah. Es gehörte eine unglaubliche Willensstärke dazu, mit einer solchen Verletzung die zurückliegenden Strapazen zu bewältigen. Sie hatte nicht einmal einen Schmerzenslaut von sich gegeben oder sich auch nur beklagt.

Der Zwergenmagier beugte sich über den Fuß und strich mit der Hand darüber, ohne ihn zu jedoch zu berühren. Dabei murmelte er vor sich hin. Dann nahm er aus seinem Wams eine aus bunten Fäden gewirkte

Schnur mit einer buschigen Quaste, wahrscheinlich ein Fetisch, und machte damit vor dem Fuß eine Bewegung wie mit einer Peitsche. Er steckte ihn wieder ein, legte noch einmal murmelnd die Hand dicht über den Fuß und stand auf.

Obwohl Thor schon andere magische Heilungen erlebt hatte, war er überrascht, wie schnell und gründlich die Wirkung einsetzte. Vor seinen und Natalies Augen ging die Schwellung zurück, die Wunde schloß sich, vernarbte, und dann verschwanden auch die Narben.

Natalie bewegte den Fuß und sprang dann vergnügt auf. »Überhaupt keine Schmerzen mehr. Der Fuß ist wie neu und fühlt sich viel besser an als der andere.«

Woromin wehrte ihren Dank ab, wandte sich um und stapfte aus der Höhle. Atras beeilte sich, ihm zu folgen, und rief über die Schulter zurück: »Eßt, trinkt, ruht euch aus. In einigen Stunden sehen wir uns wieder.«

Neugierig folgte Thor den beiden zum Höhleneingang, um zu sehen, wie die Zwerge ins Tal gelangten. Aber die beiden waren bereits verschwunden. Der felsige Untergrund schien sie verschluckt zu haben. Entweder gab es hier einen Geheimgang, oder Woromin hatte Magie eingesetzt, um die beiden ins Tal zu bringen.

»Alles wie für uns gemacht«, sagte Natalie, die sich in der Höhle umsah. »Man könnte fast glauben, wir wurden erwartet.«

»Ich nehme an, die Höhle dient häufiger als Quartier für … Einwanderer. Atras erwähnte, daß man Zwerge aus der Oberwelt aufgenommen hat.«

Als sich Thor umwandte, sah er, daß Natalie sich auszog.

»Ich halte es in den stinkenden Klamotten nicht mehr aus. Egal, wie kalt das Wasser auch sein mag, ich benötige dringend ein Bad.«

»Soll ich solange rausgehen?« fragte Thor.

»Nur wenn du prüde bist. Meinetwegen nicht.«

Ohne seine Entscheidung abzuwarten, streifte sie den Slip ab, ging zur Wasserstelle und schöpfte mit dem Krug Wasser in die Kristallwanne.

»Kalt ...«, jammerte sie, stieg dann aber entschlossen in die Wanne und seifte sich mit einem Schwamm ein. »Schau dir das an, Schwamm und Seife in einem. Scheint auch eine Art Pilz zu sein. Sehr praktisch.«

In der Höhle selbst war es angenehm warm, wärmer als draußen. Einen Schnupfen würde sie sich nicht holen.

Er sah keinen Grund, ihr nicht zuzuschauen. Er stellte fest, daß Natalie einen schlanken, vielleicht etwas zu schlanken Körper besaß. Die Brüste waren klein, aber wohlgeformt, das Becken schmal. An der Hüfte befand sich ein großes Muttermal. Ihr Körper wies mehrere Narben auf, aber keine davon war so ausgeprägt wie die Narbe am Hals, die sich bis zur linken Brust erstreckte.

Du hast schon eine Menge mitgemacht, Mädchen. Die Schatten sind nicht spurlos an dir vorübergegangen.

Die Ereignisse dieser Nacht würden den vorhandenen neue Narben hinzufügen. Natalie wusch zwei kleinere Wunden aus, kam zitternd aus der Wanne und hüllte sich in eines der großen Badetücher, die sie ebenfalls in der Nische entdeckt hatte. Dann behandelte sie die Wunden mit einer Salbe aus ihrem Medpack und klebte Pflaster darüber. Mehrere Blutergüsse wurden mit einer anderen Salbe behandelt.

Sie schaute auf und lächelte, als sie seine Blicke bemerkte.

»Übertriebene Schönheitspflege?« fragte sie.

»Finde ich nicht.«

»Du hast sicher auch den einen oder anderen Kratzer davongetragen. Wenn du willst, behandle ich deine Wunden. Ich bin zwar keine Krankenschwester, aber doch geübt in solchen Dingen.«

»Muß ich dann auch vorher baden?«

Sie lachte. »Das wäre wohl angebracht. Auch aus anderen Gründen. Chummer, du stinkst genauso nach Schweiß, wie ich vorher gestunken habe. Mir ist ein Rätsel, wie die Zwerge es so lange mit uns ausgehalten haben, ohne in Ohnmacht zu fallen.«

Sie wirkte gelöst, wie er sie noch nie erlebt hatte. Er freute sich darüber. An sich selbst bemerkte er, daß die Anspannungen der vergangenen Stunden ebenfalls von ihm abfielen und einer heiteren Ruhe Platz machten. Er stieg aus seinen Kleidern, die Natalie ihm mit übertrieben spitzen Fingern abnahm und zusammen mit ihren eigenen auf einen Haufen legte.

»Die waschen wir noch, bevor wir es uns gemütlich machen.«

Er verzichtete darauf, die Wanne mit frischem Wasser zu versorgen. Dafür war er viel zu müde. Trotzdem schleppte Natalie einen Krug kaltes Wasser heran, kippte es ihm über die Brust und freute sich, als er einen Aufschrei nicht unterdrücken konnte.

Später behandelte sie seine Wunden. Er genoß die Berührungen ihrer Hände und staunte, wie sanft und vorsichtig sie zu Werke gingen.

Gemeinsam wuschen sie ihre Kleidung in der Wanne und hängten sie zum Trocknen auf. Dann hockten sie sich, beide in die langen Handtücher gehüllt, vor dem Tisch nieder und machten sich mit gesundem Appetit über die Früchte und den Wein her.

»Ob es hier jemals Nacht wird?«

»Keine Ahnung.«

Er sah auf sein Multifunktionsarmband. Drei Uhr nachts. Aber das hatte nicht viel zu bedeuten. Vielleicht herrschte hier eine andere Tageseinteilung. Wahrscheinlicher war jedoch, daß diese kleine Welt den Wechsel von Tag und Nacht nicht kannte.

»Es wirkt alles so friedlich hier«, sagte Natalie fast träumerisch. »Ob man in Hvaldos Kriege kennt? Verbrechen, Morde?«

»Die meisten Zwerge, die ich kenne, sind rauflustige Gesellen. Als eingefleischte Pazifisten würde ich sie nicht gerade bezeichnen.«

»Aber vielleicht entfallen hier unten die Gründe für Kriege und andere zerstörerische Gewalt. Wenn man die Endlichkeit der Welt, ihre begrenzten Ressourcen so unmittelbar vor Augen hat, bremst das vielleicht die Unvernunft.«

»Du möchtest hier gern leben, nicht wahr?«

»Ja. Du nicht?«

»Ich weiß nicht. Eine Weile vielleicht, aber auf Dauer... Hier ist alles so eng.« Er dachte an das, was er Rem gesagt hatte. Daß er die Weite brauchte, den Himmel. Diese Welt war vielleicht ein annehmbarer Kompromiß. Es gab zumindest die Illusion von Weite, die Illusion eines fernen Himmels. Aber Thor glaubte auch, daß er tief in seinem Inneren zu sehr ein Kind seiner eigenen Welt war. Manchmal haßte er all die sogenannten Errungenschaften der Technik, wünschte sie in die fernste Hölle. Aber manchmal liebte er sie auch, spielte mit ihnen, ergötzte sich an ihnen wie ein kleiner Junge. Hier unten würde er zuviel vermissen.

Immer noch in die wärmenden Badelaken eingehüllt, streckten sich die Runner in der Bettnische aus. Es war reichlich Platz für beide, und die Unterlage aus Stroh und Faserstücken erwies sich als weich und bequem. Obwohl beide erschöpft waren und es genossen, die Glieder auszustrecken, konnten sie nicht sofort einschlafen. Zuviel ging ihnen durch den Kopf.

»Erzähl mir von dem Traummädchen und deinen merkwürdigen Erlebnissen«, bat Natalie.

Er kam ihrem Wunsch nach und schilderte ihr zunächst den merkwürdigen Traum, dann die mysteriöse Wiederbegegnung mit Roberti, zunächst in der

Matrix, dann während des Kampfes in der Kirchfeldstraße. Daß die Spiderqueen Roberti ebenfalls gesehen und als Roberti identifiziert hatte, machte deutlich, daß Thor nicht an Halluzinationen litt.

Zu seiner Überraschung stellte er fest, daß er Natalie voll und ganz vertraute. Er *wollte* ihr von sich und seinem Leben erzählen, damit sie ihn besser verstehen konnte. Dieses Bedürfnis hatte er schon lange nicht mehr empfunden, jedenfalls nicht in dieser Form. Gewiß, er hatte auch Pjatras und Rem von den seltsamen Begegnungen erzählt. Aber von ihnen hatte er sich eine Lösung seiner Probleme erhofft. Bei Natalie war das anders. Er wollte, daß sie an diesen Problemen, an seinem Leben teilhatte. Eine überaus seltsame Wandlung in nur wenigen Stunden, wie er selbst feststellte. Er wunderte sich, aber er hatte nichts dagegen.

Er erzählte auch, daß ihr Auftraggeber, der irre Magier, unter der Maske Roberti war und vermutlich Axa damit beauftragt hatte, einen Zauber auf ihn auszuüben, der ihm in der Matrix ein Blackout verschaffte. Und schließlich blieb das Rätsel, daß Natalie die Züge jenes Mädchens trug, das er in seinem Traum gesehen hatte.

»Ich weiß nichts von einem Roberti, und ich schwöre dir, daß ich an keiner Verschwörung gegen dich beteiligt bin«, versicherte sie ihm.

Er glaubte ihr.

Irgendwann, während er erzählte, hatte sie sich leicht an ihn geschmiegt und ihren Kopf gegen seine Brust gelehnt. Er spürte ihre Wärme und ihren Atem auf seiner Haut. Sie wandte sich kurz ab, löste sich aus dem Badetuch, öffnete auch sein Tuch und schmiegte sich dann enger als zuvor an ihn. Er spürte ihren nackten Körper warm und weich an seiner Haut und nahm sie sanft in den Arm. Ihre rechte Hand wanderte streichelnd über seinen Körper. Er genoß es stumm und fragte sich zugleich, ob sie mit ihm spielte und wo die

Grenzen dieses Spiels lagen. Die Hand zumindest kannte keine Grenzen und keine Tabuzonen.

»Möchtest du mit mir schlafen?« fragte sie, als sie seine Erregung spürte.

Er antwortete, indem er sich ihr zuwandte und sie küßte. Sie ließ es geschehen, entzog ihm aber bald ihren Mund, lehnte sich zurück und lud seinen Körper zu sich ein.

Später, als sich Thor entspannt auf den Rücken legte, sie immer noch im Arm haltend, spürte er trotz aller Befriedigung eine Art Enttäuschung. Sie hatte seine Liebe geduldet, sie aber nicht wirklich erwidert.

Geschieht dir und deinen Vorurteilen recht. Du hast eine leidenschaftliche, glutvolle Zigeunerin erwartet. Bekommen hast du eine Frau. Eine Frau, die deinen Klischees nicht entspricht. Eine Frau, die wahrscheinlich eine komplizierte Psyche hat. Vielleicht auch eine Frau, die einfach nur erschöpft ist. Oder war es meine Schuld?

»Tut mir leid, daß du keinen Orgasmus hattest«, sagte er. »War ich zu schnell?«

Sie streichelte ihm sanft über das Haar. »Es muß dir nicht leid tun, und du warst auch nicht zu schnell. Es lag nicht an dir. Ich glaube, ich war nicht in der richtigen Stimmung dafür.«

»Aber du hast doch…«, begann er. Er konnte sie nicht verstehen.

»Ich wollte nur Nähe.«

»Du hast mit mir geschlafen, ohne es zu wollen?«

»Ich wollte es, weil du es brauchtest. Und weil ich dir danken wollte. Und weil ich dich gut leiden kann.«

Er konnte und wollte es nicht verstehen. Er weigerte sich zu akzeptieren, daß sie ihn nicht liebte und nicht einmal Leidenschaft für ihn empfunden hatte. Und er weigerte sich zu akzeptieren, daß sie ihm ihren Körper aus Dankbarkeit und als Geschenk überlassen hatte.

»Aber…«

»Ich habe schon aus geringeren Anlässen mit Männern geschlafen. Weniger gern und auch schon mal gegen meinen Willen.« Sie beendete die Diskussion, indem sie ihm noch einmal sanft über die Brust strich, ihm einen Kuß auf die Wange gab und sich dann von ihm löste. Sie wickelte sich in ihr Badelaken ein, kehrte ihm den Rücken zu und war wenig später eingeschlafen.

Obwohl er noch eine Weile über Natalie grübelte, forderte irgendwann sein Körper Tribut. Er sank in einen tiefen, traumlosen Schlaf.

11. KAPITEL

›All Along the Watchtower‹

Ende 2022 schließen sich viele Magier der ersten Stunde zur Doktor-Faustus-Gesellschaft zusammen (sozusagen einer der ersten Policlubs), um die Anerkennung der hermetischen Zauberei als Wissenschaft durchzusetzen. Im gleichen Jahr wird in Prag die erste magische Fakultät eröffnet. In Deutschland dauert es noch fast zwei Jahre, bis die Anträge ihren Weg durch den Behördendschungel gefunden haben (Gesetz über die Erforschung paranormaler und paramedizinischer Erscheinungen, ParaErfG; Durchführungsverordnung zum Patentgesetz, betreffs magischer Formeln; Gesetz über die Kontrolle und Freisetzung paranormaler, parabiologischer, magischer und nichtstofflicher Entitäten, KFParaEntG etc. pp.). Die erste magische Fakultät eröffnet 2024 in Heidelberg, bis zum Jahre 2030 folgen Göttingen, Tübingen, Marburg und Berlin.

Dr. Natalie Alexandrescu:
Magie und Gesellschaft,
Deutsche Geschichte auf VidChips,
VC 22, Erkrath 2051

Er wachte auf, weil er Schmerzen hatte. Alles in ihm schien sich zusammenzuziehen, Knochen, Muskeln, Organe. Als würden sie von einem gigantischen Magneten in einen Trichter gezogen, dessen Ende in seinem Inneren lag und nicht größer als ein Nadelöhr war. Er richtete sich auf. Auf dem Tisch leuchtete der magische Kristall, und durch den Höhleneingang drang weißblaues Licht. Schlagartig wurde ihm bewußt, wo er sich befand. Und ihm fiel ein, was er gestern mit Erfolg in die hinterste Schublade seines Gehirns verbannt hatte.

Er war süchtig! Das verdammte Mittel gegen die Todesdroge hatte ihn zu einem Dumpy-Junkie gemacht, der in Zukunft an der Nadel hängen würde.

Noch waren die Schmerzen erträglich. Aber früher oder später würde er vor Schmerz die Wände hochgehen. Und niemand hier unten konnte ihm helfen. Er nahm nicht an, daß im Königreich Hvaldos mit Drogen gehandelt wurde. Oder doch? Mit einem Anflug von Galgenhumor fragte er sich, ob sein Körper mit einem Dumpy-Ersatz zufrieden war. Gewiß gab es hier unten Pilze, deren Verzehr rauschhafte Wirkungen hervorrief. Er hatte keine Ahnung, woraus Dumpy bestand. Es war eine Designerdroge, pure Chemie.

Er bemerkte, daß Natalie wach war und ihn beobachtete. Sie saß neben ihm, hatte sich eng in das Badetuch gewickelt, die Beine angezogen und hielt sie mit den Armen umklammert. Sie lächelte, als er aufschaute. Aber zugleich las er stumme Besorgnis in ihren Augen. Die unbekümmerte Stimmung von gestern war verflogen.

»Probleme?«

»Entzugserscheinungen.«

»Habe ich mir schon gedacht. Du hast dich im Schlaf hin und her gewälzt.«

»Du hast erwähnt, du könntest mir vielleicht helfen. Erinnerst du dich?«

»Magie.«

»Vergiß es. Ich kenne Leute, die auf Dumpy sind. Dagegen wirkt keine antitoxische Magie. Dumpy ist irgendwie anders, nicht zu packen.«

»Normale Straßenmagier schaffen es nicht. Aber es gibt Schamanen, die dich von Dumpy herunterbringen können. Meine Mutter zum Beispiel.«

Sie stand auf, streifte das Badetuch ab und begann sich zu waschen.

»Deine Mutter ist eine Schamanin?«

»Den Roma wird eine besonders enge Beziehung zur Magie nachgesagt. Meine Mutter hatte schon einen bescheidenen Zugriff auf die Kräfte des Astralraums, bevor die Sechste Welt erwachte. Seither versteht sie sich besonders auf Heilung und Illusionsmagie.« Sie prüfte die Kleider. »Sie sind fast trocken. Man kann sie anziehen.«

»Warum hast du dich nicht der Magie verschrieben?«

Sie lachte. »Ich bin in jeder Beziehung aus der Art geschlagen. Kein Talent und kein Interesse für die Magie. Ich verstehe mich mit meinen Leuten nicht besonders gut. Deshalb bin ich auch früh meiner eigenen Wege gegangen.«

»Leuten? Dein Vater?«

»Meinen Vater habe ich nie kennengelernt. Es gibt noch einen Halbbruder. Aber wenn ich von meinen Leuten rede, meine ich die ganze Sippe.«

Während Natalie in ihre Kleider schlüpfte, trottete Thor ebenfalls zur Badewanne, wusch sich und zog sich an.

»Würde deine Mutter mir helfen?«

»Wir sind einander fremd, aber Roma haben starke Bindungen an die Sippe. Kann sogar sein, daß sie mich in ihrer Art gern hat. Sie zeigt es aber nicht unbedingt. Sie wird dir helfen, wenn ich sie darum bitte. Das Problem ist nur, daß wir erst mal zu ihr gelangen müssen. Sie wohnt im Konzil von Marienbad. Meine Heimat, wenn du so willst. Ich bin dort aufgewachsen.«

»Dort gibt es viele Roma, nicht wahr?«

»Ja, sie sind aus allen Teilen Europas gekommen und dort heimisch geworden. Aber man findet auch viele Zwerge, Orks und Trolle.«

Die beiden hockten sich auf die Strohsäcke, tranken köstlich frisches Wasser und aßen von den Resten des Trockenobstes.

»Erzähl mir mehr über das Konzil.«

»Es umfaßt Teile des Fichtelgebirges, des Erzgebirges und des Böhmerwalds. Der Konzilsvertrag billigt den Bewohnern – es sind zusammen nicht mehr als 80 000 – sowohl die deutsche als auch die tschechische Staatsbürgerschaft zu. Es ist ein freies, liberales Land ohne Rassenvorurteile, aber leider auch ohne jedes Zusammengehörigkeitsgefühl. Jede Sippe, jeder Klan, jede Glaubensgemeinschaft macht, was sie will, und das meist zu Lasten der Nachbarn. Es gibt im Moment 28 anerkannte Kleinstaaten im Konzilsgebiet, in Wahrheit aber viel mehr. Die meisten davon sind Winzigkönigreiche. Ein starker Mann, ein Sippenboß, dazu ein paar Gefolgsleute – und schon hast du ein Königreich. Raubzüge, Kleinkriege und Putsche sind an der Tagesordnung. Sie könnten dort ein kleines Paradies haben, aber sie hacken es in tausend Stücke, die einander bekriegen. Nicht aus Haß aufeinander. Einfach nur so. Krieg spielen, Beute machen, Chaos. Sie spinnen.«

Besser als zuvor verstand er jetzt ihre Sehnsucht nach einem Fleckchen Erde, wo man Ruhe vor der Unvernunft der Menschen hatte. Nicht nur das Zusammenleben mit einem Exec und die beiden Jahren in den Schatten hatten sie geprägt. Offenbar hatte sie schon als Kind eine Harmonie gesucht, die ihre Umwelt ihr nicht bieten konnte. Schließlich hatte sie als Erwachsene den Spieß umgekehrt und trug ihrerseits die Unruhe zu denen, die ihr die Ruhe nicht gewähren wollten.

»Hilfst du mir?« fragte Thor. Bisher hatte sie nur von Möglichkeiten gesprochen.

Sie sah ihn voll an, und in ihren Augen las er all die Wärme und Zuneigung, die er gestern in ihnen gesehen hatte. »Ja. Hast du daran gezweifelt?«

»Du willst das Asyl in Hvaldos für mich opfern?«

Die Antwort kam spontan. »Nein.« Es klang in seinen Ohren härter, als es gesagt wurde. »Wenn ich hier bleiben darf, dann bleibe ich. Besser gesagt, ich begleite dich zu meiner Mutter und kehre dann hierher zurück. Aber vielleicht ist das gar nicht nötig. Woromin ist ein mächtiger Magier, der sich auch auf das Heilen versteht. Möglicherweise kann er dich von Dumpy runterbringen.«

Thor nickte. Es war eine Menge, was sie für ihn tun wollte. Trotzdem kränkte es ihn, daß sie ihn nicht fragte, ob er bei ihr bleiben wollte.

Du bist ein Idiot. Hast du ihr nicht gestern klipp und klar erklärt, du könntest hier unten nicht leben? Und hast du vergessen, daß sie dich nicht liebt, sondern aus Dankbarkeit mit dir geschlafen hat? Bricht wieder der alte Romantiker in dir durch? Mußt du noch einmal auf die Schnauze fallen, so wie damals mit Miriam?

Weitere Spekulationen erübrigten sich. So plötzlich, wie sie gestern verschwunden waren, standen Woromin und Atras vor dem Höhleneingang. Sie traten ein. Woromins Miene war undurchsichtig, aber in dem Gesicht des jüngeren Zwergs glaubte Thor so etwas wie Bedauern zu lesen.

»Wir haben euren Fall König Ramilon vorgetragen«, begann Atras und sah dabei die Höhlenwand an. »Er hat entschieden. Das Königreich Hvaldos gewährt Zwergen, aber auch Menschen Asyl, wenn ein Angehöriger des Reiches für sie bürgt. Indem Grusim euch den heiligen Namen nannte, übernahm er diese Bürgschaft, und König Ramilon betrachtet Grusim noch immer als Hvaldosianer. Im Heiligen Buch der Könige steht jedoch, daß niemand aufgenommen werden soll, der Zwietracht, Gefahr und Tod nach Hvaldos trägt. Ihr jedoch werdet verfolgt von drei Elfen, die euch töten wollen. Sie werden nicht ruhen, bis sie euch auch hier aufgespürt haben. Ihr dürft hier nicht bleiben.«

Thor war nicht überrascht. Atras' Miene hatte ihn vorbereitet. Aber er sah die Bestürzung und die Trauer in Natalies Augen.

Es muß verdammt hart sein, das Paradies gezeigt zu bekommen und dann nicht eingelassen zu werden.

Atras hatte den unangenehmen Teil seiner Mission hinter sich gebracht und sah den beiden Runnern wieder ins Gesicht. »Woromin und ich möchten euch sagen, daß wir die Entscheidung des Königs respektieren, obwohl wir sie bedauern. Wir glauben nicht, daß euch die Elfen hier unten finden würden. Aber der König hat entschieden. Wir raten euch, eure Verfolger zu töten oder sie glauben zu machen, daß ihr tot seid. Kehrt dann zurück. Wenn ihr in Frieden kommt, wird euch in Hvaldos Asyl gewährt.«

Natalie zog die Spiegelbrille aus der Tasche und setzte sie auf. Es war mehr als eine symbolträchtige Geste. Mit der Brille schien die junge Frau wieder ihr anderes Ich anzunehmen.

»Wie gelangen wir hinaus?« fragte sie kühl und sachlich. Es war die Zigeunerin, die diese Frage stellte.

»Wir geleiten euch zurück«, sagte Atras. »Damit ihr euren Feinden nicht sofort wieder in die Hände fallt, bringen wir euch zu einem anderen Ausgang.«

Die Zigeunerin nickte, drehte sich um und stopfte ihre Habe in die Taschen ihres Overalls, zuletzt die Beretta, nachdem sie einen frischen Munistreifen eingelegt hatte.

Thor berührte sie leicht an der Schulter. Am liebsten hätte er sie in den Arm genommen, um sie zu trösten, aber er hatte nicht den Eindruck, daß dies der richtige Augenblick war. »Es tut mir leid.«

Statt ihm zu antworten, wandte sie sich an Atras. »Mein Chummer ist ohne seine Schuld von Dumpy abhängig geworden. Kann Woromin ihm helfen, die Sucht zu besiegen?«

Atras leitete die Frage an den Zwergenmagier weiter. Dieser schüttelte den Kopf und sagte etwas zu dem jüngeren Zwerg.

»Woromin vermag lokale Wunden zu heilen, nicht

aber den ganzen Körper oder den Geist. Er kann euch leider nicht helfen.«

Nicht unser Tag heute.

Es gab keinen Anlaß zu vermuten, daß Woromin nicht die Wahrheit sagte. Ohne weitere Zeit zu verlieren, schnallte Thor sein Achselholster mit der Secura um, hängte sich das Cyberdeck um den Hals und zog den schweren Duster über. »Ich bin bereit.«

Er spürte seinen Körper rebellieren, und er wußte, daß es Minute um Minute, Stunde um Stunde schlimmer werden würde. Er benötigte einen Schuß. Bald. Sehr bald. Wenn sie wieder oben waren, würde ihn sein erster Weg zu einem Dealer führen. Wenn er so weit kam. Er wußte, wo sie zu finden waren.

Ohne einen Blick zurückzuwerfen, verließ Natalie die Höhle. Thor schaute sich noch einmal um. Er fand nichts, was sie vergessen hatten. Sein Blick streifte die Badewanne aus Kristall, das Strohlager in der Nische. Er drehte sich um und folgte den anderen.

Draußen stand Natalie am Rande des Plateaus und schaute in das Tal hinab. Die Spiegelbrille hielt sie in der Hand. Als Thor hinzutrat, setzte sie die Brille auf und wandte sich zum Gehen.

Du teilst nicht gern mit anderen, einsame Wölfin. Ich kann dich gut verstehen.

Die Zwerge stellten sich unter die Öffnung, durch die sie aus der Oberwelt gekommen waren, und winkten die Runner nahe zu sich heran. Aus dem Nichts bildete sich der Energiekokon, dirigiert von Woromins magischen Händen. Dann schwebten sie zur Höhlendecke hinauf und verschwanden in dem runden Schacht.

»Seid unbesorgt, wir nehmen bald einen anderen Weg«, versuchte Atras die Schattenläufer zu beruhigen. »Wir bringen euch zu einer Zeche in Recklinghausen.«

Sie waren nicht beunruhigt, sondern hingen nur stumm ihren Gedanken nach.

Tatsächlich bewegte sich der Kokon bald langsamer, erreichte eine Gabelung des Schachts, die Thor und Natalie beim ersten Mal nicht bemerkt hatten, und schoß schräg nach oben.

Irgendwann erreichten sie einen Stollen, eine Geheimtür, einen weiteren Stollen, einen Förderschacht. Die Runner folgten mechanisch ihren Führern. Sie bemerkten keinen Unterschied zu ihrem Einstieg in Buer. Erst als sie unter dem Fördergestell standen und den dahinter liegenden Raum betraten, bemerkten sie, daß sie sich in einer anderen Zeche befanden. Der Raum war kleiner, es fehlten die Drahtseile, die zum Laufrad führten, es gab keine plattgedrückten Geschoßhülsen, keine Pfeile.

Woromir hatte den Kokon geöffnet, um die Runner hinauszulassen, und schloß ihn nun wieder. Er nickte ihnen zu.

»Kommt wieder«, rief Atras.

Die Zwerge sausten in ihrem Energiekokon in die Tiefe.

»Wir haben sie gar nicht gefragt, was sie gestern – oder heute früh, egal – in der Zeche zu erledigen hatten«, sagte Natalie. Sie wirkte ruhig, besonnen und zugleich wachsam. Sie hatte sich wieder gefangen.

»Zwergengeschäfte ... ein hvaldosischer Geheimauftrag ... was auch immer. Sie werden die Schächte nicht angelegt haben, um Asylanten nach unten zu geleiten. Sie kennen unsere Welt. Vielleicht wissen sie mehr über ihre Strukturen als wir selbst.«

»Mich wundert, daß sie uns nicht zumindest das Versprechen abgenommen, unser Wissen für uns zu behalten.«

»Würdest du denn anderen davon erzählen?«

»Nein!« sagte sie entschieden.

»Ich auch nicht. Das werden sie gewußt haben. Und selbst wenn wir plaudern würden ... Andere haben es offenbar, sonst gäbe es nicht die Gerüchte um Rem und andere Geschichten über ein Zwergenreich unter dem Sprawl ... Wie auch immer, wer würde uns schon glauben, und wie käme jemand durch diese Schächte hinab?«

»Du weißt, wer es schaffen würde. Sie haben recht. Die Killerelfen würden uns überall aufspüren. Sie folgen uns wirklich bis zur Hölle. Wie sollten sie da vor den Toren des Paradieses haltmachen?«

»Es war doch nur ein dummer Spruch von mir. Sie sind zäh und tödlich und lassen sich schwer abschütteln. Sie sind Spürhunde, Jäger, Killer – aber keine Übermenschen. Was hat die Zigeunerin dazu gesagt? Sie folgen uns zu den Toren der Hölle, und wir schicken sie hinein. Man kann sie töten.« Er *mußte* die Diskussion beenden. »Natalie, ich brauche einen Schuß.«

»Ich weiß. Laß uns gehen.«

Die Waffen schußbereit in der Hand, durchquerten sie die Kaue und bahnten sich einen Weg ins Freie. Die Sonne stand hoch an einem schmutziggrauen Himmel. Smog. Unter der Erde war die Luft besser gewesen.

Die Runner passierten verlassene Gebäude, die teilweise nur noch Ruinen waren, kletterten über Gleise hinweg, schlüpften durch eine Zaunlücke und erreichten eine Straße. Graue Wohnhäuser aus dem vergangenen Jahrhundert, einige neue Wohnsilos aus buntem Plastbeton, die kaum weniger heruntergekommen aussahen, wenige Autos. Keine gute Gegend, aber eine Gegend, in der die Runner zu Hause waren. Randalekids versperrten den Bürgersteig, ließen Thor und Natalie aber passieren, ohne Streit zu suchen. Vielleicht beeindruckte Natalies entschlossenes Gesicht, vielleicht Thors Duster, der ihn als einen Mann ausgab, der die Gefahr kannte und mit ihr umzugehen wußte.

Einmal raste eine Motorradgang auf schweren Maschinen mit hohem Tempo durch die Straße. Fünf Maschinen fuhren nebeneinander, drei auf der Fahrbahn, zwei auf den Bürgersteigen. Sie schienen entschlossen, alles niederzuwalzen, was ihnen im Weg war. Die Runner sprangen in einen Hauseingang.

»Drekheads!« rief Natalie ihnen hinterher.

Thor hielt sich die Seite, aber es tat ihm nicht nur dort, sondern überall weh. Einen Moment sehnte er sich sogar nach dem Gefühl, in einem Fesselballon zu sitzen und abzuheben. Da tat wenigstens der Körper nicht weh. Aber er schob den Gedanken weit von sich. Die Schmerzen waren die Hölle, aber dieses andere Gefühl war die Megahölle gewesen.

Sie passierten einen Supermarkt mit vergitterten Scheiben und Eingangstüren, der von zwei mit MPs bewaffneten Sicherheitsleuten bewacht wurde. Trotzdem war eine der großen Scheiben zersplittert, und niemand hatte sich bisher die Mühe gemacht, die Scherben wegzuräumen. Es war die richtige Gegend, um Dumpy zu bekommen.

»Dort drüben«, sagte Natalie und zeigte auf eine Bierreklame.

Die Kneipe hieß *Püttschütt* und war trotz der frühen Mittagsstunde schon gut besucht. Thor und Natalie kümmerten sich nicht um die glasigen Blicke der notorischen Säufer an der Theke, sondern marschierten direkt zum Clubraum. Ein stämmiger Kerl mit nach hinten gekämmtem, fettigen Haar, der offenbar den Rausschmeißer und Türsteher markierte, versperrte ihnen den Weg.

»Dumpy?« fragte Thor.

»Alles, was ihr wollt, wenn ihr Kohle habt.«

Er gab den Eingang frei und ließ die beiden passieren.

Zwei Tische waren besetzt. An einem spielten drei Männer, darunter ein Ork, und zwei Frauen Elektrozocken, eine Kombination aus Glücksspiel und Folter. Der Sieger bekam seinen Ebbie aufgefüllt, der Verlierer erhielt einen Stromstoß, dessen Voltstärke von den Mitspielern bestimmt wurde. Meistens arteten solche Spiele nach einiger Zeit in eine Schlägerei aus. An dem anderen Tisch saß ein junger Typ mit Rastalokken, Kopfhörerset und Stirnbuchse. Er hatte sich in einen professionell wirkenden SimSinn-Recorder eingestöpselt und wirkte weggetreten. Neben ihm saß eine etwa vierzigjährige, glatzköpfige Frau mit gleich zwei Pistolen im Gürtel. Sie trug ihre Zimmerflak offen und provozierend, um erst gar keine Mißverständnisse darüber aufkommen zu lassen, wie sie mißliebige Dialoge beenden würde.

Sie griff zum Recorder und stellte ihn ab. Der Junge zuckte zusammen.

»Das reicht, ich will hier keine Schweinerei, Chummer. Kaufste den Porno-Chip nun oder nicht? Was Geileres kriegste weit und breit nicht.«

»Schon gut, ich nehme ihn.«

»Porky, kassier mal ab.«

Eine der Frauen am Nachbartisch, eine korpulente, pockennarbige Person mit harten Gesichtszügen, ebenfalls eine Waffe im Gürtel, brach das Zocken ab und wandte sich mürrisch dem Jungen zu.

Die Glatzenfrau, die hier offenbar die Chefin war, sah die Runner abschätzend an.

»Auch BTLs?«

»Dumpy«, sagte Thor.

»Nadel oder Slap Patch?«

»Seid wann gibt's Dumpy denn als Slap Patch?«

»Kommst wohl aus der Provinz? Eeh, Chummer, biste ein User oder willste erst einer werden?«

Slap Patches gaben die Wirkstoffe kontinuierlich über eine Art Pflaster an den Körper ab und waren besonders bei Leuten beliebt, die Stimulantien brauchten. Viele Schattenläufer benutzten sie, um bei einem Run besonders fit zu sein. Daß Dumpy jetzt auch über Slap Patch gegeben werden konnte, war Thor neu.

Aber er hatte sich in den letzten Jahren wenig um Drogen gekümmert, wie er zugeben mußte.

»Kannte bisher nur die Nadel«, gab er zu. »Wie lange halten die Dinger vor?«

»Zehn Stunden. Kommt mit, ich zeige euch, was ich hab'.«

Die Glatze führte die Schattenläufer aus dem Raum in einen Korridor und von dort in einen mit einem hochklassigen Codeschloß gesicherten Raum.

»Die Kahle Emma hat fast alles, was man so braucht«, sagte sie und schaltete das Licht an.

Sie hatte nicht übertrieben. Offenbar handelte sie nicht nur mit Drogen, sondern auch mit Waffen und anderem Zeug, das sonst in den Asservatenkammern der Polizei zu finden war. Die Runner waren nicht überrascht, aber doch beeindruckt. Die Kahle Emma schien eine lokale Größe zu sein, wahrscheinlich mafiagestützt, sonst hätte sie es nicht gewagt, ihr Warenlager so offen zu präsentieren.

Thor ließ sich zehn Slap Patches mit Dumpy geben und probierte gleich eines am Unterarm aus. Während er auf das Einsetzen der Wirkung wartete, musterte er die Waffen. Das meiste war Schrott, gar nicht zu vergleichen mit dem, was Pjatras anzubieten hatte. Aber zu Pjatras wollte Thor nicht zurück. Er glaubte nicht, daß der Ork mit dem Magier unter einer Decke steckte, obwohl er sich immer noch fragte, wie Schmidt – oder der Magier, was auf das gleiche hinauskam – herausgefunden hatte, wo er wohnte. Aber wer immer die Killerelfen geschickt hatte, wußte wahrscheinlich auch über sein Domizil Bescheid. Es wäre Selbstmord gewesen, dort noch einmal aufzukreuzen.

Eine MP-5 TX von Heckler & Koch schien in Ordnung zu sein. Er testete sie, indem er einen Feuerstoß auf die mit Dämmatten verkleidete hintere Wand abgab. Dort hatten sich schon andere Kunden versucht.

Auch Natalie hatte sich bei den Waffen umgesehen. Falls es den Killerelfen gelang, ihre Spur wieder aufzunehmen, benötigten sie zusätzlich zu ihren Pistolen Distanzwaffen. Sie probierte nacheinander eine MP mit Ladehemmung und zwei Sturmgewehre aus. Sie entschied sich für ein Colt M22A2 Sturmgewehr mit integriertem Granatwerfer.

Die Schmerzen hatten aufgehört, wie Thor feststellte. Die Slap Patches waren in Ordnung. Die nächsten vier Tage mußte er sich nicht mehr um die Beschaffung von Dope kümmern. Und bis dahin würde er durch Magie von dem Zeug heruntergekommen sein. Das hoffte er zumindest.

»Gute Wahl«, gratulierte die Kahle Emma, als die Runner die beiden Waffen auf den Tisch legten, und der Respekt in ihren Augen zeigte, daß es kein Routinespruch war. Sie kramte Muni aus den Schubladen, auch Granaten für das Colt-Gewehr. Der Preis, den sie nannte, war fair. Als Thor ohne zu handeln akzeptierte, legte die Frau nochmals einige Munistreifen und Granaten dazu und buchte die Summe dann von dem dreifach beringten Ebbie ab, ohne mit der Wimper zu zucken. Es war ein gewisses Risiko, in der Halbwelt mit einem dreifach Beringten herumzulaufen. Zwar wußte die Kahle Emma nicht, wie gut gefüllt der Ebbie war, aber ein solcher Kredstab war für die einschlägigen Kreise immer interessant. Wer seinen Ebbie verlor, vermißte hinterher meistens auch seinen Daumen, denn der wurde zum Abbuchen gebraucht. Da Thors alter Ebbie höchstens noch für Soykaf und Junkfood beim Türken reichte und Natalie seine stumme Frage mit einem Kopfschütteln beantwortete, blieb ihm jedoch nichts anderes übrig. Sobald sich die Gelegenheit bot, würde er den fetten Ebbie auf ein paar kleinere Ebbies umbuchen.

Nachdem Thor den Transfer quittiert hatte, wurden die Runner von der Kahlen Emma hinausbegleitet. Sie zeigte ihnen einen Weg über den Hinterhof. So vermieden sie neugierige Blicke und anhängliche Begleiter.

»Was wir jetzt noch brauchen, ist ein schneller Wagen«, sagte er, als sie wieder auf der Straße standen.

»Du rechnest damit, daß die Elfen unsere Fährte schon bald wieder aufnehmen?«

»Würde mich freuen, wenn es dauert. Aber ich setze nicht darauf. Selbst wenn wir den Anschlag im Bumspark auf das Konto Verrat buchen, bleibt noch die Verfolgung mit dem BMW. Sie hätten uns nicht aufspüren dürfen, aber sie haben es getan. Und sie waren verdammt schnell darin, uns wiederzufinden.«

»Wir fahren nicht mehr den Wagen, den die Schmidt besorgt hat«, erinnerte ihn Natalie. »Und den Micro-Transceiver gibt es auch nicht mehr. Wenn sie uns jetzt wieder auf die Pelle rücken, muß einer von uns etwas anderes an sich haben, das lokalisierbar ist. Sonst müssen sie glauben, daß wir noch in Gelsenkirchen im Bergwerk stecken und die Kohlen zählen.«

»Sie haben die Zwerge und den magischen Kokon gesehen. Fragt sich nur, ob sie sich darauf einen Reim machen können.«

An einem AutoTaxi-Stand wartete ein Wagen. Die Türen öffneten sich erst, nachdem Natalie ihren Kredstab in die Abbuchungsöffnung gesteckt und den Mindestbetrag quittiert hatte. Der Bildschirm zeigte den Stadtplan, und sie wurden aufgefordert, die Zielkoordinaten einzugeben, aber es gab verschiedene Suchfunktionen. Nachdem Natalie den Code für den kommerziellen Wegweiser eingetippt hatte, rief sie das Menü mit den Autohändlern ab. Die Runner entschieden sich für einen der kleineren Gebrauchtwagenanbieter in Autobahnnähe, und Natalie gab die Zieladresse ein.

Sie hatte immer noch ihre SIN, und notfalls hätte Thor den Wagen auf Miriams SIN anmelden können.

Aber beide schätzten die Fähigkeiten ihrer Gegner hoch ein und wollten es ihnen nicht unnötig leicht machen. Wenn die Auftraggeber der Killerelfen gute Verbindungen besaßen, und davon war auszugehen, würden sie die ID- und SIN-Registrierungen checken. Gesetzestreue Grenzübertritte mit Grenzkontrollen kamen daher nicht in Frage, aber auch die Anmeldung eines Wagens sollte tunlichst unterbleiben.

Mit dem untrüglichen Instinkt der Straße hatten sie sich den richtigen Händler herausgesucht. Der Mann, ein übergewichtiger Endfünfziger mit ungepflegten Haaren und einem Dreitagebart, ein Gewehr vor sich auf dem Schreibtisch, saß in einer Bretterbude auf einem Trümmergrundstück, links und rechts von Hausruinen umgeben, die wohl ein Erbe des Großen Jihad waren und um die sich seit zwanzig Jahren nur die Ratten gekümmert hatten. Im wesentlichen bestand sein Geschäft aus jener Bretterbude, einem Kom-Anschluß, etwa zwanzig Autos und einem riesigen Schild: »Top Cars – Billig & Gut«.

Er hatte einen älteren Porsche, der aber nicht verriggt war, und sein einziger Mercedes war ein E160, der den Runnern für den Fall einer Flucht nicht schnell genug erschien. Ihre Wahl fiel schließlich auf einen thailändischen Siri Tiger, der eine Höchstgeschwindigkeit von knapp 200 km/h erreichte und erst zwei Jahre alt war. 18 000 EC waren allerdings ein saftiger Preis.

»Wir nehmen ihn, wenn Sie ihn anonym anmelden und für zwei Jahre Steuern und Versicherung draufgeben«, sagte Natalie.

Die ungerührte Miene des Mannes zeigte, daß dies für ihn kein ungewöhnlicher Wunsch war. »Ist gebongt«, antwortete er, öffnete die Schublade seines Schreibtisches und nahm einen ID-Chip heraus. Dann tippte er den Code der Zulassungsstelle, schob ID-Chip und den Codechip des Wagens in den Eingabeschlitz und reichte ihnen ein paar Minuten später einen modifizierten Chip und den beglaubigten Ausdruck der Zulassungsstelle. Demnach war der Siri Tiger Eigentum von Gabriela Sikora und durfte von den Käufern bis zum Ablauf der bezahlten Versicherungszeit gefahren werden. Zusammen mit dem Codechip reichte das als Eigentumsnachweis. Es war kaum anzunehmen, daß der Siri Tiger tatsächlich dieser Gabriela Sikora gehört hatte, wohl aber, daß Gabriela Sikora niemals mehr in der Lage sein würde, ein Auto zu fahren. Windige Händler besorgten sich auf dem Schwarzmarkt ID-Chips von Verstorbenen, deren Angehörige an ein paar hundert EC mehr interessiert waren als an einer Eintragung ins Sterberegister. Da es den Händlern untersagt war, die Wagen selbst anzumelden, bot sich diese Lösung an, um Käufer aus den Schatten zu bedienen. Diese Hintertür würde erst dann verschlossen sein, wenn die Zulassung mit Daumenabdruck zu quittieren war. Bisher war dies nicht erforderlich.

Nachdem die Formalitäten erledigt und der Betrag von Natalies Ebbie abgebucht war, sahen die Runner keinen Grund, sich noch lange aufzuhalten. Der Dicke verabschiedete sie mit professioneller falscher Herzlichkeit und kehrte in seine Bretterbude zurück. Natalie setzte sich hinter das Steuer, prüfte den Ladestand der Batterien und startete dann den Elektromotor. Es gab nichts zu beanstanden.

»Ich habe Hunger«, sagte sie zu Thor, als dieser auf dem Beifahrersitz Platz nahm. »Außerdem möchte ich mir ein paar Sachen besorgen. Zum Beispiel neue Stiefel.«

»Wir sollten sehen, daß wir schnellstmöglich den Megaplex verlassen.«

»Das kann zwei Stunden dauern.«

»Laß uns unterwegs an einem Autobahnshop halten und einkaufen. Ich möchte raus aus dem Sprawl.«

»Na gut.«

Sie schaltete den Autopiloten ein und gab die Autobahnkoordinaten ein. Der Wagen setzte sich in Bewegung und fädelte sich in den Verkehr ein.

Die Runner hatten ihre neuen Waffen zu ihren Füßen deponiert, um sie notfalls schnell in Reichweite zu haben. Aufmerksam musterten sie die Wagen vor und hinter ihnen. Nichts wirkte verdächtig. Und doch rechneten beide jederzeit damit, daß die Killerelfen auftauchten und sie unter Beschuß nahmen. Erst allmählich wich die Anspannung. Die Killerelfen schienen doch nur mit Wasser zu kochen. Für den Moment hatten sie offenbar ihre Spur verloren.

»Meinst du, sie werden versuchen, mit Gewalt in die Hvaldos-Höhle einzudringen?« fragte Natalie.

»Dazu müßten sie erst einmal einen Weg und eine Methode finden, um so tief hinabzugelangen.«

»Ich hasse den Gedanken, daß diese Mörder in die friedliche Welt der Zwerge eindringen. Es wäre unsere Schuld.«

»Die Zwerge werden sich zu wehren wissen. Wenn Woromin einen magischen Kokon kontrollieren kann, der vier Menschen Hunderte von Metern hinab- und hinaufträgt, vermag er diese Magie gewiß auch für den Kampf einzusetzen. Und Woromin dürfte nicht der einzige Magier dort unten sein. Denk an das magische Licht. Die Zwerge von Hvaldos entstammen der *alten* magischen Welt. Sie haben *Macht*.«

»Hoffen wir es.« Mit keinem Ton ging sie auf die Ablehnung der Bitte um Asyl ein, aber er spürte, daß die Enttäuschung noch immer an ihr nagte. Sie trauerte dem Ende einer Hoffnung nach, an die sie sich zu schnell geklammert hatte. Ohne es auszusprechen, wußten sie beide, daß Hvaldos für sie verschlossen bleiben würde. Irgendwann würden die Killerelfen ihre Spur wieder aufnehmen. Und sie waren blutige, erfolgsgewohnte Profis, tödlicher als zwei Schattenläufer, die sich lediglich ihrer Haut zu wehren wußten. Vielleicht gelang es ihnen, einen der Killer zu töten, bevor er sie umbrachte, keineswegs aber alle drei. *Der Tunnel mit den glatten Wänden ist der Styx, und unser Fährmann heißt Woromin. Hvaldos ist kein Reich der Toten wie der Hades. Aber hinein kommen wir nur, wenn wir in den Augen der Welt tot sind. Zumindest in den Augen der Killerelfen. Aber wenn ein Killerelf glaubt, du seist tot, dann bist es auch. Und dann bleibt dir Hvaldos auf ewig verschlossen.*

Er war froh, daß er sich nicht wie Natalie an eine aussichtslose Hoffnung geklammert hatte. Und doch beneidete er sie dafür, daß sie solcher Hoffnungen fähig war. *Das sind die Widersprüche, mit denen wir leben müssen.*

»Es fällt mir nicht schwer, mein Zuhause im Sprawl aufzugeben«, sagte Natalie nach einer Weile. »Dir?«

Sie waren sich stillschweigend einig gewesen, daß es zu riskant war, in die gewohnte Umgebung zurückzukehren. Kurze Zeit hatte Thor mit dem Gedanken gespielt, Rems Angebot anzunehmen und sich eine Weile auf Zombie0 zu verstecken, Natalie mitzunehmen, wenn sie wollte. Aber Zombie0 war nichts für ihn und für Natalie auch nicht. Es war schön, ein solches Angebot zu haben. Aber solange er eine Wahl hatte, würde er sich nicht im Lumpenloch verkriechen. Mit Killerelfen auf den Fersen wäre es auch unfair gegenüber Rem und den anderen Bewohnern des Lumpenlochs gewesen. Nicht auszudenken, wie sie dort wüten würden, wenn sie Jagd auf ihre Opfer machten.

»Ich mußte mein Quartier schon so oft aufgeben, daß es nichts Besonderes mehr ist. Ich reise mit kleinem Gepäck. Aber es war eine gute Bleibe, in der ich mich wohlgefühlt habe. Schade darum. So etwas ist schwer zu finden.«

»Ich habe ein Apartment in Bochum, mittlere Wohngegend, bin dort sogar gemeldet. Niemand würde vermuten, daß die Arbeitslose, die von ihren Ersparnissen lebt, in Wahrheit eine Schattenläuferin ist.«

So etwas Ähnliches hatte er bereits vermutet.

»Wer hat alles davon gewußt, daß du dort wohnst?«

»Ich hatte keine Freunde und keine Bekannten. Nur meine Arbeit.«

Er fragte nicht, ob sie damit die Schattenläufe meinte. »Wußte dein Ex-Mann davon?«

»Von mir nicht. Aber es wäre nicht schwer gewesen, es herauszubekommen, wenn er sich wirklich dafür interessierte.«

»Du sagtest, er wollte dich zurückhaben oder dich umbringen. Was hältst du von der Möglichkeit, daß er die Killerelfen geschickt hat?«

»Er würde mich wohl lieber eigenhändig umbringen. Aber wer weiß, vielleicht macht ihm so was auch Spaß. Er könnte sich detaillierte Berichte, vielleicht sogar Filme geben lassen und die Jagd genüßlich im Trid verfolgen. Die Sache hat nur einen Haken: Wie sollte er wissen, daß ich bei Renraku war und wir in Glabotki die Daten übergeben sollten? Er ist nicht allmächtig.«

»Aber mächtig genug. Als Exec der AG Chemie verfügt er über einen großen Apparat. Und es gibt Zusammenhänge, gemeinsame Interessen. Das Sicherheitssystem der AG Chemie stammt von Renraku.«

»Das wußte ich nicht«, sagte Natalie.

»Dagegen spricht, daß er es einfacher hätte haben können. Wenn er die ganze Zeit über wußte, wo er dich finden konnte, mußte er nicht gerade auf den ungünstigsten Augenblick warten, um dich töten zu lassen.«

»Oh nein, das ist kein Gegenargument. Im Gegenteil, es würde seinem Sinn für Dramatik und Sadismus entsprechen. Mich durch eine schnelle Kugel zu erledigen, würde ihm im Traum nicht einfallen. Er würde wollen, daß ich leide, daß ich fliehe, verletzt werde, wieder flüchte, schließlich getötet werde. Wie es passiert ist und passieren kann. Und wenn er wirklich über alles informiert wäre, würde er auch wissen, daß der Renraku-Run mir die Möglichkeit gegeben hätte, mich aus seinem Machtbereich zu entfernen. Er hätte spätestens jetzt zuschlagen *müssen*. Es tut mir leid, wenn du durch meine Schuld in diese Lage geraten bist.«

Er hatte ihren Ex-Mann nur aus einer Laune heraus ins Gespräch gebracht. Jetzt erkannte er, daß es neben dem irren Magier und Renraku einen Dritten gab, der Motive und Mittel hatte, eine derartige Jagd zu veranstalten.

»Vergiß es. Es ist nur eine Möglichkeit. Denk an das, was ich dir über Axa erzählt habe. Die Wahrscheinlichkeit, daß ich die Zielscheibe bin, ist wesentlich größer.«

»Dann laß uns nicht darüber streiten, wer von uns beiden die schlimmeren Feinde hat. Wichtig ist allein, daß es jeder mögliche Gegner inzwischen auf uns beide abgesehen hat.«

Aber einer von uns beiden ist nur das Ziel Nummer zwei und kann sich vielleicht freikaufen, wenn er es geschickt anstellt. Ich würde dich nie verraten. Aber kann ich dir wirklich vertrauen, Natalie? Plötzlich wußte er, daß er es konnte, daß er ihr vertraute, voll und ganz. Und er wußte auch, warum das so war. Er liebte diese Frau, die ihn so spröde behandelt und dann nur aus Dankbarkeit mit ihm geschlafen hatte. Trotzdem liebte er sie. Liebte ihre Hoffnungen, ihre Träume, ihre Augen, ihre Verletzbarkeit. Und er wünschte sich, sie könnte mehr für ihn empfinden als Dankbarkeit und Sympathie.

»So nachdenklich, Thor?« Ihr Stimme klang freundlich, vielleicht eine winzige Spur ironisch.

»Bleibt es dabei, daß wir zu deinen Leuten fahren?« lenkte er ab. Als sie nickte, fuhr er fort: »Was erwartet uns im Konzil?«

»Meine Mutter, mein Bruder, meine Sippe. Sicherheit.«

»Sicherheit?«

»Eine Sippe zu haben, selbst wenn man die Sippe nicht mag und sie einen auch nicht mag, bedeutet rund dreihundert Gewehre oder Münder, die Zaubersprüche sagen können. Es bedeutet Blutrache, falls mich die Killerelfen dort töten sollten.«

»Davon hast du nichts.«

»Nein, aber das Wissen darum könnte die Elfen nachdenklich machen.«

»Schützen die dreihundert Gewehre und Zauberspruchmünder auch mich?«

»Dafür werde ich sorgen.«

»Aber deine Leute bedeuten nur Schutz, wenn wir bei ihnen sind. Richtig?«

»Richtig.«

»Du willst bei ihnen bleiben?«

Natalie setzte ein dünnes Lächeln auf. »Thor, wenn das Konzil mein Paradies wäre, dann hätte ich es nie verlassen. Tatsächlich bedeutet es für mich so etwas wie ein Vorraum zur Hölle. Auf Dauer könnte ich dort nicht leben. Ich bin ihnen entwachsen, wenn ich überhaupt jemals zu ihnen gehört habe. Verstehe mich nicht falsch. Ich verachte meine Leute nicht, im Gegenteil. Aber sie sind nicht meine Welt. Ich könnte auf Dauer nicht wieder bei ihnen, bei meiner Mutter, bei meinem Bruder leben. Zuviel Streit, zuviel Egoismus, zuviel Eigensinn. Ich habe dir ja erzählt, was im Konzil los ist. Sobald uns eine Lösung für die Killerelfen eingefallen ist, werden wir das Konzil wieder verlassen. Ich halte es dort nicht lange aus.«

»Du kannst es nicht ertragen, daß sie ein Paradies haben könnten und ein Schlachtfeld daraus machen.«

Sie sah ihn prüfend an, aufmerksam unter ihrer Spiegelbrille, die Zigeunerin, und doch auch wieder Natalie. »Du bist ein Wunder, Chummer. Du kennst mich noch keine achtzehn Stunden und weißt schon mehr über mich als ich selbst. Man könnte fast glauben, du …« Den Rest ließ sie unausgesprochen.

»Was könnte man fast glauben?«

»Es war dummes Zeug, vergiß es.«

»Sogenanntes dummes Zeug kann mitunter die Essenz unseres Lebens sein.«

»Predigergeschwätz. Laß mich.« Es klang verärgert. »So ka.«

Über den Infokanal des Bordcomputers kam Werbung für einen Autobahn-Supermarkt, Abfahrt in zweitausend Metern. Natalie tippte den Code in den Autopiloten, und wenig später scherte der Wagen aus, wechselte zunächst auf die rechte Spur, dann auf die Abbiegespur.

Der Supermarkt gehörte zur ALDI REAL-Kette und wirkte wie eine mit Leuchtstoffreklame entfremdete Festung. Nackter grauer Beton, fensterlos, zwei Türme mit Flakgeschützen, vor dem Eingang eine Sicherheitszone, in der Sicherheitsleute mit einem Sturmgeschütz stationiert waren. In jüngster Zeit waren viele Supermärkte von organisierten Banden ausgeraubt worden, die teilweise sogar mit Helikoptern und einer Flotte von Trucks anrückten, um die Läden bis zur letzten Schachtel Zündhölzer auszuräumen und anschließend anzuzünden. Dahinter steckte ein Machtkampf zwischen der Aldi-Tengelmann-Lidl-Metro-Gruppe und dem indisch-indonesischen Sukha-Konzern um den europäischen Lebensmittelmarkt, der von beiden Seiten mit härtesten Bandagen ausgetragen wurde. Auch die Mafia kochte ihr Süppchen auf dem Feuer und verschob die erbeuteten Waren nach Zentralafrika. Die größeren Supermärkte außerhalb der Wohngebiete waren fast alle zu dieser martialischen Form der Abschreckung übergegangen.

Auf dem Parkplatz wurden sie über Lautsprecher dazu aufgefordert, Schußwaffen im Auto zu lassen. Wenn man sich vor Augen hielt, daß der Besitz und

Erwerb von Schußwaffen in der ADL gesetzlich verboten war, zeigte diese Durchsage deutlicher als alles andere, wie wenig die staatliche Macht noch in der Lage war, die Einhaltung von Gesetzen zu erzwingen.

Die Runner trennten sich nur ungern von ihren Pistolen, aber angesichts der Sicherheitskräfte, die jeden Besucher filzten, bevor sie ihn passieren ließen, blieb ihnen keine andere Wahl.

Sie steuerten zunächst das Selbstbedienungsrestaurant an und versorgten die Mägen mit Soykaf und Soyburgern. Anschließend staffierten sie sich mit den nötigsten Dingen des täglichen Bedarfs aus. Natalie fand auch geeignete Stiefel, Jeans, ein paar T-Shirts und ein paar andere Sachen zum Anziehen.

Ohne Waffen, im hellen Kunstlicht zwischen den Regalen, andere Menschen um sich herum, fühlte sich Thor zunehmend unwohl. Ein Gefühl der Bedrohung krampfte seinen Magen zusammen. Er fühlte sich beobachtet, seine Nackenhaare richteten sich auf. Er wirbelte herum. Aber da war nichts. Kein Killerelf. Nur Natalie, die ihn fragend ansah und dann nickte, weil sie sich die Antwort selbst gegeben hatte.

Als sie wieder im Siri saßen, programmierte Natalie den Autopiloten auf ihr Fernziel Falkenau. »Genau genommen müssen wir zur Burg Königsberg«, erklärte sie. »Dort hat sich meine Sippe einquartiert.«

»In einer richtigen Burg?« Er war überrascht. Ohne darüber nachgedacht zu haben, war er davon ausgegangen, daß Natalies Sippe nicht in festen Häusern wohnte. Wahrscheinlich hatte er Bilder aus historischen Filmen vor Augen, als Zigeuner in hölzernen Wagen zu Hause waren, die von Pferden oder Eseln durch die Lande gezogen wurden.

»Eigentlich eine Ruine, die zunächst von Trolls in Besitz genommen und ausgebaut wurde, bevor diese in den Schwarzwald gezogen sind, als dort ihr eigenes Königreich deklamiert wurde.«

Sie wandte sich wieder dem Bordcomputer zu und ließ ihn die Fahrtroute auf den Bildschirm projizieren. Es war im Grunde keine große Entfernung, vielleicht 400 Kilometer, wenn es hoch kam. Sie würden durch das Sauerland und damit zunächst durch hessisch-nassauisches Gebiet fahren, dann durch Thüringen, bis sie die Grenze zum Konzil von Marienbad erreichten. Allein die stille Erwartung, die Killerelfen könnten irgendwann ihre Spur wieder aufnehmen, machte aus der Fahrt ein Unternehmen, dessen einzelne Etappen besser vorher in Augenschein genommen wurden.

Auch Thor studierte den Bildschirm. Was er sah, war weit bis nach Thüringen hinein eine Autobahnstrecke. Dann folgte eine Allianzstraße, die ebenfalls gut ausgebaut war, danach eine Landstraße. Was er fühlte, war Gefahr.

»Burg Königsberg liegt auf tschechischem Gebiet. Wie kommen wir über die Grenze? Müssen wir den Wagen zurücklassen?«

»Keine Sorge, die Ausreise aus der ADL ist problemlos, keine ID-Kontrolle. Und die Konzilsländer haben keine Grenzkontrollen organisiert, halten sie für überflüssig. Nach dem Konzilsvertrag könnten die CFR und die ADL das Kontrollrecht an ihrer Grenze wahrnehmen, die mitten durch das Konzil führt. Tun sie aber nicht. Sie behandeln ihre Teile des Konzils als exterritoriale Zone und kontrollieren nur dort, wo die Konzilsgrenzen enden.«

»Praktisch für uns.«

»Praktisch auch für die Killerelfen. Aber das macht den Kohl nicht fett. Wir hätten einen Weg über die grüne Grenze gefunden, und sie auch. Wenn sie uns denn folgen.«

Der Siri setzte sich in Bewegung, verließ den Parkplatz des Supermarkts und fädelte sich in den Verkehr auf der Autobahn ein.

»Wie heißt deine Mutter?« fragte Thor.

»Manda Alexandrescu.«

»Erzähl mir von ihr.«

»Sie ist siebenundfünfzig, unverheiratet. Lebt mit wechselnden Partnern zusammen. Und mit meinem vier Jahre jüngeren Halbbruder Ricul, wobei ich mir nicht sicher bin, ob er wieder auf Burg Königsberg lebt. Zeitweise war er für die Mafia in Bulgarien.«

»Dein Bruder ist ein Mafioso?«

»Auf seine Weise ist er genauso aus der Art geschlagen, wie ich es bin. Meine Mutter hatte schon viel Kummer mit ihm. Damit wir uns recht verstehen: Sie haßt die Mafia. Sie haßt überhaupt alles, was ihr die Kinder wegnimmt. Aber sie liebt ihn. Das Verhältnis zwischen beiden ist ungetrübt. Na ja, in Grenzen. Sie schreien sich an und wetzen die Messer, aber davor und danach sind sie ein Herz und eine Seele.«

»Höre ich da so etwas wie Eifersucht heraus?«

»Als kleines Mädchen habe ich darunter gelitten, daß er ihr Liebling war. Heute nicht mehr.«

»Arbeitet deine Mutter als Magierin?«

»So kann man das nicht nennen. Sie heilt, wenn jemand in der Sippe krank ist, und manchmal hilft sie, wenn die Sippe kämpft oder Raubzüge unternimmt. Ansonsten handelt sie mit allem, was ihr in die Finger fällt. Ihren eigentlichen Beruf hat sie an den Nagel gehängt. Sie war einmal Musiktherapeutin in Bukarest. Kurze Zeit. Studium und Beruf waren für sie von Anfang an nur als Ausflug gedacht. Konzession an die Versuche des Staates, die Roma zu integrieren. Sobald sie konnte, hat sie sich davon gelöst. Für die Sippe. Das hat sie auch immer von mir erwartet: daß ich mich für die Sippe opfere.«

»Und die Magie?«

»Hat sie aus Rumänien mitgebracht. Sie ist eine Schamanin, und ihr Totem ist der Wolf. Sie hat eine innige Beziehung zu ihrem Totem. Weißt du, wofür ihr Totem steht? Der Wolf würde sich notfalls für sein

Rudel opfern. Das würde sie auch für die Sippe tun. Das ist das Dreieck, in dem sie sich bewegt: die Sippe, Ricul, der Wolf. Alles andere hat für sie nur wenig Bedeutung.«

»Immerhin scheint sie eine eigenwillige Frau zu sein«, sagte er.

»Oh ja. Eine eigenwillige, intelligente, stolze Frau. Aber ich warne dich. Sie ist hart und direkt, aggressiv und kompromißlos. Du wirst es erleben.«

Die gestörte Mutter-Tochter-Beziehung gab Thor einigen Stoff zum Nachdenken. Wenn Natalies Einschätzung stimmte, dann konnte er gut verstehen, daß das Mädchen an ihrer Mutter verzweifelt war. Natalies Augen… Die Suche nach Wärme und Harmonie, die Verletzbarkeit ihrer Seele… Wenn die Mutter diesen Signalen rauh, hart oder sogar aggressiv begegnet war, mußte jede Brücke gebrochen sein. War die Zigeunerin, die Natalie in den Schatten zu verkörpern suchte, in Wirklichkeit die Projektion ihrer Mutter?

Vor Kassel drohte ein Stau. ALI lenkte sie auf eine Umgehungsstraße. Aber es blieb ein kurzer Ausflug. Sie wurden schon an der nächsten Auffahrt auf die Autobahn zurückgeführt. Offenbar hatte sich die Situation entschärft.

»Wo bist du großgeworden, Thor?« fragte Natalie unvermittelt.

»In einem kleinen Ort in der Lüneburger Heide, fernab den Hochburgen der Megakons. Eine behütete Jugend, wenn man so will, zumindest im Vergleich zu dem, was Gleichaltrige in den Sprawls erleben.«

»Hast du dir als Junge träumen lassen, mal durch die Schatten zu laufen?«

»Na ja, ich lebte auf dem Lande, aber Hamburg war nicht weit. Unter den Kids in der Heide wurde viel erzählt und bewundernd geschwärmt von dem wilden, romantischen Leben der Straßenkinder, von den Gangs und ihrem rebellischen Tun. Vor allem die Shadowrunner hatten es uns angetan. Als ich in die Pubertät kam, wurde meine Phantasie von den Schattenläufern und ihren Taten förmlich beherrscht. Trotzdem habe ich nie ernsthaft daran geglaubt, einmal selbst durch die Schatten zu laufen. Früher haben sich die Kids ihre Phantasie an Indianern und Piraten wundgescheuert und sind dann Bankangestellte geworden. Träumen und Tun sind zweierlei.«

»Bei dir war das anders. Du bist Decker geworden.«

»Computer haben mich schon als Kind fasziniert. Als Achtzehnjähriger ging ich nach Berlin, um Informatik zu studieren. Aber dann winkte ein fetter Job bei Renraku. Ich brach das Studium ab und wurde Sararimann.«

»Sag bloß, du hast für Renraku Ice gemacht?«

»Klar, und ich war ganz gut darin, glaube ich. Aber das ist lange her. Von meinem Ice ist heute nichts mehr in der Matrix. War sowieso nur Weißes Ice. Steckte damals noch alles in den Kinderschuhen. Darüber würde sich heute jeder Decker kaputtlachen.«

»Warum bist du nicht bei Renraku geblieben?«

»Weil eines Tages ein Schmidt an mich herantrat und mir wahre Wunderdinge für einen wirklich winzigen Gefallen versprach.«

Das war aber nicht die volle Wahrheit, Chummer, nicht einmal die halbe. »Die Wunder erwiesen sich zwar nur als Zuckerwatte in Form eines nicht sonderlich gut bestückten Kredstabs, aber der Weg war eingeschlagen. Renraku kam mir auf die Schliche. Die Japse haben sich als ausgesprochen kleinlich und rachsüchtig erwiesen. Was sich ja bis heute nicht geändert hat. Jedenfalls hielt ich es für ratsam, den heiß gewordenen Boden ziemlich plötzlich gegen die kühlen Schatten einzutauschen. Ich ließ mir eine Datenbuchse implantieren, wurde zum Jackhead, zog mir SimSinn-Chips rein und lebte von illegalen Einsätzen als Decker. Ich war das geworden, was ich als Kid bewundert hatte:

Shadowrunner. Erst im Megaplex Berlin, dann im Freistaat Bayern. In meiner Münchner Zeit war ich Green-War-Sympathisant und habe ein paar ökologisch verbrecherische Objekte hochgehen lassen, bis mir die bayrische Luft zu mulmig wurde. Vor einem halben Jahr habe ich mich dann in den Rhein-Ruhr-Megaplex abgesetzt.«

Er staunte erneut über sich selbst, daß er ihr so bereitwillig und ausführlich von seiner Vergangenheit erzählte. Nur die Sache mit Miriam hatte er unterschlagen. Der Stachel saß noch immer tief.

»Arbeitest du manchmal noch für GreenWar?«

»Nein, ich bin Realist geworden.«

»Aha, das alte Thema. Wer Träume verwirklichen will, ist in deinen Augen kein Realist.«

»Schon möglich. Aber es hat auch mit persönlichen Enttäuschungen zu tun.«

»Eine Frau?«

»Ausnahmsweise nicht.«

»Wieso ausnahmsweise nicht? Haben dir Frauen übel mitgespielt?«

»Sei nicht so neugierig.«

»Du willst über deine Frauen nicht reden?«

»Es gab nur eine, die wirklich zählte. Sie … Nein, ich möchte im Moment nicht darüber reden.«

Sie schwieg, wartete. Aber er wollte wirklich nicht mit ihr über Miriam reden. Um sich selbst abzulenken, legte er den Kopf in den Nacken und schaute auf den Overhead-Vidscreen. Der derzeitige Computermodus zeigte auf einem zweigeteilten Schirm die Front- und die Heckperspektive des Wagens.

»Natalie! Zwei Wagen hinter uns! Es sind die Killerelfen!«

Ihr Kopf flog nach hinten. Sie entdeckte das Fahrzeug. Er war der gleiche BMW, der sie bis auf das Zechengelände verfolgt hatte. Zerbeulte Schnauze, lädierte Kotflügel. Kein Versuch, die Folgen der Rammversuche auszubessern. Es gab keinen Zweifel daran, daß die Elfen sie aufgespürt hatten.

»Verdammter Drek!«

Sie griff nach ihrem Glasfaserkabel und stöpselte es in die Stirnbuchse, während Thor sein Sturmgewehr in die Hand nahm.

»Warte noch«, sagte er. »Ich weiß nicht, wie lange sie uns schon folgen. Es sieht im Moment nicht so aus, als hätten sie vor, uns anzugreifen. Solange der Serena uns von dem BMW trennt, sollten wir nichts unternehmen. Wenn wir Tempo machen, haben wir sie sofort auf dem Hals. Lassen wir sie in dem Glauben, wir hätten sie nicht bemerkt.«

Sie beobachteten den BMW auf dem Vidscreen. Natalie öffnete auf dem Screen ein Fenster und holte eine maximale Vergrößerung heran. Die Windschutzscheibe des anderen Fahrzeugs war nur schwach getönt. Es waren die Elfen. Auf dem Fahrersitz saß wieder der Pockennarbige, daneben der schießwütige Weißblonde mit dem Bogen. Mehr Schatten als klarer Umriß, konnte man hinten die dunkelhäutige Frau ausmachen. Wie es aussah, wurde der Wagen vom Autopiloten gesteuert und schien sich ganz den Vorgaben von ALI unterzuordnen. Das konnte natürlich auch Taktik sein. Die Runner mußten immer damit rechnen, daß die Killerelfen plötzlich aus der Spur ausbrachen und auf der Überholspur heranpreschten. Da sie gewarnt waren, würde die Zeit aber ausreichen, um darauf zu reagieren.

Vorsichtshalber hatte sich Natalie in den Bordcomputer eingestöpselt und empfing dessen Signale, übernahm jedoch nicht die aktive Kontrolle. Sie *war* noch nicht der Siri Tiger, aber der Siri Tiger war bereits ein Stück von ihr, ein drittes Bein, dessen Muskeln sie im Moment noch nicht kontrollierte.

»Was versprechen sie sich davon?« wunderte sich Thor.

»Sie wollen diesmal den richtigen Moment abpassen. Sie haben es schon zweimal vermasselt. Dreimal ist Elfenrecht.«

»Im Ernst? Ist das für sie eine Art Magie?«

»Nein, meine Erfindung.« Natalie schaute ihn kurz an, bevor sie sich wieder auf den Vidscreen konzentrierte. »Ist dir klar, was das Erscheinen der Elfen zu bedeuten hat?«

»Daß die Engel ihre Posaunen ansetzen, daß Willkommensgrüße geharft werden? Oder Luzifer die Glut schürt?«

»Das meine ich nicht. Sie haben uns zum drittenmal aufgespürt. Keine Schmidt, kein Magier, die uns verraten konnten, kein Carrona, der vielleicht präpariert war, kein Micro-Transceiver. Sie können *uns* orten, uns selbst oder etwas, das wir mit uns führen. Was ist mit dem Chip? Hast du ihn von unserem Auftraggeber?«

»Nein, es sind meine eigenen. Ich habe sogar eine frische Packung angebrochen. Das heißt … Schmidt hat meine Klamotten aus meinem Keller bei Pjatras holen lassen. Verdammt, daß ich nicht früher darauf gekommen bin. Theoretisch ist es möglich, daß man alles mit Wanzen bepflastert hat. Bis hin zur Unterwäsche …«

»Beruhige dich. Wenn Wanzen in deiner Kleidung verborgen gewesen wäre, hätten wir sie beim Waschen entdeckt. Überlege mal, was wir nicht gewaschen haben. Den Duster, die Jacke, die Stiefel, die Waffen …«

»… das Cyberdeck. Das wäre der beste Ort, eine Wanze zu verbergen.« Er legte das Gewehr aus der Hand, nahm sein Cyberdeck, untersuchte es von allen Seiten und schraubte es dann auseinander. »Nichts.«

Er schraubte es wieder zusammen und nahm den auf den Rücksitzen liegenden Duster unter die Lupe, prüfte jede einzelne Naht. Sauber. Das gleiche machte er mit der Jacke, den Stiefeln und der Mauser Secura, obwohl diese ein denkbar ungeeigneter Ort war.

Gleichzeitig untersuchte Natalie ihre eigenen Sachen, fand aber ebenfalls nichts.

»Vergiß es«, sagte er. »Schmidt hat uns keine Wanze verpaßt. Derart kleine Wanzen wären ohnehin nicht über Kilometer hinweg zu orten. Es muß etwas anderes sein. Aber was?«

Die Zeit dehnte sich. Nichts geschah. Sie passierten Hessisch-Lichtenau und würden bald die thüringische Grenze erreichen.

»Verdammt noch mal, worauf warten die Drekheads?« machte Natalie sich Luft. Sie wandte sich nach hinten. »Ihr wollt uns doch töten, ihr Arschlöcher. Na los, fangt endlich damit an.«

Er griff nach ihrem Arm und zog sie in den Sitz zurück. »Vielleicht ist das ihre Taktik. Sie wollen uns zermürben. Wir sollen ausbrechen, einen Fehler machen.«

»Dann tun wir das doch, verdammt!«

»Wir hängen den BMW nicht ab. Wenn wir schon eine Entscheidung erzwingen, dann mit Köpfchen. Laß uns etwas überlegen. Was hältst du davon, kurz vor der nächsten Abfahrt im letzten Moment auf die rechte Spur zu wechseln und rauszubrettern? Wenn sie mit Autopilot fahren, haben sie die Abfahrt schon passiert, bevor sie überhaupt reagieren können.«

»So ka, das könnte klappen.« Sie betätigte die Tastatur des Bordcomputers. Der obere Teil des Vidscreens bildete die Strecke ab. »Die nächste Abfahrt ist Herleshausen, direkt an der Grenze nach Thüringen. Dort probieren wir es. Es sind nur vier Kilometer bis dahin.«

Sie übernahm die Fahrzeugkontrolle. Ihr Geist glitt in die Neuroverstärker des Siri Tiger und konnte jetzt mit ihren Gedanken, ihren Nerven, ihren Reflexen den Wagen steuern. Reflexe, die sonst ihre Muskeln erreichten und in Funktion setzten, jagten durch die Elektronik des Fahrzeugs und unterwarfen sie ihrem

Willen. Für den Moment veränderte sie jedoch nichts und ließ den Wagen so weiterrollen, wie der Autopilot es getan hatte.

Nur noch zweitausend Meter bis zur Abfahrt. Thor war in den Duster geschlüpft. Falls der Plan nicht klappte, mußten sie mit einem Feuerüberfall der Elfen rechnen. Natalie konzentrierte sich auf ihren elektronischen und mechanischen Körper made in Thailand. In etwa sechzig Sekunden würde sie den Wagen auf seine Maximalwerte beschleunigen, an dem rechts von ihnen fahrenden leeren Bus vorbeipreschen, durch die Lücke zwischen ihm und einem Truck stoßen und in die Abbiegespur schießen. Ein riskantes Manöver, aber machbar.

Dazu sollte es nicht kommen. Ein Stück voraus blinkte ein Tanklastzug und zog im gleichen Moment von der rechten auf die Standspur und dann wieder scharf nach links. Als er zum Stehen kam, blockierte er alle drei Fahrbahnen und die Standspur. Auf der linken Spur jagte im letzten Moment ein Mercedes vorbei, bevor der Bug der Zugmaschine ihn rammen konnte. Die nachfolgenden Fahrzeuge schienen sämtlich mit Autopilot zu fahren und gute Bremsen zu haben. Einige brachen seitlich aus, aber alle kamen vor dem Hindernis zum Stehen. Auf dem Tanklastzug stand in fetten Buchstaben ein Schriftzug:

AG CHEMIE

Notgedrungen hatte auch Natalie bremsen müssen, statt wie geplant zu beschleunigen. Der einzige Wagen, der sein Tempo nicht verringerte, sondern noch zulegte, war der BMW der Killerelfen. Er preschte auf die linke Spur und fegte heran.

»Eine Falle!« keuchte Thor.

»Festhalten!« rief Natalie.

Sie reagierte und tat das einzig Sinnvolle. Sowohl ihr als auch Thor war klar, daß es ihr Todesurteil sein würde, wenn sie sich in dem künstlich hervorgerufenen Stau festkeilen ließen. Die Elfen würden ein Tontaubenschießen auf sie veranstalten. Sie führte das geplante Manöver aus, obwohl es jetzt zu anderen Ergebnissen führen mußte.

Der Siri Tiger beschleunigte. Kurz vor dem Aufprall auf den vor ihnen bremsenden Wagen zog Natalie den Wagen nach rechts, beschleunigte noch einmal und schrammte nur wenige Zentimeter vor dem Bug des Busses durch die Lücke auf die Standspur. Vorn versperrte der Tanklastzug die Standspur, rechts stand ein beim Abbremsen ausgeschertes Fahrzeug, die Abbiegespur war noch nicht in Sicht. Sie lenkte den Siri die Böschung hinunter. Am unteren Punkt der Schräge kam er hart auf. Ein metallisches Kreischen. Irgend etwas brach. Aber der Wagen rollte noch, walzte einen Zaunpfahl um und kam auf einer holprigen Wiese zum Stehen.

»Getriebewelle gebrochen«, stieß Natalie hervor. »Wir müssen zu Fuß weiter!«

Die Runner öffneten die Türen, griffen ihre Waffen und sprangen aus dem Wagen. Sie hasteten über die sanft abfallende Wiese und erreichten eine Baumgruppe. Als Thor sich umschaute, tauchte gerade die dunkelhäutige Elfin zwischen zwei Wagen auf der Standspur auf. Sie hob das Gewehr.

»Vorsicht!« Er warf sich nach vorn und zog Natalie mit.

Über ihnen jagte ein Geschoß durch die Luft. Zweige knackten und fielen herab.

Sie befanden sich bereits im Thüringer Wald. Ausläufer eines Höhenzuges. Unebenes, zerklüftetes Gelände. Verkarstete Höhen. Tote Baumstämme in den Hanglagen. Ein bißchen Grün in den Niederungen. Kümmerliche Bäume, wo eine Aufforstung versucht wurde. Der Wald, der dem Mittelgebirge den Namen gegeben hatte, war weitgehend zerstört. Sie hasteten über Stock und Stein, nutzten jede sich bietende Deckung. Die Verfolger waren hinter ihnen. Sie sahen sie nicht und gerieten auch nicht in das Sichtfeld der Elfen. Kein weiterer Schuß ertönte, kein Pfeil schwirrte. Aber sie waren da, saßen ihnen im Nacken. Die Runner spürten ihre Verfolger, hörten sie manchmal, wenn ein trockener Zweig knackte oder ein losgetretener Stein einen Abhang hinunterrollte.

Thor hatte Schwierigkeiten, Natalies Tempo zu folgen. Als sie zuletzt vor den Elfen geflüchtet waren, hatte er Natalie stützen müssen. Jetzt erlebte er sie zum erstenmal in solchen Situation ohne einen verletzten Fuß. Sie war alles andere als eine Athletin, aber geschmeidig und ausdauernd. Und sie bewegte sich im Bergland erheblich geschickter als er. Er kannte das flache Land des Nordens, die Städte. Natalie hingegen hatte ihre Jugend in einem Konzilsland verbracht, war mit dem schnellen Wechsel von Höhen, Hängen, Klüften und Abbruchkanten vertraut.

Er schwitzte und hatte Schwierigkeiten, ausreichend Luft zu bekommen. Nach einer Weile trennte er sich schweren Herzens von seinem Duster. Beweglichkeit war jetzt wichtiger als Schutz. Er hoffe, daß er seine Entscheidung nicht bereuen würde, wenn die Prioritäten wechselten.

»Sie holen nicht auf, und wir hängen sie nicht ab«, sagte Natalie, die inzwischen ebenfalls nach Luft rang. »Ich glaube, das hasse ich mehr als alles andere an den Killerelfen. Sie haben unglaublich viel Geduld. Sie strengen sich nicht mehr an als unbedingt nötig. Sie wollen ihren Opfern das Gefühl geben, nicht entrinnen zu können.«

Sie hatten eine Senke passiert und trabten jetzt wieder bergauf. Als sie im Schutz eines Überhangs die Kuppe erreichten, lag vor ihnen in der Niederung ein kahler Gürtel. Obwohl auch die Bäume davor und dahinter inzwischen kahl oder tot waren, konnte man noch erkennen, daß dieser Gürtel früher einmal gerodet worden war. Zerborstene Betonplatten, zwei Reihen verrosteter Reste eines hohen Maschendrahtzauns, davor und dahinter verrotteter Stacheldraht, kaum noch als solcher zu erkennen. Reste der Grenzbefestigungen der ehemaligen DDR. Der Todesstreifen, durch den einst Flüchtlinge daran gehindert werden sollten, das Territorium der damaligen Bundesrepublik Deutschland zu erreichen.

Wie lange das schon zurückliegt. Ein Bild aus einer anderen Welt. Ein Trip in die Vergangenheit. Ob die Menschen damals wohl glücklicher waren?

»Meinst du, es gibt hier noch Minen?« fragte er.

»Damit ist nicht zu rechnen. Man hat nach der Wiedervereinigung Teile der alten Grenzanlagen erhalten. Als Museum oder Mahnmal oder was auch immer. Egal, jetzt ist doch alles verrottet. Interessiert niemanden mehr.«

Wiedervereinigung? Ein altmodisches Wort. Es mag einmal ein geteiltes Deutschland gegeben haben, das wiedervereinigt wurde. Aber jetzt ist es in Stücke zerrissen. Horizontal und vertikal. Die Risse gehen durch das Land, erst recht aber durch die Gesellschaft.

Die Runner kletterten durch die Reste der Grenzbefestigung. Ein riskantes Unternehmen, so gefährlich wie für die damaligen Flüchtlinge. Wenn die Killerelfen jetzt auf der Anhöhe auftauchten, hatten sie ein freies Schußfeld. Wie damals die Grenzsoldaten auf den Wachtürmen. So schnell wie möglich kletterten die Runner über die Barrieren, um die Distanz zu den Verfolgern zu vergrößern.

»Natalie!« rief Thor. »Wenn dies als Museum gedacht war, dann gibt es doch sicher auch einen Wachturm…«

Sie zeigte nach vorn. Der ehemalige Todesstreifen

folgte in einer sanften Rechtskurve dem Höhenzug. In der Biegung reckte sich ein hölzerner Wachturm empor, dem ersten Eindruck nach unbeschädigt. »Da hast du ihn.«

»Wir klettern rauf. Schnell, solange dafür noch Zeit ist.«

»Bist du wahnsinnig? Dann haben sie uns doch!«

»Wir haben gute Waffen und Munition. Auf dem Wachturm beherrschen wir den Todesstreifen. Aus den Gejagten werden Jäger. Wir lassen sie nicht an uns herankommen.«

»Das ist Wahnsinn.«

Die Elfen tauchten an der Kuppe des Hügels auf. Sie entdeckten die Flüchtlinge, die inzwischen das andere Ende des Todesstreifens erreicht hatten. Keine gute Schußentfernung. Aber jenseits des Todesstreifens ging es wieder bergauf. Bis die Runner die nächste Kuppe erreicht hatten, lagen sie im Schußfeld der Killerelfen. Ob sie nun den Wachturm hinaufkletterten oder nicht: Nur die Flucht am Todesstreifen entlang konnte die Distanz erhalten.

Thor und Natalie rannten um ihr Leben, aber die Elfen rannten ebenfalls. Das abschüssige Gelände machte sie schnell.

»Einverstanden!« keuchte Natalie, als der Turm nur noch zwanzig Meter vor ihnen lag. Eine halbwegs intakte Leiter führte nach oben. »Es scheint unsere einzige Chance zu sein. Ich halte nämlich nicht mehr lange durch.«

Wortlos ließ er ihr den Vortritt, als die beiden den Fuß des Turms erreicht hatten. Natalie kletterte hoch. Trotz ihrer Erschöpfung war sie noch immer wieselflink. Thors Beine waren kraftlos geworden. Als er ihr folgte, zog er sich in erster Linie mit den Händen hinauf.

Kurz bevor Natalie den überdachten Unterstand erreichte, krachte ein Schuß. Die Kugel pfiff knapp an ihrem Oberschenkel vorbei. Mit einer letzten Kraftanstrengung zog sie sich hinter den Schutz der Brüstung.

Thor hatte erst drei Viertel der Leiter geschafft. Der nächste Schuß der dunkelhäutigen Elfin galt ihm. Er duckte sich. Ein Fehlschuß. Im nächsten Moment bellte über ihm Natalies Sturmgewehr. Die Elfen warfen sich in Deckung. Thor kletterte die letzten beiden Meter hinauf und rang nach Atem, als er die schützende Brüstung erreicht hatte.

»Leider waren sie nicht so dumm, sich auf den Todesstreifen zu wagen«, sagte Natalie. »Dann hätten wir sie erledigen können.«

Sie zeigte hinüber zu der Position der Killerelfen. Sie hatten sich hinter ein paar Gesteinsbrocken auf halber Höhe zwischen Kuppe und Todesstreifen verschanzt. Eine dürftige Deckung, die gerade ihre Körper zu schützen vermochte, wenn sie flach liegenblieben.

»Gut so.« Er jagte ein paar Salven aus seiner MP in die Richtung, die den Elfen aber nicht gefährlich werden konnten. Er war kein geübter Schütze, und selbst die Laser-Zielvorrichtung half ihm wenig. »Dein Gewehr ist doch als Granatwerfer einsetzbar. Kannst du sie damit nicht aus der Deckung treiben?«

»Zu weit.«

Sie versuchte es trotzdem, aber die Granaten schlugen zu weit unten in den Hang.

»Und wie geht's jetzt weiter?« fragte Natalie.

»Erst mal ausruhen. Dann … Ich habe einen Plan. Du nimmst meine MP, nagelst die dort fest, wo sie jetzt sind, und hinderst sie am Schießen. Wenn du mir Feuerschutz gibst, verlasse ich den Wachturm, klettere ein Stück weiter oben den Hang herauf und nehme sie von oben unter Feuer. Wenn wir sie nicht erwischen, werden wir sie zumindest vertreiben können.«

»Für wie lange?«

»Lange genug, um verschwinden zu können. Wir warten bis kurz vor Einbruch der Dunkelheit und flüchten dann im Schutz der Nacht.«

»Hört sich an, als könnte es klappen. Einverstanden.«

12. KAPITEL

›*Just Like a Woman*‹

Die ersten dokumentierten Anwender der neuerwachten Magie waren die Weisen Frauen einiger Romasippen, die sich 2014 den Weg zu den Hauptquartieren der repressiven Militärregierung freizauberten. Seit damals gilt die Gesamtheit der Roma und Sinti bei der Bevölkerungsmehrheit als mächtige Magier.

Diese Ansicht ist falsch: Die Sinti (mit nur 18 % der kleinere Teil) sind seit Jahrhunderten in Deutschland ansässig und zeigen so gut wie kein auffälliges Magieprofil. Eine besondere Häufigkeit von Magiebegabten findet sich dagegen bei den ursprünglich osteuropäischen Roma, die erst in der Neuzeit ins Land gekommen sind. Nach den balkanischen Wirren der 1990er Jahre, die um das Jahr 2000 zur Schaffung einer EG-weiten Roma-Staatsbürgerschaft führten, haben vor allem die Eurokriege eine massive Zuwanderung mit sich gebracht: Zur Zeit leben etwa zwei Millionen Roma auf dem Gebiet der ADL.

Dr. Natalie Alexandrescu:
Magie und Gesellschaft,
Deutsche Geschichte auf VidChips,
VC 22, Erkrath 2051

Die Stunden schlichen träge dahin. Die Killerelfen prüften gelegentlich mit einem Schuß die Wachsamkeit der Runner auf dem Wachturm, wagten sich aber nie weit genug aus der Deckung, um ernsthaft in Gefahr zu geraten. Wie die beiden Verteidiger schienen sie auf den Einbruch der Nacht zu warten.

Irgendwann kamen die Schmerzen zurück. Thor tauschte das verbrauchte Slap Patch gegen ein neues aus. Er war heilfroh, daß er den Vorrat nicht irgendwo im Wagen verstaut hatte.

»Ich fasse es nicht«, sagte sie einmal.

Er wartete, obwohl er ahnte, worauf sie anspielte. Er hatte sich schon gewundert, daß sie sich nicht dazu äußerte. Wahrscheinlich hatte sie es erst einmal verarbeiten müssen.

»Der Tanklastzug von der AG Chemie!« platzte sie heraus. »Mein Ex steckt also doch dahinter. Dieses Miststück, dieser elende Drekhead!«

»Warum wundert es dich auf einmal? Vor ein paar Stunden hast du noch gesagt, es würde gut zu ihm passen.«

»Es dann zu erleben, ist trotzdem ein Schock. Und mit diesem Schwein habe ich mal zusammengelebt, bin mit ihm ins Bett gegangen...« Er spürte, daß sie zum erstenmal die Kontrolle über sich verlor und den Tränen nahe war. Aber dann fing sie sich. »Das ist deine Chance, Chummer. Sie wollen nichts von dir, sie wollen mich. Wenn wir aus diesem Schlamassel raus sind, solltest du dich abseilen. Ich wäre dir deshalb nicht böse.«

»Ich gebe dir deine Argumente zurück: Inzwischen hängen wir beide drin.«

»Das galt nur für den Fall, daß sie den Chip haben wollen. Meinem Ex dürfte es egal sein, ob du mit mir zusammen umgebracht wirst oder überlebst.«

»Dein rachsüchtiger Ex-Mann wird auch den Mann vernichten wollen, der zusammen mit seiner Frau...«

»Ex-Frau!«

»...Ex-Frau geflüchtet ist. Außerdem glaube ich nicht, daß das die ganze Wahrheit ist. AG Chemie, Renraku, der Magier – das sind die Mächte im Spiel. Dein Ex kocht vielleicht sein eigenes Süppchen, aber es geht um ganz andere Dinge.«

»Warum bietest du ihnen nicht den Chip an?«

»Der allein würde es auch nicht bringen.«

»Dann den Chip und mich.«

»Genausogut könntest du ihnen den Chip und mein Leben anbieten. Vielleicht pfeifen die Elfen dann auf die Rachegelüste deines Ex.«

»Bring mich bloß nicht auf Gedanken.« Sie lachte leise.

»Denken ist nie verkehrt.«

Sie sah ihn an. »Wir bleiben also zusammen?«

Es klang beinahe schüchtern, zutraulich. Aber vielleicht wünschte sich Thor auch nur, daß es so klang.

»So ka.«

Als es dunkel wurde, setzten die Runner den Plan in die Tat um. Sie tauschten die Waffen. Natalie mußte die größere Feuerkraft haben. Während sie hin und wieder Salven auf das Versteck der Elfen abgab, kletterte Thor den Wachturm hinab, robbte den Todesstreifen entlang und kletterte den Hang hinauf, wo die Feinde kauerten. Natalie zwang sie mit ihrem MG-Feuer so tief in die Deckung, daß sie ihn erst entdeckten, als es zu spät für sie war.

Aus der Deckung eines Felsblocks nahm er die Feinde von oben unter Feuer. Im nächsten Moment bellte Natalies MP. Die Elfen spritzen auseinander und versuchten sich zu retten, indem sie den Weg zurückrannten, den sie gekommen waren. Hangaufwärts, raus aus dem Feuerbereich der MP und des Sturmgewehrs.

Sie waren unglaublich schnell und unglaublich geschickt im Ausnutzen der allerkleinsten Deckung. Trotzdem wäre keiner von ihnen lebend davongekommen, wenn ihnen ein Dr. Mabuse oder eine Molotowa gegenübergestanden hätten. Aber Thor und Natalie waren nur Runner, die sich zu verteidigen wußten, keine Straßensamurais. Sie konnten mit Gewehren umgehen, wußten ihre todbringende Präzision aber kaum zu nutzen.

Der weißblonde Elf hüpfte wie ein Springteufel hin

und her und entkam unverletzt über die Hügelkuppe. Die dunkelhäutige Elfin wurde an der Schulter getroffen und herumgewirbelt. Aber sie fiel nicht. Geduckt, die Hand an der Schulter, taumelte sie in Sicherheit.

Der Pockennarbige allerdings rannte voll in eine Garbe aus Natalies MP, die gar nicht ihm, sondern dem weißblonden Bogenschützen gegolten hatte. Er wurde in den Kopf getroffen, fiel zu Boden, rutschte ein Stück den Hang herunter und rührte sich nicht mehr. Seine schwarze Jacke hatte sich geöffnet, und Thor erblickte ein schwarzes Seidenhemd mit einer feuerroten Rune. Er war überrascht. Die Rune wies auf magische Fähigkeiten hin, aber der Killerelf hatte keine Magie gegen die Runner eingesetzt. Vielleicht war er ein Magieradept gewesen. Adepten beherrschten nur eine einzige Art der Magie, und offenbar hatte es sich dabei nicht um Kampfmagie gehandelt. Trotzdem fragte sich Thor, ob der Elf seine Magie nicht vielleicht doch eingesetzt hatte, ohne daß sie etwas davon bemerkten. Um welche Art von Magie mochte es sich aber dann gehandelt haben?

Natalie kletterte den Turm herab, und Thor eilte auf sie zu. Ein Killerelf war tot, einer verwundet, einer unverletzt. Sie mochten Zeit gewonnen haben, aber es war kaum damit zu rechnen, daß die Überlebenden die Verfolgung aufgaben. Sie hatten den zusätzlichen Ansporn ihrer Wut und einer Prämie, die statt durch drei nur noch durch zwei geteilt wurde.

Die Schattenläufer flüchteten über die nächsten Hänge und Auen, erreichten das Werratal und passierten den Fluß auf einer Eisenbahnbrücke. Von Creuzburg aus gelangten sie mit einem Hovercraftbus nach Eisenach, wo sie sich in einem Grufthotel am Bahnhof einen Schlafsarg mieteten. Abwechselnd gestatteten sie sich einige Stunden Schlaf, während der andere in der Gruft Wache hielt. Die Elfen ließen sie in Ruhe.

Am nächsten Morgen staffierten sie sich neu aus.

Der Verlust des Wagens schmerzte. Sie hatten 18 000 EC dafür ausgegeben und den Betrag wie die anderen Kosten inzwischen untereinander aufgeteilt. Sie besaßen immer noch reichlich gefüllte Ebbies, aber Ausgaben in dieser Größenordnung wollten sie in Zukunft nach Möglichkeit meiden. Natalie schlug vor, ein Kolibri-Lufttaxi zu mieten und direkt bis Burg Königsberg zu fliegen. Es würde sie nicht mehr als 1000 EC kosten. Aber Thor mochte sich mit dem Gedanken nicht anfreunden. Der winzige Helikopter würde nur ein Punkt am Himmel sein, doch groß genug, um jederzeit mit einer sich selbst ins Ziel steuernden Boden-Luft-Rakete vernichtet zu werden.

Die beiden überlegten kurz, ob sie es wagen konnten, bis Zwickau mit der Bahn zu fahren, entschieden sich aber dagegen. Tickets konnten nur gebucht werden, wenn die SIN nachgewiesen wurde. Thor hätte Miriams Kredstab benutzen können, aber er hielt es für nicht ausgeschlossen, daß auch sie dem Komplott gegen die Runner angehörte oder zumindest die Querverbindung zu ihm aufgedeckt war. In diesem Fall würde man Mittel finden, über Miriams SIN laufende Buchungen zu registrieren. Ähnliches galt mit einiger Sicherheit für Natalies SIN. Hinzu kam, daß sich in ihrer Situation ein Massenverkehrsmittel als Falle erweisen konnte. Schließlich entschieden sie sich zum Kauf eines anderen Wagens. Aber Eisenach war nur ein Kaff, nicht vergleichbar mit dem Rhein-Ruhr-Sprawl. Der einzige Gebrauchtwarenhändler, der überhaupt bereit war, einen Verkauf ohne ID-Chip abzuwickeln, witterte das Geschäft seines Lebens und forderte für eine Schrottkiste den Preis eines Neuwagens. Die Runner lehnten dankend ab und ärgerten sich hinterher, es überhaupt versucht zu haben. Der Händler würde sich bestimmt an sie erinnern und plaudern, wenn ihn jemand befragte.

Am Stadtrand entdeckten sie eine heruntergekommene Servicestation, auf deren Gelände vier Wagen zum Verkauf angeboten wurden. Die Chefin, eine Zwergin, machte ihnen einen anständigen Preis für einen fünfzehn Jahre alten Rover-BMW RangerE, der trotz seines Alters solide aussah. Er besaß keine Fahrzeugkontrolle für Rigging, hatte dafür jedoch gute Geländeigenschaften vorzuweisen. Die Zwergin verlangte 4000 EC und zog nicht einmal die buschigen Augen hoch, als die Runner erklärten, der Wagen müsse fremdangemeldet werden. Innerhalb einer Stunde hatte sie für 1000 EC Aufpreis einen gefälschten Zulassungschip besorgt. Thor testete ihn mit den Special Tools seines Cyberdecks. Gute Arbeit. Er war kaum wahrnehmbar modifiziert. Bei der Zulassungsstelle durfte man sich damit nicht sehen lassen, aber den derben Prüfgeräten einer Polizeistreife würde er standhalten.

Da sie ohnehin das Gefühl hatten, sich schon viel zu lange in Eisenach aufzuhalten, verloren sie nach Abschluß des Geschäfts keine Zeit mehr und fuhren los. Natalie steuerte den RangerE. Sie hatte Gebirgserfahrung. Sie mieden die Autobahnen und Allianzstraßen, wo immer das möglich war, und bewegten sich Richtung Zwickau, dann weiter über Klingenthal zur Grenze.

»Ist mir ein Rätsel, wieso uns die Elfen nicht längst wieder im Nacken sitzen«, sagte Natalie.

»Vielleicht haben die Überlebenden keinen Führerschein«, witzelte er.

Sie ging nicht darauf ein. »Wenn sie beliebig über den Fahrzeugpark der AG Chemie verfügen können, steht uns noch ein blaues Wunder bevor.«

»Das solltest du nicht überschätzen. Auch ein Exec der AG Chemie wird nicht die Interessen seines Konzerns einer privaten Hetzjagd unterordnen können. Und selbst wenn er das kann oder wenn die AG Chemie uns aus anderen Gründen ans Leder will, sind deren Leute in der Mehrzahl nichtsahnende Sarari-männer und keine Killer, die man einfach mal so zur Jagd abkommandiert.«

»Vielleicht haben sie uns auch wirklich verloren.«

»Glaube ich nicht. Weiß dein Ex eigentlich, daß deine Leute auf Burg Königsberg zu Hause sind?«

»Ja, natürlich.«

»Dann kann er sich auch zusammenreimen, daß wir dorthin flüchten.«

»Dazu müßte er ahnen, daß wir uns von meiner Mutter Hilfe gegen deine Dumpy-Sucht erhoffen.«

»Nicht nötig. Du hast selbst gesagt, daß Burg König-stein auch ein Stück Sicherheit für uns bedeutet. Drei-hundert Gewehre und Zauberspruchmünder, erinnerst du dich? Motiv genug, um dort hinzugehen.«

Natalie schüttelte den Kopf. »Er weiß, wie gespannt das Verhältnis zwischen mir und meinen Leuten ist.«

»Na und? Du fährst trotzdem hin. Das wird er sich auch sagen. In der Not greift man eben nach jedem Strohhalm.« Er machte eine kleine Pause. »Hat er deine Mutter überhaupt kennengelernt?«

»Ja, ich habe ihn mal auf Burg Königsberg mitge-nommen. Er kennt meine Mutter von dieser einen Be-gegnung. Meinen Bruder auch. Spontaner Haß auf bei-den Seiten. Aus heutiger Sicht muß ich sagen, daß meine Familie ausnahmsweise recht hatte. Sie hat ihn als den Kotzbrocken erkannt, der er nun einmal ist.«

Eine wachsende Unruhe machte sich in ihm breit. Er spürte ein leichtes Ziehen in den Eingeweiden und eine Art Prickeln im Nacken. Zuerst dachte er, die Wir-kung des Slap Patches habe sich erschöpft. Er wech-selte es gegen ein frisches aus. Aber die Unruhe ließ nicht nach. Er glaubte die wahre Ursache zu kennen. Die Killerelfen waren in der Nähe. Sie hatten die Spur neu aufgenommen.

Je näher die Runner der Grenze kamen, desto mehr schärften sich ihre Sinne. Obwohl sie keine Kontrollen zu befürchten hatten, rechneten sie mit allem möglichen. Plötzliche Sperrung der Grenze auf Anweisung von oben. Eine Blockade durch Trucks der AG Chemie. Einen Hinterhalt, aus dem heraus die Killerelfen den Wagen beschossen. Aber nichts dergleichen geschah.

Vorsichtshalber hatten sie ihre Waffen versteckt, aber der Grenzschutzsoldat winkte sie lässig hindurch, ohne auch nur einen Blick in den Wagen zu werfen. Der Zollbeamte bemühte sich nicht einmal aus seinem Unterstand hervor.

»Endlich auf Konzilsgebiet«, sagte Natalie erleichtert, als sie den Wagen beschleunigte. »Genaugenommen auf Konzilsgebiet unter tschechischer Oberhoheit, aber du siehst ja, die Tschechen kontrollieren nur die Grenze, wo das Konzil an die CFR grenzt.«

»Und was hat sich dadurch geändert, daß wir im Konzil sind?«

»Gar nichts«, gab sie zu. »Ich fühle mich nur ein Stück sicherer. Immerhin war ich hier einmal zu Hause.«

Thor fühlte sich nicht sicherer. Im Gegenteil, das Gefühl der Bedrohung nahm zu. Trotzdem fand er Zeit, die Landschaft in sich aufzunehmen. Kahle, verkarstete Höhen. Der saure Regen hatte den Bergwald vernichtet. Nur in den Kammlagen und in den Niederungen gab es vereinzelt Baumbestand, Fichten, Tannen, Lärchen, ein paar Laubbäume, armselige Reste des früheren Reichtums. Er empfand diese Landschaft in ihrer rauhen Mächtigkeit als bedrohend und bedrückend, aber zugleich auch fesselnd und eindringlich.

Bald zeigte sich, daß es sehr wohl einen Unterschied zwischen ADL-Territorium und Konzilsgebiet gab, einen Unterschied, der die Federn und Radlager des RangerE bis an die Grenzen der Belastbarkeit prüfte. Einen geländegängigen Wagen zu nehmen, erwies sich als gute Wahl.

»Im Konzil fühlt sich niemand für den Zustand der Straßen verantwortlich«, erklärte Natalie. »Wenn Trucks nicht mehr durchkommen, sorgen ADL und CFR für die Beseitigung der gröbsten Schäden, aber mehr passiert nicht.«

Die Wagen, die ihnen begegnet waren, konnten sie an den Fingern einer Hand abzählen, und in ihrer Richtung bewegte sich weit und breit nichts. Sie passierten Ortschaften, die einen leblosen und verfallenen Eindruck machten, aber manchmal sahen sie Bauern auf den Feldern oder Rinder auf den Weiden. Es gab hier durchaus Menschen, aber nicht mehr so viele wie früher. Einmal entdeckten sie auf einem Parkplatz drei ausgebrannte Trucks, von denen noch immer Rauch aufstieg. Daneben standen und lagen aufgebrochene Container. Ein Stück davon entfernt kampierten mittelalterlich kostümierte Trolls an einem Lagerfeuer und sortierten riesige Beutestapel. In krassem Gegensatz zu ihren farbenprächtigen Uniformen, die sie wie Landsknechte aussehen ließen, hatten sie moderne Gewehre geschultert oder neben sich liegen. Sie sahen kaum auf, als der RangerE vorbeifuhr.

»Leute des Königs Karel II. von Trollböhmen«, erklärte Natalie beruhigend, als Thor nach seinem Gewehr griff. »Wir haben von denen nichts zu befürchten. Sie überfallen hin und wieder ein paar Lastwagen, um die Schatulle ihres Königs aufzufüllen.«

»Hört sich nach Raubrittermethoden an. Und das wird geduldet?«

»Solange den Fahrern nichts passiert, regt sich kaum jemand auf. Im Gegenteil, die Fahrer werden meistens beteiligt, und die Spediteure machen bei ihren Versicherungen höhere Verluste geltend, als tatsächlich entstanden sind.«

»Und die Versicherungen?«

»Fordern die Regierungen auf, Maßnahmen zu ergreifen, und erhöhen die Beiträge. Das ist alles. Denk an den Krieg der Supermärkte und die sonstigen Überfälle auf Transporte. Dagegen sind die paar Laster, die hier verschwinden, nur eine Bagatelle.«

»Ich könnte mir trotzdem vorstellen, daß ein großer Versicherungskon in Versuchung gerät, hier mal mit einer Privatarmee aufzuräumen.«

»Die müßte schon ziemlich groß und gut ausgerüstet sein. Mit den Trollen ist nicht gut Kirschen essen, wenn sie in Rage sind. Zähe Kämpfer, das kann ich dir sagen. Meine Leute haben das auch schon erfahren müssen.«

»Deine Leute haben sich mit den Trollen beharkt?«

»Burg Königsberg ist ein Lehen des Königs Assid I. von Eger, übrigens auch ein Troll. Assid und Karel sind die besten Freunde, aber bei ihren königlichen Saufgelagen kommt es schon mal vor, daß sie einen kleinen Krieg vom Zaun brechen, um zu sehen, wer der Stärkere ist. Ich sage doch, die spinnen hier alle.«

Sie erreichten Falkenau/Sokolov. Der deutsche und der tschechische Name stand auf dem Ortsschild. Ein Witzbold hatte darunter gemalt: Trollhausen. Reste von verrotteten Industrieanlagen, als hier noch Braunkohle gefördert wurde. Zwei moderne chemische Fabriken, eine davon im Besitz der AG Chemie. Die Runner wurden nervös, aber nichts rührte sich. Sie fuhren durch die Innenstadt. Einige der Wohnhäuser waren herausgeputzt, andere zu Ruinen verfallen. Altes und Modernes, Idylle und nackter Realismus in chaotischem Nebeneinander. Eine alte Barockkirche diente als Markthalle und Spielhölle. Es gab ein HighTech-Zentrum und mehrere Supermärkte, aber auch eine Hufschmiede, vor der eine vierspannige Karosse stand. Auf den Straßen waren Norms, Zwerge, Orks und Trolle zu sehen, Elfen seltener. Killerelfen zum Glück überhaupt nicht.

Natalie zeigte auf ein tadellos erhaltenes Barockschloß, das von einer Trollgarde in roten Operettenuniformen bewacht wurde. »Offenbar ist König Karel in der Stadt. Er residiert abwechselnd in Falkenau und Eger.«

Sie waren froh, als sie die engen Straßen und die Menschenansammlungen hinter sich gebracht hatten. Sie fuhren an der Eger entlang genau auf den Königsberg zu. Natalie machte ihn auf den Berg aufmerksam. Oben thronte eine Burg. Ihr Ziel.

Die Straße schraubte sich in Serpentinen den Berg hoch.

»Bald haben wir es geschafft«, seufzte Natalie. »In zehn Minuten sind wir da. Langsam beginne ich zu glauben, daß wir fürs erste den Elfen entkommen sind.«

»Nur nicht den Tag vor dem Abend loben«, warnte er.

Es schien ein Stichwort zu sein, auf das der Regisseur im Hintergrund gewartet hatte. Der Spieler, der die Fäden zog, der Thor und Natalie in ein Gestrüpp aus Machtinteressen geworfen hatte und sie daraus noch nicht entlassen wollte.

Der RangerE nahm gerade wieder eine scharfe Rechtskurve. Natalie stieg mit aller Macht in die Bremsen. Vor ihnen war die Straße blockiert. Der BMW der Killerelfen. Hinter dem Wagen hatten sich der Weißblonde und die Dunkelhäutige verschanzt, die Waffen im Anschlag. Im nächsten Moment durchschlugen ein Geschoß und ein Pfeil die Windschutzscheibe und ließen sie prasselnd und klirrend in sich zusammenfallen.

Geistesgegenwärtig hatten sich die Runner geduckt und waren den Schüssen entgangen. Der RangerE kam drei Meter vor dem BMW zum Stehen. Die Straße war zu schmal, um an dem Fahrzeug der Feinde vorbeizukommen. Rechts versperrte der Berg den Weg, links gähnte ein Abgrund.

»Diesmal haben sie uns!« keuchte Thor, riß sein Ge-

wehr an sich und versuchte, die Tür des Wagens auf-
zustoßen, was ihm in liegender Stellung auf Anhieb
nicht gelang. Er rechnete jeden Moment damit, daß die
Killerelfen am RangerE auftauchten und aus nächster
Nähe in das Innere schossen. Er sah, daß Natalie sich
aufrichten wollte.

»Kopf runter, Mädchen!« stieß er hervor.

Natalie zog den Kopf ein.

Hastige Schritte. Die Killerelfen! Die Runner wandten Köpfe und Gewehrmündungen in die Richtung
der Geräusche.

»He, Drekheads!« kam eine weibliche Stimme aus
der Richtung, wo der BMW die Straße blockierte. Es
war eine laute, herrische, befehlsgetonte Altstimme.
»Macht das lieber nicht. Los, ihr Feen, Waffen runter!«

Ungläubig richtete sich Thor auf und lugte durch
die zerschossenen Reste der Windschutzscheibe. Er
konnte es kaum fassen. Die Elfen standen zwischen
dem RangerE und ihrem eigenen Fahrzeug, hatten die
Waffen gesenkt, kehrten den Runnern die Rücken zu
und starrten die Straße hinauf. Thor konnte aus seiner
Position nicht erkennen, wo die Frau stand, die den
Elfen ins Handwerk gepfuscht hatte. Es zuckte ihm
in den Fingern, die Situation zu nutzen und die tödlichen Verfolger ein für allemal auszuschalten. Aber er
brachte es nicht fertig.

Natalie hatte sich ebenfalls erhoben, langsamer,
sorgloser, fast apathisch, gottergeben. Sie zog die
Wagentür auf und trat hinaus auf die Straße.

»Hallo, Mutter, schön dich zu sehen.«

Thor kletterte aus dem Wagen. Jetzt sah er die Frau.
Hochgewachsen, größer als Natalie, in grobes, grünes
Leinen gehüllt, asketische Züge, lange graue Haare,
ein Stirnband aus Fell, um den Hals eine Kette, an der
Reißzähne und Knochen eines Tieres befestigt waren,
harte, lodernde Augen. Wären die angriffslustigen
Augen nicht gewesen, hätte sie Ähnlichkeit mit dem

Indianer besessen, dessen Icon Thor im Cyberspace benutzte. Die Frau war nicht allein. Sie selbst war unbewaffnet, aber hinter ihr standen Leute mit Gewehren, Leute mit entschlossenen Gesichtern, Männer und Frauen, die meisten von schwarzen Haaren umrahmt, einige mit Stirnbuchsen. Es waren nicht die dreihundert, von denen Natalie gesprochen hatte, aber dreißig mochten es schon sein.

»Kaum bist zu hier, fängt der Ärger schon an«, war die Antwort der anderen Frau. Das war also Manda Alexandrescu, Natalies Mutter. Was sie gesagt hatte, war nicht witzig gemeint. Es klang unfreundlich.

Die Elfen hatte sich halb zu Natalie umgewandt und wichen vor ihrem Sturmgewehr zurück.

»Laß das, Natscha. Es ist keine Lösung, die schwulen kleinen Feen zu erschießen«, sagte ihre Mutter. »Sie sollen verschwinden.« Sie wandte sich den Elfen zu. »Los, Dreakheads, steigt in euren Blecheimer, und laßt euch nie wieder sehen.«

Die Killerelfen beeilten sich, ihrem Ratschlag nachzukommen, rannten zu ihrem BMW, schwangen sich hinein, starteten den Wagen und steuerten ihn an dem RangerE vorbei. Der Wagen stoppte kurz. Der Weißblonde, der den Wagen fuhr, ließ die Scheibe der Fahrertür herabgleiten. Seine Augen sprühten Haß. »Seid unbesorgt, wir kommen wieder. Und dann erwischen wir euch.«

Der BMW raste mit quietschenden Reifen in die Kurve und verschwand aus dem Sichtfeld.

Manda und ihre Leute kamen näher. Keine Geste der Begrüßung.

»Wir haben schon auf euch gewartet«, sagte einer der Männer, ein kräftiger Bursche mit einem durchtrainierten Körper. Er ging barfuß und trug nur Jeans und ein T-Shirt. Ungebändigtes, schwarzes gewelltes Haar, eine Stirnbuchse, ein mächtiger Schnauzbart, ri-

tuelle Kreuznarben auf beiden Wangen. Die Oberarm-
muskeln tanzten.

»Hallo Ricul«, sagte Natalie.

»Du warst lange nicht mehr hier, Natscha.«

Natalie wandte sich Thor zu. »Meine Mutter, mein
Bruder, meine Sippe.«

»Was will er hier?« fragte Manda hart und deutete
auf Thor. Wie Ricul sprach sie eine auf Englisch basie-
rende europäische Citysprache, wenngleich mit osteuropäischen Einschüben. Thor konnte sie gut verstehen. »Fremde haben hier nichts verloren.«

»Er ist kein Fremder«, sagte Natalie.

»Für dich vielleicht nicht. Wer ist er? Dein neuer
Bettgenosse?«

»Er heißt Thor und ist mein Mann«, erklärte Natalie.
»Thor gehört jetzt zur Sippe.«

Thor glaubte seinen Ohren nicht zu trauen.

Manda spuckte aus und sagte einige Sätze in einer
fremden Sprache, wahrscheinlich Rumänisch. Dann
fuhr sie in Citysprache fort. »Er paßt nicht zu dir. So
wenig wie der erste.«

»Er paßt ausgezeichnet zu mir«, sagte Natalie. »Im
Gegensatz zu dem ersten, der mich jetzt jagen läßt. Wir
nehmen an, daß er die Killerelfen geschickt hat.«

Ihre Mutter schien nicht die Absicht zu haben, diesen Punkt näher zu erörtern. »Also, was wollt ihr?
Guten Tag sagen? Das können wir schnell abhaken.«

»Wir brauchen eine Weile Schutz. Und Thor benötigt
insbesondere deine Hilfe, Mutter. Man hat ihn dumpy-
abhängig gemacht.«

»Ich weiß«, war die knappe Antwort.

»Aber woher …«, begann Thor.

»Ich habe dich im Astralraum gelesen, Thor Walez«,
war die Antwort. Sie schaute ihn aus rätselhaften
Augen an. Nicht mehr so unfreundlich, bildete er sich
ein, eher mit einem widerwilligen Interesse. »Ich
konnte dich askennen, schon seit Stunden, und wußte,

daß ihr kommen würdet.« Sie schien nicht die Absicht zu haben, mehr zu diesem Thema sagen zu wollen.

Unruhig fragte sich Thor, was sie über ihn wußte. Was konnte sie sehen, wenn sie ihn im Astralraum askannte? Seine Gefühle, seine Gedanken? Wußte sie, daß Natalie gelogen hatte, als sie ihn als ihren Mann vorstellte? Kannte sie seine Gegner, seine Manipulateure? Steckte sie am Ende sogar mit ihnen unter einer Decke?

Langsam, Chummer. Wenn du so weitermachst, entwickelst du einen soliden Verfolgungswahn. Dann holen dich eines Tages die Burschen mit den weißen Kitteln.

»Gewährt uns die Sippe Schutz?« fragte Natalie.

»Willst du mich, willst du uns beleidigen?« kam die Gegenfrage. »Du beachtest die Gesetze nicht, aber für mich und die anderen sind die heilig.«

»Wirst du Thor helfen? Kannst du ihm helfen?«

Thor rechnete mit einer harschen oder höhnischen Antwort. Manda sah ihn kühl an.

»Natürlich«, sagte sie. »Er gehört zur Sippe.«

»Wann?«

»Kommt mit, ruht euch aus. Ich brauche einige Zeit für die Vorbereitungen. Es ist nicht einfach. Seid morgen früh um neun in meiner Medizinhütte.« Sie wandte sich brüsk um. Über die Schulter hinweg sagte sie: »Wie lange werdet ihr bleiben?«

»Nur so lange wie nötig.« Natalie faßte Thor bei der Hand, ging zum Wagen und zog ihn mit sich.

»Ein weiser Entschluß.«

Natalie ließ sich eine Menge Zeit mit dem Einsteigen und dem Starten des Motors. Ganz langsam fuhr sie schließlich hinter der Gruppe von Roma her, die ebenfalls ohne Hast den Weg zur Burg hinaufzogen. Niemand schien es eilig zu haben, am allerwenigsten Natalie. Sie hielt einen Abstand, der nicht nur als Entfernung, sondern auch als Distanz gemeint war. So sehr sie der Sicherheit der Burg entgegengefiebert hatte, schien sie jetzt jede Sekunde zu genießen, die sie noch außerhalb ihrer Mauern verbringen konnte.

»Das war meine Mutter«, sagte sie. »Oder besser, das ist meine Mutter.« Es klang nicht wie eine Entschuldigung, auch nicht wie eine Anklage, sondern schlicht wie eine Feststellung.

»Sie hat uns das Leben gerettet.« Auch das war eine Feststellung. »Es ist das einzige, was zählt, oder? Und sie will mir helfen, von Dumpy herunterzukommen. Für mich ist das auch eine ganze Menge. Da verzeiht man ihr den ... etwas herzlosen Ton.«

»Ja, herzlos ist das richtige Wort.« Natalie nahm ihre Spiegelbrille ab und warf sie achtlos auf den Rücksitz. »Die brauche ich jetzt wohl nicht mehr. Für den Moment.«

Sie sah ihn an und lächelte. In ihrem Lächeln, in ihren Augen war Wärme und Sympathie. »Bin ich wie sie? Manchmal? Ein bißchen?«

»Manchmal und ein bißchen«, bestätigte Thor. »Aber nicht wirklich. Es gehört zu deiner Maske. Du trägst die Maske deiner Mutter. Im Kampf. In den Schatten.«

»Oh nein, Chummer ... Thor. Ich glaube manchmal, diese Maske hat sich schon in mir eingebrannt. Ich möchte nicht so sein wie sie.«

Er war nicht wirklich überrascht über das, was sie sagte. Er glaubte, daß es die Wahrheit war. Aber es erstaunte und erfreute ihn, daß sie so offen mit ihm darüber sprach.

»Was Mutter angeht ... Ja, ich bin ihr dankbar dafür, daß sie uns das Leben gerettet hat. Und sie hat dafür gesorgt, daß die anderen mitkamen, das kannst du mir glauben. Aber ich wünschte mir so sehr, sie würde so etwas nur ein einziges Mal wirklich für mich tun, für mich als ihre Tochter. Aber sie tut es nur für ihre gottverdammte Sippe, weil ich ein Teil davon bin, weil sie mich immer noch als einen Teil der Sippe betrachtet.

Verstehst du? Sie hätte es für jeden anderen in der Sippe auch getan, selbst für den allerletzten Drekhead. Einen simplen Gefallen, den sie anderen in der Sippe nicht erweisen würde, den erweist sie auch mir nicht. Biologisch bin ich ihr Kind, emotional nur eines von vielen Sippenmitgliedern, obendrein eines, das Sperenzchen macht.«

»Vielleicht täuschst du dich«, sagte Thor gegen seine Überzeugung. »Es ist doch möglich, daß sie ihre Gefühle nur versteckt.«

»Pah, dann ist sie aber verdammt gut darin.«

»Was weißt du über das Askennen, Natalie?« sagte er. »Sie sprach davon, daß sie mich gelesen hat. Das ist für mich keine sonderlich angenehme Vorstellung. Meinst du, sie weiß, daß ich gar nicht dein Mann bin?«

»Stört es dich, daß ich geschwindelt habe?« fragte sie mit unschuldsvoller Miene. Zum erstenmal erlebte er, daß sie auch spitzbübisch sein konnte.

»Überhaupt nicht. Aber ich habe dich etwas gefragt.«

»Askennen bedeutet, die Aura eines Menschen zu erfahren. Seine Gefühle. Es hat nichts mit Gedankenlesen zu tun. Außerdem kann man durch Askennen Dinge erfahren wie Krankheiten, etwa deine Sucht. Und magische Vorgänge, alles, was mit magischer Energie zu tun hat. Einzelheiten kenne ich auch nicht. Sie hat nie viel darüber erzählt, nicht einmal meinem Bruder. Aber noch mal zurück zu deiner Aura. Ich finde es interessant, daß sie dich nicht verdammt hat. Du hättest mal ihre Reaktion auf meinen Ex sehen sollen. Den hat sie beinahe angespuckt. Sie hat nie verraten, was sie im Astralraum sah, aber wenn es sein wahres Gesicht gewesen ist, dann muß sie ihn als den perversen Widerling erkannt haben, der er ist.«

Er ließ ihr einen Moment Zeit, sich wieder zu beruhigen.

»Sie sagte, ich passe nicht zu dir.«

»Weil du kein Roma bist. Jeder Mistkerl würde ihrer Meinung nach zu mir passen, wenn er nur ein Roma ist.«

Nach einer letzten Biegung der Straße lag die Burg vor ihnen. Sie bot kein romantisches und kein stilvolles Bild. Die Burg, die Thor in der Matrix erlebt und deren Tödlichkeit Rose erfahren mußte, war die perfekte Umsetzung einer mittelalterlichen Vorstellung gewesen. Burg Königsberg dagegen wirkte schon beim ersten genaueren Hinsehen wie ein zweckdienlicher Kompromiß aus Mittelalter und Moderne. Thor erinnerte sich, was Natalie gesagt hatte. Die Burg war verfallen gewesen und von den Trollen wieder hergerichtet worden. Das teilte sich auch mit. Die Trolle hatten auf einer Ruine eine Phantasieburg errichtet, ganz unbekümmert um historische Baustile, und alles so groß und wuchtig gestaltet, daß sie sich darin wohlfühlten. Löcher in der Burgmauer waren mit Kalksandsteinen, manchmal mit Glasbausteinen ausgebessert worden. Neben dem historischen Burgtor gab es eine vierschrötig wirkende Schneise für Trucks und Hovercraftfahrzeuge. Ein unverfälscht wirkender Söller wurde ergänzt durch ein ganzes Sortiment von Ziertürmchen, die ohne weiteres von der Burg Neuschwanstein hätten stammen können. Dagegen war die der Eger abgewandte Seite zu einer Stufenpyramide ausgebaut worden. Und die modernen Elemente aus Fertigbeton stammten wahrscheinlich von den Roma. Sie hatten Teile der Burg zu einem Wabengeflecht von stufig angeordneten, kleinen Wabenbauten ausgebaut, die an Pueblos amerikanischer Indios erinnerten, aber dem Burgkern eher gerecht wurden als die Neuschwanstein-Türmchen. Das Flakgeschütz und die riesige Satelliten-Empfangsanlage auf dem Söller waren vermutlich ebenfalls Errungenschaften der Roma.

Der vordere Burghof erwies sich als glasüberdachtes kleines Einkaufszentrum, aber das alte Burgtor wirkte originalgetreu und genauso funktionstüchtig wie die Wehrgänge. Es konnte kein Zweifel daran bestehen, daß diese Burg im Ernstfall als Verteidigungsanlage benutzt werden konnte – was bei den chaotischen Verhältnissen im Konzilsgebiet sicher häufig notwendig war. Das galt auch für die moderne Schneise, die in den zweiten Burghof führte. Was von außen wie eine simple Durchfahrt aussah, erwies sich von innen als Tor, das mit einer riesigen, hydraulisch herabsenkbaren Panzerstahlplatte verschlossen werden konnte. Hinter den Zinnen zielten die Mündungen von zwei Sturmgeschützen in Richtung der Straße, und jedes der Geschütze wurde von einem überhaupt nicht romantisch aussehenden, in Kampfanzug und Stahlhelm gekleideten Soldaten bewacht. Die Killerelfen würden es schwer haben, in die Burg zu gelangen.

Die von Manda und Ricul angeführte Schar verlief sich, sobald der Burghof erreicht war. Manda verschwand grußlos in einem der Gänge. Nur Ricul wartete auf die Runner, als sie ihren RoverE auf dem Parkplatz im zweiten Burghof abstellten.

»Du kennst dich hier ja aus«, sagte er zu seiner Schwester.

»Ist irgendwo ein Quartier frei?« fragte sie.

Mit einem schwer zu deutenden Gesichtsausdruck erwiderte Ricul: »Wäre es nicht am einfachsten, du würdest dein eigenes Zimmer benutzen, Natscha?«

Sie wirkte überrascht. »Es ist nicht belegt?«

»Es ist unverändert – wie du es verlassen hast. *Sie* wollte es so. Wundert es dich?«

Ohne die Frage zu beantworten, sagte Natalie: »Legt *sie* noch immer soviel Wert auf das gemeinsame Abendessen?«

»Die Zeiten haben sich geändert. Wir jungen Leute gehen unserer eigenen Wege. Sie ißt meistens allein.«

»Ein Fortschritt.«

»Für sie nicht. Aber sie mußte sich daran gewöhnen.« Er deutete mit zwei Fingern einen Gruß an und ging fort.

»Moderne Zeiten, wie?« meinte Thor.

»Die Sippe fällt auseinander, aber Mutter will es nicht wahrhaben. Oh, ich habe diese Gemeinschaftsmahlzeiten mit all dem Lärm, den Saufereien und den Zoten gehaßt, aber Mutter bestand darauf.«

»Alle dreihundert Sippenmitglieder haben sich jeden Tag gemeinsam zum Essen versammelt? Das schaffen sonst nur die hartgesottensten Sekten.«

»Nein, nein, es war nur der harte Kern. Aber fünfzig oder sechzig Leute kamen regelmäßig in den großen Saal. Was natürlich auch hieß, daß aus diesen Reihen Leute zum Kochen, Abräumen und Abwaschen eingeteilt wurden. Ich weiß, das hört sich nach einem tollen Gemeinschaftsgefühl und Solidarität an, aber es war einfach nur hohl und öde. Jedenfalls habe ich es so empfunden. Das Sagen hatten die Leute mit den größten Klappen und dem kleinsten Niveau.«

»Du hältst nicht viel von Großfamilien, hmm?«

»Alles hat seine zwei Seiten. Die eine Seite ist Geborgenheit im Vertrauten und Schutz nach außen, wie wir ihn jetzt genießen. Aber dafür mußt du zahlen. Leute, die dir zuwider sind und denen du normalerweise aus dem Weg gehen würdest, labern dich voll oder machen dich an, begrapschen dich, alles unter dem Mantel familiärer Bindungen. Nein danke, ich suche mir meine Freunde lieber selber aus.«

Er fragte sie nicht, welche Erfahrungen im einzelnen hinter ihren Worten standen. Er konnte sich schon denken, worum es sich handelte.

Die beiden gingen im Burghof einkaufen, um sich für den Abend zu versorgen. Es gab keinen großen Unterschied zu einem südländischen Basar in einem kleinen Ort. Einige Leute begrüßten Natalie freundlich, andere nickten ihr reserviert zu oder wandten sich unfreundlich ab, manche starrten die Neuankömmlinge nur neugierig an. Echte Wiedersehensfreude zeigten nur ein altes Paar und eine jüngere Frau, die Natalie in den Arm nahmen und küßten. Im großen und ganzen hatte Thor eine weniger distanzierte Atmosphäre erwartet.

Überrascht stellte er fest, daß Natalie seine Hand nahm und sich an ihn schmiegte. Er ließ es gern geschehen, obwohl er sich zugleich benutzt vorkam. Vermutlich wollte sie ihren Leuten Gefühle vorspielen, die sie nicht empfand, um sie zu ärgern. Als sich wieder einmal mehrere Leute in ihrem Alter abwandten, ohne sie zu grüßen, beugte sie sich zu ihm und küßte ihn erst auf die Wange und dann auf den Mund, entzog sich ihm aber, als er den Kuß erwidern wollte.

»Ich mag es nicht, den Trottel zu spielen«, flüsterte er ihr ins Ohr.

»Es ist ein Spiel«, flüsterte sie zurück. »Was ist daran verkehrt? Hast du die Nacht in Hvaldos vergessen? Willst du eine Frau nicht küssen, sondern nur mit ihr schlafen?«

»Ich möchte dich küssen *und* mit dir schlafen. Aber nicht, um anderen damit etwas zu beweisen.«

Sie sah ihm lange in die Augen. »Es ist ein Spiel«, wiederholte sie. »Und zugleich mehr als ein Spiel. Ich bin sicher, du wirst es noch verstehen.«

Schließlich führte sie ihn zu ihrem Zimmer im historischen Teil der Burg. Zu den Leuten, die den Runnern in den Höfen, den Gängen und auf den Stiegen begegneten, gehörten auch einige Zwerge und ein Troll.

»Gehören die etwa auch zu deiner Sippe?« fragte Thor.

»Nein. Die Hälfte der Leute, die ich bisher gesehen habe, sind mir völlig unbekannt; sie scheinen auch keine Roma zu sein. Es gibt viel mehr Leute auf der Burg als früher. Burg Königsberg gehört offenbar nicht länger Mutters Sippe allein. Es hat sich einiges verändert.«

Natalies Zimmer lag am Ende eines schmalen Gangs, dessen wuchtige Mauern die Schritte widerhallen ließen. In die Mauern waren Ringe als Fackelhalterungen eingelassen, und die rußgeschwärzten Stellen darüber zeigten, daß sie auch benutzt worden waren. Inzwischen sorgten allerdings kunstvoll geschmiedete Leuchter für elektrisches Licht.

»Früher haben die Burgbewohner ihr Geschäft auf diesem Korridor erledigt«, sagte sie und lachte. »Das ist zum Glück auch vorbei. Es ist hier ganz komfortabel. Dieser Teil der Burg wurde als Hotel genutzt, bevor die Trolle kamen und zu bauen begannen. Wir haben in unserem Apartment Dusche, WC und eine kleine Einbauküche.«

Sie drückte die geschmiedete, halbrunde Türklinke herab. Der Raum war unverschlossen. Natalie ließ ihm den Vortritt, trat hinter ihm ein, schloß die Tür und drehte den von innen steckenden langen Schlüssel herum.

Es war später Nachmittag, aber die beiden schmalen Fenster ließen nur wenig Helligkeit herein. Thor sah, daß sie nachträglich verglast worden waren. Natalie knipste einen Deckenfluter an, der für dezentes Licht sorgte. Er schaute sich um. Mehrere Holzregale, anmutig dekoriert mit Büchern, antiken Musikinstrumenten und abstrakten Skulpturen. Ein uralter, wurmstichiger Schreibtisch. Ein nostalgisches Bettgestell aus Messing, eine weinrote Bettdecke, ein breiter, schwerer Eichenschrank, eine Sitzecke mit mehreren zusammengeschobenen Sesselelementen in verschiedenen erdigen Farbtönen, die zu dem lehmigen Braun paßten, in dem die Wände und die Decke gehalten waren. Ein verblichenes Poster zeigte eine Steilküste am Meer. Auf einem Sideboard standen mehrere zierliche Porzellanfiguren, die Tänzerinnen darstellten. Rechts neben der Tür befand sich ein Durchgang zu einem Nebenraum.

»Gemütlich«, sagte er. »Aber eine Zigeunerhöhle habe ich mir eigentlich anders vorgestellt.«

Sie tat einen weiteren Schritt und legte von hinten die Arme um ihn. Er spürte ihren Körper, der sich sanft an ihn schmiegte. Langsam wandte er sich um. Sie legte die Arme um seinen Hals, zog seinen Kopf zu sich herab und küßte ihn. Zart, sanft. Ihre Lippen öffneten sich. Er erwiderte ihre Zärtlichkeiten. Aus Zärtlichkeit wurde Sinnlichkeit, aus Sinnlichkeit Leidenschaft, aus Leidenschaft Ekstase. Es war, als hätten sich bei ihnen beiden über Jahre hinweg Gefühle zu einem See angestaut, dessen Dämme immer höher und immer fester geworden waren, um nun in einer einzigen Eruption zu brechen und entfesselte Fluten über eine fast verdurstete Steppe zu schicken.

Thor ließ sich in den wilden, von Natalie ausgelösten Taumel der Gefühle hineinfallen. Er hatte es sich nicht eingestehen wollen, aber jetzt wurde ihm klar, wie stark seine Gefühle für sie waren. Er liebte sie – dessen war er sich ganz sicher – heiß und innig wie keine andere Frau zuvor. Alles fiel von ihm ab. Miriam, das Leben in den Schatten, der rauhe, häßliche, gefährliche Alltag, die Killerelfen, das Blut, der allgegenwärtige Tod. Es war, als habe es dies alles nie gegeben. Er gab sich ganz dem Moment hin und wünschte sich, dieser unendlich weiche und warme Mantel des Glücks, der sie beide einhüllte, möge sich niemals wieder öffnen.

Später, als sie auf dem Bett lagen, nackt, verschwitzt, erschöpft, sie in seinem Arm, beide dem Himmel näher als der Erde, flüsterte sie: »Hat es dir diesmal besser gefallen?«

Er küßte sie zärtlich. »Schon möglich. Und dir?«

Sie kuschelte sich enger an ihn. »Hast du es nicht bemerkt?«

»Liebst du mich, Natalie?«

»Ich liebe dich.«

13. KAPITEL

›It's Alright, Ma
(I'm Only Bleeding)‹

Die Magie dieses Volkes ist größtenteils naturbezogen und schamanistisch. Ein einheitliches Weltbild besteht kaum. Es gibt eine große Anzahl christlich (teils katholisch, teils orthodox) geprägter Roma, während andere unter eher islamischem Einfluß stehen – daneben hat sich eine wachsende Zahl auf die indischen Ursprünge ihres Volkes zurückbesonnen. In fast allen Sippen gilt allerdings die Große Mutter als wichtigste Kraft, ganz gleich, ob sie als Maria, Fatima oder Durga bezeichnet wird, und sie ist auch das Idol der weitaus meisten romanischen Magier, gefolgt vom Drachentöter und dem Wilden Jäger.

Die Fetische der Roma sind meistens naturbezogen, besonders bei Wahrsagezaubern kommen aber auch Tarotkarten zum Einsatz, als deren Erfinder die Roma gelten.

Das oberste Gremium der Roma, der Zentralrat, hat seinen Sitz in Berlin. Zum deutschen Hexenwesen bestehen gute, wenn auch recht lockere Kontakte, während die akademische Magie die Roma weitgehend ignoriert (mit der wichtigen Ausnahme der Universitäten Erfurt und Berlin) und sich nationalistische Richtungen wie der Runenthing offen feindselig zeigen.

Dr. Natalie Alexandrescu:
Magie und Gesellschaft,
Deutsche Geschichte auf VidChips,
VC 22, Erkrath 2051

Natalie hatte ihn zur Medizinhütte begleiten wollen, aber Manda bestand darauf, daß ihre Tochter in der Burg blieb. Nur Ricul sollte mitkommen und während des magischen Rituals draußen Wache halten. An der Zeremonie selbst teilzunehmen, war auch ihm untersagt. Es gab eine heftige Auseinandersetzung zwischen Natalie und ihrer Mutter, aber diese behielt das letzte Wort. Sie erklärte, es werde entweder so gemacht, wie sie es für richtig halte, oder überhaupt nicht. Da Natalie den Starrsinn ihrer Mutter kannte, fügte sie sich schließlich.

Sie verabschiedete sich mit einem langen, leidenschaftlichen, fast verzweifelten Kuß von ihm. *Man könnte meinen, es sei ein Abschiedskuß.* Er beeilte sich, diesen Gedanken zu verscheuchen. Ihm wäre es auch lieber gewesen, wenn statt eines mürrischen Mafioso Natalie Wache gehalten hätte, aber er durfte sich nicht beklagen. Obwohl er von Natalies Familie nicht gerade herzlich aufgenommen worden war, konnte es an dem ernsten Willen der beiden, ihm zu helfen, keinen Zweifel geben.

Sie helfen mir nur, weil sie mich für Natalies Mann halten. Was ist, wenn Manda im Astralraum askennt, daß ich nur ihr Geliebter und damit nach ihrem Kodex kein Mitglied der Sippe bin? Er wußte, daß manche Magier in der Lage waren, in einer magischen Zeremonie den Geist eines anderen telepathisch zu sondieren. Verfügte eine Schamanin wie Manda über diese Fähigkeit, und würde sie diese auch einsetzen? Sein Unbehagen wuchs, und er spielte mit dem Gedanken, auf die Behandlung zu verzichten. Es ging ihm nicht schlecht, solange er Dumpy Slap Patches hatte. Aber er wußte, daß er sich eines Tages verfluchen würde, wenn er nicht die Chance wahrnahm, von der Sucht herunterzukommen. Er machte keinen Rückzieher.

Die drei waren durch das Burgtor gegangen, etwa hundert Meter der Straße gefolgt und bewegten sich nun einen schmalen Pfad den Berg herab. Dichtes Gestrüpp säumte den Weg. Niemand sprach ein Wort. Ricul trug ein Ruger Sportgewehr über der Schulter. Auf seinen Duster hatte Thor verzichtet, aber seine Secura steckte im Achselholster. Daß er sein Cyberdeck mit sich führte, fiel ihm erst unterwegs ein. Das würde ihm bei einem magischen Ritual gewiß keine Dienste leisten. Aber mit dem unausrottbaren Instinkt eines Runners, der nirgendwo zu Hause ist, hatte er mitgenommen, was ihm wichtig war. Bis auf den fetten Ebbie. Den hatte er lieber Natalie anvertraut. Der Gedanke, daß sich ein gut gefüllter Kredstab in seiner Tasche befand, während er möglicherweise hypnotisiert wurde, vertrug sich nicht mit der Anwesenheit eines Mafioso.

Während sich der Pfad weiter in die Tiefe hinabschlängelte, bog Manda in einen Hohlweg ein, der an einer Höhle vorbeiführte. Die Medizinhütte. Thor hatte sich von Natalie darüber aufklären lassen, daß Schamanen einen solchen Ort benötigten, um ihre Magie ausüben zu können. Es konnte eine selbst gezimmerte Hütte oder auch eine Höhle sein. Wichtig war allein, daß dieser Ort abgeschirmt war und einen magischen Kontakt zum Totem ermöglichte. Da Manda vom Totem des Wolfs erwählt worden war, bot sich eine Berghöhle als gutes Medium an, um die Kräfte des Totems auf sich herabzubeschwören.

Manda blieb vor dem Eingang der Höhle stehen. »Die Vorbereitungen sind getroffen«, sagte sie und winkte Thor, die Höhle zu betreten.

Sie wandte sich Ricul zu. »Geh zum Ende des Hohlwegs zurück und warte dort. Ich wünsche nicht gestört zu werden.«

Thor bückte sich und trat in das Innere. Es war dunkel. Hinter sich spürte er Manda. Sie schob sich an ihm vorbei, schnippte ein Gasfeuerzeug an und entzündete damit eine bereitgelegte Fackel. Sie schwenkte die Fakkel hin und her, um sie durch den Luftzug besser brennen zu lassen. Das rote, düstere Licht huschte wie ein Höllenfeuer über ihre Gesichtszüge und verzerrte sie zu blutigen Gipfeln und schwarzen Grüften. Die gebogene Nase, die hohen Jochbeine, die glühenden Augen, die harten Linien, die sich in ihre Haut gegraben hatten, ließen sie wie eine Hexe aus einem Kindermärchen aussehen. Dann stieß sie die Fackel in einen aufgeschichteten Reisighaufen, der bald damit begann, sich in einem prasselnde Feuer zu verzehren. Irgendwo mußte sich ein Abzug befinden, denn der Rauch füllte nicht die Höhle, sondern stieg sanft kräuselnd in die Höhe.

Der Widerschein der gelben und roten Flammen zuckte über die Höhlenwände und enthüllte Zeichnungen und Malereien, mit Kreide und Lehmfarben gefertigt, die immer wieder Wölfe, Wolfsköpfe, bleckende Wolfszähne zeigten.

»Setz dich«, befahl die Frau und zeigte auf eine dunkle Wolldecke, die vor dem Feuer ausgebreitet war. Daneben befand sich ein roh gezimmerter Tisch, auf dem ein Wolfsfell mit ausgestopftem Kopf und eindrucksvollem Gebiß, mehrere Knochen, ein Stück Bergkristall sowie ein intensiv nach Kräutern duftender, mit einer Schnur verschlossener Lederbeutel lagen.

Stumm ließ sich Thor mit untergeschlagenen Beinen nieder.

Die Frau verschwand im Hintergrund der Höhle. Als sie zurückkehrte, trug sie statt Jacke, Hose und Stiefel ein weites graues Gewand, das sie vom Hals bis zu den nackten Zehen einhüllte. In der Hand hielt sie einen Speer, dessen Schaftende mit einem geschnitzten Wolfskopf verziert war. Manda trat Thor gegenüber und starrte in das Feuer. Eine große, hagere Frau mit einem Gesicht, das nicht mehr ganz so schroff, aber immer noch gespenstisch aussah. Sie wirkte wie entrückt. Langsam hob sie die rechte Hand, während die linke weiter den Speer umklammert hielt. Es war, als würde sie einer fernen Stimme lauschen, um Anweisungen entgegenzunehmen. Langsam ließ sie die Hand sinken, nahm den Speer in beide Hände und stieß ihn mehrmals in das Feuer, daß die Funken stoben.

Thor glaubte über dem Feuer eine Bewegung zu erkennen, ohne genau sagen zu können, was es war. Etwas schien sich von der Höhlendecke herabzusenken, etwas Unsichtbares, um das die Flammen einen Bogen machten. Die Frau ließ den Speer fallen und legte sich das Wolfsfell um die Schulter. Sie nahm die Knochen in die Hände, rieb sie aneinander und begann einen monotonen Singsang in einer fremden Sprache. Sie legte die Knochen beiseite, griff nach dem Lederbeutel, nahm eine Fingerspitze der zerriebenen Kräuter heraus, warf sie in das Feuer. Wieder die Knochen, wieder der Singsang, wieder die Kräuter.

Thor spürte, daß er in eine Art Trance geriet. Er sah das Feuer, sah die Schamanin, hörte den Singsang, hörte die reibenden Knochen, roch die Kräuter. Plötzlich verschwamm die Gestalt der Frau hinter dem Feuer, verzerrte sich. Sie ließ sich auf alle viere nieder, ihre Ohren ragten spitz unter den Haaren hervor, Nase und Mund streckten sich, wurden zu einer langgestreckten Schnauze. Die Augen glosten wie Kohlenglut unter einer Schlackenschicht. Manda reckte den Hals, legte den Kopf, dieses halbmenschliche Etwas mit einer Wolfsschnauze und Wolfsohren, in den Nacken und begann zu heulen.

Die Höhle begann sich mit wirbelnden Lichtern zu füllen, die sich zu blauen Lichtfäden zusammensetzten und langsam zur Ruhe kamen. Träge umwaberten sie die Schamanin und schließlich auch Thor, verdichteten sich zu einer eigenartigen Landschaft mit leuchtenden Augen und Lichtfelsen, in denen sich Menschen mit

Wolfsköpfen bewegten. Die Leuchtaugen, die Lichtfelsen, die schemenhaften Wesen verdichteten sich zu einem Wolkengebilde aus blauweißer Energie, das allmählich einen riesigen Wolfsschädel formte. Wachsame, aber keineswegs feindliche Augen schauten Thor an und gleichzeitig durch ihn hindurch. Ihr Blick schien bis auf den Grund seiner Persönlichkeit vorzudringen, und gleichzeitig spürte er, wie sein Geist sanft berührt wurde. Es war weniger ein Abtasten, sondern eine Art Lufthauch, als würde er von der Wolfswesenheit beschnüffelt. Schließlich leckte eine riesige Zunge über ihn hinweg.

Von einem Moment zum anderen war der Spuk verschwunden. Auf der anderen Seite des langsam herabbrennenden Feuers kniete die Schamanin und richtete sich langsam auf. Sie hatte nicht mehr die Schnauze und die Ohren eines Wolfs, sondern sah wieder wie Natalies Mutter aus. Das Licht des Feuers zeichnete ihre Gesichtszüge weniger schroff als vorher. Sie wirkte müde. Mit langsamen Bewegungen nahm sie das Wolfsfell von der Schulter und legte es zusammen mit den Knochen zu den anderen magischen Gegenständen auf den Tisch.

»Du bist nicht Natschas Mann«, sagte sie. Es klang nicht anklagend, nicht einmal gekränkt, sondern fast milde. »Aber du liebst sie.«

Er fühlte sich viel zu benommen, um darauf zu antworten, und sie wartete auch nicht auf eine Antwort.

»Der Wolf hat die Sucht von dir genommen«, fuhr sie fort. »Etwas anderes konnte er nicht nehmen. Dazu reicht meine Macht nicht aus.« Sie starrte ihn an. Neugier, Verachtung, Mitleid? Er vermochte ihren Gesichtsausdruck nicht zu deuten.

»Wovon redest du? Eine tödliche Krankheit?«

»Nein. Thor Walez, ich sagte dir gestern schon, daß ich dein Kommen gespürt habe. Hier in der Medizinhütte, an diesem Feuer. Du bist mir im Astralraum aufgefallen. Es liegt ein Zauber auf dir. Du wirst dich gefragt haben, wie die Killerelfen euch immer wieder aufgespürt haben. Sie hatten einen Magier dabei, stimmt's?«

»Oder einen Magieradepten«, antworte er mechanisch.

»Das macht keinen Unterschied. Ein Magier oder ein Magieradept, der weiß, wonach er im Astralraum Ausschau halten muß, findet dich leicht. Deine Aura wurde markiert.«

Er hörte ihr zu. Er verstand, was sie sagte, wollte es aber nicht wahrhaben. Obwohl sich damit manches erklären ließ, erschauderte er vor den Konsequenzen.

»Axa«, sagte er schließlich leise. »Ein Magier… ein Chummer auf einem Run… vielleicht ein Verräter… Er hat…«

»Nein, Walez«, unterbrach ihn Manda brüsk. Sie war wieder ganz die alte. Indem sie ihn mit seinem Nachnamen anredete, machte sie klar, daß sie ihn nicht länger als Mitglied der Sippe ansah. »Es ist ein machtvoller alter Manipulationszauber, kunstvoll arrangiert und umhüllt. Er ist wie ein Eisberg, von dem nur die Spitze sichtbar ist. Normalerweise läßt sich ein Zauber zurückverfolgen zu dem, der ihn gewirkt hat. Hier sind die Fäden wie abgeschnitten.«

Es half nichts. Er mußte die Wahrheit, die er doch längst geahnt hatte, akzeptieren. »Aber die Fäden sind nicht abgeschnitten. Man benutzt mich. Die Marionette wird gespielt.«

»Die Marionette wurde gespielt, und die Fäden wurden gekappt. Wer immer dich zu welchem Zweck benutzte, hat offenbar sein Ziel erreicht. Oder ein Teilziel. Du kannst niemals sicher sein, daß der Unbekannte die Fäden nicht wieder neu knüpft. Der Zauber hat sich nicht erschöpft. Er ist nur inaktiv geworden.«

»Heißt das, daß ich im Astralraum weiterhin wie ein Leuchtturm blinke und mein Leben lang gejagt werde?«

»Nein. Die Fäden wurden erst vor kurzem gekappt, die Energien abgeschnitten. Die Markierung ist getilgt. Niemand kann dich mehr aus der Ferne askennen und dadurch deinen Aufenthaltsort bestimmen. Erst wenn der Zauber reaktiviert wird, mußt du um deine Sicherheit fürchten. Allerdings nur dann, wenn der Unbekannte es will. Die Markierung ist kein Nebeneffekt des Zaubers. Sie war gewollt.«

Manda nahm keine Rücksicht auf seinen Gemütszustand, ließ ihm keine Zeit, ihre Informationen zu verdauen. »Walez«, sagte sie. »Du liebst Natscha, aber ich werde nicht zulassen, daß sie der Sippe abermals genommen wird.«

Sie starrte ihn mit riesigen hypnotischen Augen an, denen er sich nicht entziehen konnte. »Schlaf jetzt… ruh dich aus… schlaf… schlaf…. schlaf… schlaf…«

Und Thor schlief ein.

Als er erwachte, hörte er draußen vor der Höhle Geräusche. Laute, erregte Stimmen. Sie hatten ihn zurückgeholt. Das Feuer war heruntergebrannt, aber die Asche glimmte noch, und draußen war es hell. Er glaubte nicht, daß er sich länger als zwei Stunden im Reich der Träume aufgehalten hatte.

Warum, zum Teufel, hat sie das getan?

Jetzt hörte er die Stimmen deutlicher.

Die Stimme eines Mannes, durchdringend, schneidend, zynisch.

»Wir haben versprochen zurückzukehren, Alexandrescu. Jetzt wird ein Schlußstrich gezogen.«

»Ich habe schon auf euch gewartet, Drekheads. Ihr habt lange gebraucht.«

Er erstarrte. Das war die Stimme von Natalie gewesen. Benommen erhob er sich und taumelte zum Höhleneingang. Er sah Natalie, nicht in Runnerkleidung, sondern in Jeans und gelbem T-Shirt. Sie stand ein Stück von der Höhle entfernt, kehrte ihm den Rücken zu und sprach mit jemandem, der sich irgendwo weiter vorn im Hohlweg befand. Jetzt gab es dort eine Bewegung hinter einem Felsen. Ein weißblonder Haarschopf, ein Kompositbogen, dessen Pfeil auf Natalie gerichtet war. Der Killerelf. Und Natalie trug keinen Schutz und keine Waffe!

»Natalie!« rief er verzweifelt und zog seine Secura. Aber sie würde ihm wenig helfen. Der Elf war zu weit weg und gut geschützt. Obendrein befand sich Natalie in Thors Schußfeld.

»Bleib, wo du bist!« rief ihm Natalie zu, ohne sich umzuwenden. Einen Moment glaubte er, es sei gar nicht Natalie, sondern ihre Mutter. Sie wirkte irgendwie größer, und Thor glaubte graues, langes Haar statt kurzer schwarzer Haare zu sehen. Aber es war nur die ungewohnte Perspektive und ein Reflex des seitlich einfallenden Sonnenlichts. Es *war* Natalie, ohne jeden Zweifel. Warum war sie zur Höhle gekommen? Wo war Manda? Wo war Ricul? Thor ahnte die bittere Wahrheit. Die beiden hatten ihn schlafend zurückgelassen, waren zur Burg zurückgekehrt und hatten Natalie gesagt, sie könne ihn abholen.

Diese verdammten Idioten! Oder haben sie das etwa absichtlich getan, um uns loszuwerden? Aber das kann nicht sein! Manda muß dem Geist ihrer Totems treu bleiben, und dem Wolf geht die Verteidigung des Rudels über alles. Zu Verrat ist er nicht fähig.

Aber dann schoß ihm ein Satz wie ein greller Blitz durch das Gehirn, den die Schamanin gesagt hatte, bevor sie ihn hypnotisierte: »Ich werde nicht zulassen, daß sie der Sippe abermals genommen wird.« Konnte es sein, daß in der verqueren Logik einer Wolfsschamanin der Tod der eigenen Tochter eher zu akzeptieren war als deren Weggang?

»Wo sind dann die roten Rosen, Schwester?« höhnte der Elf. »Begrüßt man so einen lieben Gast?«

»Ich will mit euch verhandeln«, sagte Natalie.

»Ist das der Spruch, den du auf dem Grabstein haben möchtest, Schwester?« Das war eine weibliche Stimme, langsam, schwerfällig. Sie kam von einem Punkt oberhalb der Höhle. Die dunkelhäutige Killerelfin. »›Sie wollte mit Gevatter Tod handeln‹? Du hast nichts, womit du handeln kannst!«

»Ihr hättet längst geschossen, wenn ich nicht etwas hätte, Drekheads.«

Wenn sie die Elfen doch wenigstens nicht provozieren würde! Fieberhaft überlegte Thor, was er tun konnte. Hinausstürmen, wild um sich schießen, sie zu Boden reißen und in die Höhle zerren? Sie würden nicht die geringste Chance haben. Warum versuchte Natalie nicht, sich unauffällig in Richtung Höhle zu bewegen? Sie schien von allen guten Geistern verlassen zu sein. Langsam gewann er den Eindruck, daß sie gar nicht überrascht worden war, wie er angenommen hatte. Es stimmte offenbar, was sie sagte. Sie *hatte* die Elfen erwartet, und sie *wollte* mit ihnen verhandeln.

»Das ist verrückt, Mädchen, und das weißt du auch!« schrie er.

»Hör auf Bad Luck Walez, Mädchen«, höhnte der weißblonde Elf. »Er bringt nur Pech, aber wo er recht hat, da hat er recht.«

Natalie beachtete weder ihn noch Thor. »Ich gebe euch den Chip, wenn ihr uns dafür in Ruhe laßt.«

Automatisch, ohne es zu wollen, tastete Thor nach dem Chip im Stiefel. Er war fort! Er konnte es nicht glauben. Warum hatte ihn Natalie nicht in ihren Plan eingeweiht?

»*Du* hast den Chip?« fragte der Bogenschütze lauernd.

Nein, schrie Thor innerlich.

»Ja.« Sie zog ihn aus der Jeanstasche.

»Gib her«, sagte die dunkelhäutige Elfin von oben.

Natalie hob langsam die Hand mit dem Chip nach oben. Die Elfin ließ sich ein Stück aus ihrer Deckung herabrutschen, so daß Thor sie jetzt zu Gesicht bekam.

Sie hielt eine MP in der Linken. Mit der Rechten griff sie nach dem Chip. Dann kletterte sie in ihr Versteck zurück. Eine Weile herrschte Stille. Offenbar prüfte sie den Chip mit einem Deck.

»Es ist das Original«, rief sie schließlich ihrem Spießgesellen zu.

Wie kann ein Chip ein Original sein? dachte Thor. Plötzlich fiel es ihm wie Schuppen von den Augen. Der Chip *war* das Original aus dem Cyberdeck. Bei den Chips, die er Schmidt übergeben hatte, handelte es sich um Kopien. *Versteckte Dateien, die nicht mit kopiert wurden!* Deshalb war der Originalchip so wichtig geworden. Aber es war zu spät, dieses Rätsel noch aufzuklären. Er hätte früher darauf kommen müssen!

Jeden Moment rechnete Thor damit, daß die Killerelfen auf Natalie schossen. Es war ein tödlicher Fehler gewesen, ihnen den Chip auszuhändigen. Nur die Angst, einen Plan zu vereiteln, den er nicht kannte, hielt ihn davon ab, aus der Höhle zu stürmen, um das Unmögliche zu versuchen.

»Ihr habt, was ihr wolltet«, sagte Natalie. »Verschwindet jetzt.«

»Alexandrescu«, erwiderte der Bogenschütze mit seiner hohntriefenden Stimme. »Ist dir schon mal die Idee gekommen, daß wir nicht nur den Chip besorgen sollten, sondern auch einen Vertrag haben?«

Was Natalie darauf antwortete, ließ Thor nicht nur das Herz stocken, sondern etwas in ihm zerbrechen.

»Ich habe es befürchtet. Ihr wollt Walez. Na schön, ihr könnt ihn haben. Holt ihn euch. Ich gehe jetzt.«

Er stand wie angegossen im Höhleneingang, unfähig zu irgendeiner Bewegung, unfähig zu jedem Entschluß. Seine Gedanken rasten, aber sie drehten sich immer nur im Kreis.

Natalie hatte ihn verraten.

»Irrtum«, sagte der weißblonde Elf und hob den Bogen. »Wir wollen nicht ihn, wir wollen dich.«

Er schoß, und im gleichen Moment ballerte die Dunkelhäutige mit ihrer MP los. Natalies Kehle wurde von einem Pfeil durchbohrt, dessen Spitze im Nacken wieder heraustrat. Dann wurde sie von der MP-Salve getroffen und herumgerissen; als blutiges Bündel sackte sie zu Boden.

Ohne zu überlegen, feuerte Thor mit seiner Secura auf den Bogenschützen. Er traf nur den Felsen.

Von der anderen Seite des Hohlwegs kamen weitere Schüsse. Der weißblonde Elf schoß einen Pfeil auf Thor ab. Er durchschlug seinen Oberarm, aber Thor nahm den Schmerz und das Blut kaum wahr.

Die dunkelhäutige Elfin sprang von oben in die Mitte des Hohlwegs und schoß in die Richtung, aus der die anderen Schüsse gekommen waren. Gleichzeitig zogen sich die Killerelfen zurück. Wenig später verschluckte sie die Biegung des Hohlwegs.

Ricul stürmte heran, das Gewehr im Anschlag. Ohne Thor zu beachten, rannte er an der Höhle vorbei und stürzte zu Natalie. Er warf sein Gewehr achtlos zur Seite, beugte sich über sie, riß ihren leblosen Körper hoch und wiegte ihn in den Armen.

Langsam, mit hölzernen Schritt, innerlich wie taub, näherte sich Thor. Er sah das tränenüberströmte Gesicht des anderen Mannes, hörte sein Schluchzen, versuchte, einen Blick auf Natalies Gesicht zu werfen. Aber der Bruder verdeckte es mit seinem Körper.

Ricul ließ Natalie los, griff nach seinem Gewehr und hockte wie ein sprungbereiter Panther vor der Leiche.

»Keinen Schritt näher, Drekhead!« schrie er.

Thor blieb stehen. »Aber sie …« Er wollte sagen, daß sie ihn verraten hatte und er nicht verstehen konnte, warum sie es getan hatte. Aber er liebte sie doch und … Er konnte nicht klar denken, und sprechen noch weniger.

»Ihr seid schuld!« klagte ihn Ricul an. »Du und Natscha! Warum mußtet ihr herkommen? Ihr habt nur Unglück über uns gebracht. Ich hasse dich, Walez!«

Wie kann ein Mann um seine Halbschwester weinen und sie gleichzeitig beschimpfen?

»Verschwinde, Walez!« fuhr Ricul fort. »Wenn *sie* es nicht anders gewollt hätte, würde ich dich töten! Geh! Laß dich nie wieder hier blicken!«

Wie betäubt steckte Thor die Waffe weg und ging den Hohlweg hinab. Nichts hielt ihn mehr an diesem Ort. Stumm nahm er Abschied von Natalie, ohne sie noch einmal gesehen und in den Armen gehalten zu haben. Sie hatte es so gewollt. Sie hatte das, was zwischen ihnen gewesen war, in Bitterkeit ertränkt. *Warum, Natscha, warum?*

Er beschloß, alles hinter sich zu lassen, ein neues Leben zu beginnen. Nichts sollte mehr an Thor Walez erinnern, es sollte ihn einfach nicht mehr geben. Er würde eine neue Identität annehmen, irgendwo, irgendwie.

Irgendwann unterwegs machte er Rast, riß ein Stück von seinem Hemd ab und verband sich damit den Arm. Die Verletzung sah schlimm aus, aber die Verletzungen der Seele waren verheerend. Bitter stellte er fest, daß er in den letzten Tagen immer wieder von den verschiedensten Menschen und Mächten benutzt worden war. Er war der Bauer gewesen, den die Spieler auf einem Schachbrett hin und her geschoben hatten. Wahrscheinlich auserkoren, ein Bauernopfer für größere Züge zu sein. Aber der Bauer war renitent gewesen und hatte sich nicht opfern lassen. Würde es den Spielern genügen, daß er jetzt das Spielfeld verlassen hatte, sich selbst aus dem Spiel gebracht hatte?

Die schlimmste Erfahrung von allen war gewesen, daß auch die Frau, die er geliebt hatte, ihn für ihre Zwecke benutzt hatte. Sie war selbst nur eine Spielfigur in den Händen anderer gewesen, aber sie hatte ihn verraten, um sich freizukaufen. Ein verzweifelter, aber zugleich auch gemeiner Versuch, auf seine Kosten das Rad des Schicksals zu drehen. Ein Versuch, den sie mit dem Leben bezahlt hatte. Trotz ihres Verrats trauerte er um sie. Und zugleich wußte er, daß er sich besser schützen mußte. Erst Miriam, dann Natalie... Die Schale, die sein Herz umschloß, würde eine dicke neue Schicht bekommen.

Thor Walez war tot. Mit ihm starb alles, was sein Leben ausgemacht hatte. Auch die ungelösten Rätsel. Die Neugeburt in einer anderen Existenz konnte nur gelingen, wenn er nicht versuchte, Thor Walez und den Leuten nachzuforschen, die ihn manipuliert hatten. Das war die Ebene über dem Brett. Wer den Kopf in diese Dimension steckte, machte auf sich aufmerksam. Nur ein paar Erinnerungen würden bleiben, die er so gut wie möglich unter Kontrolle halten wollte. Die Erinnerungen eines kleinen Fußsoldaten, der den Mächtigen diente, ohne sich in ihre Pläne einzumischen.

Ein kleiner Fußsoldat, ein Diener... Er kannte einen Namen, der einen solchen Mann bezeichnete, und der Name gefiel ihm. Er würde sich Pandur nennen.

ADL – Abkürzung für **A**llianz **D**eutscher **L**änder, Nachfolgestaat der Bundesrepublik Deutschland. Die ADL hat wesentliche Hoheitsrechte an die einzelnen Mitgliedstaaten sowie an die Megakonzerne abgegeben. Weltweit ist staatliche Macht und Autorität im Schwinden, und lose Staatengebilde wie die ADL sind oft der letzte Versuch, totaler Zersplitterung und staatlicher Ohnmacht einen Riegel vorzuschieben. Der Erfolg ist selten ermutigend.

Arcoblocks – Spezielle Arcologien (siehe dort).

Arcolgie – Abkürzung für **A**rchitectural **E**cology. Gigantische, turmartige Bauwerke, die faktisch konzerneigene Städte sind, da die Megakonzerne als einzige die nötigen Investitionen für derartige Projekte aufbringen können. Arcologien vereinen alle Bedürfnisse eines Megakonzerns in geballter Konzentration, von der Produktion über die Verwaltung bis hin zu den Wohnungen der Mitarbeiter, Vergnügungsstätten, Parks, Freizeitanlagen etc. Arcologien findet man als Trabantenstädte in Ballungszentren, aber auch als komplette Stadtneugründungen. Eine der bekanntesten deutschen Arcologien ist die Saeder-Krupp-Arcologie in Essen-Bredeney, in der bereits 60 000 Menschen leben, obwohl sie erst zur Hälfte fertiggestellt ist. Sie wird allerdings auch nach der Fertigstellung nicht ausreichen, allen Fertigungsaktivisten und allen Mitarbeitern Raum zu geben, so daß rund um die Arcologie weitere Trabanten des Konzern entstanden sind. Weitere Arcologien wurden als Neugründungen der untergegangenen deutschen Städte Emden, Bremerhaven, Cuxhaven, Wilhelmshaven sowie der Insel Helgoland in Form von 1700 Meter hohen Arcoblocks errichtet, die sich ebenfalls in der Hand von Megakonzernen befinden.

BTL-Chips – Abkürzung für ›Better Than Life‹ – besser als die Wirklichkeit. Spezielle Form der SimSinn-Chips, die dem User (Benutzer) einen extrem hohen Grad an Erlebnisdichte und Realität direkt ins Gehirn vermitteln. BTL-Chips sind hochgradig suchterzeugend und haben chemische Drogen weitgehend verdrängt.

Chiphead, Chippie, Chipper – Umgangssprachliche Bezeichnung für einen BTL-Chip-Süchtigen.

chippen – umgangssprachlich für: einen (BTL-)Chip reinschieben, auf BTL-Trip sein usw.

Chummer – Umgangssprachlich für Kumpel, Partner, Alter usw.

Cyberdeck – Tragbares Computerterminal, das wenig größer ist als eine Tastatur, aber in Rechengeschwindigkeit, Datenverarbeitung jeder Ansammlung von Großrechnern des 20. Jahrhunderts überlegen ist. Ein Cyberdeck hat darüber hinaus ein SimSinn-Interface, das dem User das Erlebnis der Matrix in voller sinnlicher Pracht ermöglicht. Das derzeitige Spitzenmodell, das *Fairlight Excalibur,* kostet 990 000 Nuyen, während das Billigmodell *Radio Shack PCD-100* schon für 6200 Nuyen zu haben ist. Die Leistungsunterschiede entsprechen durchaus dem Preisunterschied.

Credstab – Siehe Kredstab.

Credstick – Siehe Credstick.

Cyberware – Im Jahr 2050 kann man einen Menschen im Prinzip komplett neu bauen, und da die cybernetischen Ersatzteile die ›Leistung‹ eines Menschen zum Teil beträchtlich erhöhen, machen sehr viele Menschen, insbesondere die Straßensamurai, Gebrauch davon. Andererseits hat die Cyberware ihren Preis, und das nicht nur in Nuyen: Der künstliche Bio-Ersatz zehrt an der Essenz des Menschlichen. Zuviel Cyberware kann zu Verzweiflung, Melancholie, Depression und Tod führen.

Grundsätzlich gibt es zwei verschiedene Arten von Cyberware, die **Headware** und die **Bodyware.**

Beispiele für Headware sind **Chipbuchsen,** die eine unerläßliche Voraussetzung für die Nutzung von **Talentsofts** (und auch BTL-Chips) sind. **Talentsofts** sind Chips, die dem User die Nutzung der auf den Chips enthaltenen Programme ermöglicht, als wären die Fähigkeiten seine eigenen. Ein Beispiel für ein gebräuchliches Talentsoft ist ein Sprachchip, der dem User die Fähigkeit verleiht, eine Fremdsprache so zu benutzen, als sei sie seine Muttersprache.

Eine **Datenbuchse** ist eine universellere Form der Chipbuchse und ermöglicht nicht nur Input, sondern auch Output. Ohne implantierte Datenbuchse ist der Zugang zur Matrix unmöglich.

Zur gebräuchlichsten Headware zählen die **Cyberaugen.** Die äußere Erscheinung der Implantate kann so ausgelegt werden, daß sie rein optisch nicht von biologischen Augen zu unterscheiden sind. Möglich sind aber auch absonderliche Effekte durch Gold- oder Neon-Iris. Cyberaugen können mit allen möglichen Extras wie Kamera, Lichtverstärker und Infrarotsicht ausgestattet werden.

Bodyware ist der Sammelbegriff für alle körperlichen Verbesserungen. Ein Beispiel für Bodyware ist die **Dermalpanzerung,** Panzerplatten aus Hartplastik und Metallfasern, die chemisch mit der Haut verbunden werden. Die **Smartgunverbindung** ist eine Feedback-Schaltschleife, die nötig ist, um vollen Nutzen aus einer Smartgun zu ziehen. Die zur Zielerfassung gehörenden Informationen werden auf die Netzhaut des Trägers oder in ein Cyberauge eingeblendet. Im Blickfeldzentrum erscheint ein blitzendes Fadenkreuz, das stabil wird, sobald das System die Hand des Trägers so ausgerichtet hat, daß die Waffe auf diesen Punkt zielt. Ein typisches System dieser Art verwendet ein subdermales **Induktionspolster** in der Handfläche des Trägers, um die Verbindung mit der Smartgun herzustellen.

Jeder Straßensamurai, der etwas auf sich hält, ist mit **Nagelmessern** und/oder **Spornen** ausgerüstet, Klingen, die im Hand- oder Fingerknochen verankert werden und in der Regel einziehbar sind.

Die sogenannten Reflexbooster sind Nervenverstärker und

Adrenalin-Stimulatoren, die die Reaktion ihres Trägers beträchtlich beschleunigen.

decken – Das Eindringen in die Matrix vermittels eines Cyberdecks.

Decker – Im Grunde jeder User eines Cyberdecks.

DocWagon – Das DocWagon-Unternehmen ist eine private Lebensrettungsgesellschaft, eine Art Kombination von Krankenversicherung und ärztlichem Notfalldienst, die nach Anruf in kürzester Zeit ein Rettungsteam am Tat- oder Unfallort hat und den Anrufer behandelt. Will man die Dienste des Unternehmens in Anspruch nehmen, benötigt man eine Mitgliedskarte, die es in drei Ausführungen gibt: Normal, Gold und Platin. Je besser die Karte, desto umfangreicher die Leistungen (von ärztlicher Notversorgung bis zu vollständigem Organersatz). Das DocWagon-Unternehmen hat sich den Slogan eines im 20. Jahrhundert relativ bekannten Kreditkartenunternehmens zu eigen gemacht, an dem, wie jeder Shadowrunner weiß, tatsächlich etwas dran ist: Never leave home without it.

Drek, Drekhead – Gebräuchlicher Fluch; abfällige Bezeichnung, jemand, der nur Dreck im Kopf hat.

EC (auch Ecu) – Die europäische Standardwährung mit fester Parität zur Weltstandardwährung Nuyen und deshalb eigentlich der Nuyen in europäischer Ausgabe.

ECM – Abkürzung für ›Electronic Countermeasures‹; elektronische Abwehrsysteme in Flugzeugen, Panzern usw.

einstöpseln – Bezeichnet ähnlich wie **einklinken** den Vorgang, wenn über Datenbuchse ein Interface hergestellt wird, eine direkte Verbindung zwischen menschlichem Gehirn und elektronischem System. Das Einstöpseln ist die notwendige Voraussetzung für das Decken.

Exec – Hochrangiger Konzernmanager mit weitreichenden Kompetenzen.

Fee – Abwertende, beleidigende Bezeichnung für einen Elf. (Die Beleidigung besteht darin, daß amer. mit ›Fee‹ auch Homosexuelle, insbesondere Transvestiten bezeichnet werden).

geeken – Umgangssprachlich für ›töten‹, ›umbringen‹.

Goblinisierung – Gebräuchlicher Ausdruck für die sogenannte Ungeklärte Genetische Expression (UGE). UGE ist eine Bezeichnung für das zu Beginn des 21. Jahrhunderts erstmals aufgetretene Phänomen der Verwandlung ›normaler‹ Menschen in Metamenschen.

Hauer – Abwertende Bezeichnung für Trolle und Orks, die auf ihre vergrößerten Eckzähne anspielt.

IC (auch **ICE** oder **Ice**) – Abkürzung für Intrusion Countermeasure, Intrusion Countermeasure Equipment, im Deckerslang auch ›Ice‹ (Eis) genannt. Grundsätzlich sind **ICE** Schutzmaßnahmen gegen unbefugtes Decken. Man unterscheidet drei Klassen von Eis: **Weißes Eis** leistet lediglich passiven Widerstand mit dem Ziel, einem Decker das Eindringen so schwer wie möglich zu machen. **Graues Eis** greift Eindringlinge aktiv an oder spürt ihren Eintrittspunkt in die Matrix auf. **Schwarzes Eis** (auch Killer-Eis genannt) versucht, den eingedrungenen Decker zu töten, indem es ihm das Gehirn ausbrennt.

Jackhead – Umgangssprachliche Bezeichnung für alle Personen mit Buchsenimplantaten. Darunter fallen zum Beispiel Decker und Rigger.

Knoten – Konstruktionselemente der Matrix, die aus Milliarden von Knoten besteht, die untereinander durch Datenleitungen verbunden sind. Sämtliche Vorgänge in der Matrix finden in den Knoten statt. Knoten sind zum Beispiel: I/O-Ports, Datenspeicher, Subprozessoren und **Sklavenknoten,** die irgendeinen physikalischen Vorgang oder ein entsprechendes Gerät kontrollieren.

Konzil von Marienbad – Der ADL und der Tschechischen Republik assoziertes Gebilde aus oft bizarren und chaotischen Kleinstaaten zwischen Bayrischem Wald, Erzgebirge und Böhmerwald. Hier leben wie im Trollkönigreich Schwarzwald sowie im Herzogtum Pomorya besonders viele Metamenschen.

Kredstab (auch **Credstab** oder **Credstick**) – Elektronisches Zahlungsmittel, das an die Stelle von Kreditkarten und

Schecks getreten ist und Papiergeld bzw. Münzen stark zurückgedrängt hat. Kredstäbe können mit Computern gelesen werden und ermöglichen direktes Abbuchen bzw. Gutschreiben von Beträgen. Der in den Kredstäben implantierte Chip ist mit ID-Daten gekoppelt, und die Benutzung erfolgt in der Regel zusammen mit dem ID-Nachweis durch ID-Chip. Aus diesem Grund sind Fälschungen äußerst schwierig. Im Wirtschaftsleben – und als Bezahlung für Schattenläufer – sind auch (oft mehrfach) beglaubigte Kredstäbe im Umlauf, die ohne ID-Chip verwendet werden können. Zur Sicherheit des rechtmäßigen Besitzers wird lediglich dessen Daumenabdruck gespeichert und bei Zahlungen verlangt. Die finanzielle Transaktion betrifft in diesem Fall nur die beteiligten Konten, was die nachträgliche Identifikation des Besitzers eines solchen beglaubigten Kredstabs erschwert bzw. unmöglich macht.

Matrix (auch **Gitter** oder **Netz**) – Die Matrix ist ein Netz aus Computersystemen, die durch das globale Telekommunikationsnetz miteinander verbunden sind. Sobald ein Computer mit irgendeinem Teil des Gitters verbunden ist, kann man von jedem anderen Teil des Gitters aus dorthin gelangen.

In der Welt des Jahres 2050 ist der direkte physische Zugang zur Matrix möglich, und zwar vermittels eines ›Matrix-Metaphorischen Cybernetischen Interface‹, kurz Cyberdeck genannt. Die sogenannte **Matrix-Metaphorik** ist das optische Erscheinungsbild der Matrix, wie sie sich dem Betrachter (User) von innen darbietet. Diese Matrix-Metaphorik ist erstaunlicherweise für alle Matrixbesucher gleich, ein Phänomen, das mit dem Begriff **Konsensuelle Halluzination** bezeichnet wird.

Die Matrix ist, kurz gesagt, eine informations-elektronische Analogwelt.

In Deutschland ist die Matrix das Telekomnetz, bestehend aus der Verbindung von Vidphon, Telefon, Faxdienst, Kabeltrideo, Kabel-SimSinn sowie der Datenvernetzung der Computer.

Messerklaue – Umgangssprachliche Bezeichnung für einen Straßensamurai.

Metamenschen – Sammelbezeichnung für alle ›Opfer‹ der UGE. Die Gruppe der Metamenschen zerfällt in vier Untergruppen:

a) **Elfen:** Bei einer Durchschnittsgröße von 190 cm und einem durchschnittlichen Gewicht von 68 kg wirken Elfen extrem schlank. Die Hautfarbe ist blaßrosa bis weiß oder ebenholzfarben. Die Augen sind mandelförmig, und die Ohren enden in einer deutlichen Spitze. Elfen sind Nachtwesen, die nicht nur im Dunkeln wesentlich besser sehen können als normale Menschen. Ihre Lebenserwartung ist unbekannt.

b) **Orks:** Orks sind im Mittel 190 cm groß, 73 kg schwer und äußerst robust gebaut. Die Hautfarbe variiert zwischen Rosa und Schwarz. Die Körperbehaarung ist in der Regel stark entwickelt. Die Ohren weisen deutliche Spitzen auf, die unteren Eckzähne sind stark vergrößert. Das Sehvermögen der Orks ist auch bei schwachem Licht sehr gut. Die durchschnittliche Lebenserwartung liegt zwischen 35 und 40 Jahren.

c) **Trolle:** Typische Trolle sind 280 cm groß und wiegen 120 kg. Die Hautfarbe variiert zwischen Rötlichweiß und Mahagonibraun. Die Arme sind proportional länger als beim normalen Menschen. Trolle haben einen massigen Körperbau und zeigen gelegentlich eine dermale Knochenbildung, die sich in Stacheln und rauher Oberflächenbeschaffenheit äußert. Die Ohren weisen deutliche Spitzen auf. Der schräg gebaute Schädel hat 34 Zähne mit vergrößerten unteren Eckzähnen. Trollaugen sind für den Infrarotbereich empfindlich und können daher nachts unbeschränkt aktiv sein. Ihre durchschnittliche Lebenserwartung beträgt etwa 50 Jahre.

d) **Zwerge:** Der durchschnittliche Zwerg ist 120 cm groß und wiegt 72 kg. Seine Hautfarbe ist normalerweise Rötlichweiß oder Hellbraun, seltener Dunkelbraun. Zwerge haben unproportional kurze Beine. Der Rumpf ist gedrungen und breitschultrig. Die Behaarung ist ausgeprägt, bei männlichen Zwergen ist auch die Gesichtsbehaarung üppig. Die Augen sind für infrarotes Licht empfindlich. Zwerge zeigen eine erhöhte Resistenz gegenüber Krankheitserregern. Ihre Lebensspanne ist nicht bekannt, aber Vorhersagen belaufen sich auf über 100 Jahre.

Darüber hinaus sind auch Verwandlungen von Menschen oder Metamenschen in Paraspezies wie **Sasquatchs** bekannt.

Metroplex – Ein Großstadtkomplex, auch **Megaplex** oder **Sprawl.**

Norddeutscher Bund – Mitgliedstaat der ADL, entstanden aus den flutgeschädigten Resten der ehemaligen Länder Schleswig-Holstein Niedersachsen und Mecklenburg-Vorpommern.

Norm – Umgangssprachliche, insbesondere bei Metamenschen gebräuchliche Bezeichnung für ›normale‹ Menschen.

Nuyen – Weltstandardwährung (New Yen, Neue Yen).

Paraspezies – Paraspezies sind ›erwachte‹ Wesen mit angeborenen magischen Fähigkeiten, und es gibt eine Vielzahl verschiedener Varianten, darunter auch folgende:

a) **Barghest:** Die hundeähnliche Kreatur hat eine Schulterhöhe von knapp einem Meter bei einem Gewicht von etwa 80 kg. Ihr Heulen ruft beim Menschen und vielen anderen Tieren eine Angstreaktion hervor, die das Opfer lähmt.

b) **Sasquatch:** Der Sasquatch erreicht eine Größe von knapp drei Metern und wiegt etwa 110 kg. Er geht aufrecht und kann praktisch alle Laute imitieren. Man vermutet, daß Sasquatche aktive Magier sind. Der Sasquatch wurde 2041 trotz des Fehlens einer materiellen Kultur und der Unfähigkeit der Wissenschaftler, seine Sprache zu entschlüsseln, von den Vereinten Nationen als intelligentes Lebewesen anerkannt.

c) **Schreckhahn:** Er ist eine vogelähnliche Kreatur von vorwiegend gelber Farbe. Kopf und Rumpf des Schreckhahns messen zusammen 2 Meter. Der Schwanz ist 120 cm lang. Der Kopf hat einen hellroten Kamm und einen scharfen

Schnabel. Der ausgewachsene Schreckhahn verfügt über die Fähigkeit, Opfer mit einer Schwanzberührung zu lähmen.

d) **Dracoformen:** Im wesentlichen wird zwischen drei Spezies unterschieden, die alle magisch aktiv sind: Gefiederte Schlange, Östlicher Drache und Westlicher Drache. Zusätzlich gibt es noch die Großen Drachen, die einfach extrem große Vertreter ihres Typs (oft bis zu 50 % größer) sind.

Die Gefiederten Schlangen sind von Kopf bis Schwanz in der Regel 20 m lang, haben eine Flügelspannweite von 15 m und wiegen etwa 6 Tonnen. Das Gebiß weist 60 Zähne auf.

Kopf und Rumpf des Östlichen Drachen messen 15 m, wozu weitere 15 m Schwanz kommen. Die Schulterhöhe beträgt 2 m, das Gewicht 7,5 Tonnen. Der Östliche Drache hat keine Flügel. Sein Gebiß weist 40 Zähne auf.

Kopf und Rumpf des Westlichen Drachen sind 20 m lang, wozu 17 m Schwanz kommen. Die Schulterhöhe beträgt 3 m, die Flügelspannweite 30 m und das Gewicht etwa 20 Tonnen. Sein Gebiß weist 40 Zähne auf.

Zu den bekannten Großen Drachen zählt auch der Westliche Drache *Lofwyr,* der mit Gold aus seinem Hort einen maßgeblichen Anteil an Saeder-Krupp Heavy Industries erwarb. Das war aber nur der Auftakt einer ganzen Reihe von Anteilskäufen, so daß seine diversen Aktienpakete inzwischen eine beträchtliche Wirtschaftsmacht verkörpern. Der volle Umfang seines Finanzimperiums ist jedoch unbekannt!

Persona-Icon – Das Persona-Icon ist die Matrix-Metaphorik für das Persona-Programm, ohne das der Zugang zur Matrix nicht möglich ist.

Pinkel – Umgangssprachliche Bezeichnung für einen Normalbürger.

Rigger – Person, die Riggerkontrollen bedienen kann. Riggerkontrollen ermöglichen ein Interface von Mensch und Maschine, wobei es sich bei den Maschinen um Fahr- oder Flugzeuge handelt. Der Rigger steuert das Gefährt nicht mehr manuell, sondern gedanklich durch eine direkte Verbindung seines Gehirns mit dem Bordcomputer.

Sararimann – Japanische Verballhornung des englischen ›Salaryman‹ (Lohnsklave). Ein Konzernangestellter.

Schmidt (auch **Herr Schmidt** oder **Frau Schmidt**) – Die gängige Bezeichnung für einen beliebigen anonymen Auftraggeber oder Konzernagenten. In anderen Ländern gelten adäquate Bezeichnungen (etwa **Mr. Johnson** in den UCAS).

SimSinn – Abkürzung für **Sim**ulierte **Sinn**esempfindungen, d. h. über Chipbuchsen direkt ins Gehirn gespielte Sendungen. Elektronische Halluzinogene. Eine Sonderform des SimSinns sind die BTL-Chips.

SIN – Abkürzung für **S**ystem**i**dentifikations**n**ummer, die jedem Angehörigen der Gesellschaft zugewiesen wird.

So ka – Japanisch für: Ich verstehe, aha, interessant, alles klar.

Soykaf – Kaffeesurrogat aus Sojabohnen.

Sprawl – Wuchernder Großstadtkomplex, auch **Megaplex** genannt.

Straßensamurai – So bezeichnen sich die Muskelhelden der Straßen selbst gerne.

Trid(eo) – Dreidimensionaler Video-Nachfolger.

Trog, Troggy – Beleidigende Bezeichnung für einen Ork oder Troll.

Verchippt, verdrahtet – Mit Cyberware ausgestattet, durch Cyberware verstärkt, hochgerüstet.

UCAS – Abkürzung für ›**U**nited **C**anadian & **A**merican **S**tates‹; die Reste der ehemaligen USA und Kanada.

Wetware – In zynischer Ergänzung zu Hardware und Software die Bezeichnung für biologische Organismen, z. B. Menschen.

Wetwork – Mord auf Bestellung.

Yakuza – Japanische Mafia.

HEYNE
BÜCHER

Lois McMaster Bujold

Barrayar-Zyklus

Die Vorkosigan sind ein altes Feldherren- und Herrscherge-
schlecht auf Barrayar, einem Planeten, die sich seit Jahren im
Krieg gegen Escobar befindet. Als einer der Söhne eine geg-
nerische Raumschiffkommandantin zur Frau nimmt, bricht für
viele eine Welt zusammen, und die Gegner der herrschenden
Dynastie wittern ihre Chance.

Der erfolgreiche Zyklus einer jungen amerikanischen Autorin - zweimal ausgezeichnet mit dem begehrten HUGO GERNSBACK AWARD

Scherben der Ehre
06/4968

Barrayar
06/5061

Der Kadett
06/5020

Der Prinz und der Söldner
06/5109

Ethan von Athos
06/5293

Wilhelm Heyne Verlag
München

Top Hits der Science Fiction

Man kann nicht alles lesen – deshalb ein paar heiße Tips

Ursula K. Le Guin
Die Geißel des Himmels
06/3373

Poul Anderson
Korridore der Zeit
06/3115

Wolfgang Jeschke
Der letzte Tag der Schöpfung
06/4200

John Brunner
Die Opfer der Nova
06/4341

Harry Harrison
New York 1999
06/4351

Wilhelm Heyne Verlag
München